BULEVARD
DELS FRANCESOS

FERRAN TORRENT

BULEVARD DELS FRANCESOS

Columna

COL·LECCIÓ CLÀSSICA
PRIMERA EDICIÓ: FEBRER DEL 2010

CARRER PEU DE LA CREU, 4 - 08001 BARCELONA
ISBN: 978-84-664-1125-7
DIPÒSIT LEGAL: B. 341-2010
FOTOCOMPOSICIÓ: VÍCTOR IGUAL, S.L.
CARRER MALLORCA, 374 - 08013 BARCELONA
IMPRÈS A: EGEDSA, S.A.

www.columnaedicions.cat

Agraïments

Vull agrair a les següents persones el seu testimoni i assessorament sobre diferents aspectes que apareixen a la novel·la:

Alfredo Argilés, empresari
Miguel Eguíbar, expolicia de la Brigada Criminal
Hilari Gascó, exmúsic de la Banda Municipal d'Alfafar
Ferran Montesa, responsable de l'organització del Partit Comunista a la Universitat de València en la dècada dels 60.
Ximo Puig, alcalde de Morella
Amparo Sancho, exfuncionària de la Jefatura Superior de Policía
Vicent Soler, catedràtic d'Economia Aplicada
Dionisio Vacas, sindicalista

I un especial agraïment al meu nebot, Mateu Chilet Torrent, que em va ajudar en el treball de camp.

F. T.

1

En la dècada dels seixanta, les sèquies i els calçotets eren les piscines i els banyadors dels pobres. Els xiquets, els adolescents i els joves es trobaven a les diferents sèquies de Benicorlí bo i respectant l'ordre jeràrquic imposat pels més forts: allà on la sèquia era ampla i abundosa en aigua s'hi instal·laven els de més edat; la resta més avant o més enrere. Hi havia, però, la infecció, una injustícia que els igualava en un dret de fonament jurídic a l'escorxador. Era aleshores que el nadador audaç esquivava amb una ràpida immersió mentre que el distret, maldant per superar el seu propi rècord entre un pont de pedra i l'altre, ensopegava amb un budell de porc encara sanguinolent per arrossegar-lo uns metres amb el cap. Tothom reia quan tenien lloc aquells incidents. Fins i tot de vegades s'iniciaven batalles llançant-se les deixalles dels animals sacrificats, que, per una negligència d'un empleat, se n'eixien del matador. L'aigua era clara: l'adob de Nitrato de Chile que llavors feien servir els llauradors a penes la destenyia, per bé que els inevitables glops causaven alguna diarrea que el pacient evacuava al camp de dacsa més pròxim. La vida era aparentment senzilla. Les cicatrius dels perdedors de la Guerra Civil es mantenien en la intimitat, en el silenci exigit sobretot per les mares, temoroses que una indiscreció atribolara encara més una existència que, com a dones amb l'home exiliat, pres o mort, n'havien assumit la part més dura: oblidar un passat que perdurava en l'àmbit de la denigració i donar, a còpia d'hores de treball, qualsevol treball, una mica de futur per als qui encara en podien tindre, els fills.

Josep era el fill de la senyora Inés i feia de llanterner al taller del senyor Rafael Puig, un autònom de l'ofici que l'adoptà d'ajudant per l'antiga amistat que mantingué amb son pare. Josep li va demanar permís per anar-se'n una hora abans; aquell dia, un divendres de maig, havia de tocar amb la banda de música en un barri de València. El senyor Puig hi accedí de grat tot preparant-li el sobre amb la paga setmanal (escrita a mà en el sobre es consignava una petita suma de gratificació que Josep li va agrair). El taller, situat als afores del poble, era una alqueria centenària sense gaire estil envoltada de camps conreats segons l'estació climàtica. Si miraves a la dreta, la ciutat es veia lluny, per bé que s'hi podia arribar caminant en una hora si fa no fa per sendes rurals fins la carretera Reial, seguint pels barris de La Torre, Sant Marcel·lí i la Creu Coberta. En aquest darrer començava la ciutat pròpiament dita: la popular fàbrica de cerveses El Turia marcava, amb un seguit d'edificis, l'inici urbà.

A la sèquia dels xiquets, Josep va ordenar al seu germà Robert que n'isquera, cosa que el nano, com ell l'anomenava, féu entre tímides protestes, mentre s'eixugava el cos amb una mena de drap gran del qual tothom se'n servia. Es vestí i els calçotets mullats li assenyalaren rogles d'humitat als pantalonets. Ara Robert havia d'anar a comprar aliments amb una part de la paga mentre Josep s'esmerava en la neteja del clarinet, assegut a sota del llimoner del corral, fregant amb una baieta l'instrument i tot seguit desmuntant-ne l'embocadura, el barrilet, la part superior, la inferior i la campana, que deixava amb cura damunt d'una altra cadira. Amb paciència, llevava la saliva incrustada a la fusta interior de banús. Els canvis de temperatura, tant si el clima era humit o el ponent sec, el feien malbé si no el raspallava amb freqüència. El més adient era fer-ho després de cada actuació, però de vegades Josep, així que acabava un concert o una cercavila, tenia altres activitats la urgència de les quals li impedia dedicar el temps necessari a la neteja. Tot i això procurava no oblidar-se de tindre l'instrument a punt. La banda musical del poble estava regida per les normes estrictes d'una directiva nomenada pel consistori, que vigilava amb autoritat i disciplina, no sols el bon funcionament de la institució, sinó també la conducta dels músics. Si Josep en formava part, malgrat les reticències de la directiva, era perquè el mestre, el senyor Botet, home d'edat i bondadós, el defensava com un bon clarinetista, que d'altra banda no n'abundaven. En aquella època, les bandes, generalment, estaven integrades per persones pertanyents a les classes socials inferiors. Els rics o les famílies benestants escollien el conservatori de la ciutat per als seus fills. Hi havia en allò una raó elitista: sovint les bandes musicals, en el seu vessant festiu, actuaven per entretindre, amb una mena de divertiment popular que els rics no trobaven escaient per als seus fills, educats en col·legis religiosos. Mai en cap època en què els pobres eren els vençuts, que han sigut totes, els rics han actuat per a ells. Estaven destinats a ideals més elevats. Les bandes de música, però, eren i són l'expressió cultural més rica dels valencians, i gràcies a elles molts homes i dones sense un futur clar foren i són excel·lents músics (cal dir, al fil de la qüestió, que les dones no s'integraren a les bandes fins molts anys més tard. Estaven destinades a ideals més domèstics).

Josep s'esmerava a cuidar el seu clarinet, proporcionat per la directiva, per bé que solien ser vells i mancats de qualitat, del tipus de «diapasó brillant», un sistema antic d'afinació que estava menys de mig to més alt que el de «diapasó normal». A tall d'anècdota deixarem constància històrica que al certamen anual de la Plaça de Bous, primera secció, de l'any 1958, el solista de fiscorn de Benicorlí va assolir un «solo» definitiu tapant uns forats al metall de l'instrument amb sabó (de la popular marca «El Lagarto»).

Acabada la neteja, va guardar el clarinet a l'estoig i el va deixar al vestíbul de la casa. Es va dutxar amb una aigua freda reconfortant, fregant-se amb força les ungles, ensabonant-se amb fruïció el cos, de dalt a baix, diverses vegades, tot maldant per llevar-se l'olor del ferro que l'ofici l'impregnava a la pell. Es va afaitar, i a continuació es va planxar els pantalons i la camisa blanca de l'uniforme, just quan la mare i Robert hi entraven. Llavors la senyora Inés s'ocupà d'arreglar els plecs que la mà inexperta de Josep era incapaç d'endreçar. Ho féu amb una destresa natural. Es vestí i li va entregar el sobre amb la paga setmanal, bo i quedant-se una petita part dels diners per a ell. Sa mare li'n va donar més, que Josep va refusar. A la vesprada cobraria de la cercavila, fins i tot s'evitaria el sopar. A la fi de l'actuació els convidaven a un entrepà i una cervesa. A propòsit havia de dinar de pressa i aleshores la mare, amb el seu posat de pregona tristesa, va cuinar uns ous ferrats amb pimentó verd de guarnició. Ella menjaria més tard, quan tots dos se n'anaren: el fill gran a València, el nano a la plaça, a reunir-se amb els xiquets de la seua edat, matant el temps jugant a Marro o al Xurro Va, o bé fumant-se un parell o tres de cigarrets (Peninsulares, a tres pessetes el paquet) que es passaven de mà en mà, als indrets més discrets del poble, mentre esclafien a riure quan algú, involuntàriament, s'empassava el fum i el rostre s'enrogia i els ulls llagrimejaven a causa de la tos. A Josep li va preguntar a quina hora tornaria. Ho ignorava, no va saber respondre-li. La mare (sargint unes mitges d'encàrrec) va entendre que vindria de matinada. Era jove, havia de divertir-se amb els altres joves de la banda. Potser era millor així, que visquera la vida plenament, lluny d'uns records que a ella li dugueren la tragèdia.

L'Ajustador, l'home encarregat de formar la banda provisional que tocaria en un barri de València —que, com cada any, els contractaven per a les festes—, va triar, en primer lloc, la percussió indispensable: la caixa, el bombo i els platerets. També una tuba, dos trombons, dos bombardins, dues trompes, un fiscorn, dues trompetes, dos saxos alts, dos saxos tenors, un saxo barítton, tres clarinets, una flauta i un requint. Amb això era suficient per a una cercavila festiva que interpretaria els pasdobles tradicionals: *Bailén*, *Desfilar*, *Ateneo Musical*, *Amparito Roca*... De jornal, vint pessetes per a cadascú. Una remuneració modesta però necessària per dur a terme el somni de comprar el primer cotxe de segona mà. Reunits a la plaça del poble per marxar tots plegats, Josep anuncià a l'Ajustador que ell acudiria al barri amb la seua Vespa. Després de l'actuació es quedaria a València.

El bon corrupte

M'ha tocat viure un temps on hi ha milers d'homes i dones similars a Miquel. Per a Miquel cada matí s'iniciava el dia de la fi dels temps, del seu temps o de la mirada estàtica, permanent, en el temps passat, esllanguint-se no en l'esperança d'un retorn sinó en la desesperació, en la basarda o la incertesa d'un present que l'atrapava en un joc de regles inqüestionables com el púgil obligat a fer d'espàrring, com un boxador acabat, l'única possibilitat del qual rau a rebre un colp darrere d'un altre, punys projectats contra un sentiment indefinit d'amargor, mentre es ratifica que la vida és un frau que tardes a descobrir. Per saber què és la desgràcia cal saber què ha sigut la felicitat. ¿Quan fou Miquel feliç? Potser quan albergava si més no il·lusions; quan la vida era difícil però senzilla. Hi ha tipus que són cavalls perdedors des de l'inici de la cursa (en podria fer un màster, d'això), tot i que corren perquè imaginen una meta que els empenta fins el darrer bri de força. Quan ja no hi queda res, llavors dormen abocats al malson i aleshores s'esdevé la melancolia, aquella mena d'esperit que naix d'una mirada que no espera res perquè és inútil esperar. D'alguna manera jo també sóc com ells.

M'interessa gairebé tot, però gairebé res m'atrau, com si tinguera una naturalesa líquida que es deixa fluir riu avall, sense importar-me on em durà la inèrcia de la rutina de viure.

Miquel i jo som de la mateixa edat, del mateix poble, de la mateixa estimbada general. Vides similars però dissímils en l'actitud. Com els bons observadors, conec la d'ell però ignore la meua. Sé que és diferent i prou. No en sé més, no en vull saber més. Em tornaria boig si intentara esbrinar-la. Ja ho he dit, riu avall. Potser sóc un paradigma d'allò que és la societat. M'importa una merda el món, però accepte raonablement tots dos: el món i la merda. Succeeix que al món està Miquel. És el meu Bartleby. Però ni jo sóc advocat, ni ell un passant. Senzillament fa uns anys es va presentar a casa amb una maleta i encara està ací. Part de la seua història ja la coneixia. La mort del seu fill en un accident de moto, la fràgil coexistència arran de la desgràcia amb la seua dona, quan la passió o l'estima ja no actua per tapar l'abisme que els separa, agreujada per l'hàbit de beure més del que ja bevia. La resta m'ho vaig imaginar, per bé que ell, com una mena d'autojustificació que donara més urgència a l'acollida, m'ho va detallar. La dona se'n va anar, no amb un altre home, sinó fugint del que tenia. El consol de dos infortunats no garanteix un consens de principi de felicitat. Escapava del passat. Va marxar a un poblet de l'interior, potser buscant una pau que probablement no ha trobat. O potser sí, no ho sabrem mai. La resolució amb què se'n va anar féu estèril qualsevol temptativa de reconciliació. La desídia, a més, s'havia apoderat d'ell; tanta que va perdre el treball. Sense el fill, sense la dona, sense l'ofici i amb una maleta va restar dret al llindar de la porta. Li vaig endreçar una habitació, però preferí fer la vida al taller.

Ma casa, als afores del poble, comunica amb un magatzem d'escassa grandària que dóna pas a un terreny d'uns quatre-cents metres quadrats amb alguns arbres, un lavabo antic que denominàvem el comú, unes quantes gallines i un gos tan apàtic com Miquel. Per sort, el gos, Miquel i les gallines s'avenen bastant bé. Miquel i el gos tenen un passat fotut; les gallines, un present incert. Una qüestió d'ous. Vivim en un sistema d'exigit rendiment.

Al principi vaig engrescar Miquel en la meua feina. No diré que s'hi adherí amb entusiasme, però, si més no, el distanciava de les cabòries. No obstant això, la fe en l'esforç no li va durar gaire. Per ser francs, la salut no l'acompanyava. Vaig rondinar demanar-li que es fera una analítica, però ho vaig deixar córrer perquè el resultat encara l'hauria deprimit més. Li suposava un colesterol, unes transaminases i un àcid úric més alts que l'Himàlaia. Pel que fa a l'aspecte psicològic, la seua manera de produir-se, cada vegada més taciturn, asilava un eficaç dubte sobre el seu equilibri mental. Vaig fer gairebé de tot per animar-lo, però era com regar una planta morta. I ací, en la planta, vaig trobar una mica de solució. El vaig nomenar cap superior del corral: recollir els ous, donar de menjar al gos, podar quan calia els arbres i sembrar unes tomateres. Poca feina, poca responsabilitat, una distracció a la qual vaig afegir de tant en tant una paella per als diversos amics que, quan estaven ociosos, es deixaven caure per la casa beneficiant-se de l'espai d'esbargiment, un cigarret al sol o a l'ombra, que proporcionava el corral. En aquells dies, Miquel semblava recuperar l'ànim. No és que xalara d'allò més, però la presència de la gent, potser per dissimular la seua actitud, que l'amor propi li impedia evidenciar, l'esperonava a mostrar un altre aire. Però passades tres o quatre reunions culinàries, Miquel va tornar al seu gest habitual i llavors vaig espaiar aquella mena d'aplecs, per evitar-li que tothom s'adonara del seu estat quan, en realitat, tothom ho sabia. Aleshores, el personal s'arrimava individualment tractant de donar-li conversa. Deixeu-lo al seu ritme, els aconsellava. I el deixaren.

Un dia, però, mentre jo posava drets uns tubs de coure perquè no m'ocuparen massa espai al magatzem, aparegué un negre per la porta que ni un tràiler hauria sigut capaç de transportar el material que duia damunt: del muscle esquerre li penjaven dues catifes, els avantbraços plens de rellotges, els dits amb anells de bijuteria barata, a les mans transistors de diferents grandàries i llanternes potents amb la bateria incorporada, i del coll, amb una corretja que li feia la volta, li penjava un maletí, a l'alçada del melic, amb polseres, collars per a dones, més rellotges, més anells... Era jove i ben plantat, i a la força havia de ser atlètic. Al costat d'ell, Miquel semblava un bolet. Me'l va dur del bracet, el va deixar al magatzem i va tornar al corral a observar l'enrenou de les gallines, la seua distracció predilecta. El negre era tan negre que fins i tot el gos, que és molt gos, s'hi acostà a ensumar-lo. Estava acostumat a la presència de borratxos, però un negre tan estrany li va cridar l'atenció. Sense descarregar-se de les catifes (s'haurien embrutat en qualsevol lloc), però desfent-se del maletí que li penjava del coll, m'oferí les llanternes, producte que considerava ideal per a mi. Si vols desconcertar un negre venedor ambulant, accepta-li el primer preu que et demana. Els putegen tant amb el regateig de deu miserables euros, que el tracte el va sorprendre. Com és natural, volgué encolomar-me les catifes, un rellotge i un collaret per a la «*señora*». Però la meua estratègia tenia un argument: si un home, siga negre o blanc, és capaç de dur a terme un treball tan dur per un grapat minso d'euros, sens dubte és una persona aprofitable. Sabedors, a més, de la seua condició de negres en una societat hostil, són conscients que han d'esmerçar més esforços i ser més honestos per guanyar-se la reputació que els cal. Un negre així vol un amo i jo em vaig oferir. ¿Com et dius? Salif. ¿D'on ets? De Mali. ¿Vols feina, Salif?

El desconcert se li va incrementar. Féu una mirada panoràmica al magatzem. Després al corral, fixant-se en les gallines (d'un llustre singular), i va tornar l'esguard al meu rostre delint-se per esbrinar si era una broma pesada. Em vaig ratificar que era un negre honest així que, amb el seu castellà vacil·lant, em va preguntar quina mena de feina havia de fer i no quant havia de cobrar. De moment seràs el meu ajudant. A poc a poc aprendràs l'ofici.

A Salif li brillaren els ulls. Feia la impressió que d'un moment a l'altre li saltarien les llàgrimes. Em va regalar les catifes, però les vaig refusar pensant en Cèlia. Són un niu de pols. La contractació de Salif no li va agradar a Miquel. No m'ho digué, però li ho vaig notar. No hi havia res de xenofòbia, sinó mala consciència. No ignorava que necessitava un ajudant. De manera que la presència quotidiana de Salif féu més actiu Miquel. Només una mica. Bartleby matisat.

2

Les cercaviles esgoten els músics. Així que arribaren al barri els festers s'entestaren a compartir amb ells els cafès i les copes, begudes molt usuals entre els components de les bandes, ja que aquest tipus de treball festaire requereix una dosi d'exultació afegida. També és molt usual que la durada de la cercavila s'allargue amb escreix respecte de l'horari acordat. La tradició regula que després del darrer pasdoble, interminable per la insistència del públic que els acompanya, els músics cobren. Josep s'acomiadà de seguida mentre els seus companys s'assegueren a menjar en aquelles grans taules rectangulars situades al carrer principal del barri. S'endugué un parell d'entrepans: el primer se'l va cruspir de camí amb la Vespa cap al districte marítim; el segon en un bar, ara amb un tanc de cervesa, bo i esperant l'arribada de Teresa, estudiant de Filosofia, i Felo, cambrer del *nightclub* Maracaibo, el més conegut i elitista de la ciutat. Tots tres pertanyien a una cèl·lula del Partit Comunista i foren convocats per a una reunió. Excepte per a activitats conjuntes, la direcció del Partit prohibia que els membres d'una cèl·lula es trobaren amb la freqüència d'uns amics, a fi d'evitar que una batuda policial la desarticulara. En teoria, entre ells no havien de saber els noms autèntics, ni d'on eren ni l'adreça on vivien. D'altra banda, les cites clandestines es canviaven sovint de lloc.

Si Josep, Teresa i Felo contravenien el manual era perquè, des de feia un temps, mantenien desacords amb la direcció; divergències que conservaven en l'anonimat, maldant perquè, en les reunions, les seues discrepàncies individuals no alertaren la cúpula d'una rebel·lió organitzada. Teresa i Felo arribaren tan justos de temps que a penes pogueren parlar. A més havien de presentar-se un per un al lloc de la trobada, una planta baixa, on ja s'havien reunit temps enrere, els usuaris de la qual eren aliens a l'activitat política que tenia lloc a la sala dels billars i els futbolins, que s'hi accedia per una porta a la dreta de la barra. Si el cambrer que l'atenia col·locava tres gots buits a l'extrem del taulell, es podia entrar. En cas contrari, el militant es feia una copa i marxava. Aquesta espera mai havia de superar el quart d'hora. D'altra banda, les cites diguem-ne més multitudinàries es concertaven amb dos dies i dues hores d'antelació. La d'avui, a les set de la vesprada, havia estat convocada dimecres a les cinc.

El fet que els hagueren convocat al casal indicava que la reunió, a més d'important, seria concorreguda. Una mena d'assemblea comarcal que no superava, per precaució, els vint o trenta membres que se situaven al voltant dels billars i els futbolins. La porta d'entrada a la sala romania tancada, però això no estranyava la resta de persones del local, que s'evitaven sobretot el soroll dels futbolins, mentre jugaven partides de subhastat, dominó, xamelo o parxís. Felo, Teresa i Josep es posaren en llocs diferents. El cambrer tenia un timbre a l'interior de la barra que feia sonar si entraven alguns joves al casal. Llavors, tothom simulava partides, i els joves, comprovant que els billars i els futbolins estaven ocupats, se n'anaven. Tampoc per a ells era estrany trobar-se amb persones desconegudes, veïns que no eren del districte, perquè divendres i dissabte, donada la minsa oferta d'oci d'aquella mena a la ciutat, hi acudien a jugar d'altres llocs.

L'efecte de l'assemblea tenia un aspecte còmic, amb els membres amb tacs de billar a les mans o agafats vinclats a les manetes de les barres dels futbolins. Havien de jugar i ho feien lentament, bo i impedint que el soroll tornara inaudibles les paraules que els adreçaven. Llavors un home amb pantalons amples grisos, sabates que combinaven un blanc encunyat amb el color marró clar de la resta, es va dirigir als militants per presentar-los el camarada Antonio, vingut de «l'exterior». El camarada Antonio també vestia endiumenjat. Tot formava part d'una estratègia de normalitat ciutadana.

—Camarades —digué el camarada Antonio—, primer que res vull recordar-vos que abandonada la lluita de la tàctica insurreccionista de la guerrilla armada, per tal d'evitar sacrificis i morts inútils, el Partit va impulsar jornades de lluita a nivell nacional que han tingut un gran èxit malgrat el boicot de la resta d'organitzacions. Sé que molts de vosaltres ja ho sabeu, però no m'estaré de repetir-vos que tant la de maig del 1958 com la de juny del 1959 ens han donat la raó en l'argument que el règim franquista es troba aïllat. La nostra valoració ens diu que no té el suport de la societat civil, i fins i tot alguns aparells de l'Estat hi estan en contra. Ara, després de quatre anys de la gran primera jornada de lluita, el que m'ha dut ací, allò que ha provocat esta assemblea i d'altres, està relacionat amb la vaga dels companys miners d'Astúries, iniciada el 7 d'abril passat, amb seixanta mil treballadors que la secundaren, la conseqüència de la qual ha estat una repressió brutal, amb detencions massives, tortures i deportacions. El sacrifici dels miners no ha de ser estèril. Els hem de demostrar que no estan sols i hem de mobilitzar els treballadors de les grans empreses, els jornalers del camp, els estudiants de les Facultats. Amb esta vaga el moviment obrer ressorgirà amb força gràcies a l'empenta del Partit, creant noves formes organitzatives com les Comissions Obreres, que alguns de vosaltres ja en formeu part. Les hem de nodrir reclutant treballadors i xicotets empresaris que, encara que no siguen militants ni simpatitzants del Partit, estiguen descontents amb el règim, però sempre guiats per nosaltres. Això vol dir que hem de ser més oberts i flexibles. Ens interessa airejar l'oposició a tots els nivells possibles de la societat, per tal que quan vinga la caiguda del règim, que està prop, el Partit es trobe situat en l'avantguarda.

Com que aquest tipus de reunions havien de ser breus, el camarada Antonio hi afegí, per acabar, que aviat les diferents cèl·lules rebrien les consignes puntuals que els militants durien a terme. Dit això, l'home dels pantalons grisos va acompanyar Antonio cap la porta mentre la resta, en silenci, va tornar al joc ara amb més vehemència. De sobte, però, des del fons de la sala es va sentir una veu:

—Camarada Antonio!

Tots dos es van parar arran de la porta. Josep va alçar una mà, reclamant l'atenció d'ells.

—¿Vols dir alguna cosa?

—Sí —féu Josep, enèrgic—. ¿Com hem de convèncer la resta d'organitzacions d'oposició al règim, els seus simpatitzants, si ens exclouen de les seues plataformes?

—Esta gent només es representa a si mateixa. Nosaltres estem implantats a les fàbriques, als tallers, al camp, a la universitat... Es reuneixen, aconsegueixen titulars als diaris de l'estranger, però res més. ¿Potser estàs a favor dels seus mètodes?

—No. Estic a favor d'estratègies més contundents.

L'acompanyant li féu una escolteta al camarada Antonio.

—¿Com de contundents? —li preguntà l'anomenat Antonio.

—Més que les nostres.

Silenci absolut. El soroll dels tacs dels billars i les manetes dels futbolins s'aturà en sec. Josep i el camarada Antonio es miraren fit a fit. Es palpava clarament una tensió entre ells, entre tots els presents.

—Camarada —digué el camarada Antonio—, ets molt jove. Necessites reflexionar. Els contextos estan per analitzar-los.

Digué allò i se'n va anar.

Els contextos, es repetí interiorment Josep esbufegant un somriure gairebé imperceptible però sorneguer. Va agafar l'estoig del clarinet amb desgana. Havien d'eixir en grups de quatre o de dos, com jugadors que han acabat una partida de billar o de futbolins. Quan va passar per davant de Teresa (només dues dones assistiren a l'assemblea) li va dir que els esperava al bar. Al carrer es va trobar amb el presentador de la reunió.

—El camarada Antonio vol parlar amb tu.

Josep el va seguir per la vorera. Després tombaren pel primer carrer de la dreta i tot seguit entraren a un edifici de quatre plantes sense ascensor fins al segon pis. Dos tocs a la porta i els obrí Antonio.

—Passa avant, camarada —li digué agafant-lo dels muscles, amb amabilitat paternal.

Era un pis petit i sobri, amb pocs mobles, i feia la impressió que no hi vivia ningú. Tots tres s'assegueren en una taula amb braser d'una saleta amb quatre cadires. Josep deixà l'estoig a la cadira sobrant.

—¿Ets músic?

—Sí, toque el clarinet en la banda...

—Ho sé, vius a Benicorlí. El camarada Ambrosio m'ha informat que ets el fill de Josep Baixauli —la veu d'Antonio era suau, persuasiva—. El teu pare fou un gran combatent. Un home honest que no dubtà a arriscar la vida en els moments més difícils.

—Vostè, que ve de l'exterior, i per tant li supose un càrrec important en el Partit, ¿em podria donar alguna notícia d'ell?

—Ni d'ell, ni d'altres. Tant de bo poguera fer-ho. Imagine l'angoixa dels familiars. Com he dit a l'assemblea, el Partit va decidir donar per finalitzada la guerrilla armada. Les condicions polítiques havien canviat i, analitzada al detall la nova situació, ens decidírem per un canvi d'estratègia. Llavors vam traure d'Espanya els camarades que poguérem, però la comunicació amb tots era complicada. Estaven escampats per les serralades, per les muntanyes, els boscos... Molts dels nostres enllaços havien caigut. Gairebé tota la guàrdia civil es va dedicar a la recerca i captura de tots els guerrillers. Hi hagué un moment que, per evitar més baixes, es féu impossible continuar el rescat. Alguns es van salvar pel seu propi esforç i arribaren a Tolosa.

—Mon pare no hi va arribar. Ho vaig comprovar personalment.

—És cert, no sabem si encara viu o ha mort.

—Si haguera mort en una batuda, ¿no creu que el règim ho hauria esbombat als diaris?

—En la postguerra immediata sí, però més tard no els interessava publicar que encara hi havia focus de resistència armada. Volien donar sensació de normalitat. Desanimarnos els era més útil.

—¿No han obert una investigació per saber què ha passat amb els desapareguts?

—Ho hem fet durant uns anys, però no n'hem tret l'aigua clara. A l'interior teníem moltes dificultats per esbrinar-ho. Mira, Josep, sé que és molt dur per a tu i la teua família el que vaig a dir-te, però tenim el convenciment que els assassinaren. Si estigueren vius, d'una manera o d'una altra ho sabríem.

Josep va entendre que al camarada Antonio l'incomodava la qüestió, la sintetitzava per acabar-la, i no féu més preguntes.

—Josep —digué Antonio després d'un silenci—, ¿no estàs conforme amb l'estratègia del Partit?

Malgrat que no ho estava va respondre que sí, però que albergava dubtes sobre la seua eficàcia. Hi afegí que, d'altra banda, reconeixia, a pesar de preferir més contundència, que no disposava d'arguments alternatius.

—T'agraïsc la sinceritat. Apreciem i valorem que els militants que tinguen dubtes els expressen amb franquesa.

—En tinc, però faré el que diga el Partit.

—Gràcies, Josep. Necessitem molts homes com tu. Estem en un moment clau de la lluita, a punt de fer un tomb històric, i és primordial que tots arrimem el muscle en la mateixa direcció. Disculpa'm que no puga dedicar-te més temps, però m'esperen altres militants. Per raons de seguretat no ens convenen assemblees multitudinàries. ¿Saps quants militants tenim a l'interior?

—No.

—Més de deu mil. Militants actius. Mai, des que acabà la guerra, el Partit havia tingut tantes adhesions. És un senyal inequívoc que l'estratègia que d'uns anys ençà hem iniciat és el camí correcte.

Josep es va alçar. Abans que agafara l'estoig de l'instrument, el camarada Antonio també ho féu i el va abraçar.

—Salut, sort i molta precaució. El règim està nerviós i hem de mantindre'ns alerta per impedir les caigudes. Ara mateix tots som necessaris.

—Salut —s'acomiadà Josep.

Va agafar l'estoig i s'encaminà a l'eixida del pis. Quan sentiren el soroll de la porta tancant-se, el camarada Antonio li preguntà al camarada Ambrosio:

—¿A quina cèl·lula pertany?

—A una de la ciutat.

—Posa't en contacte amb el militant que la dirigeix perquè l'aparte sense que se n'adone. Que no l'implique en accions importants, com ara l'organització de vagues. No estic segur d'ell. Si té dubtes farà que els altres en tinguen. És com el seu pare, massa extremat. Militants així són com una taca d'oli que s'escampa i posen en perill l'estratègia.

—¿Què va passar amb son pare?

—Ambrosio, eixe no és el problema. ¿T'imagines el Partit, en el moment que estem, esmerçant el seu esforç a esbrinar la desaparició d'alguns guerrillers? Dediquem-nos als vius, que ja tindrem temps de glorificar els morts.

Primer foren les afinitats personals, després les ideològiques i a la fi amb l'amistat convergiren Felo, Teresa i Josep, tres persones en principi diferents. L'origen social de Felo i Josep era similar, però no els seus oficis, que remetien a ambients divergents. Per a Josep era una incògnita que un home com Felo fóra d'ideologia comunista. Quan el va conèixer el trobava un pèl frívol, despreocupat de la teoria i entusiasmat en l'acció. Passat un temps aquesta anomalia no el capficava. Coneixia militants com ell, de visió «curtterminista», però útils en la lluita. A Felo, les reunions teòriques l'avorrien. No era persona d'opinions i l'eina de la reflexió a penes la feia servir. En ell era evident un complex d'inferioritat intel·lectual, que, d'altra banda, no destacava en la majoria de militants. En les revolucions, pensava Josep, el pensament polític emanava dels fills de la classe mitjana o benestant, aquells que havien tingut la possibilitat d'estudiar sense haver de preocupar-se pel problema quotidià de la supervivència econòmica. Tampoc ell era un home de plantejaments intel·lectuals, però havia rebut un mínim de base reflexiva gràcies a les ensenyances del senyor Puig, l'home amb el qual treballava. Sense menysprear Felo, Josep s'avenia més amb Teresa, estudiant de Filosofia. La suposava integrant d'una família adinerada i d'ací el respecte que sentia per ella. Amb una vida còmoda i sense dificultats econòmiques, havia triat el risc i la solidaritat amb les classes baixes. A més, Teresa no els tractava des d'una hegemonia notòria. Malgrat que era més instruïda que tots dos, el seu llenguatge era planer i directe. Teresa estimava Josep; una estima més aviat platònica, no consumada perquè Josep no se n'adonava. Intuïa que era admiració, respecte, o potser s'identificava amb la seua tristesa i la de sa mare, que no coneixia, per la dissort de son pare, que Josep li havia confiat deixant al marge Felo en aquesta confessió. No era persona de confidències, però el parer de Teresa en alguns temes li inspirava una certa garantia. Havia tingut temps de constatar-ho.

Era divendres i el bar era a gom de gent que consumia cerveses, sèpia a la planxa o empanada, calamars a la romana o bé les populars faves bullides, el producte més barat. S'hi respirava un ambient d'alegria, de vespre festiu, d'homes i dones que celebraven el pròxim dia i mig no laborable. Fou la primera impressió que rebé Josep. I també el soroll, les veus altes, els riures cridaners. Va anar a la taula on hi havia Felo i Teresa. Els va explicar la tardança. Els va detallar el que no havia dit al camarada Antonio, ocultant-los les preguntes sobre son pare.

—Feu una ullada al vostre voltant i comproveu el context. No cal vindre ací per ratificar-se en l'error de les anàlisis del Partit. Ho veig cada dia al poble, en la banda de música. Ningú parla de política. A ningú li interessa. No és por, potser és resignació; el fet cert és que tots tenen un treball, mal remunerat, per descomptat, però es conformen estrenyent-se el cinturó i estalviant pesseta a pesseta per comprar-se un cotxe per vell que siga, un televisor, una ràdio millor, o desllomant-se els caps de setmana per construir a poc a poc la caseta de camp. Imiten en allò que poden la vida petitburgesa. ¿Esta és la gent que ha d'enderrocar el règim? Si, tal com m'han dit, tinguérem deu mil militants actius, estaríem a les portes d'una revolució. El Partit està marginat per la resta de plataformes polítiques d'oposició. Si volen la lluita a tots els nivells, si volen assolir la complicitat d'altres classes socials al marge de l'obrera, ¿per què no s'uneixen a ells?

—Perquè ens acusen de sectaris —contestà Teresa—. Estic cansada d'escoltar-ho a la Facultat.

—Però tu no estàs a favor d'integrar-te en eixes plataformes —preguntà Felo.

—És clar que no. Però tampoc estic d'acord amb la línia del Partit. Fa temps que ens arrisquem i les coses cada vegada estan pitjor. Sé que en la cúpula del Partit hi ha divergències. M'ho contaren a Tolosa. La Pasionaria i Carrillo gairebé no es parlen. El Partit balla al so que li marca la Unió Soviètica, segons els interessos d'ells, sense pensar en el més adient per al nostre país. Tant de parlar del canvi de context social i no se n'adonen, del que tenen davant dels nassos.

—Josep, quan demanes més contundència, ¿a què et refereixes?

—Accions d'envergadura, Teresa. Tot el que fem passa desapercebut per al gros de la gent. Només en l'àmbit universitari i en algunes grans empreses en són conscients, de l'oposició al règim. La resta, ja ho veieu.

Va alçar el cap mirant els clients del bar, el tràfec dels cambrers amb enormes safates que no paraven de dur plats i cerveses a les taules. Josep va demanar una canya.

—No m'agrada perdre el temps —continuà—. No podem arriscar-nos per no res. És inútil i desmoralitzador —un cambrer li va dur la canya de cervesa—. La majoria de la gent que hi ha al bar són fills de vençuts, però ignoren que hi ha organitzacions lluitant. Si hi haguera accions contundents ho sabrien encara que la premsa ho ocultara, i potser tindrien una altra actitud. Mireu-los, són treballadors explotats...

—I també alienats —matisà Teresa.

—¿Com vols que no ho siguen si no copsen els moviments d'oposició? Si no fem prompte alguna cosa es tragaran totes les mentides oficials. Acabaran sent reaccionaris fastigosos. Si ara els parlàrem de la vaga dels miners, de la repressió que han patit, de la qual no en saben res, ¿com creieu que reaccionarien? Silenci, por, submissió. Fins i tot alguns marxarien per no veure's embolicats en una acció de protesta verbal. ¿Per què? Senzillament perquè els han fet creure que hi ha un poder fort, inexpugnable.

—D'acord, fem alguna cosa —Felo, amb furor.

—¿Fer el què? —preguntà Teresa.

—Ho hem de pensar.

—¿Al marge del Partit? —ella.

—Ha de ser així, però si tens un suggeriment millor podem parlar-ho.

—Sé que tens raó, Josep. De fet, ja saps que me'n vaig eixir de l'àmbit polític universitari perquè trobava infructuosos els moviments anti-règim. Discussions interminables entre minories culturalistes per veure qui la diu més florida. Bona part dels estudiants són fills de pares addictes al franquisme. Pensava, com tu, que calia una lluita més pràctica. Ara trobe que el Partit ha caigut en el mateix error. Però, ¿què fer?

—Pensem-ho. No podem decidir-ho en uns minuts.

—Me n'he d'anar —digué Felo mirant el rellotge. Va deixar unes monedes damunt la taula—. Entre a treballar a les deu i encara he de passar per casa. Ja em direu alguna cosa, però compteu amb mi. Adéu.

Teresa reclamà l'atenció del cambrer. Tenia gana i volia menjar-se un entrepà. Observà que Josep consultava el seu rellotge i allò la va amoïnar. S'havia fet l'ànim de sopar amb ell, passejar, parlar.

—Jo també me'n vaig.

—¿Has quedat amb els teus amic o tens una actuació?

—No... no... És ma mare. Si arribe tard pateix. Porte moltes hores fora de casa.

Féu l'intent de pagar la seua consumició, però Teresa el va aturar.

—Deixa-ho. M'ho puc permetre.

—Felo ha pagat.

—Ell guanya més amb les propines que tu amb el teu treball. A més, sols t'has begut una canya.

—Gràcies, te'n dec una. Ah, m'oblidava dir-te que el camarada Antonio no es refia de mi. És probable que no em convoquen a les reunions de cèl·lula. Potser m'equivoque, però tinc eixa impressió. Fes-m'ho saber. Et donaria el telèfon on treballe, però no vull implicar-los. Si no em trobes al telèfon del casino, vine a buscar-me.

Li va anotar l'adreça de sa casa. Teresa li escrigué el seu telèfon particular en un paperet.

El va resseguir amb la mirada fins la porta del bar. Li semblava un tipus honest, treballador, bona persona. Era tan diferent dels xicots que coneixia! Va traure d'un sac mariner que duia un paquet de Chesterfield sense filtre i es va encendre un cigarret. Li feia vergonya fumar tabac americà davant dels camarades. En el fons es reconeixia una petita hipocresia, però no suportava el tabac negre. El dogmatisme i els prejudicis estaven tan estesos entre ells que ocultava amb naturalitat algunes febleses «petitburgeses». La seua roba, per exemple; tenia cura de vestir-se amb la més modesta en les ocasions de militància. No era una dona de capricis d'aquesta mena. Però quan es veia obligada a eixir de compres amb sa mare i la seua germana acceptava, tot dissimulant el malestar, els consells de totes dues. Ho feia per no despertar sospites, perquè no imaginaren la idea execrable que li produïa malgastar els diners en futileses mentre tanta gent tenia dificultats per acabar el mes. En canvi, el Chesterfield era una altra cosa. No podia sostraure's al seu sabor tan agradable. Gairebé se'n fumava paquet i mig al dia, i de vegades li resultava un turment passar un parell d'hores sense tastar-lo. Era llavors quan acceptava un Celta curt que li oferia Josep.

Mentre conduïa la Vespa, Josep se sentia culpable per haver deixat sola Teresa. Era conscient de les atencions i el tracte respectuós que rebia d'ella. Una autèntica companya, una persona de confiança. Però des de feia uns mesos Josep tenia nòvia: Adelaida, una minyona que servia en un pis cèntric de la ciutat. Josep volia mantindre-la al marge de les seues activitats clandestines. A les nou de la nit, Adelaida baixava el gos de la família al jardí d'enfront de l'edifici. Sempre que podia, Josep s'acostava a veure-la. Vint o vint-i-cinc minuts, a tot estirar, però tots dos s'alegraven de trobar-se. Excepte cinc hores de permís, diumenge a la tarda, Adelaida servia tots els dies.

3

Durant la República, el senyor Rafael Puig es féu notar al poble com a socialista moderat. No hi militava, en el Partit Socialista. Era el mestre d'escola juntament amb donya Margarita, conservadora d'idees catòliques. Ell ensenyava als xiquets, ella a les xiquetes. El Front Popular va guanyar les eleccions a Benicorlí. En el míting que es va fer al poble, el Front convidà el senyor Puig perquè adreçara, com a home de cultura, unes paraules al públic. La fogositat dels altres oradors contrastava amb la seua subtilesa, que no entusiasmava els partidaris del Front encara que l'escoltaven amb atenció. Aleshores un mestre, atesa la indigència cultural de la població, era una autoritat venerada. No debades ensenyava als fills allò que els pares, entregats des de la infància als treballs agrícoles, ignoraven. Així que va acabar la contesa civil alguns militants significatius del Front van fugir i d'altres els empresonaren, malgrat que no hi hagué cap assassinat. Rafael Puig va passar uns mesos a la presó, però les declaracions a favor d'ell de la seua companya Margarita, i els diferents testimonis de veïns del poble, el posaren en llibertat amb la condició expressa de no exercir de mestre. Llavors, el senyor Puig va començar a guanyar-se la vida modestament com a llanterner. Arreglava perols, esmolava ganivets, forns de llenya... Dos anys després l'alcalde es va presentar a sa casa per restituir-lo al seu lloc a l'escola. La bona conducta que mostrava, l'afecte de la gent i, sobretot, la intervenció vigorosa davant d'un escamot d'anarquistes vinguts d'altres poblacions del voltant, que en plena Guerra Civil pretenien endur-se de «passeig» els rics del poble, evitant una matança, li concediren el perdó, segons l'alcalde, que no es va estar de recordar-li que ell mateix, en el judici, intercedí en el seu favor. En realitat, el necessitaven de mestre perquè l'actual els havia anunciat que a l'estiu tornava a Albacete, d'on procedia.

El senyor Puig va agrair l'oferiment amb humilitat, però el va refusar amablement, amb cura de no emprenyar l'alcalde, que tant havia fet per ell (li ho va recalcar dues voltes). El cap del consistori no entenia de cap de les maneres que preferira ser llanterner, un ofici brut i vulgar, abans que mestre i desaprofitar la possibilitat de reintegrar-se en l'elit social. Llavors el capellà, l'alcalde, el caporal de la guàrdia civil, el metge i el mestre representaven els poders fàctics. Just allò era el que no volia el senyor Puig: ser un «poder» en un règim polític que no era del seu gust. Com és lògic, no ho va refusar al·legant aquesta causa, com tampoc li va dir que no desitjava formar part d'un ensenyament que li semblava aberrant. ¿Com obligaria ell, un home d'idees liberals, els xiquets a cantar el *Cara al sol* cada matí? El senyor Puig, amb aquell posat filantròpic, s'excusà explicant-li que guanyava més diners fent de llanterner, cosa que l'alcalde va entendre amb escepticisme. Per si de cas, encara hi afegí que aviat tindria un xicotet magatzem, ja que havia ampliat els coneixements de l'ofici, i a més de mestres n'hi havia a grapats, tot i que es va estalviar de recordar-li que era gràcies a la República. L'alcalde ho va deixar córrer, per bé que se'n va anar amb la impressió que hi ha homes molt estranys. No obstant això, l'alcalde li va demanar un favor i ara l'estranyat fou el senyor Puig. El seu fill, internat en un col·legi de capellans de València, anava malament en els estudis. ¿Aquest estiu, vostè l'ajudaria per tal que arribara als exàmens de setembre sense haver de repetir el curs? Ho faré amb molt de gust. Fins i tot, però no li ho va dir, no li cobraria.

Rafael Puig li va comentar a la seua dona, la senyora Matilde, la conversa amb l'alcalde. La dona, que reconeixia en el seu marit una persona il·lustrada, patia de veure'l fer de llanterner, un càstig que trobava infame i injust. Ell la va persuadir que tots els oficis són nobles si es practiquen amb honestedat; que la importància d'un home residia en el seu esperit, no en les durícies de les mans. De nou la va convèncer, com quan havia decidit, així que l'alliberaren, aprendre un ofici. A més, per a tots dos en tenien prou amb el que guanyava en un temps en què gairebé tothom necessitava molt poc per viure. Resignada, la senyora Matilde acceptà les explicacions. Va festejar amb un mestre i va acabar casada amb un llanterner. L'estima i el respecte, però, estaven per damunt de qualsevol consideració que atemptara contra l'amor propi. Als ulls d'ella, la ferma actitud de principis del seu home engrandia més l'estima que li professava. Potser per això lamentava no poder donar-li un fill o una filla als quals un dia els ensenyaria el sentit perdurable de l'ètica. Entre altres coses, era el que havia après del seu marit i el que hauria volgut transmetre.

D'alguna manera, d'una manera franca, Josep i Robert eren fills per al senyor Puig i la seua dona. Ella necessitava imperiosament expressar l'instint maternal, però al marge d'aquest fet també hi havia l'amistat, la disposició solidària. Tot i que Rafael Puig i Josep Baixauli, pare de Robert i Josep, no coincidien ideològicament, la deferència per les idees que amerava Puig salvava el dogmatisme militant de Baixauli, que en principi els hauria d'haver distanciat. Baixauli era un home d'acció, honest però radical; Puig creia en l'educació com a instrument capaç de canviar el món. Amb tot, hi havia un afecte recíproc. Puig, però, no aconseguí convèncer Baixauli perquè no fugira a les muntanyes, quan la guerra estava indefectiblement perduda, amb l'argument que no havia matat ningú del poble, que l'única culpa era haver lluitat al bàndol contrari. Tanmateix, la intuïció de Baixauli el va salvar de la ingenuïtat del seu amic, impregnada d'una noblesa que no concebia que afusellaren algú per les seues idees. En una guerra tothom mata, i, a més, era un comunista declarat, un comunista que desitjava continuar combatent. Puig creia que amb uns anys de presó quedaria absolt; la guerrilla el condemnaria per sempre.

Malgrat la insistència de Josep, era millor no parlar-ne. El matrimoni Puig feia seu el dolor de la senyora Inés. Durant un temps l'ajudaren econòmicament; s'ocuparen de la instrucció escolar de Josep fins l'adolescència, edat en què ell mateix va decidir treballar i llavors el senyor Puig li va ensenyar l'ofici. Ara també s'ocupaven de completar l'ensenyament de Robert, que aviat compliria dotze anys. Rafael i Matilde engrescaren Josep a l'aprenentatge musical, però Robert s'hi resistia per bé que mostrava una inclinació més favorable a la lectura.

Els dissabtes, sobre les deu del matí, Robert acudia a casa de Puig amb el llibre que li havia donat per llegir. Llavors Rafael li demanava que li explicara l'argument, no com una mena d'examen sinó per comprovar les sensacions que la història havia imprès en el xiquet. Robert resumí amb agitació *L'illa del tresor*; després Puig li va completar la lectura amb altres connotacions que, per l'edat, se li escapaven. A continuació, asseguts a la taula del menjador (la senyora Matilde li preparava una tassa de xocolata amb galetes o bé un entrepà de truita a la francesa), repassaven les lliçons escolars (i ací el senyor Puig s'abstenia de fer comentaris al marge). A la fi, abans d'anar-se'n, tenia lloc la màgia del numeret de l'habitació secreta, a la qual s'accedia per una porta ocultada per un armari de pes lleuger. Era un secret que compartien tots dos i que emocionava sobre manera Robert. Apartaven l'armari i aleshores el senyor Puig, amb una mica de pompa i misteri, encaixava lentament la clau al pany i obria la porta a poc a poc fins que apareixia una filera de prestatges de fusta atapeïts de llibres. Els llibres, el gran secret que cap persona del món coneixia, tal com li assegurava el senyor Puig. Robert donava un gran valor a aquesta revelació. Passejava amunt i avall mirant-los amb curiositat, fregant amb suavitat el llom d'un volum, extasiant-se amb aquella meravella que només ell en tenia notícia. El senyor Puig el deixava uns minuts en la contemplació; li tenia el cor robat la fascinació que exercia sobre el xiquet l'habitació secreta. Passada una estoneta, tot alertant-lo del perill que podien descobrir-los, escollia un llibre de Salgari o Verne per introduir-lo en una coixinereta, com si en compte d'una novel·la el xiquet duguera una comanda de queviures. Amb gairebé dotze anys, Robert ja entenia que tot allò, més que un secret de màgia infantil, era un secret d'abast clandestí. Però tots dos persistien en la litúrgia d'una actuació que s'havia iniciat cinc anys enrere. ¿Per què trencar l'encanteri d'un fet tan sorprenent com una habitació on l'essència dels llibres el transportava a un món desconegut? Al senyor Puig l'amoïnava que un dia Robert perdera la innocència. El món dels adults, el món de Robert, era tràgic i ajornava tant com podia l'hora en què el xiquet s'hauria d'enfrontar amb la realitat.

Aquell dissabte de juny, camí de casa per la senda agrícola que unia la llar-taller del matrimoni Puig amb el poble, amb la coixinera ben subjecta d'un puny, amb cura que els malfactors dels llibres no li arrabassaren el tresor, el senyor Rafael el mirava allunyar-se amb el record del naixement del xiquet, tot i evocant-ho amb el seu costum metafòric adoptat en l'ofici d'ensenyar; un garbuix de cingles i penya-segats per on va haver d'enfilar-se per impedir l'acusació i l'empresonament de la mare, la senyora Inés, que va quedar embarassada mentre se suposava que el seu marit combatia a les muntanyes amb l'Agrupación Guerrillera de Levante.

Una nit, Josep Baixauli va acudir a la casa de Rafael Puig. Duia marcada a la cara la desesperació i la derrota, la imatge d'una vida de sacrificis i dificultats materials, brutícia gairebé petrificada, un jersei de llana una mica estripat i una arma carregada de bales no sols per matar sinó per disparar-se a la templa en cas que el detingueren. En aquell estat lamentable, Puig el va acollir, bo i oferint-li abans que res una dutxa i roba neta i l'aliment que li calmara la gana. Baixauli confessà al matrimoni que tot estava perdut, i volia, com un darrer desig, veure la dona i el fill. Sense pèrdua de temps Matilde avisà Inés, que vingué acompanyada de Josep. Aquesta fou l'última trobada entre el pare i el fill. Tots tres passaren la nit junts, en vetlla, parlant i contant-se el que durant anys no havien pogut dir-se. A trenc d'alba, quan la senyora Inés ja havia marxat, el pare exigí a Josep, aleshores de tretze anys d'edat, que cuidara de la mare i, sobretot, que mantinguera en un secret absolut la trobada. El va abraçar i el fill va plorar. Baixauli el va agafar amb força dels muscles i el va amonestar amb severitat. No eren temps de llàgrimes sinó de lluita i dignitat, lliurant-li la torxa militant que un dia ell hauria de dur. Durant una setmana, la senyora Inés acudia a la casa del matrimoni Puig a diferents hores del dia: al matí, al migdia o a mitjan vesprada. Quan vingué el moment del comiat també exigí a la seua dona cap mostra de tristesa. Era el seu destí i l'assumia. Ella el va obeir; se'n va anar sense fer una mirada enrere, amb un nus a la gola que esclatà amb un plor silenciós així que arribà a sa casa. El fill hauria volgut consolar-la, però no eren temps de llàgrimes. Les paraules de son pare, al qui admirava profundament, se li gravaren amb tanta solidesa que el seu caràcter, per bé que no destacava com un adolescent alegre, va madurar de sobte com si en algun lloc duguera escrit amb tinta indeleble el testament del seu compromís. Una nit de tardor, després d'una llarga conversa amb Rafael Puig, en què tingueren lloc confidències i agraïments, a més del darrer favor demanant-li que s'ocupara, en la mesura de les seues possibilitats, de la mare i el fill, Josep Baixauli, comunista combatent i tossut, desaparegué aprofitant la foscor i la pluja amb una arma en la butxaca interior d'una jaqueta de Rafael Puig, amb el carregador ple, el percussor a punt per no patir la ignomínia de la tortura, el temor de delatar els seus companys, la por a la feblesa humana que aflora sota el sofriment inhumà. Passats un parell de mesos, la senyora Inés es convencé que estava embarassada.

De seguida Rafael Puig es va reunir amb l'alcalde, un home d'influències en les esferes polítiques provincials del règim. Puig li contà una versió que l'alcalde rebé amb un somriure incrèdul: Josep Baixauli, que semblava embogit, havia forçat la seua dona a l'acte sexual. Cal dir que l'alcalde també s'indignà amb aquesta interpretació. El seu malestar estava relacionat amb el fet que si l'hagueren capturat hauria adquirit uns mèrits que sens dubte l'haurien beneficiat políticament. Home de classe mitjana, que si bé no estava dotat d'una economia esplèndida tenia, en contrapartida, ambicions socials. Llavors el senyor Puig canvià de tàctica. Li va narrar la veritat, però persuadint-lo que Baixauli era un home acabat, com gran part dels maquis. I que ell, com bé sabia l'alcalde, no combregava (va utilitzar el verb a consciència) en absolut amb les idees comunistes ni menys encara amb la violència (amb el terrorisme, l'esmenà l'alcalde.

En efecte, amb el terrorisme, ratificà Puig). Però... ¿quina necessitat hi havia de castigar una mare i el seu fill per col·laboracionisme? ¿No en tenien prou, de sofriment? Li pregue la seua comprensió; li demane ajuda per a una família humil, castigada cruelment per la vida. Vostè és un bon home que va intercedir per mi i li estic molt agraït. Si cursa la denúncia també ens denunciarà a mi i a la meua dona. Pose's en el meu lloc: ¿delataria vostè, un home d'honor, a un amic? L'alcalde va replicar que parlaven d'un assassí. Té raó, però no ha matat ningú del poble. La dona i el fill no en tenen la culpa. Demane'm el que vulga i ho faré, però apiade's d'eixa família (el poble ja tenia un mestre, però el fill, gràcies a l'ajuda desinteressada del senyor Puig, aprovava els cursos). L'alcalde sospirà i va reflexionar. Ja no tenia cap possibilitat de penjar-se la medalla en la captura del maqui Baixauli. Així doncs, juntament amb Puig, arredoní el relat per al caporal de la guàrdia civil, que mantenia l'ordre de tres pobles amb pocs efectius. Sota amenaça armada, Baixauli va violar la seua dona, va comminar-la al silenci amb l'advertència que, si el delatava, ell o un company d'ell tornaria per matar-la, a ella i el fill. Semblava pres d'una follia indescriptible. L'embaràs, però, la va obligar a presentar-se davant l'alcalde per demanar-li protecció. Així ho va contar la senyora Inés a la caserna (contra la seua voluntat, per voluntat expressa de l'alcalde, va haver de canviar la paraula forçar per violar), acompanyada del seu fill Josep, de l'alcalde i Puig. L'alcalde, al marge de mostrar un bri de comprensió per la situació de la dona, que temia per la vida del fill, va expressar una indignació que elevaria a les altes instàncies. ¿Com era possible que només quatre membres de la guàrdia civil vigilaren tres pobles? Si hi haguera hagut més efectius, allò no hauria passat. El caporal, home de poca lletra però d'intuïció policial, palesava un escepticisme només matisat per l'actitud francament enutjosa de l'alcalde, que insistia una vegada i una altra en la queixa que personalment faria al governador provincial. La influència política de l'alcalde era coneguda i al caporal no se li escapava que una nova caserna, amb més efectius, potser repercutiria en més responsabilitats per a ell, l'ascens a sergent o bé comandant de *puesto* més ben remunerat. *Le ruego que por conductos oficiales o personales explique en qué situación desarrollamos nuestro trabajo*, demanà el caporal. *Sin duda, sin duda*, respongué l'alcalde empentant lleugerament però amb un cert menyspreu la senyora Inés i el seu fill cap al carrer. *Todo lo que ha pasado es una vergüenza que debemos ocultar, por el bien del prestigio de la institución que usted representa*, digué l'alcalde al caporal. *¿Y el embarazo de la mujer?*, preguntà el guàrdia civil. *Esa vergüenza la tendrá que pasar ella.*

Fora, lluny de la caserna, Rafael Puig va agrair a l'alcalde el gran favor oferint-se de nou si li calia alguna cosa.

—Mire, sé que no va acceptar continuar sent mestre per la repugnància que li fa el règim. En el fons és un enemic. Certament un enemic passiu, però enemic. Però també sé que és una bona persona que evità una matança en el poble. No li ho havia dit mai, però en la llista de la FAI hi havia familiars meus. Favor per favor. Ara ella —la senyora Inés i el fill caminaven uns metres més avant— haurà de carregar amb la vergonya d'haver-se embolicat amb un foraster de pas o amb un veí. És just que pague pel que ha fet.

El senyor Puig no va respondre, com si admetera el càstig de manera tàcita. No obstant això, l'alcalde estava equivocat. Als pobles tothom es coneix i per bé que alguns, servint-se de la posició social amb malícia, s'esmeraren a predicar la vergonyant deixadesa moral de la senyora Inés, la majoria reconeixia la seua honestedat. Sempre havia sigut una dona callada i treballadora, enamorada del seu marit. Dels pocs consols que en vida tingué fou la solidaritat amagada que en moments tan amargs va rebre de la gent. Quan

Robert va nàixer, el senyor Puig, a propòsit dels que propagaren rumors malintencionats, recordà Maquiavel: «Hauríeu de saber, doncs, que hi ha dues maneres de combatre: una observant les lleis morals, l'altra mitjançant l'ús de la força. La primera és pròpia d'homes, la segona de les bèsties».

No recorde quan vaig perdre el costum de dormir si més no cinc hores seguides. Potser quan es va iniciar al meu cap un batibull de records difusos. De vegades envege allò que els especialistes anomenen la síndrome de Kórsakov, una malaltia mental que sols permet recordar una part de la vida (ho vaig llegir en un llibre d'Oliver Sacks, *L'home que va confondre la seva dona amb un barret*). Però de bon matí, quan isc al pati, allà hi ha Miquel per recordar-m'ho tot com un notari rigorós i rutinari que alça una acta sense deixar-se ni el paràgraf més anodí. Com sempre, està assegut a la banqueta allargada de fusta arrambada a la paret del magatzem, observant amb desídia l'enrenou de les gallines picotejant la dacsa. A la salutació ¿què tal, Miquel?, contesta invariablement: Ací estic.

Ignore per quant de temps, però allà està. Aleshores parlem, si fa al cas, del gos, del reumatisme que pateix a les cames posteriors, cada vegada més vinclades. A Miquel l'interessen més els animals que les persones. Curiosa estima per a una persona com jo, que el va acollir. Entenc, però, la seua acritud per l'espècie humana: és general. Algú ha de carregar amb la culpa de la dissort personal. És el més fàcil, jo també ho faig. Però amb la diferència que jo mire cap enfora i ell no mira enlloc. Intente no analitzar-me, no busque res, o potser sí, allò que em trobe en el dia a dia sense marcar-me cap perspectiva, no siga cas que, en un estat d'imbecil·litat passatgera, albirara una esperança que em retornara a la ingenuïtat crònica. Envoltat com estic de gent que creu que em necessita, cometria un error imperdonable. Em prodigue amb una normalitat que els sorprèn, sobretot, a Miquel i Cèlia. La candidesa de Salif és una altra cosa, és una causa; la d'un negre de Mali que, miraculosament per a ell, toca a una porta i topa amb un blanc com tants desagradables blancs que s'ha topat, però aquest li ofereix un treball i una mena de família. Com un jugador que, amb cartes que són una fallanca evident, guanya una quantitat enorme de diners. És clar que s'ha enfrontat amb altres que no creuen en la possibilitat d'un miracle que canvie el rumb de la partida. Però no despertem la innocència de Salif. El que sap de les nostres vides es remunta al dia que va deixar el maletí i les catifes i abandonà el carrer.

Ara viu al poble, no gaire lluny de nosaltres, en un pis que em va costar Déu i ajuda que li'l llogaren. Després de visitar multituds d'immobiliàries que no veien en ell un bon client per als seus clients, un veí, un amic que s'havia de traslladar per qüestions d'empresa a una altra comarca, va accedir a llogar-li'l, amb un argument que li vaig plantejar: si jo fóra l'amo del pis no dubtaria a llogar-lo a un negre. Per ser negre han d'observar una conducta immillorable perquè no els deporten al seu país (al barracó de fang que es desintegrava així que plovia copiosament.Vivia amb la mare i vuit germans. El pare, com és costum al país, practicava la poligàmia i no podia mantindre-les totes, segons m'ha contat). ¿Per què creus que l'he contractat?, hi vaig afegir. Més encara, des del primer dia li vaig fer un contracte indefinit. A les vuit menys deu minuts, Salif acudeix al treball.

Es presenta suat de fer cinquanta minuts de *jogging* cada dia, fins i tot els festius, excepte si concursa en un dels dos milions de maratons anuals que se celebren a la comarca, com si a tots els polítics municipals —el cervell d'alguns no serviria ni per a una sopa de caníbals famolencs—, els haguera entrat la dèria que els negres, els blancs, les dones, els jubilats, les criatures i tot cristo es posen a córrer com idiotes no se sap ben bé cap a on, però amb la idea que cuiden la salut dels ciutadans. Diré de passada que recorden els edils dels primers ajuntaments democràtics amb la cultura. Els consistoris, per insignificants que foren, tenien el seu concurset literari. I era així com pretenien formar milers de literats de tots els gèneres, enormes masses de gent abocades a la competició narrativa. Passats vint-i-cinc anys de l'allau cultural, l'analfabetisme funcional funciona tan bé com en la dictadura. És clar que els voluntariosos regidors no en tenien la culpa. La tenien els qui els havien elegit. Democràticament.

Confesse que veure Salif em posa content. ¿Em dec haver convertit en un filantrop que necessita autoovacionar-se per una obra solidària? No ho crec, però m'ho faré mirar. Vet ací que podria tractar-se d'una superioritat subliminar blanca. Al cap i a la fi, no li regale res. Més aviat al contrari, els diners que li pague (cobra per damunt de la mitjana dels treballadors del mateix ofici) se'ls guanya de sobres. A propòsit dels diners, no sé com s'ho fa per enviar-ne, pagades les despeses quotidianes i el lloguer, una quarta part a la família. Certament sóc un bon patró. M'ho puc permetre, però no burxaré en el sistema de vida que du per respecte a la intimitat personal. En això sóc molt estricte, per evitar que investiguen la meua. Algun detall estalviador sí que li observe: gairebé sempre vesteix de xandall. En té dos, quita i pon, que en deien abans (i una granota de treball blau fosca). La calor no el molesta, el fred no li fa nosa.

Deia que em posa content veure'l. Potser representa el fill que no he tingut. Llàstima que siga negre fosc. De ser blanc, o mulat, m'ho podia creure (si et descuides, caus de sobte en la idiotesa). Així que escolte el soroll de la porta de la reixa en obrir-se (el pati té forma d'ela) l'ànim em puja una mica, per contrast amb les baixades anímiques que m'encomana l'actitud de Miquel. El nostre esportista arriba amb la seua puntualitat particular, deu minuts abans de les vuit, un contrast, també, amb els diversos ajudants que he tingut, tots ells joves, que arribava un dia que ja no hi arribaven. Desapareixien sense dir ni pruna. Això sí, ho feien l'endemà de cobrar.

Saluda com ho fan al seu país, encaixant la mà dreta primer amb el de més edat, Miquel, al qui creu més major que jo però té un any menys. Tot seguit desplega un repertori d'estiraments i hauríeu de veure la cara de Miquel; sembla el doctor Jekyll poc després de xutar-se el líquid transformador. Al seu aire, Salif distén els músculs de les cames recolzant les mans contra la paret. Ara una, ara l'altra. Cinc minuts, si fa no fa, i a continuació una dutxa d'aigua freda. Quan torna al pati, ple d'energia, satisfet, a ple rendiment, recull els ous de les gallines i llavors, com sol passar de tant en tant, faig d'àrbitre per tallar la discussió entre Miquel i ell. Gallina no fa ous, diu Salif assenyalant-ne una que té fitxada i porta un temps improductiva. Des de la banqueta, a Miquel se li dispara el ressort que li adreça l'esquena. Deixa la gallina, el recrimina. Però Salif no la solta.

Miquel no entén el pragmatisme d'una persona que prové de la misèria absoluta, i que ho jutja tot, per tant, des de la seua utilitat. Està en contra de sacrificar cap animal excepte quan no té més remei que acceptar el fet irreversible de veure'l convertit en primer plat a la taula. Així doncs, faig un apart amb Salif per explicar-li la sensibilitat de Miquel alhora que li recorde la jerarquia establerta, és el cap superior del pati. Gallina amnistiada.

Salif prepara el desdejuni amb una destresa excepcional: fa el cafè, els ous, trosseja el pa... tot amb tanta rapidesa com jo pare la taula. Propi dels alcohòlics, Miquel, amb prou feines menja malgrat els consells de Salif sobre la importància dels aliments mentre, per no llançar les sobres, es cruspeix la part sòlida de Miquel, que amb una tassa de cafè en té prou. Sovint Salif encara es menja un entrepà de mortadel·la i un suc de taronja. De seguida em repassa la llista de reparacions a domicili, a algunes de les quals, per l'excés de feina que donen i el poc rendiment econòmic que produeixen, o bé les rebutge o les ajorne. Tinc per norma no acceptar treballs en edificis en construcció. En primer lloc, perquè necessitaria més ajudants i no saps mai si els individus contractats temporalment et deixaran tirat a mitja obra, cosa que paralitza el treball de la resta; i també perquè t'obliga a complir un horari. Fa anys que vaig decidir que l'agenda la marcava jo. D'altra banda, degut a la ignorància o a la comoditat de la gent per no arreglar un desperfecte que només en canviar una simple peça se solucionaria, no en falta mai, de feina. De manera que escoltat el resum trie on ens desplaçarem al llarg del matí. A les vesprades no treballe; una altra de les normes que vaig decidir incloure. És Salif, a eixes hores, qui s'ocupa d'atendre els clients que s'arriben al magatzem. Abans, però, d'iniciar el dia laborable, un primer cigarret al pati, assegut a la banqueta, amb les cames estirades rebent el sol que et compensa de les hores mal dormides. Just el temps que Salif necessita per introduir a la furgoneta el material imprescindible; just quan es presenta Cèlia i, per cortesia, retarde una mica el primer encàrrec de la llista.

4

Per bé que ho sospitava, el senyor Puig s'estimava més no saber res de la militància clandestina de Josep. El va sobtar que aquell dissabte arribara a sa casa mitja hora després que el seu germà Robert se n'haguera anat. Gairebé mai es veien, els dissabtes. Rafael i Matilde estaven al pati. De seguida la seua dona es va adonar que volia parlar amb el seu marit en la intimitat. Va preguntar-li d'esma per sa mare i va entrar a casa. Rafael i Josep s'assegueren a la banqueta.

—¿Com ha anat la cercavila?

—Vinc a comentar-li una altra cosa.

L'encaparrament de Josep i el fet que apagara un cigarret i n'encenguera un altre indicaven al senyor Puig la gravetat de l'assumpte.

—Com vostè s'imagina, milite al Partit Comunista.

—Fill, ¿és necessari que en parlem, d'això?

—Sí. M'ha d'ajudar.

—¿Com puc fer-ho?

—Vostè és l'última persona que va veure mon pare. Sempre he tingut la sensació que m'ha ocultat alguna cosa. Entenc en quin sentit ho fa, però amb la seua ajuda o sense estic decidit a esbrinar què va passar. Cada vegada que he intentat que en parlàrem ha defugit el tema. No li ho demane com un ultimàtum. Seria injust per la meua part després de tot el que ha fet per nosaltres, però com li he dit estic decidit fermament a arribar fins al fons. Li explicaré per què. Ahir vaig assistir a una assemblea del Partit. Quan es va acabar, com que jo manifestava un desacord, un home vingut de l'exterior em féu cridar per reunir-me amb ell. Sé que ho féu perquè no els agraden les dissidències, però ho vaig aprofitar per demanar-li si sabia alguna cosa de mon pare. L'explicació que em donà no em va convèncer, però ho vaig deixar córrer. Li vaig notar que no li venia de gust parlar-ne. També que d'ara en avant em controlaran. Ho han fet amb altres i ho faran amb mi. Vostè és el punt de partida, és l'únic que em pot donar detalls que m'ajuden a esbrinar el que va succeir. És natural que un fill es preocupe per la misteriosa desaparició de son pare.

El senyor Puig es va alçar de la banqueta i va fer un curt passeig pel pati, reflexionant sobre una tragèdia sense armistici. Pensava en la senyora Inés, en el seu desig inabastable d'oblidar; en les paraules de Josep, en la incomoditat que desencadenava entre els comunistes qualsevol indici desavinent. Li hauria volgut parlar d'André Gide, del seu llibre *Retorn de l'URSS*, que, gràcies al seu domini acceptable del francès, havia llegit el 1937, any en què un col·lega seu, fugit a França, li'l féu arribar. Hauria volgut explicar-li la decepció de Gide pel model social de l'estalinisme, que fins i tot, en un passatge del llibre, Gide narrava que havia començat a brindar pels republicans espanyols i que els russos no gosaren fer-ho perquè *Pravda*, el diari oficial, encara no n'havia dit res. I com els comunistes d'arreu del món acusaren Gide de feixista i reaccionari pel fet de discrepar. Sabia que era inútil, però. Josep no sols estava imbuït de la ideologia comunista, sinó també de la recerca obsessiva de la dissort del pare, de l'home que admirava, de l'exemple del qual es nodria sense un replantejament objectiu, bressolat en somnis impossibles. Un conat de persuadir-lo contribuiria a establir una distància infranquejable entre ells. El caràcter tolerant del senyor Puig no li ho permetia. Va tornar a la banqueta i va seure de nou al seu costat.

—És cert, ton pare em va posar al corrent de la difícil situació en què es trobava.

El Partit Comunista va donar l'ordre d'abandonar la guerrilla. El mateix Partit va organitzar l'escapada, però la desconnexió entre els grups de maquis evitava que els enllaços arribaren a totes les zones on tenia lloc la lluita. Alguns enllaços, veient que no tenien eixida, buscant-se'n una personal, van pactar entregar-se a canvi de delatar els seus companys. El temor a la tortura i l'afusellament induïren a la traïció, sobretot a les regions d'Extremadura, Andalusia i la Manxa, segons li va narrar son pare. S'hi afegí, a més, el fet que l'Agrupación Guerrillera de Levante va desobeir les ordres del Partit. En aquesta agrupació es van executar denou maquis per presumpta connivència amb la guàrdia civil. La sospita es va generalitzar tant, i va arribar a tal extrem, que decidiren dispersar-se. El relat era més extens, molt més tractant-se d'un dels episodis més foscos de la postguerra, però li féu un resum del que creia més essencial evitant els rumors sense fonament i cenyint-se, en línies generals, al que Josep Baixauli li havia transmès.

—Fou llavors quan ton pare vingué a casa. Sabia el que l'esperava i desitjava acomiadar-se de vosaltres.

Rafael Puig es va aturar en aquest punt.

—¿No té res més a dir-me?

Puig féu un sospir de fatiga, del cansament que té l'arrel en les successives derrotes precedides d'un seguit d'il·lusions que van indefectiblement caient una rere l'altra, i que a la fi un adopta amb aquell aire d'edifici ruïnós que mai no es rehabilitarà. Amb tres guerres (dues mundials) i dues dictadures, ja n'era conscient que el segle XX, tot i que encara en restaven gairebé quaranta anys, bo i que encara quedaven més guerres i brutalitats que no arribaria a conèixer, havia estat una gran desfeta per a la humanitat, suficient per posar en dubte el paper de les ideologies.

—El teu pare duia una arma. Estava disposat a suïcidar-se si l'atrapaven. Al marge de veure-vos per última vegada, buscava un delator.

—¿Li va dir qui era?

—El coneixien pel malnom de Brúixola. Vivia en un edifici prop de la Creu Coberta. Es va salvar de la pena de mort. El condemnaren a vint anys de presó, però, segons he sabut després, l'alliberaren pel desembre de l'any 1959. Fill, ara ja ho saps. ¿Què pretens, matar-lo? ¿Causar encara més tragèdia? ¿És que potser no penses en tot el que ha hagut de passar i passa ta mare? ¿No significa ella res per a tu?

—Senyor Puig, vull trobar eixe home per parlar amb ell. A ma mare la reconfortaria saber què fou del seu marit. Sé que sap el seu nom autèntic. Per favor, diga-me'l.

—Josep, entre altres coses he intentat ensenyar-te el valor de la paraula. Necessite que m'ho reafirmes.

—Paraula que només desitge parlar amb ell.

—Es diu Leandro Monrabal i crec que encara viu a la Creu Coberta.

—Gràcies. Estiga segur que respectaré el pacte.

Després d'anar-se'n Josep, a Rafael Puig el neguitejava si havia estat oportuna la confessió. Va reflexionar al respecte, va consultar-ho amb la seua dona. Tots dos convingueren que la tossuderia del xicot l'hauria dut a una investigació que potser despertaria sospites, suspicàcies, que l'afany en la tasca, les seues conseqüències, haurien estat pitjors. Es deia que havia actuat com un remei; s'ho reiterava com ho fa un metge que ha de tallar la cama d'un pacient per salvar-lo de la gangrena. Però l'amoïnava la tristesa d'un naufragi que, tot bregant per bandejar-lo del pensament, imaginava inevitable.

Em serviré, ajustant-lo a les circumstàncies, d'un famós i brevíssim conte per descriure la vida de Cèlia: «Quan va despertar, el malson encara estava allí». Cèlia sol vindre a casa quatre o cinc dies per setmana. S'encarrega de la neteja, però no és la dona de la neteja. Igual com Miquel, és filla de l'hecatombe generacional (és ben certa aquella frase que quan algú parla dels desastres dels altres és perquè no en vol saber res dels propis). Soltera, però separada multitud de vegades, la seua única filla, Lluna (l'elecció del nom ja avançava un desastre clamorós per a sa mare), la duia amb el cotxe a ma casa fins fa un any.

Un any enrere, per culpa meua, desistí de dur-la. També per culpa meua no viu amb ella. Lluna té vint-i-quatre anys. Des de llavors a penes parla amb sa mare. Com era habitual, la va dur fins la reixa d'entrada al pati. Aquell dia jo passejava amb el gos per la senda, fumant-me el primer cigarret, aprofitant l'aire encara poc merdós que rebia de les fàbriques del voltant. Cèlia no em va veure i va entrar al pati; Lluna menà el cotxe en la meua direcció, cap la carretera que enllaçava amb el barri de La Torre, i d'allí, seguint per l'antiga carretera general, cap al centre de la ciutat. Li vaig fer un senyal perquè aturara el vehicle. Ho féu, va baixar, ens férem dues besadetes a les galtes. Em deia «tio», gairebé érem de la família. Li vaig preguntar per la seua feina. Doncs ja veus, arreglant els cabells de les *marujes*. No, carinyo, em referia al teu treball de puteta ocasional.

De tan sorprenent, la resposta tingué un efecte apaivagador sobre ella. Tot seguit va tindre un rampell d'ofuscació barrejat d'empipament. Sense respondre'm va intentar pujar al cotxe, però la vaig aturar amb energia, per tal que entenguera que volia parlar-ne malgrat la manca de delicadesa amb què l'assaltava. ¿Què guanyes a la perruqueria, vuit-cents, mil euros? Res t'importa, és cosa meua. Amb este jornal —vaig continuar sense prestar-li atenció— resulta estrany que dugues els vestits que, d'uns mesos ençà, t'observe. Sabates de Dolce&Gabbana o Kenzo, pantalons vaquers d'Armani o Diesel, camises Burberry, faldilles Valentino, per al meu gust massa ajustades i curtes, i bosses de Loewe o de Fendi. Desconec les marques de la teua roba interior, però el perfum que fas servir no és colònia de garrafa. M'he pres la molèstia d'esbrinar les marques i els preus que costen.

Lluna esclatà en plors. Vaig posar-li un braç al muscle però me'l va llevar amb violència, de persona empomada en ser descoberta. Vaig donar-li temps perquè es desfogara, que no s'allargà gaire perquè tot seguit va recuperar el posat altiu i es va encarar amb mi, disposada a apallissar-me: Sou tots una colla de fracassats pollosos, començant per ma mare, que no ha sabut plantar cara a la vida i ha acabat traient la merda de ta casa. Estic fart d'aguantar-la, és una ploramiques que ha perdut el temps lamentant-se en comptes de buscar solucions. Tu, en canvi, les has trobades, li dic. La meua vida em pertany, sóc major d'edat. Escolta, Lluna, només pretenia donar-te algun consell. Posa-te'ls pel cul, els consells! Així i tot te'ls donaré —vaig dir subjectant-la pels braços, impedint que s'encabira al cotxe—. Conec la vida, conec la nit. En tinc molta experiència; la necessària per aconsellar-te que això que ara et sembla tan pràctic, t'acomoda i t'evita un temps que l'hauries d'utilitzar per formar-te professionalment. Imagine que t'has reiterat que sols faràs de puta una temporada, però és mentida. És comprensible deixar-te dur pels guanys fàcils. No durarà sempre i potser vindrà el dia que te'n penediràs. Molt bé, superman, quan vinga el moment acudiré a ta casa.

No la vaig poder retindre. Va engegar el cotxe amb un reprís que el motor feia l'efecte que rebentaria. Se'n va anar sense poder dir-li que, almenys, fóra una puteta solidària econòmicament amb sa mare.

Per sort, Cèlia no es va adonar de l'incident i mai en tingué notícia. Estava al pati amb Salif i Miquel, fumant un cigarret, amb pipades intercalades amb una tos ronca, de pulmons quitranats. L'endemà, Lluna explicà a Cèlia que havia trobat un pis a la ciutat, prop de la feina, que compartiria amb dues col·legues. Des de llavors Cèlia ve més sovint, es queda més hores, ocupant-se no sols de traure'm la «merda» sinó també de cuinar. Ho veia vindre això, molt abans de l'incident amb Lluna.

Molt abans, de jove, Cèlia havia estat una dona d'una bellesa notable. Treballadora en un magatzem de taronges, d'extracció social humil i poc instruïda, cregué veure la llum adherint-se al combat polític als inicis de la dècada dels setanta. No és que ho féu en el bàndol menys adient, l'anarquisme, sinó la seqüela que va deixar aquesta militància en una persona culturalment indefensa. Fou presa de totes les consignes de l'època: el llibertinatge, l'amor lliure, les utopies socials i polítiques... S'hi llançà amb entusiasme, amb l'eufòria del nouvingut que desencofra el talismà que li cal a una vida grisa i rutinària. De treballadora amb convencions socials tradicionals (la recerca d'un bon home, el piset, els fills, la família) es transformà en una aguerrida militant política i feminista que lluitava amb el seu dogma contra tot i contra tots, amb un sectarisme que feia inviable una mínima divergència amb ella. L'igualitarisme era el seu sant i senya. Duta pels corrents revolucionaris de l'època, des de l'any 1976 fins al 1980 va avortar tres vegades, de tres companys diferents. En la transició fou detinguda cinc voltes, ja que estava en contra del pactisme dels partits. La seua pasta ideològica, mancada de reflexió autònoma, amb una pobresa intel·lectual que la farcia de contradiccions que ignorava, l'adreçava resolutiva a l'alliberament de tota mena d'esclavatges. Però sovint la vida pren una direcció circular, que té la base en el desencant. El propi furor de l'anarquisme va acabar esgotant-ne els militants. Però no sols fou això el resultat del seu desengany. Les derives sentimentals tingueren una intervenció decisiva; de la primera nasqué Lluna. Amb el retorn a la placidesa, Cèlia, perduda per a la vida convencional, que rebutjava, desitjava aferrissadament un company, algú amb qui refer-se. Buscava una mena d'amor o bé alguna cosa semblant i llavors qualsevol imbècil li provocava un esglai sentimental; ells aprofitaven sexualment la seua bellesa i un temps després l'abandonaven. Depressions i canvis constants de feina la remataren. La deixadesa i la desmoralització distorsionaren aviat, quan encara era jove, la seua excepcional silueta, degradaren la vivor dels seus enormes ulls negres, amb el temps apagats i tristos, liquidaren les engrunes de la Cèlia anarquista, la dona combativa amb la quimera d'una vida diferent.

Cèlia i jo ens coneixíem des de l'adolescència. Teníem una bona amistat que es va interrompre durant els anys de militància, ocupada a canviar el món (o potser hauria de dir a capgirar-lo). Després reprenguérem el contacte sense recuperar del tot la confiança mútua. Cadascú duia un ritme, una manera de viure. De tant en tant, en una trobada casual, ens fèiem un cafè de vells coneguts. Ella parlava poc i gairebé tot eren banalitats quotidianes, però el seu rostre, la mirada, exposava un tauler amb gràfics de baixada en picat. Jo no li preguntava més enllà del que em contava: la xiqueta està buscant-se un treball, no vol continuar estudiant, ara visc en un pis de tal barri, treballe en tal lloc... ¿I tu? ¿Jo? Amb la feina i la casa de sempre. M'alegre, responia amb un somriure de circumstàncies.

A mitjans de la dècada dels anys noranta, un dia, també en una trobada casual al poble, la vaig convidar a dinar a casa. En el meu ànim niava el desig de recuperar l'amistat. La vida començava a ser molt feliç per a alguns i molt desgraciada per als altres. Hi havia un terme mig, però no era el més comú. Les grans fortunes, assolides en la construcció i l'especulació, ja traspuntaven. S'hi afegiren molts alumnes delerosos d'un aprenentatge ràpid. Jo sabia, a més, que Cèlia passava per dificultats econòmiques. Durant el dinar, però, no hi vaig fer cap menció. L'àpat transcorregué instal·lats en els records d'adolescència i joventut. També en parlàrem, de les desfetes personals, però no gaire estona. No m'agrada evocar-les i ella ho sabia. No vaig gosar oferir-li ajuda per no ferir el seu orgull. Sempre ha estat una dona de caràcter. En aquell temps la meua economia anava bé. Dos anys enrere havia venut la casa pairal (si haguera esperat un temps l'hauria multiplicada per deu, però vaig comprar dues fanecades tocant a l'alqueria) i el treball era abundant. Sense tindre la vida solucionada, en tenia suficient. Va marxar agraïda pel dinar i amb el meu desig de repetir-lo si li venia de gust. Ho tindria en compte.

Pocs dies després, potser dues setmanes més tard, va tornar. Era cap al migdia i jo treballava amb unes peces al magatzem. Em va saludar amb un posat dubitatiu, diries que tímida, preguntant-me què tal anava tot quan sabia que tot estava normal. Llavors, directament, li vaig demanar què necessitava. No trobe feina i amb els diners que guanya Lluna no podem passar. Aviat hauré de deixar el pis. Puc donar-te diners per eixir del mal pas. Ja me'ls tornaràs quan pugues. No te'ls podré tornar mai. Tant fa, li vaig respondre i per a ella fou una resposta desagradable. No desitjava que la mantinguera. Jo no sabia què oferir-li i Cèlia trencà el silenci dient-me que tenia la casa i el magatzem desordenats. Sóc descuidat. ¿Te'n vols fer càrrec? Féu que sí justament amb una feina que, per subtilesa ideològica, mai no li hauria ofert.

5

Abans del certamen musical de juliol a la plaça de bous de València, el més important al llarg de l'any, les bandes de música tenien el costum de celebrar un concert al poble. La decisió de concursar la prenien els músics, de vegades en contra de l'opinió de la junta directiva, que esperava el certamen com una ocasió immillorable, si tot rutllava si més no normalment, d'oferir un èxit que realçava el treball dels seus membres i en particular el del president.

Els músics feien un primer debat en novembre, aprofitant un assaig que servia per prendre el pols, l'estat d'ànim dels components de la banda. Succeïa que, segons les possibilitats econòmiques (subvenció municipal i minses aportacions personals de cada músic), alguns instruments no oferien garanties, almenys, de no fer el ridícul en un certamen de gran ressò mediàtic —premsa i ràdio— i en què, a més, concursaven altres bandes de prestigi.

Al mes de març, el dia de Sant Vicent Ferrer, que tenia lloc el Combregar dels Impedits, que començava a les vuit del matí i acabava a les deu, la banda musical de Benicorlí, a l'hora de la «picaeta» al centre musical, discutia, per segona i última vegada, si era convenient concursar. Hi havia opinions de tota mena fins que el mestre de la banda, Hilari Botet, un músic jubilat de la Municipal de València, posava fi a la discussió amb el seu criteri; al capdavall, com a director, tenia una perspectiva general de les possibilitats dels seus músics. El senyor Botet decidí que enguany concursarien, atès que tres anys sense fer-ho desanimarien els aficionats locals i potser emprenyarien innecessàriament la junta directiva. Ell mateix va escollir l'obra del concurs (una era d'elecció lliure, l'altra obligada pel jurat del certamen). D'elecció lliure va triar *Rienzi*, de Wagner. Tothom s'hi mostrà d'acord; *Caprici italià*, de Txaikovski, d'interpretació obligada, requeria d'un solo compromès de trompeta. El senyor Botet va explicar als seus músics que havia pregat a la directiva una trompeta nova per a Maties, el millor trompetista de la banda. Havia arrancat la promesa de l'alcalde i el president, però el trenta de març, el dia del combregar, Maties encara tocava amb la vella i exigí el compliment del tracte.

Pel mes de maig, la nit que la banda interpretaria a la plaça del poble les dues obres del certamen anual, Maties tenia una trompeta nova. Abans d'eixir des del centre musical fins a la plaça (el concert començava a les deu i mitja de la nit), Maties, per entonar-se i afrontar el solo amb garanties —tothom hi prestaria una atenció especial—, es féu, per aplomar-se, dues copes de conyac després d'una setmana habituant-se cada dia al nou instrument. Amb la banda formada al Carrer del Centre, el senyor Botet va donar l'ordre d'interpretar Dauder (un pasdoble dedicat a un torero) mentre marxaven cap la plaça acompanyats per una multitud, sobretot de xiquets.

Era una nit gran per al poble, desitjós de comprovar l'efectivitat de la seua banda, que, d'alguna manera, simbolitzava l'orgull dels ciutadans com molts anys després els futbolistes representaven l'honor dels seus països. La plaça estava de gom a gom. Tots els veïns hi acudien amb les seues cadires. Des de l'alqueria als afores del poble, el matrimoni Puig va recollir la senyora Inés i el seu fill Robert per anar plegats al concert. Josep hi actuava. La mare li havia planxat de nou els pantalons i la camisa de l'uniforme encara amb més pulcritud. Per a ella, el concert i el posterior concurs eren dels pocs moments d'una certa joia. Veure el seu fill major dedicat a la música, un valor d'altíssim mèrit cultural per a les famílies humils, la rescabalava en part de totes les contrarietats. Un interludi circumstancial en la seua vida.

La banda va arribar a l'entaulat. Cada músic es va col·locar al seu lloc. L'alcalde hi va pujar per dirigir unes paraules, adoptà una actitud similar a la d'un militar, mentre la gent, dreta, escoltava l'himne nacional espanyol, que el senyor Botet, per precaució, allargava més del que calia. Llavors, amb la gent asseguda en un silenci que tenia més de temor que de respecte, l'alcalde va dir que havien fet un gran esforç de dotació econòmica per tal que la banda assolira un èxit remarcable en el certamen anual. S'hi jugaven el prestigi, el crèdit, i, per tant, demanava als assistents que el dia de l'actuació tothom, pel mitjà que fóra, per bé que l'ajuntament intentaria llogar un parell d'autobusos (que no ho digué, però que eren, fonamentalment, per traslladar els addictes al règim), hi acudira a animar, perquè aquest «sacrifici» que feia el consistori, pel bé del poble, no quedara en res. Encara digué algunes coses més reiterant el «seu» esforç, tot remarcant la ineludible assistència a la plaça de bous de la ciutat. Era una forma d'assenyalar aquells veïns que preferien reunir-se al voltant d'un aparell de ràdio, igual com el capellà amonestava personalment, de vegades increpant-los pel carrer, els qui no acudien a la missa obligada de diumenge. Baixà de l'entaulat entre aplaudiments, que segons els sectors eren aferrissats o tebis, però en qualsevol cas indispensables per no restar marcats.

El senyor Botet, de manera breu, va donar les gràcies a l'alcalde i va agrair la nombrosa assistència. De seguida va anunciar que l'obra escollida era *Rienzi*, de Wagner, que el públic va rebre amb un aplaudiment sincer, sospitós per ser més sorollós que el dedicat a l'alcalde. A València sempre hi ha hagut un gran fervor per les bandes de música, ja que, directament o indirecta, a través de familiars, veïns o amics, gairebé tothom hi està implicat, al marge de sentir-se orgullosos, en les discussions amb gent d'altres pobles —sobretot dels més propers—, de la seua banda. La interpretació de l'obra fou molt aplaudida, circumstància que va congratular l'alcalde; el solo del trompetista Maties, en *Caprici italià*, fou interromput pels bravos i altres exclamacions de to més groller dels espectadors més vehements. Maties representava l'esperança blanca, però l'obra es va haver de repetir, aquesta vegada sense interrupcions fins al final.

———

L'ambient i la música del Maracaibo, on treballava Felo, eren molt distints. El Maracaibo era el *nightclub* més famós, també el més elitista, però no era gaire gran. Primer, el client havia de passar la prova de Fermín, un individu corpulent però bonàs que es posicionava a la porta de dalt amb la missió d'evitar borratxos o personal sospitós (pels vestits o l'actitud), o traure'ls de l'interior persuadint-los, si no calia sense tocar-los, al carrer. Baixaves les escales, obries la segona porta i enfront s'erigia l'escenari i al costat el passadís dels camerinos. La sala era circular, amb dotze o catorze tauletes, posicionades des de l'escenari als reservats. La barra a l'esquerra de l'entrada, i al buit de l'escala el despatx de l'amo, on tenien lloc, gairebé cada nit, partides de cartes.

Un dels jugadors era el temut Vicente Rodrigo, el cap de la Brigada Politicosocial, de quaranta anys, d'alçada més aviat baixa, sempre acompanyat, en les eixides nocturnes que sovintejava, per dos policies de paisà, més joves, que pertanyien al seu grup de confiança. Aleshores, els membres de la politicosocial eren els millors remunerats del cos policial i disposaven de tota mena de mitjans i d'impunitat per dur a terme la seua tasca. En Vicente Rodrigo la impunitat era il·limitada, i per això, al marge de ser l'home més conegut i odiat per la militància clandestina, també ho era per tots aquells que el coneixien, cosa que no li importava pel respecte que rebia a causa d'eixe odi.

L'horari de Felo abastava des de les deu de la nit fins les quatre de la matinada. El club tenia tres cambrers, dos que atenien la sala i un altre a la barra. Segons un acord entre ells, s'intercanviaven les funcions. Felo s'havia demanat la barra. Actuava Carol, la seua vedet predilecta, valenciana de nom autèntic Amparo Pons. Des de la barra podia contemplar els moviments sensuals de Carol amb els mambos i xa-xa-xa que interpretava. Una mena de Gilda local, esvelta, silueta remarcable i els cabells llargs una mica més avall dels muscles. Una bellesa a la qual els pòmuls i els llavis molsuts li arredonien la imatge de vedet a l'ús.

Als anys seixanta, al Carrer de Russafa, en la vorera de l'esquerra, al costat dels cinemes Artis i Serrano, coneguda com la «vorera de la fam», els «artistes» (músics, cantants, humoristes...) hi acudien per ser contractats. Fins allí s'aplegaven amos o encarregats de clubs o sales de ball per buscar allò que els calia. L'amo del Maracaibo, tot passant pel carrer, es va fixar en la jove Amparo. El canvi de nom, unes classes de cant i ball, i algunes sessions de sexe, l'encimbellaren com a vedet de més anomenada del moment. Temps després, l'amo, conscient del poder del comissari Vicente Rodrigo, li va cedir l'oportunitat de congraciar-se amb Carol. El cap de la Brigada Politicosocial no pagava les consumicions, sols les pèrdues d'una partida, que no eren excessives per la gentilesa de la resta de jugadors. Amb qualsevol excusa, i la moral de l'època en nodria moltes, Rodrigo tancava un club. De fet, si el Maracaibo funcionava esplèndidament, era en bona part gràcies a l'ajuda de Rodrigo, que si li venia de gust en tancava altres. En definitiva, tenia la impressió de ser l'amo de la ciutat.

El comissari Rodrigo es deixava caure pel Maracaibo, tret que algun afer important el retinguera, sobre les onze de la nit. Fermín, el porter, sempre el saludava amb reverència, coneixedor que l'amo del club el necessitava ben cofoi. Fermín detestava Rodrigo no per policia, tampoc per ser el cap de la secció policial més temuda, ja que el porter, un xicot d'un poble de l'Horta Nord, exllaurador, havia trobat al club una feina còmoda i més ben remunerada que birbar o plantar creïlles, i era una persona que ignorava els entramats polítics. Tanmateix, Rodrigo simpatitzava amb Fermín; robust i amb una parença física de mascle superior, li agradaven els tipus durs, per bé que el porter, tot i l'embalum que feia, era un home més sensible del que semblava

—Bona nit, Fermín —el saludava amb dos colpets a les galtes.

—Bona nit, senyor Rodrigo.

Llavors Fermín, avançant-se, baixava les escales i li obria la segona porta. A ell i als dos policies de paisà. No l'obria a cap client més.

—Si li cal alguna cosa de mi, em crida.

—Gràcies, Fermín —una palmelladeta al braç.

Quan el comissari entrava al club, els cambrers estaven atents per servir-lo amb rapidesa. Rodrigo s'adreçà a la barra i de seguida Felo, que atenia dos clients, es va desplaçar a l'altra punta per ser-li útil. De vegades, algun parroquià que desconeixia Rodrigo protestava per la descortesia i pels privilegis d'un altre que havia arribat després. Així que el comissari s'asseia en una tauleta per veure l'actuació de Carol, o bé accedia al despatx per jugar la partida, Felo explicava al senyor ofès qui era el personatge.

—¿El de sempre, senyor Rodrigo?

—¿Cal que t'ho repetisca?

—No, no... Ho deia per si...

—Cada dia ets més idiota.

—Perdone, senyor Rodrigo.

El comissari copsava l'antipatia de Felo, tot i els esforços que el cambrer esmerçava per complaure'l. La causa residia en l'indissimulable embadaliment que Felo sentia per Carol. Assegut al tamboret, de cara a l'escenari, Rodrigo va aplaudir el darrer mambo de Carol, que no s'estigué d'enviar-li un somriure que el comissari li va retornar amb un lleuger moviment del cap. Molest, Felo s'apressà a trencar l'encant.

—Senyor Rodrigo, l'esperen al despatx. ¿Prendrà la consumició a la barra?

Sense fer-li cas, sense ni tan sols mirar-lo, el comissari va deixar el tamboret i va entrar al despatx. Abans, li féu un senyal a Carol. Avui tocava. Es veurien després. Els dos policies també hi entraren. Felo va intercanviar el seu lloc amb un cambrer, per evitar dur les consumicions a la partida. Després, bo i aprofitant el primer descans de Carol —a les dotze— la visitava al camerino. Una de les cinc xicones que alternaven al club, Mari Santos, amb qui mantenia una confiança mútua, l'advertí:

—Felo, no jugues amb la mala bèstia de Rodrigo.

—Estarà una bona estona al despatx.

L'escenari va restar buit. A corre-cuita, els músics sopaven un entrepà en un bar proper al Maracaibo, les xicones alternaven amb els clients maldant per allò que s'anomenava el *descorche*, és a dir, traure'ls diverses consumicions de les quals rebien una comissió, que, a la manera d'una cooperativa, es repartien al final de la jornada. Les insinuacions, les carícies, ara la mà en un genoll, adés un bes gairebé furtiu als llavis, i fins i tot la promesa d'una cita venal, formaven part del parany del *descorche*, que assolia la seua esplendor si el client l'acceptava en un dels reservats.

A l'esquerra de l'escenari, una porteta des d'on s'iniciava un petit passadís amb quatre camerinos. Dos se'ls repartien les xicones d'alterne i els membres de l'orquestra: bateria, trompeta, saxo, guitarra i piano (quan calia, el guitarrista s'ocupava del contrabaix). L'origen d'aquests músics no era «la vorera de la fam»; havien de passar una prova musical davant del tribunal del sindicat. De la resta de camerinos, un pertanyia als cambrers i l'altre a la vedet. Un enfront de l'altre. Així doncs, Felo va anar al seu i de la guixeta va traure una rosa, que conservava en un got amb forma de tub ple d'aigua, va enrotllar amb paper les espines del tall i va picar a la porta de Carol, que l'obrí amb un posat de condescendència; sabia qui era el visitant.

—Una esplèndida rosa, per a la cantant més esplèndida.

A Carol, les frases amables de Felo li servien de poc, perquè el cambrer representava poc per a ella. Va acollir el regal amb una cortesia d'esma, la va deixar damunt d'un bagul i es va estirar en una *chaise-longue*. El tall de la faldilla de gaies va mostrar una tirada de cama fins la cuixa. L'innocent Felo va fer un colp de coll, com si algun aliment se li haguera entravessat. En aquest tipus d'escenes no sabia què dir, quina actitud prendre, conscient de la seua inferioritat, acomplexat per l'hegemonia d'ella, que barrejava simpatia i una dosi de caritat, per bé que l'adulació de Felo l'elevava a un estat d'arrogància que la satisfeia. Li agradava el servilisme del cambrer, com és freqüent en les persones que han fonamentat l'èxit propi en el servilisme que practicaren. Felo s'assegué a la gatzoneta a la seua vora.

—Hauries de respectar el meu descans —digué Carol fregant-li una mica els cabells—. Encara em queden hores de treball.

En comptes de reflexionar sobre la carícia de gosset faldiller que rebia, la ceguesa que l'aclaparava l'induïa a una presumpció d'esperança.

—No tinc moltes hores per veure't.

—Em veus a l'escenari.

—Allà et veuen tots.

—Pobre Felo, ara resultarà que et poses gelós. És la meua feina.

—¿També ho és citar-te amb Rodrigo?

Carol es va incorporar una mica, reprenent-lo amb la mirada.

—No tolere que espies la meua vida privada.

—Disculpa'm. És que no suporte eixe individu. No és un home per a tu.

La vedet va riure ostentosament.

—¿Potser ets tu l'home ideal?

—Sóc un treballador. No sóc ningú. Però el meu afecte —no gosà dir estima o amor—... El meu afecte per tu no té límits.

—Per això som amics.

Carol va tornar a la posició inicial. La faldilla oberta va mostrar ara la lligacama. Encisat, Felo no es va adonar del somriure de la vedet mentre li observava la cuixa. Hauria donat qualsevol cosa per besar-li-la com es fa amb la testa d'un nadó.

—¿T'agrada el meu cos, Felo?

—De lluny, el millor que he vist.

—Tinc la sensació que n'has vist molt pocs. Si te l'oferira, ¿què en faries?

El cambrer la va mirar fit a fit, amb la rotunditat del bavós diligent.

—El que tu volgueres.

—¿M'obeiries com un gos?

—Sí, com un gos, però sobretot com un home.

Ho digué sever i taxatiu alhora que amb cura i inseguretat li posava la mà damunt la cuixa.

—Alça't —li ordenà ella.

A poc a poc, sense llevar-li la mà de la cuixa, Felo restà gairebé dret per no perdre el contacte. Llavors Carol, mentre somreia i el mirava li va fregar la bragueta.

—Déu meu, és veritat que ets un home!

Instintivament, Felo es féu enrere. Allò ho trobava groller, impropi d'una relació que el cambrer s'esforçava a mantindre dins la preeminència de la lírica, tot i que també desitjava la passió sexual. Per a ell, Carol no era només un objecte d'apetit material.

—¿Em rebutges?

—No... en absolut. Però no vull tractar-te amb vulgaritat.

Ella es va alçar. Amb els talons de les sabates era gairebé tan alta com el cambrer. El va subjectar pels malucs i se l'arrambà al cos.

—Carinyo, tracta'm amb vulgaritat.

El cervell de Felo era un garbuix de contradiccions: la petició el feria, el desig el temptava mentre l'afecte li impedia prendre una decisió. La vedet es va fregar sensualment amb ell i aleshores la va abraçar amb força maldestra, sentint-la tant com podia. Descontrolat, li va prémer amb les dues mans el cul, però de seguida les va retirar per portar-les a les espatlles, per besar-la com es besa una dona que estimes. De sobte Carol se'n va separar empentant-lo pels muscles.

—¿Per què m'humilies? —pregà el cambrer.

La vedet no el mirava, observava la porta, que s'havia obert lentament, sense cap soroll, i a la porta, acompanyat pels dos policies, amb un somriure ample, s'erigia el comissari Rodrigo. Li va etzibar un fort colp de peu a una cama. Felo caigué al terra agafant-se la part agredida.

—Com que ets tan imbècil sabia que aprofitaries la meua absència per vindre a veure-la.

—Senyor Rodrigo, no li he fet res. He vingut per si volia prendre un refresc.

—¿No estaves atenent la barra? —es va adreçar a Carol—. ¿Què t'ha fet?

La vedet dubtava, callava. El comissari s'hi acostà.

—Si em menteixes et fotré una hòstia que et desfiguraré.

—Ha intentat palpar-me —respongué tot seguit.

—Vaja, vaja... Ací tenim un homenet assaltant una propietat privada. ¿Encara no saps qui és l'amo d'esta dona?

Felo no s'atrevia a mirar-lo.

—Contesta'm, desgraciat!

—Vostè és l'amo de Carol, senyor Rodrigo.

—Un tipo llest que ignora la propietat. ¿Potser t'has tornat un malparit comunista?

El cambrer tancà els ulls i va serrar les dents. ¿Per què havia sigut tan imprudent? Va simular un gran dolor a la cama. ¿Per què l'havia traït Carol? La por, sens dubte. La va comprendre, havia de salvar-se de la brutalitat del comissari. Ell havia de fer el mateix:

—No sap com ho lamente, senyor Rodrigo. Li pregue que em perdone. No tornarà a passar. Li done la meua paraula.

Rodrigo, però, no pretenia castigar-lo físicament. Va optar per una altra mena de càstig més exemplar. Amb un gest imperiós va obligar la vedet que s'asseguera a la *chaise-longue*; li va ordenar que s'eixarrancara arromangant-se la faldilla fins més amunt de les bragues. Felo tenia la vista fixa al terra. Llavors el comissari va dur la mà a les bragues, però abans d'arribar-hi va descobrir la rosa i el got d'aigua damunt el bagul. Es va dirigir als seus policies:

—¿Heu vist mai un burro enamorat menjant herba?

—No —rigueren els guardaespatlles com si fóra l'acudit més divertit del món.

—Obri la boca.

El cambrer la va obrir tímidament.

—Més, idiota, més!

Llavors li va incrustar la rosa dins. Felo se la va empassar lentament, mastegant fins i tot el paper que cobria les espines. Li queien llàgrimes dels ulls. Als altres també, del riure incontenible observant-li el seguit de ganyotes que feia. Després, el comissari li oferí el got d'aigua, que es va beure tot d'una. El cambrer volia marxar. Els dos policies de la porta l'aturaren.

—Encara no s'ha acabat l'espectacle —féu Rodrigo—. Ara vull que mires i et delectes. Vine.

El comissari va posar una mà a l'interior de les bragues de Carol. Felo observava els moviments. Durant un segon va mirar la vedet, però ella li va retornar un gest amarg.

—Amor meu, estàs molt tibada. Procura relaxar-te.

La vedet va sospirar com si intentara relaxar-se.

—Em sembla que ho haurem de provar d'una altra manera. Platero, abaixa't els pantalons.

El més convenient era obeir-lo en tot amb rapidesa. Felo s'abaixà els pantalons bo i escopint les espines del tall de la rosa, per bé que algunes se li havien quedat encastades entre els queixals. El comissari li abaixà els calçotets.

—Ei... ei... —reclamà l'atenció dels dos policies—. Veniu ací i contempleu-la. No la té com un burro, la té com una criatura de cinc anys!

Un músic de l'orquestra es va aturar a la porta.

—Què cony mires! —l'esbroncà el comissari.

El músic se'n va anar de seguida. Un policia va tancar la porta del camerino. Tots tres es baquejaven observant el penis arrugat de Felo. Llavors el comissari va desenfundar l'arma de l'interior de la jaqueta i va posar el canó als testicles del cambrer.

—¿Per què et serveix una coseta tan inútil entre cames?

—Senyor Rodrigo, per favor, tinga pietat —va pregar suat, tremolós, acovardit—. No ho tornaré a fer. Per favor, per favor... —esclatà a plorar.

El comissari retornà l'arma a la funda.

—Com que no tens piu, supose que tindràs llengua, impotent de merda. Agenolla't i llepa-li el cony. Potser així el reviscolaràs.

Vacil·là uns segons, va rebre una clatellada i tot seguit unes mans, la d'un dels dos policies, que li menaven el cap entre les cames de Carol, a qui, prèviament, Rodrigo li havia abaixat, d'una revolada, les bragues. El pubis d'ella es va humitejar amb les llàgrimes d'ell.

—¿Serà possible!? —s'enutjà el comissari—. Està llepant el millor cony de la ciutat i és incapaç d'empalmar. Vés-te'n, inútil!

Felo es va alçar apujant-se els pantalons i els calçotets. Es va torcar les llàgrimes amb les mànigues de la camisa.

—Senyor Rodrigo, no li conte res...

—Tranquil, el teu amo no ho sabrà. Vull veure't als meus peus cada dia que vinga. ¿Oi que sí?

—Pot comptar amb mi pel que vulga.

Li va ventar un cop de peu al cul.

—Desapareix de la meua vista, maricon!

Isqué i tancà la porta tan atabalat que va ensopegar amb el bateria de l'orquestra. Li va preguntar què li passava. Res, res... contestà el cambrer malgrat el fil de sang que li queia per la comissura de la boca. Encara va escopir algunes espines.

—¿I Carol? —féu el bateria.

—Està amb Rodrigo. No entres.

Felo va marxar a la barra. S'obrí la porta de la vedet. Se'n van eixir els dos policies i aleshores el músic s'apressà a entrar al seu camerino. Necessitaven Carol per reiniciar l'actuació, però tocarien alguna peça mentre l'esperaven.

El comissari acariciava amb delicadesa els cabells de Carol, arreglant-se el vestit. Va intentar posar-se dreta i el comissari la va aturar. El molestava parlar amb ella amb aquells talons que li treien un pam.

—No em tornes a fer este numeret, Rodrigo.

—Li havia de donar una lliçó. Sé que va darrere de tu. Ho sospite des de fa temps.

—No significa res per a mi.

—¿Segur?

—¿Em veus amb un simple cambrer?

—Et mereixes coses millors. ¿Recordes l'empresari de Madrid de qui et vaig parlar? Doncs vaig reunir-me amb ell la setmana passada. Vaig anar per qüestions de treball a la capital i el vaig citar per arreglar-te un contracte. Guanyaràs molt més i en un local de luxe. El teu Rodrigo sempre pensa en tu, carinyo. ¿N'estàs contenta?

—Sí, molt.

—¿I com m'ho pagarà la meua estimada artista?

—Sóc teua i sempre ho seré.

—¿Sempre? És avorrit tindre sempre la mateixa dona. A més, no sóc egoista. Seré generós amb tu. Compliré la promesa del treball de Madrid.

—És un gran favor que t'agrairé —féu Carol, que com totes les vedets sabia que Madrid era la porta de l'èxit professional i econòmic. Va mirar el rellotge—. Faig tard per al segon temps.

—Estàs amb mi. Ningú et trobarà a faltar.

Es van sentir les notes musicals d'*In the mood*, de Glenn Miller. Rodrigo es desbotonà la bragueta. Carol es va agenollar i el comissari, agafant-la de les orelles, li va introduir el penis a la boca.

—Ets la meua puta —sospirà entretallant les paraules.

Com que per a ell era la millor puta del món, humiliant-la s'autoproclamava l'amo de l'univers.

A les quatre i deu minuts de la matinada, Felo eixia del Maracaibo. La partida de cartes al despatx del club continuava. Carol es dutxava al seu camerino. Els músics i els altres dos cambrers prenien una copa a la barra; esperarien fins poc abans de les cinc, l'hora en què alguns autobusos iniciaven la ruta urbana. Assegut en el seu cotxe (un quatre-quatre) Fermín, el porter, abaixà la finestreta i va cridar Felo, que marxava capcot en direcció contrària.

—Puja —li indicà Fermín.

Va donar la volta al cotxe, que necessitava una visita al planxista. Es va asseure mirant al davant, en silenci.

—¿Què t'ha passat?

—¿Ho saben tots?

—No. M'ho ha dit Mari Santos, que t'ha advertit dels problemes d'anar a veure Carol.

—Rodrigo és un malparit —girà el cap vers Fermín—. ¿Saps on viu?

—Sí, però no t'ho diré. ¿Què vols, gastar-li una putada? T'aprecie, Felo. T'evitaré que et fiques en més embolics. Vinga, tranquil·litza't. Et portaré a casa.

Fermín engegà el cotxe, que féu un soroll estrany.

—Tens el motor fotut.

—Ja ho sé, demà diumenge el meu germà i jo ho arreglarem. Felo, oblida't de Carol. Tindràs problemes amb Rodrigo. És un paio sense escrúpols. Mira, fa uns mesos, vaig buscar-li una casa al meu poble a un client habitual del club, no te'n diré el nom per prudència. Em va regraciar amb una comissió que no tenia previst demanar-li i em va convidar a dinar. Al restaurant em vaig assabentar qui era Rodrigo. Em va comentar que un amic d'ell coneixia un jove detingut per repartir uns fullets contra el règim. No era un comunista, no era militant de cap causa, només un dels treballadors d'una impremta que decidí a títol personal, sense coneixement de l'amo, imprimir uns fulls a favor del retorn de la República, el catorze d'abril de fa dos anys. La impremta va haver de tancar perquè no va poder fer front a la multa; del xicot se'n va encarregar Rodrigo. De la comissaria va anar a l'hospital, fet un Sant Llàtzer. Doncs bé, no hi va haver cap denúncia, cap protesta malgrat el comunicat mèdic que el metge, considerant que complia amb el seu deure, va enviar al govern civil. Rodrigo aconseguí que expedientaren el metge, per faltar a la veritat, ja que l'home, en el seu informe, havia escrit la paraula torturat. La versió oficial era resistència a les forces de l'ordre, amb l'agreujant, evidentment fals, que el jove esgrimia una arma. El condemnaren a deu anys de presó. El metge està exercint en un poblet de Castella, morint-se de fàstic, com un exili. ¿T'adones ara amb qui t'estàs jugant la pell, a més per una dona que no és per a tu?

—¿Perquè sóc un cambrer?

—Perquè és una vedet ambiciosa.

—Carol no estima Rodrigo.

—No és això, Felo. Era una dona humil que gràcies a l'amo es convertí en una vedet —va obviar dir-li de quina manera—. Conec este tipo de persones. Per res del món tornarien a ser pobres. Potser algunes es conformarien amb ser l'estrella del Maracaibo, però no és el cas de Carol.

—Estic segur que odia Rodrigo.

—Però el necessita. És l'amo de la ciutat.

—Hauries d'haver vist com la tracta.

—No m'interessa saber-ho. En el meu lloc, és millor no saber res. Però em sabria greu que et passara alguna cosa. Hi ha més dones al món.

—Cap com ella.

—¿Per què t'encabotes? Tu i jo no estem fets per a dones com Carol. És la vedet més famosa, la dona que desitgen els rics o els poderosos com Rodrigo.

—¿Tu l'odies?

—Ni t'ho imagines. No saps com se'm regiren els budells cada dia que el veig. Si quedara fulminat per un atac al cor brindaria amb xampany. Em sembla que moltíssimes persones ho celebrarien. ¿Sabies que l'amo li passa un sobre mensual?

—No.

—Desconec la quantitat, però sé que és important. M'ho va dir el comptable. I no sols cobra del Maracaibo, sinó també d'altres clubs. Quan Mari Santos m'ha contat el teu incident, t'he esperat per a aconsellar-te que ho deixes córrer. Ara, com a amic teu, et demane un favor: que no isca d'ací el que t'he dit. Em causaries un gran problema.

—T'ho promet.

—Encara m'has de prometre una altra cosa: que t'oblidaràs de Carol.

—D'acord, Fermín. M'has convençut. Deixa'm ací. Caminar una estona em farà bé.

El porter aparcà el cotxe a la vorera. Van encaixar acomiadant-se fins dilluns. Diumenge descansaven. Felo es va encreuar amb els primers ciutadans que també treballaven dissabte. Fermín l'observava aclaparat pels dubtes. Personalment no desconfiava del cambrer, però com a treballador nocturn sabia de les arravatades passions que havien menat molts homes a la ruïna, per entestar-se en dones guiats per un impuls primari que els cegava l'enteniment fins al punt de no sospesar conseqüències previsibles.

6

A les darreries del segle XIX, la firma empresarial Morand Merle, procedent de la ciutat francesa de Bordeus, es va instal·lar en una comarca de l'interior valencià a la recerca d'un millor clima per produir les panses que exportaven a Anglaterra. La competència al seu país els impedia apropiar-se de més camps. El patriarca familiar féu responsable el fill major de la recerca d'una zona que millorara la quantitat i la qualitat de la pansa, que els anglesos demandaven amb golafreria. Primer René Morand visità Barcelona i Tarragona amb estades intercalades durant les quatre estacions de l'any. Després féu el mateix a les terres de Castelló i València. En aquestes últimes va conèixer el cultiu de la taronja, que el va entusiasmar, però l'oposició ferma del pare va impedir que s'hi dedicara. No obstant això, les temperatures i les diverses produccions agrícoles que donava la terra convenceren el patriarca Morand Merle que València reunia les condicions adequades per al cultiu de la pansa. Compraren grans extensions de terrenys. Anys després, l'èxit comercial fou tan immens que l'imperi agrícola donà pas al negoci financer amb la fundació d'un banc, el Crédito Morand, a la ciutat de València. En agraïment, la família va construir un passeig no gaire gran, amb jardins a una banda i l'altra, i una petita església al mateix lloc. La imaginació popular batejà el passeig amb el nom de Bulevard dels Francesos. Poc abans de la Guerra Civil, el Crédito Morand féu fallida i el clan familiar va regressar al seu país.

Els diumenges, a les onze del matí, Josep Baixauli anava invariablement al Bulevard si les obligacions de músic de la banda li ho permetien. Al llarg del passeig hi havia bancs de fusta, però els més sol·licitats eren els dos arrecerats sota l'ombra d'un arbre frondós i ample de moreres. En un Josep esperava la seua nòvia Adelaida, minyona de la família Pujalte, una jove que compartia conviccions religioses amb els membres de la casa on servia. Després del precepte catòlic dominical, Josep i Adelaida es trobaven durant una hora, vigilant els dos xiquets mentre els pares es relacionaven amb altres fidels. A l'eixida de l'església, Adelaida comprovava la presència de Josep al banc. Llavors amb els dos xiquets (quatre i sis anys) anava al seu encontre. Per precaució, perquè els senyors no s'adonaren del festeig, no es besaven. Se saludaven amb un «hola» captiu de les circumstàncies d'una família que s'arrogava l'obligació del comportament moral de la minyona.

Mentre els xiquets jugaven prop d'ells, Josep i Adelaida (sempre alerta de la proximitat dels pares) parlaven de les seues coses. Algun diumenge, al banc del costat, seia un home la figura del qual ja els resultava familiar, per bé que semblava abstret, com si les cabòries el tingueren allunyat del món que l'envoltava. Era una persona d'uns cinquanta anys, sempre amb vestit i corbata, amb un bigoti poblat i d'aspecte calmós. De tant en tant, amb discreció, l'home observava les parelles. Una llambregada, si fa no fa, que li evocava el dolor de l'esposa perduda feia més de deu anys d'una malaltia incurable. Es deia Sebastián Piñol i exercia de comissari en cap de la Brigada d'Investigació Criminal. Sebastián Piñol tenia un fill, estudiant de Medicina, de nom Juan tot i que es feia dir Joan. En la intimitat, el pare l'anomenava així.

Amb la frisança habitual, Adelaida volia saber coses de Josep.

—¿Com va la feina?

—Molt bé. Em vaig oblidar de comentar-te que el senyor Puig ha decidit donar-me un plus setmanal. Està satisfet del meu treball.

—M'agradaria conèixer-lo. Sembla bona persona.

—Sí que ho és.

—També m'agradaria conèixer ta mare. Mai no em parles d'ella ni del teu germà.

—N'hi haurà temps de presentar-te'ls.

—Visc amb una família, però de vegades em sent sola.

—Si cada dia poguera vindre a les nou del matí, quan li compres el diari al teu senyoret, ho faria.

—Ja ho sé, però no puc evitar somiar el dia que ens podrem casar i formar la nostra pròpia família. Em costa viure a la ciutat, no m'hi acostume.

Difícilment s'hi acostumaria. Adelaida va nàixer a Morella, en un mas, el pare llogat com a pastor d'ovelles, la mare amb tota mena de feines i tres fills. L'any 1929 Morella va patir una crisi econòmica en tancar la fàbrica de tèxtil Giner, que donava feina a vuit-centes persones, per problemes de successió. Va morir el pare i els fills marxaren a viure a Catalunya. La crisi es va arrossegar durant molts anys, fins al punt que els germans d'Adelaida, en la dècada dels cinquanta, emigraren a Terrassa per treballar en els tenyits, una especialitat del tèxtil. En un viatge estiuenc al poble, l'antiga minyona de la família Pujalte va recomanar Adelaida abans de jubilar-se. Ella enyorava la tranquil·litat del camp, el paisatge, l'aire pur, però també patia la impossibilitat del retorn a causa de la misèria econòmica familiar.

Sebastián Piñol desplegà el diari. El llegia amb una indiferència que s'adeia amb el seu caràcter. Va buscar Societat i Espectacles; el cap de la secció era un vell conegut, Adrián Soler, periodista que va conèixer quan era redactor de successos. Adelaida estava atenta a la situació del matrimoni Pujalte, prop de l'església, passejant amb una altra parella mentre els xiquets jugaven al jardí amb una pilota de goma. Josep li agafà la mà, entrellaçaren els dits un instant i es soltaren.

Allò que Adelaida coneixia de Josep no incloïa la tragèdia familiar, ni tampoc la ideologia ni l'activitat clandestina. Ell la mantenia al marge, perquè potser ella no ho entendria. Era una jove convencional, amb els anhels tòpics de l'època, a la recerca d'una felicitat simple. Ell l'estimava per la seua bondat, per l'honradesa i la lleialtat humana que li mostrava. Josep pensava que a mesura que la relació es fortificara tindria ocasió, a poc a poc, d'explicar-li la realitat del món. Amb el temps Adelaida comprendria les injustícies socials, de les quals ella i la seua família n'eren exemples clars. Amb tot, el fet que una dona com ella, subjugada per circumstàncies polítiques abominables, no tinguera la sensació de pertànyer a una classe social denigrada, el revoltava. Això el refermava en el convenciment de la resignació general imperant. Per bé que compartia el desig de formar una família, de la qual ell no n'havia pogut gaudir, el preocupava que el pensament a tots els nivells tradicional d'ella acabara obrint un abisme entre tots dos. Ell, però, aspirava a tindre una dona com Adelaida, que, en els aspectes bàsics, li recordava sa mare.

—¿Què vols que fem esta vesprada? —preguntà Adelaida.

—No ho sé... el que tu vulgues.

—De vegades m'apeteix veure una sala de ball, però són tan cares...

—Ara que el senyor Puig em paga una gratificació extra podríem anar-hi.

—M'estime més que ens ho estalviem.

—Per molt que ens estrenyem el cinturó no tindrem diners per casar-nos i viure junts.

—¿Ni al teu poble?

—Ni al meu poble. Ma mare fa alguna feina, totes les que pot, però necessita bona part dels meus ingressos per tirar la casa avant. Potser quan el Robert siga més major... ¿Saps?, pense en la gent, com els teus senyorets, que tenen tants diners, i en altres com nosaltres, que treballem tantes hores i a penes podem pagar-nos res, i ho trobe injust.

—Així és la vida.

—El destí de la vida està a les nostres mans.

—Josep, el destí està a les mans de Déu. Ell ha volgut que nosaltres ens coneguérem, que ens estimem; ell farà possible que un dia tinguem una família. Hem de creure que les coses milloraran. La fe mou muntanyes.

—Només crec en la fe dels homes. En el seu esforç perquè les coses canvien.

—Tu i jo treballem, ens esforcem. Amb l'ajuda de Déu tindrem un futur per a nosaltres i els nostres fills. Quan parles així pense què deu haver passat en la teua vida perquè sigues tan descregut. Però a mi no m'importa. El temps em donarà la raó. Mira els meus germans. Tenen un bon ofici, s'han casat. Queixar-se no serveix de res.

—La gent no hauria d'emigrar per guanyar-se la vida.

—¿I si nosaltres ho haguérem de fer?

—Tu ja ho has fet i no...

—Vull dir a França o Alemanya. A l'estiu, a Morella, em trobe amb alguns veïns que treballen a l'estranger que han progressat molt.

—És una pantalla. En aquells països no es fan ni un cafè. Jo vaig anar una temporada a la verema i hauries de veure les condicions de treball i com viuen, amuntegats en cases de camp, dormint en qualsevol racó damunt d'un sac de palla. ¿És això el que Déu vol?

—Josep, em molesta que blasfemes.

De nou li va agafar la mà.

—No discutim, Adelaida.

—És clar que no. Tenim la nostra estima. ¿No et sembla una gran riquesa?

—Per a mi és d'un valor incalculable. Tot el que faig, ho faig pensant en tu, en el nostre futur.

—Doncs és Déu qui ens ha donat este tresor. Ells —referint-se al matrimoni que servia— es passen la vida discutint. ¿De què els serveix ser rics? No són feliços. Déu és just i sap donar a cada persona la felicitat que mereix. Ens hem trobat i només per això sóc immensament feliç. Cada dia li pregue perquè la nostra relació siga més bona i sòlida.

Cada vegada més, Adelaida li recordava sa mare. Com ella, també la senyora Inés havia pregat a Déu pel seu marit. Com ella, potser anys enrere, quan festejaven, també planificava un futur d'esperança amb l'home i els fills. En algun temps remot, potser la fe divina va moure una muntanya, però Josep tenia la tragèdia a tocar i no hi havia Déu que el persuadira que aquella filosofia cristiana aportaria una solució digna a tanta catàstrofe.

———

Després que el matrimoni Pujalte havia reclamat la presència d'Adelaida, Josep, de tornada a casa, meditava la possibilitat de trobar-se amb Leandro Monrabal, el maqui delator del qual el senyor Puig no n'estava segur si encara vivia al barri de la Creu Coberta. Va aparcar la Vespa un carrer abans d'arribar a la creu. Hi circulava poca gent i es va adreçar a un bar. Quatre homes jugaven al truc amb riures sorollosos per un envit de trenta-tres a mà. Josep es va situar al centre de la barra, d'esquena als jugadors. El propietari deixà d'escurar uns gots.

—Un quinto —demanà Josep.

Li va servir la cervesa i un plateret amb cacaus i tramussos. Va pagar la consumició. Féu un parell de glops. S'encengué un cigarret mentre contemplava cartells de corregudes de bous amb noms de toreros famosos i fotografies individuals de Ricardo Zamora, Vicente Guillot, Waldo, Roberto Gil, Piquer i altres jugadors del València C.F. dedicades a Pascual Martínez, probablement el propietari del local. Un client assegut a l'extrem de la barra llegia un diari esportiu. Amb la nova partida, els jugadors de truc, atents a les senyes del company, restaren en silenci. Josep apurà la cervesa.

—¿No vols els cacaus? —li preguntà l'amo.

—Gràcies, però d'ací a una estoneta dinaré. Escolte, ¿no deu conèixer per casualitat un senyor de nom Leandro Monrabal?

Fou pronunciar el nom i totes les mirades convergiren en ell. Els jugadors de truc aturaren la partida, l'home de la barra va plegar el diari, el propietari es féu una mica enrere, fitant-lo amb desconfiança.

—¿D'on véns?

—De Xàtiva. Sóc un dels seus nebots.

—¿Ets el seu nebot i no saps on viu?

—Fa anys que no en sé res. M'informaren que viu en este barri, però desconec l'edifici.

—Informa't al carrer —digué, encarant-se amb ell, un dels jugadors. Josep captà que el comminava a anar-se'n.

—Disculpen, no pretenia molestar-los.

No li van respondre i se n'isqué. Va caminar en direcció a la Vespa sense gosar preguntar als pocs transeünts que es trobava. A l'altra banda del carrer hi havia una farmàcia de guàrdia atesa per una dona jove, que potser —vés a saber per quina associació d'idees ho pensava— no seria tan hostil. Creuant el carrer va sentir que algú el cridava. Es va girar i va reconèixer l'home que al bar llegia el diari esportiu. Va tornar a la vorera.

—Escolta —li digué—, ¿de veritat ets un nebot de Leandro?

—No.

—¿Per què el busques?

—Fou company de mon pare.

Josep no volia donar-li detalls a un desconegut, però l'altre semblava que els necessitava.

—¿Coneixes la història de Leandro?

No tenia clar si li havia de respondre. Aquell home, d'una edat similar a la del senyor Puig, ¿era amic de Leandro? No sabia com interpretar l'actitud de la gent del bar ni tampoc la d'aquell client que s'havia molestat a buscar-lo.

—¿Ton pare està viu, pres, exiliat?

—Desaparegut. M'han dit que Leandro me'n podria donar detalls.

L'home va mirar a banda i banda, assegurant-se que ningú l'escoltava. Li va posar una mà al muscle dret.

—Xicot, jo he sigut i sóc republicà. Vaig estar deu anys a la presó. Es parlava molt dels maquis. No hi ha desapareguts. Els vius estan a l'exili, la resta estan morts excepte homes com Leandro. Per salvar la vida es convertí en un delator —novament va mirar a una banda i a l'altra—. La dona i els fills l'abandonaren. Al barri gairebé ningú no li parla. Jo ho faig de tant en tant.

—¿Per què?

—Perquè he conegut la misèria de la presó i he vist homes torturats. Ell té ara una altra classe de tortura: la solitud i la marginació. Oblida't de Leandro, ja en té prou amb el que està passant. No en trauràs res, d'insultar-lo.

—Només vull parlar amb ell. Si sap que mon pare ha mort, almenys sabrem que és definitiu.

—¿Tens mare?

—Sí.

—Entenc l'angoixa de la pobra dona. Al pròxim carrer trobaràs la carretera que va al cementeri. A la banda dels camps veuràs un home assegut. El reconeixeràs perquè estarà sol i té els cabells abundosos i blancs.

L'home féu l'intent de marxar, però Josep l'aturà d'un braç.

—Vostè és un republicà, de segur que en este barri i d'altres n'hi ha molts més. ¿Què fan contra la dictadura?

—La pregunta no és què fem, sinó què férem i les seqüeles que ens ha deixat. En esta zona, en cada família trobaries una desgràcia. Vaig ser un jove disposat a entregar la vida per uns ideals, però la mort, el sofriment, la misèria que hem vist i patit han fet de nosaltres homes resignats al destí. Quan passen uns anys, potser seràs un home com jo.

—Mai em resignaré.

—Tant de bo hi haguera molts joves com tu. Que tingues sort, xicot.

L'home se'n va anar vorera amunt i va entrar al bar. Josep va pensar en la submissió a les circumstàncies del senyor Puig, en la d'aquell home, en la dels jugadors de truc que odiaven els delators però admiraven i elevaven a la categoria d'ídols els esportistes. Aviat, a més, s'afegirien Calpe, Camarasa, Domínguez, Serafín... integrants de l'equip del Llevant U.E. que enfilava l'ascens a la primera divisió. Va engegar la Vespa i a la carretera Reial va tombar a la dreta, conduint-la lentament fins que va trobar un home assegut al marge d'un camp, d'esquena a ell. Mentre s'hi apropava caminant maldava per imaginar-se la seua cara, com era, quina actitud prendria, la determinació que el dugué a la traïció... Tot allò barrejat amb un odi que temperava inspirant i expulsant l'aire per traure's de sobre la pregona repugnància que li causava un delator. Va restar uns segons darrere d'ell. Si haguera tingut una pistola, ¿li dispararia? ¿Per què li vingué de sobte al cap? Quina veritat tan real és que l'odi ofusca el pensament. Quina certesa, d'altra banda, que l'odi ens transforma fins fer-nos irreconeixibles.

—¿Leandro Monrabal? —va preguntar, posant-se davant d'ell.

L'home fumava amb el cap cot. Va alçar la mirada a poc a poc mentre encara li ressonaven l'eco d'unes paraules inquietants.

—¿Què vols?

—Sóc el fill de Josep Baixauli.

Leandro va sospirar, va mirar el cigarret sense filtre, gairebé cremant-se entre els dits tacats de nicotina.

—Si véns a matar-me em faràs un favor.

El van sorprendre la indolència i el menyspreu amb què li ho digué, com si li haguera llegit el pensament, i, tanmateix, la mirada i el posat d'home vençut, de persona que tant li fa tot, van despertar en Josep una mena de compassió espontània, que ell mateix bandejà de seguida per evitar un gest, un tic sentimental que de cap de les maneres volia mostrar-li a un traïdor.

—Si pogueres, ho faries —en la veu de Leandro no hi havia el to d'un repte, cap rastre de xuleria. Només era un home enormement fatigat.

¿Ho faria?, es preguntà Josep mentre les mirades es mantenien fermes. Aquell individu no sols havia traït son pare, sinó també l'esperança de milers de combatents, els ideals comuns, les il·lusions d'una vida regida per l'ètica i la justícia. ¿A quants homes havia delatat?

—Sent per vostè un menyspreu profund.

—Si et serveix de consol, jo també em menyspree profundament.

—Per a mi, les seues paraules no tenen cap valor.

—M'ho supose, però no en tinc d'altres. Sóc un traïdor. El que vaig fer no té cap justificació ni la busque.

—¿I per què ho féu?

—Per covardia.

—¿Com un home, un guerriller per la llibertat que arriscava la vida, va prendre la decisió de trair els seus camarades?

—Arribes tard per fer-me esta pregunta. Durant anys me la vaig fer amb una obsessió inquisitiva. Podria adduir que ho vaig fer per mi, però també per evitar-li represàlies a la meua família. Una broma immensa: la dona i els fills m'abandonaren per traïdor. També podria afegir-te alguns matisos relacionats amb les circumstàncies, però imagine que has vingut per saber què va passar amb ton pare.

—En efecte.

—Asseu-te al meu costat i no cridaràs tant l'atenció. La majoria de la gent no em parla i potser et confondran amb un policia —Josep va asseure's—. Per avergonyir-me, perquè els veïns em rebutgen encara més, de tant en tant es deixen caure pel meu pis simulant que els done informació. És curiosa la situació del traïdor, acaba sent odiat pels dos bàndols. Ho tenim merescut —abans de llançar el cigarret l'empalmà amb un altre. Gairebé estigué a punt d'oferir-li'n a Josep, però s'ho impedí a temps per no ensopegar amb un nou menyspreu—. El que vaig a dir-te no ho malinterpretes. No necessite la teua simpatia, no desitge ni busque la compassió de ningú. L'única esperança que em queda és anar-me'n a un lloc que no em conega ningú i morir una mica tranquil, si és possible per a un delator morir amb una certa placidesa —féu tres o quatre pipades al cigarret. Als ulls, l'escleròtica barrejava un fons blanc amb línies vermelles—. Vaig salvar la vida de ton pare. Potser et semblarà una afirmació cínica, però no ho és. Després d'entregar-me em deixaren en llibertat una temporada i van fer córrer la veu que havia delatat els meus companys, de manera que alguns vindrien a matar-me. Em vaig adonar del parany, perquè a les nits, prop de ma casa, hi havia camuflats en un cotxe guàrdies civils de paisà. Jo sabia que ton pare ho intentaria, coneixia el seu temperament impulsiu i estava segur que no m'ho perdonaria. A través d'un militant desconegut per a la policia li vaig fer arribar que l'esperaven. Tres setmanes després aquell militant em va dir que havia contactat amb ell, perquè ton pare, la nit que venia a per mi, féu temps en sa casa. A partir d'ací no en sé res més.

—Adés ha mencionat que algunes circumstàncies l'induïren a la delació.

—Una ja te l'he dita, per mi i la família. L'altra era el desordre i el desconcert que imperaven en la nostra Agrupació de Guerrillers. Els dirigents estaven en contra de la decisió del buró polític del Partit d'abandonar la lluita armada. De fet, el Partit envià un enllaç per dissuadir-los, però no hi hagué manera d'establir un acord de retirada. Aleshores es va produir la confusió i la desconfiança. Alguns se'n van anar amb l'enllaç. Ens arribaren notícies de delators i caigudes massives en altres zones d'Espanya. Altres camarades es dedicaren al bandolerisme, i també patiren caigudes, perquè la gent que vivia al camp, que abans ens prestava ajuda, ara, davant la nova situació, molt enganyosa perquè de vegades guàrdies simulats de maquis es presentaven als masos, resolgueren tancar-nos la porta. Però el que a mi em decidí entregar-me fou el rumor que el Partit es desentenia de nosaltres, ja que la Unió Soviètica havia donat l'ordre d'acabar amb la lluita armada. Les caigudes començaren a ser tan freqüents i d'una manera tan fàcil que vaig sospitar que tot estava perdut.

—¿Insinua que el Partit els va trair?

—No tinc proves documentals, només rumors. Però es produïren caigudes en llocs absolutament desconeguts per a la guàrdia civil. Els dirigents de l'exterior tenien informació exacta de les nostres activitats. Després de la negociació fracassada de l'enllaç, en una batuda mataren Francisco Corredor, el nostre cap. Aleshores vaig desertar. Vaig intentar passar a França per arribar a Tolosa, però fou impossible. Les forces repressives estaven més ben equipades i disposaven d'una xarxa d'informadors i infiltrats en gairebé totes les zones. Hauria pogut convertir-me en un heroi i morir matant, però ja en tenia prou i massa, de morts.

—¿No va sospesar les conseqüències de passar a la història com a traïdor?

—La història és un fet general, salvar la vida és un fet personal relacionat amb les debilitats humanes. No busque la teua comprensió. Sóc un traïdor i com a tal moriré. Per a mi, el pitjor és que m'abandonaren la dona i els fills quan, en part, també ho vaig fer per protegir-los. Respecte a l'actitud del Partit ho sabrem el dia, si arriba, que es facen públics els arxius secrets. Des de la meua perspectiva ja no té cap importància. Pel que fa a ton pare no puc explicar-te res més. Era un home honest i li tenia afecte. Tant em fa que no t'ho cregues. Certament teníem diferències tàctiques i fins i tot polítiques, però apreciava el seu valor. De tots els possibles camarades que volien venjar-se de mi fou l'únic que em preocupava, per bé que tinc la certesa que si m'haguera trobat m'hauria mort.

Arribat en aquell punt, Leandro va ocultar que son pare fou un dels responsables de l'execució de presumptes infiltrats i delators de l'Agrupació. Al marge que el fet no aportava res, no volia decebre el fill donant-li una visió que ratllava en el fanatisme i la paranoia, d'altra banda aguditzada per la situació en què es trobaven.

—¿Sap?, jo sóc un militant comunista.

—No passes ànsia, no et delataré. Però deixa'm que, des de l'experiència personal, et done un consell.

—Vostè no és el més indicat.

—Estàs en un error, ho sóc més del que tu creus. De

vegades, desgraciadament massa sovint, els partits que s'erigeixen en avantguardes de la història miren més pels seus interessos polítics que no pels de la societat. Nosaltres vam cometre un error induïts pel Partit: estiguérem massa temps a les muntanyes. Era obvi que una anàlisi objectiva, ells que són tan donats a la retòrica reflexiva, hauria demostrat la inviabilitat de la lluita armada. ¿De quina manera hauríem pogut derrotar militarment unes forces armades recolzades amb tots els mitjans per un Estat? Acabada la Segona Guerra Mundial, les potències occidentals no tenien cap interès a restituir la democràcia i la república a Espanya. ¿No era això un indici evident per ordenar la retirada, en un moment que hauria sigut més fàcil fer-ho, i emprar una altra tàctica? Quan ho van fer, el desastre ja era inevitable. I ho feren per qüestions d'estratègia política, no pensant en nosaltres.

Josep es va alçar. Va encendre un cigarret.

—¿Com et dius?

—Josep.

—Josep, ton pare està mort.

—¿Qui ho féu?

—Si ho haguera fet la guàrdia civil ho sabries. Era un home de reputació i hauria servit d'exemple per desanimar els guerrillers.

Llavors Josep va recordar les paraules del camarada Antonio, assegurant-li que el règim, per no fer propaganda de l'existència dels maquis, no informava de les caigudes anys després de la postguerra.

—Vostè parla des del ressentiment contra el Partit.

—No en tinc, de ressentiment; només autoodi.

—Diga'm. ¿Si tinguera la possibilitat de regressar al passat tornaria a trair?

—Si el destí em concedira eixa possibilitat elegiria no haver nascut —Leandro va encendre un altre cigarret. Va expulsar el fum amb la vista perduda entre els camps—. T'he contat tot el que sé —el va mirar als ulls—. M'ha alegrat fer-ho, igual com, a pesar de les circumstàncies, em va alegrar que ton pare no morira per culpa meua. Una vegada, en una acció contra una caserna, em va salvar la vida. Estava en deute i vaig intentar salvar la d'ell. Ara fes-me un favor, deixa'm sol.

En la veu de Leandro apareixien entonacions ronques; una veu cansada, no habituada a les converses. Josep encara va restar uns instants. Descobrí aleshores unes arrugues profundes que solcaven la cara del delator, pròpies d'un home d'edat més avançada. Leandro ja no el mirava, potser evitant un esguard i una presència que el retornaven a l'origen de la culpa, el principi desencadenant del dolor, la solitud i la marginació. No s'acomiadà d'ell. Va marxar a poc a poc mentre creuava la carretera. L'escena manifestava aquella sensació d'un jove enfurismat allunyant-se de tanta derrota i resignació. Potser no era conscient de l'odi que acumulava no sols contra el traïdor que tenia els ulls clavats a terra, com si intentara no veure ningú i que ningú el reconeguera, sinó també contra la seua impotència de militant que lluita i s'arrisca per no res. Va pedalejar la palanca que engegava el motor de la Vespa amb ràbia. No li ho contaria a sa mare. No tenia cap sentit. Feia igual que estiguera mort o desaparegut, el dolor romandria. En el fons no volia creure en la traïció que subjau a l'estratègia d'una política determinada i de la qual son pare potser fou una víctima. No era possible tanta infàmia. No, no era possible de cap de les maneres. Si fóra així tot seria absurd, massa absurd, es deia camí de casa sense capir els dubtes i la ira que amb desordre prenien forma en els seus pensaments.

Cèlia ha vingut més prompte i alguna cosa deu voler. Fa allò que en ella és quotidià: s'asseu al costat de Miquel, intercanvien poques paraules d'hàbit que avui en són més (li ha explicat l'incident de la gallina amb Salif). Cèlia li dóna la raó, li acaricia el clatell (de vegades li fa un bes de germanor a la galta). Solidaritat de desgraciats, de solitaris. Però... ¿què som tots nosaltres sinó una colla de desarrelats vinguts d'una època tan radicalment distinta que no ens reconeixem en l'actual? L'afecte recíproc com un ungüent per a l'esperit nafrat. Salif baixa de la furgoneta i entra al magatzem mentre Cèlia i jo ens fumem un cigarret a la punta del pati, on la reixa limita amb tot un seguit de camps erms, un grapat de fàbriques més enllà i, en l'horitzó, multituds d'edificis en construcció que superen els vint pisos d'alçada. Quan posen en pràctica el PAI, ¿què passarà?, s'interroga en veu alta.

Sé el que Cèlia vol dir amb eixe «què passarà». En realitat m'està preguntant què succeirà amb ella, amb Miquel i Salif. El Pla d'Actuació Integral es traduirà en la conversió dels camps en solars, incloent-hi ma casa, el pati i les dues fanecades. El PAI fou un invent de l'esquerra que la dreta ha sabut aprofitar. Abans els extrems es tocaven, ara es fonen. Els que fa vint o vint-i-cinc anys s'abocaren manual en mà a culturalitzar els ciutadans són els mateixos que han fet dels notaris els cronistes de la construcció massiva. Personalment he rebut moltes ofertes de compra que de moment he refusat. Vindrà un dia que no tindràs més remei que vendre, es respon.

En efecte, és inevitable. Les normes del PAI així ho estableixen. Si no vens, has de pagar la requalificació o bé en diners o bé cedint terrenys. Això darrer és un problema, perquè el mateix PAI se t'emporta el seixanta o el setanta per cent per a infraestructures: carrers, jardins, places... La guarnició que justifica, la majoria de vegades, una urbanització innecessària. Necessita que li diga alguna cosa. Li ho dic: Començaren pagant a tres milions de pessetes la fanecada. Ara ja està per cinquanta i encara en queden moltes per comprar. Calcule que arribarà a vuitanta o noranta milions. Llavors serà el moment de negociar. Clar, fas bé, diu Cèlia.

Està preocupada. Creu que el dia que arreplegue els milions tancaré el magatzem i marxaré a gaudir-ne a una illa del Carib. Com més simple és una vida, més por fan els canvis. ¿Potser l'hauria de tranquil·litzar? Si ho faig és probable que ella i Miquel m'animen a vendre ja. Per a ells, cinquanta milions per fanecada és una quantitat apreciable per invertir en llocs més tranquils, indrets on el temps encara no té els plecs de la pell flàccida. L'alliçone: Si haguera esperat un temps a vendre la casa del poble, li hauria tret un rendiment econòmic molt superior. No vull que em torne a passar. És l'única propietat que em queda. ¿I si no t'ho compren i has de cedir terreny? El que restarà, tot i que serà poquet, valdrà deu vegades més. Si vinguera el cas, m'estimaria més pagar la requalificació que cedir terreny. ¿D'on trauràs els diners? Sóc un mag de les finances. No sé com t'ho fas. Mira (i la mire): els camins de la societat capitalista són diversos. Qui ens ho hauria dit, ¿oi, Cèlia? Per sort, tot i el nostre entusiasme, no acabàrem amb el sistema.

Cèlia fuma i observa displicent els camps que aviat seran solars productius. No gosa preguntar-me allò que realment la interessa. Tu no et preocupes. Sempre he eixit dels tràngols. ¿No és una pena —diu, un poc més serena— que tot aquest paisatge que forma part de la nostra memòria desaparega?

Ja fa molts anys que tot se'n va anar en orris, però Cèlia s'aferra a la meua alqueria, a les sèquies abans abundoses i ara seques, a l'evocació de collir una poma, una pera o una taronja aliena quan tot estava a tocar i el futur material era una despreocupació absoluta, perquè amb un poc en teníem de sobres. S'aferra a la vida senzilla, la que encara practiquen amb ingenuïtat sense adonar-se, o millor, sense voler saber que els nous temps avancen inexorablement empassant-se tot el que troben al seu pas com una balena ho faria amb una tenca. Jo li dic: No perdes ni un minut amb els records. Són una trampa que ens impedeix viure el present amb plenitud. Cèlia: T'admire. Després de tot el que has passat... ¿Com has aconseguit oblidar? Pense: Arrelant-me sense miraments al pragmatisme de l'època: donant l'esquena als records i endinsant-me en el goig al cos. Però no és del tot cert. Hi ha nits que no puc evitar que el dolor de l'evocació m'empaite. És llavors quan m'enganye dient-me que tot és una mentida, un malson, una altra vida en un altre temps del qual no queda un bri de senyal. Lluite obstinadament contra el meu altre jo, disposat a esberlar un vell edifici on sempre queden runes que l'amnèsia més sol·lícita no aconsegueix arrasar.

No parlant-ne, Cèlia. És el que hauries de fer. No puc, diu. La vida ha canviat més en trenta anys que en cinc-cents. No m'ha donat temps a resituar-me. No crec que puga fer-ho. Ho comprenc, però deixem-ho córrer. Sé que Miquel i tu en parleu sovint, però algú ha de pensar en el present. Perdona'm, hauria d'estar-te agraïda. No t'he de perdonar res. Només et demane que m'entengues. Vaig canviar el rumb de la conversa. ¿Què saps de Lluna? Poc. No em necessita i me n'alegre. Estic convençut (i ho estava) que li va de meravella. Bé, hem de treballar. Salif s'impacienta.

Salif era més pragmàtic que jo. Treballar era la seua fórmula màgica, l'única herència que posseïa. Pensava que cada hora que perdíem era un ingrés econòmic que malbaratàvem. Vaig pujar a la furgoneta i va conduir de pressa, massa de pressa, cap al primer encàrrec. Xino-xano, Salif. Va reduir. Aprofitava la seua companyia per ensenyar-li valencià. Ja tenia un domini bàsic de la llengua oral, però ell, negre servicial amb l'amo, insistia a aprendre'n més i fins i tot s'esforçava en el nivell escrit; nivell que li treia del cap, perquè havia de refer les factures. Xino-xano, amb equis. Amb ics —l'esmene. Ics difícil. Doncs equis.

Ens dirigíem a un pis a l'entrada de València. Per tots els llocs que passàvem repetia les lliçons: semàfor, jardí, placa de carrer, botiga... Arribàrem a una redona. Rotonda! —exclamà. Redona, el torne a esmenar. Rotonda oral. Cruïlla circular més correcte, em diu cofoi. ¿Cruïlla circular? ¿D'on has tret això? Diccionari visual diu cruïlla circular.

Em vaig quedar de pedra. No ho havia sentit ni llegit mai. Després es queixen del retrocés en l'ús social de la llengua. Salif estava orgullós de corregir-me. Em mirava amb un somriure d'orella a orella, com dient-me: ei, un africà coneix la teua llengua millor que tu. Però jo pensava en la paradoxa que, d'un idioma que dugué un cristià, fóra un negre de Mali musulmà el darrer usuari. No, no, Salif, deixem-ho en redona, és més lògic. Tu pagues.

D'altra banda, les eines que fèiem servir per treballar les coneixia totes. Mentre accedíem a la carretera general d'Alacant per adreçar-nos al primer barri de València sospesava el fet de comprar-me el diccionari visual, una altra mostra del pragmatisme intel·ligent de Salif. Va aparcar en doble fila, baixàrem el que necessitàvem i mentre l'esperava va buscar un lloc on deixar la furgoneta. Vaig repassar la llista d'encàrrecs. El primer nom era el d'una senyora. Li vaig telefonar per assegurar-me que estava al pis (cosa que hauria d'haver fet abans d'eixir del magatzem). Quan vingué Salif s'ho va carregar tot, costum adquirit quan exercia de negre ambulant, i ens obrí la porta una dona al voltant d'uns quaranta anys amb un gos petaner. Sempre em fixe en la qualitat de l'edifici, el pis, els mobles... aquells detalls que em donen una idea de la posició econòmica del client. Segons com, la tarifa puja o és normal. Vostè dirà, senyora. Senyoreta, m'esmena, i amb el cap assenyalà Salif. ¿És de confiança? (T'acaba de pujar la factura, senyoreta.) Davant del meu gest d'emprenyat va intentar rectificar: Vostè perdone, però amb l'últim llanterner que vingué acompanyat d'un moro em va desaparèixer un gerro de porcellana. Tranquil·la, Salif és un negret correcte. Vaig passar a l'interior del pis sense fer-li cas. Disculpe'm, li digué a Salif, no pretenia molestar-lo, però... No passa re. Alguns negres lladres, jo complidor. Salif va jugar una mica amb el petaner. ¿Volen prendre alguna cosa? Estava amoïnada pel seu comportament i això va retornar la factura al preu normal. Gràcies, però tenim pressa, i, a més, desdejunem copiosament per no haver de parar a fernos un entrepà a mitjan matí. Diga'm on té el problema.

Ens va portar a la cambra de bany. El gosset jugava amb els camals de la granota de treball de Salif. El vàter raja aigua sense parar, assenyala. Doncs no sent el soroll. He tancat l'aixeta de pas. La vaig obrir i en efecte rajava cosa de no dir. Vaig alçar la tapa del dipòsit. ¿De veritat que no volen prendre res? No, ocupe's de les seues coses. La senyoreta va marxar, el gos es va quedar. Entre Salif i ell es va iniciar el principi d'una gran amistat. Vaig comprovar que el sobreeixidor estava oxidat, massa vell, la boia foradada i el seient de la vàlvula en mal estat. No hi havia res a reparar. Fes una ullada, dic, i prove d'examinar els progressos de Salif. De seguida veié el mateix. Canviar, resolgué. ¿Portem de tot? Clar. Jo anotat. ¿Per què no m'ho has dit? Tu no memòria. Jefe, bona dona. Viu sola i un gosset. Canviem peces i les cobrem. ¿I el desplaçament? Poc temps, més encàrrecs. Escolta, Salif, no som una oenagé. Qualsevol llanterner li fotria més pel viatge que per les peces. Li va robar el gerro, replica. Déu meu! —vaig sospirar. Trau les peces i canvia-les. No tinc ganes de discutir.

La dona va entrar. Havia estat escoltant-nos des de darrere de la porta. Es va dirigir a Salif, que regirava buscant les peces en una de les nostres caixes. Gràcies, m'has donat una lliçó. Se la notava emocionada. Se'n va eixir. Vaig seure al bidet, vaig encendre un cigarret, contravenint les normes de fumar als pisos però compensant-me de les pèrdues del desplaçament. Salif encaixava les peces noves. Vaig pensar que amb el pròxim negre o moro que vinguera, la dona, per no discriminar, per refermar-se com a no racista, es mostraria confiada i li fotrien el televisor.

Cada dia em costa més treballar, m'agrada menys. Per sort, la diligència de Salif equilibra el rendiment de l'empresa. És curiós com un negre que ve de l'altra punta del món, el destí del qual en principi no hauria d'haver-se encreuat amb el meu ni somiant-ho, acaba, sense que t'ho proposes, com un membre més de la família. Hi ha fets globalitzadors que humanitzen la vida. És per això que, d'entrada, no em posicione mai en contra de res. Bé, d'entrada, i d'eixida, estic en contra de tots els manuals polítics o socials que ens indiquen el camí correcte. Sempre hi ha algú, o algun grup, amb el desig de reunir el ramat i conduir-lo dòcilment. Per a ells, un menyspreu còsmic des del meu particular i intransferible sentit comú. Faig una pipada, expulse el fum. Salif, dóna't aire.

7

Els diumenges, els avis, els pares, els oncles, els cosins de Teresa i els seus promesos es reunien al restaurant dels jardins de Vivers. Des de feia uns anys (un any després de la gran riuada del 1957), els avis havien imposat la tradició de l'àpat dominical. L'origen de la riquesa familiar provenia de l'agricultura: la taronja i l'arròs. Però els tres fills dels avis, al marge d'ocupar-se de la quantiosa producció agrícola, havien diversificat els negocis. El pare de Teresa, el més emprenedor, havia assolit un estatus empresarial important amb la creació d'una fàbrica d'oli que es consumia arreu de l'Estat. Entre els tres germans tenien sis fills, quatre homes i dues dones, Teresa i la seua germana Ofèlia, un any més major. Excepte Teresa tots festejaven amb fills de famílies benestants de la capital. Teresa passava per ser l'estrambòtica de la família. Al contrari de la seua germana, que va deixar la universitat així que va conèixer el seu promès, era bona estudiant i, a més, els seus costums diferien dels de la resta dels seus cosins. Als pares i els avis els capficava que no mantinguera relacions formals amb cap dels pretendents que a les festes socials, que tenien lloc al xalet de Godella, acudien amb el desig d'intimar amb ella i establir un vincle de futur matrimonial amb una hereva de nissaga acabalada. La desídia de Teresa per les relacions formals allunyava els candidats.

Als dinars es parlava sovint sobre la conveniència que Teresa trobara un xicot de cognom significatiu per afegir un èxit social més. Aquell diumenge, a més, Ofèlia, arribats a les postres, va anunciar a la resta de la família que el seu promès Ernesto i ella havien decidit casar-se pel proper mes de novembre. Per bé que la notícia s'esperava, la satisfacció fou general i fins i tot rebuda amb un aplaudiment i botelles de xampany. L'avi Alfredo es va alçar mentre feia dringar una cullera contra la copa. Tothom va restar en silenci. El senyor Alfredo, de vuitanta-un anys, va dir (als seus fills encara els parlava en valencià, però als néts s'hi adreçava en castellà seguint el costum estès entre la burgesia urbana), en nom d'ell i l'àvia, que el feia enormement feliç ser besavi aviat; que li encantava comprovar com la família, a més de romandre unida, augmentaria (va encoratjar la parella a tindre molts fills i amb rapidesa). Mirant Ernesto, advocat que treballava al bufet de son pare, li digué que ja el considerava un membre més de la família. Tot seguit es va dirigir a la parella, i posant-los les mans sobre els muscles de cadascun, va informar als presents que ja tenia pensat el seu regal. L'avi va callar reclamant expectació. Quan l'esment general es va transformar en un interès creixent, el senyor Alfredo, amb una veu solemne de patriarca protector, va revelar que cedia al futur matrimoni el pis del Carrer de Colón, on l'àvia i ell visqueren durant un temps abans de traslladar-se a la tranquil·la població de Sollana. També hi hagué un aplaudiment, però no tan sincer ni clamorós com el primer, ja que era un pis cobejat. L'avi afegí que, naturalment, les despeses de la reforma que calien per a les necessitats de la parella corrien pel seu compte. Ernesto i Ofèlia es besaren amb goig per celebrar l'esdeveniment. Gat vell, el senyor Alfredo va prosseguir bo i aclarint que tots els néts tindrien un regal similar. Fou llavors quan l'avi es dirigí a Teresa per dir-li que, si passat un temps no havia trobat l'home ideal (però d'homes n'hi ha molts, Teresa, i segur que un dia tindràs el que et mereixes), també tindria el seu regal. Teresa va envermellir, circumstància que no va passar desapercebuda. Per als seus pares, fou un diumenge feliç. Tothom estava molt content. Els pares encengueren els cigars, els fills marxaren a passejar pels jardins agafats de les mans. Ernesto i Ofèlia estaven exultants.

—T'estime tant, Ofèlia.

—Jo també, Ernesto. Vull tindre com a mínim tres fills.

—Tindrem tots els que vulgues.

Amb l'esdevenidor econòmic que els aguardava, Ofèlia podia ser mare tantes vegades com li vinguera de gust. Per a Ernesto, el matrimoni representava pujar un esglaó en l'escala social. El seu pare, que tenia de client el futur consogre, havia aconseguit, a còpia de consells utilíssims per a la firma empresarial del pare d'Ofèlia, que el fill, que com a advocat no era gaire espavilat, entrara en el cercle de convidats especials a les festes socials del xalet de Godella. La resta no fou difícil, una dona amb desig de casar-se i un xicot bencossat que heretaria un bufet coneixedor del negoci de l'oli.

A la taula quedaren els avis, els pares i Teresa. L'àvia patia per ella: ¿Com és que una dona bonica i estudiosa encara no tenia un nòvio? Cada diumenge, amb paciència, havia d'aguantar els sermons de l'àvia sobre la importància de tindre un home que la protegira no sols a ella sinó els béns que heretaria. ¿Què sabia una dona de negocis d'olis, taronges o arròs?

—Encara sóc jove —feia Teresa.

—Els fills, com abans es tinguen millor —l'advertia l'àvia.

Després dels cafès, Teresa frisava per anar-se'n. No odiava l'ambient de l'àpat dominical, però la carregava en excés la hipocresia social que hi surava, la convergència d'interessos econòmics que substituïen en bona part una estima sincera, l'endogàmia de classe de la burgesia autòctona. Era un món fals, lluny de la realitat dels nous temps que s'albiraven. Sentia pena per la seua germana, pel futur esquemàtic a què l'abocaven: parir, cuidar de l'home, viure al marge d'una existència més ampla que sens dubte mai no coneixeria. Però la vida dual de Teresa la imbuïa de problemes de consciència. Dia a dia es trobava més distanciada d'allò que simbolitzava la seua família; la seua pròpia farsa li costava de representar, i d'ací que no poguera evitar aparèixer davant la resta com una persona introvertida, fins al punt que sa mare, que de cap de les maneres entenia una actitud tan dissímil respecte de la germana i dels cosins, li proposara acudir a un psicòleg o un psiquiatre, un especialista que tenia més valor per a sa mare, necessitada de comprendre com una persona que podia tindre-ho tot renunciara per recloure's en un món senzill, prescindint dels aspectes materials que excitaven els de la seua classe social. Sovint la mare confessava al seu marit que Teresa era problemàtica, una jove excèntrica i solitària. Son pare, però, estava massa ocupat amb la fàbrica d'oli, amb l'exportació de la taronja (pràcticament l'únic producte que eixia a l'estranger, per la qual cosa el Govern, en compensació, els autoritzava, excepcionalment, a importar cotxes que revenien a preus duplicats) o la producció de l'arròs, que ell duia personalment assumint més responsabilitats que els germans. Dels tres fills, el pare de Teresa era la nineta dels ulls de l'avi Alfredo (el pis del Carrer Colón per a Ofèlia n'era la prova evident).

Teresa es delia per fumar-se un Chester després d'unes hores sense poder fer-ho. Només calia que els avis i els oncles s'assabentaren que era fumadora per catalogar-la ja no de jove estranya sinó també de dona amb vicis d'homes.

Així doncs, va mostrar tot el que el seu afecte i amabilitat li toleraven per excusar-se que havia de preparar un examen amb una companya de la Facultat. Almenys era una jove estudiosa, pràctica que no suscitava dubtes en el clan. Es va acomiadar, especialment de l'àvia, i va marxar caminant fins les Torres de Serrans, lloc on tenia el costum de veure's de tant en tant amb Alfons, un company de classe d'idees esquerranes i valencianistes, l'únic amb qui mantenia una relació d'amistat, per bé que Alfons, tot i que ho intentava tímidament, no aconseguia anar més enllà a causa de la displicència de Teresa. Dels jardins de Vivers fins a les Torres va fumar dos cigarrets, un darrere de l'altre, que li van calmar l'ansietat. Alfons la va rebre amb alegria.

—Perdona'm la impuntualitat —es disculpà Teresa—, però els dinars familiars s'allarguen cada vegada més.

—Només han sigut vint minuts.

—La meua germana es casa pel novembre.

—Deus ser l'única de la família que no té data matrimonial.

—Tots els diumenges m'ho recorden.

Van iniciar un passeig cap la Plaça de la Mare de Déu. Alfons coneixia la ideologia radical de Teresa, però ignorava que militava al Partit Comunista. Tot i que no coincidien en l'estratègia, valorava la personalitat d'ella respecte de la majoria d'estudiants de la Facultat. Les seues converses giraven al voltant del treball polític que duien a terme.

—Hi ha rumors que aviat hi haurà una vaga important en solidaritat amb els miners d'Astúries.

—Alguna cosa en sé.

—Estem preparant una assemblea.

—No he vist cap cartell a la Facultat.

—Boca a orella, Teresa. És una primera presa de contacte per comprovar com estan els ànims. Si té èxit, en convocarem una altra pública.

A Teresa li semblava que l'estratègia de convocatòria individual era un símptoma de feblesa. Es feia per evitar la reacció dels estudiants addictes al règim i impedir la presència camuflada de membres de la Brigada Politicosocial. L'emprenyava el mètode, perquè, de tota manera, la policia sempre se n'assabentava i considerava que com més pública i notòria es fera l'assemblea més demostració de força s'evidenciava. Eren aquest tipus d'estratègies el que alimentava la seua dissidència respecte dels grups d'oposició universitaris. Per bé que Alfons s'esforçava a ratificar-se com a activista compromès, Teresa veia en ell la puerilitat que caracteritzava els companys de Facultat. Pensava que els estudiants, com a agitadors que disposaven d'eines de reflexió teòrica, havien de ser els instruments que galvanitzaren els obrers. Sense ells, la lluita política contra el règim no tenia sentit. Si els treballadors s'acomodaven, ¿què importava una assemblea, una petita manifestació d'estudiants al carrer? La repressió a Astúries havia de calar foc a la metxa per tal que als centres industrials s'hi solidaritzaren. Ara que l'autarquia governamental donava pas a poc a poc a un cert alliberament econòmic, obrint la mà a la importació i l'exportació, una vaga important capficaria els empresaris emergents, aquells que, amb el nou model, no veurien bé una revolta que dificultaria l'obtenció d'uns beneficis empresarials que es basaven, sobretot, en salaris baixos. Ací, sens dubte, els obrers tenien un motiu de rebel·lió. Va pensar en les idees clares i contundents de Josep Baixauli. Tenia raó quan proposava accions que visualitzaren la magnitud d'una lluita que els ciutadans en general percebien com un senyal que la placidesa social que preconitzava el règim només era una entelèquia. Contra allò, l'únic activisme possible havia de ser el més bel·licós. Potser hi havia vies intermèdies entre l'actitud d'Alfons i la de Josep. També Teresa asilava dubtes (dubtes que ella atribuïa a la seua procedència social i contra la qual lluitava), preguntes per a les quals encara no tenia respostes, però, fins ara, les accions a la universitat li semblaven testimonials, com un estat de mala consciència entre individus políticament conscients que estan obligats a fer alguna cosa encara que siga estèril. Afiliant-se al Partit Comunista, ella havia fet un pas endavant, un salt més decisiu. Haver conegut Josep Baixauli, però, el contacte amb una persona que havia patit i patia les conseqüències d'una dictadura brutal, li donava una visió més real del que significava ser un vençut. Era justament allò el que Alfons i la majoria d'estudiants ignoraven com a fills de classe benestant. No feia gaire, amb tot, el Partit li havia demanat que organitzara una cèl·lula universitària que Teresa ajornava, perquè desconfiava de l'esperit autènticament revolucionari dels seus companys, de grans conceptes teòrics però mancats de la pràctica quotidiana; dubtava fins a quin punt estaven disposats a arriscar-se adherint-se a unes idees i a un Partit que era la bèstia negra del règim.

———

Algun clàssic va deixar escrit que el caràcter de l'home és el seu destí. La personalitat de Felo sovint el forçava a pautes insensates. Era una persona feble i, per tant, vulnerable. El pare, afiliat al Partit Socialista Obrer Espanyol, complí deu anys de presó acabada la Guerra Civil. Va morir l'any 1960. El germà, també d'idees socialistes, portava les creences polítiques amb mesura atesa la situació familiar, casat i amb dos fills menuts. Els diumenges es reunien al pis de la mare, una dona que, com gairebé totes les que havien patit de prop la repressió franquista, odiava el règim però silenciava qualsevol dissidència ara que la vida, després de l'angoixa del passat, semblava encaminar-se cap a una normalitat sense aspiracions: els fills tenien feina i els dos néts contribuïen a l'oblit.

Durant l'àpat no es parlava de política. Abans de seure a taula, Felo i el seu germà prenien unes cerveses en un bar del barri. Ells sí que en parlaven, de política; circumstància que atorgava a Felo el convenciment de la desídia dels treballadors en general. Des de feia un temps trobava el seu germà Paco més escèptic respecte a les possibilitats d'una caiguda del règim. Menys visceral, Paco argumentava que als països democràtics europeus els importava poc la dictadura franquista. En el fons, els venia bé una dictadura de dretes que compensava l'auge dels Partits Comunistes occidentals, al marge de l'amenaça permanent de la Unió Soviètica. Paco maldava perquè Felo entenguera que la guerra freda entre soviètics i americans afavoria la solidesa del règim. Que les condemnes europees només eren un joc verbal, un principi teòric que els obligava com a sistema democràtic. Felo responia que això tenia la causa en la minsa oposició interior; que si les potències occidentals observaren una lluita ferma contra el franquisme, probablement adoptarien una altra actitud impulsats pels seus partits d'esquerres. ¿Com van a fer res si nosaltres, amb la nostra passivitat, ens comportem com corders? Ningú salva ningú que no vol ser salvat. Diumenge rere diumenge Paco evidenciava mostres de fatiga: tantes vegades amb el mateix tema i les mateixes conclusions.

—Felo, he de donar-te una notícia.

—¿Què passa?

—La setmana que ve Carmen, els xiquets i jo ens n'anem a viure a Alemanya.

Felo va deixar anar un sospir i tot seguit va apurar la cervesa que restava al quinto.

—¿Ho sap la mare?

—Encara no. M'has d'ajudar perquè ho entenga.

—Per a ella serà una notícia molt trista.

—Ho sé, però no vull que els meus fills s'eduquen en esta societat.

—Paco, jo no puc estar amb ella tret dels diumenges. La teua dona ve sovint a veure-la i li fa companyia.

—Ho sé... ho sé... —digué Paco una mica desesperat—. Em fa pena. ¿Creus que m'agrada anar-me'n, deixar el meu país, ma mare, els meus amics? Però vull tindre un futur per a mi i els meus fills.

—¿Quin cony de futur creus que tindreu a Alemanya? Sempre seràs un immigrant miseriós i servil.

—Tindré un lloc de treball a la fàbrica Mercedes. Els meus fills estudiaran en una escola digna. Ací no hi ha res a fer, ni laboralment, ni políticament, ni res de res.

—Eixe és el problema, que la gent que teniu un mínim de consciència abandoneu la lluita i marxeu.

—No sigues il·lús. Fa vint-i-tres anys que va acabar la guerra i el règim és cada dia més fort. No hi ha cap esperança de canvi. A més, la meua dona també tindrà feina. Estalviarem i un dia tornarem.

—¿Des de quan saps que te n'anaves?

—Ara fa un mes.

—¿Per què no m'ho has dit abans?

—No volia que intentares persuadir-me que em quedara i per no allargar-li la tristesa a la mare. Un mes així hauria estat insuportable. Tant Carmen com jo ho tenim decidit.

—Supose que en el dinar ho parlarem.

—És clar, he vingut amb eixa intenció. Diré que la proposta me la van fer despús-ahir i que havia de respondre ràpid per no perdre el treball.

Felo va pagar els dos quintos de cervesa.

—Com abans li ho comuniquem, millor.

Els dos germans van parar la taula mentre la mare jugava amb els xiquets i Carmen feia els darrers retocs a la paella (una mica de romer escampat per damunt de l'arròs). De seguida que s'assegueren Felo va mirar Paco a fi que iniciara el tema. Mare, digué, Carmen i jo hem de donar-te una notícia. Felo féu callar els dos nebots. Paco ho va explicar amb un cert temor. Va dir el més essencial, sense afegir la necessitat que la seua dona i ell tenien de marxar, per l'educació dels fills. La mare es va alçar sense dir res, va anar a la cuina i va tornar amb una botella de vi que s'havien descuidat.

—Em sembla molt bé, fill. Jo també marxaré amb vosaltres —va mirar Carmen—. Si hi esteu d'acord.

—Mare, ¿què faràs tu a Alemanya, tan lluny de ta casa? —preguntà Paco.

—Treballar. Segur que puc servir en alguna casa, igual com ací. Rafael fa la seua vida i no em necessita. Allí podria treballar als matins i cuidar els vostres fills a la vesprada. Si no vos faig nosa —va insistir.

Paco va mirar la seua dona.

—Si vostè vol, per nosaltres perfecte —aprovà Carmen.

—Fins que no trobem un pis llogat viurem en una pensió —digué Paco.

—Tant em fa on haja de viure. Vull veure créixer els meus néts. No pretenc coaccionar-vos, però si em quede sola vos enyoraré, sobretot els xiquets. Són de les poques alegries que m'ha donat la vida.

—Crec que és una bona solució —admeté Felo.

—Mare, a mi em sembla bé, però... ¿n'estàs segura? —preguntà Paco—. Trobarem una societat distant, el clima, els costums...

Aleshores la mare va pronunciar unes paraules que els van sobtar per allò que tenien d'inusual en ella:

—Este és un país de merda que ja no el considere meu.. Estic sana, puc treballar i ajudar-vos perquè els quatre tingueu un futur millor —es va adreçar a Felo—: Tu també hauries de marxar.

—Tinc un bon treball.

—Un cabaret no és el millor treball.

—Em guanye bé la vida. No em veig vivint fora d'ací. No arrelaria en una altra societat, però si les coses no rutllen ho tindré en compte.

La mare encara va tindre un altre detall inusual. De nou es va alçar de la taula. Aquesta vegada es dirigí a l'única habitació del seu pis. D'un calaix de l'armari rober va traure uns pocs diners que tenia a sota d'un parell de bruses curosament plegades. Va tornar al menjador i li va allargar els diners a Felo.

—Quan acabem de dinar, vés al bar d'Estrella i porta un parell de botelles de sidra. Celebrem que per fi tindrem una nova vida.

Ho celebraren.

Felo estava especialment satisfet. Ell sol es va beure una botella. La sidra li féu un efecte encoratjador, tant que va decidir visitar Carol, que vivia en un estudi situat al centre de la ciutat, propietat de l'amo del Maracaibo i pel qual no pagava lloguer com a part remunerada del contracte. Sabia que el comissari Rodrigo no la veia els diumenges. Els diumenges, Rodrigo, si no l'ocupava un afer policial important, els dedicava a la seua dona. De la dona no se'n sabia res. Vivia en un poble de la Ribera i fins allà es desplaçava Rodrigo. Així i tot, Felo cregué oportú telefonar-li. No estava segur que volguera rebre'l. La sorpresa fou que la vedet acceptà l'encontre. Li va notar un deix de goig en la veu. Va picar la porta i Carol l'obrí amb la mateixa bata, o una molt semblant, que usava al camerino. L'aspecte denotava que no feia gaire encara estava al llit.

—Hola, Carol. ¿Com estàs?

—Fatal.

Va marxar cap al sofà de l'estudi. Felo tancà la porta. Era un piset amb una sola habitació, ben decorat, amb una cuina, un lavabo i una sala d'estar circular amb una taula redona i quatre cadires. En un racó de la sala tenia un televisor, i al costat, en terra, un aparell de ràdio gran. Carol es va asseure i va encendre un cigarret. Felo romania dret. Mai no sabia què fer davant d'ella.

—Seu —li va dir alhora que li oferia un cigarret—. ¿Et trobes millor?

—Tret de la humiliació, sí. Em sap greu el que va passar.

Llavors Carol es va alçar la bata fins les cuixes.

—Mira.

Felo li observà dos blaus ostensibles, però també la perfecció de les cames. S'abaixà la bata.

—¿T'ho ha fet Rodrigo?

—¿Algú més podia fer-ho? Anit. Estava borratxo. Estic farta d'ell, però no sé com desfer-me'n. ¿Saps?, me n'hauré d'anar.

—¿A on?

—Lluny d'ací. Canviar-me el nom artístic i buscar-me un cabaret a Barcelona. Però sé que em trobarà i aleshores serà pitjor —Carol va deixar el cigarret al cendrer i es va portar les mans a la cara, sanglotant—. No puc més, no puc més...

Felo li va acariciar els cabells, primer amb timidesa, després amb més decisió.

—Si poguera fer alguna cosa...

—Ni tan sols tinc un home que em defense —la vedet s'eixugà les llàgrimes amb un mocador. Va xamar amb neguit del cigarret.

—És un malparit.

—Sí, ho és —féu ella enèrgica—, però és l'amo de la ciutat, pren i deixa les coses com li dóna la gana.

—¿Per què vas consentir embolicar-te amb ell?

—Per la mateixa raó que tu et deixares humiliar. Tothom l'odia, però ningú fa res per impedir els seus abusos.

—Algun dia rebrà el càstig que mereix.

—Paraules, Felo, només són paraules. Ningú gosaria tocar-li un dit.

Felo es va posar dret. Fou aleshores que va encendre el cigarret. Va mirar pel finestral de l'estudi els terrats dels altres edificis.

—No estigues tan segura d'això —digué, parlant d'esquena a Carol.

—¿Que no ho estiga? Si totes les barbaritats que conten d'ell són certes, ¿com és que ningú encara s'ha venjat? T'ho diré: perquè li tenen por; perquè té poder.

—Jo no li tinc por.

—No em faces riure. Anit li vas pregar de genolls.

—Ho vaig fer per tu, perquè no continuara humiliant-te.

—Doncs ja ho veus —li va tornar a ensenyar els blaus de les cuixes—. ¿Vols que et relate les denigracions sexuals que m'obliga a fer?

—No! —cridà Felo, girant-se—. Per favor, no m'ho contes.

—Anit em va posar un plàtan per l'anus. Dijous passat féu que li xuplara la polla a un dels seus guardaespatlles mentre ell es masturbava...

—Calla! Mecaguen Déu, calla!

La ràbia de Felo va sobtar Carol. Va callar en sec. El cambrer esclafà mig cigarret contra el cendrer, féu unes passes amunt i avall colpint-se el puny contra el palmell de l'altra mà. Carol va descobrir que Felo tenia caràcter, que no era tan cagadubtes com li semblava.

—Em carregaré eixe fill de puta! —ho va repetir tres vegades. Es va agenollar davant d'ella agafant-la dels malucs—. T'ho jure, me'l carregaré.

La vedet va portar les mans a les galtes del cambrer.

—Calma't, amor, calma't.

Llavors Felo va esclatar en plors amb el cap entre els pits d'ella, abraçat a la seua cintura.

—No m'hauries d'haver dit el que et fa, no m'ho hauries d'haver dit... Em fereix, em fa mal, em destrossa...

—Més em destrossa a mi. No tinc ningú, Felo, ningú.

—Em tens a mi.

—Tu no pots fer res.

Es va alçar amb una rapidesa d'irada masculinitat.

—Mai m'has valorat, Carol. Per a tu només sóc un cambrer. Però no saps res de la meua vida; no saps de què seria capaç per una dona que m'estimara.

—¿De veritat m'estimes?

—¿És que encara no te n'has adonat?

—Potser només sóc un caprici. Igual que ho sóc per a Rodrigo.

—¿Com pots comparar els meus sentiments amb eixe malparit?

—Perquè sempre he sigut un objecte de desig per als homes.

—Per a mi no.

—Molt bé, Felo, m'estimes. ¿I què? Sempre estarà ell pel mig. Encara que corresponguera a la teua estima tot seria inútil. És un obsés, un psicòpata, un boig. Si coneguera la nostra relació ens mataria als dos. El millor és que t'oblides de mi. Ho pagaríem car.

—És ell qui ho pagarà car —Felo, resolutiu—. Només necessite que em digues que m'estimes.

—No puc enganyar-te, ni tan sols hem tingut una mínima relació normal. Però és ben cert que necessite un home que em protegisca, que em rescate d'este malson.

—Carol, eixe home sóc jo. Amb el temps, m'estimaràs. Estic disposat a tot per tu.

—Vine, estirem-nos al sofà. Abraça'm. Vull sentir amb força els braços d'un home que m'estima.

Felo la va estrènyer amb vigor mentre pensava en totes les paraules que li havia dit, com una promesa indeleble que havia de complir. El vi i la sidra encara li corrien pel cap.

Abans d'arribar a sa casa, Josep Baixauli va tombar en direcció a l'alqueria de Rafael Puig. Venint de la Creu Coberta resolgué no contar-li a sa mare la conversa amb Leandro Monrabal, però decidí consultar-ho amb el senyor Puig. El va trobar immers en la tasca de construcció d'un petit galliner que edificava a estones lliures. Va aparcar la Vespa i el va ajudar a plantar un dels pals.

—¿L'has trobat? —li preguntà Puig.

—Sí.

El senyor Puig es va cerciorar que el pal es mantenia ferm i tots dos s'assegueren a la banqueta.

—És un home ressentit, acabat.

—I probablement un penedit que expia la culpa —hi afegí el senyor Puig torcant-se amb el dors de la mà la suor del front.

—Els penediments no serveixen de res.

—Tenen un component humà. ¿N'has tret l'aigua clara?

—M'ha insinuat la responsabilitat del Partit en els fets, però no me'n refie. Trobe que és una forma de descàrrec. També m'ha dit que va salvar mon pare fent-li arribar que l'esperaven si pretenia matar-lo.

—Josep, has d'encarar la realitat. Si després de tants anys ton pare no ha donat senyals de vida... —el senyor Puig va aturar la frase—. Dels que aconseguiren passar a França se n'han tingut notícies. Si visquera, d'una manera o d'una altra ho sabríem. Li ho has de dir a ta mare.

—No m'atrevisc. Em dol afligir-la més.

—Una mala notícia és preferible que l'ansietat de la incertesa. Ella deu saber que ha mort, però s'aferra al miracle.

—¿Per què els vençuts són tan conformistes?

—Per fatiga. Tu ets jove i no ho entens.

—És desesperant observar com la gent dels barris obrers es comporta com si no hi haguera una dictadura. Gairebé tots deuen tindre pares, oncles o germans morts o represaliats, però ningú mou un dit per venjar la seua memòria.

—Venjar és una paraula forta.

—No en conec cap altra per restaurar l'ofensa de tot el que ha passat.

—Estàs condicionat per la teua tragèdia. Ha sigut monstruosa, però...

—¿Preferiria que em resignara, com ma mare? ¿Creu més adequat comportar-se com ho fa tota esta gent que he vist al barri? Només els interessa el futbol.

—Quan no queden ídols, la gent se'ls inventa. Necessiten una vàlvula d'escapament. No veuen cap eixida i llavors intenten resoldre's la vida tenint si més no un treball.

—Un treball de merda pagat miserablement mentre altres amassen fortunes a costa d'ells.

—Una guerra civil deixa moltes ferides obertes que ens apressem a cicatritzar. Si tu l'hagueres patida directament potser series com ells.

—Mentre puga lluitar ho faré.

El senyor Puig escoltava les paraules obstinades de Josep i observava el mateix caràcter irreductible de son pare, la ferma decisió en les creences ideològiques que defensaven, la tossuderia en objectius utòpics. Tant a ell com a la seua dona els preocupava l'actitud de Josep. És per això que s'esforçaven en l'educació de Robert, el fill menut de la senyora Inés. La desesperada setmana que el pare va passar a l'alqueria tingué un efecte determinant en el fill gran. Resultava estèril alliçonar-lo, argumentar-li que l'odi emboirava el pensament. Cada vegada que s'havia afanyat a persuadir-lo havia topat amb el fracàs, com havia fracassat anys enrere amb son pare, amb el qual mantingué nombroses discussions —sempre en termes amicals— sobre la impossibilitat d'un sistema social semblant al de la Unió Soviètica a l'Estat Espanyol. El senyor Puig creia en els processos graduals, creia, sobretot, en aquella màxima —no recordava si d'Albert Camus— que sense intel·ligència no hi ha llibertat; que, com havia après dels clàssics, l'única república eterna residia en l'esperit; que l'educació era més important que la ideologia. No debades ell era mestre; no debades dipositava la fe en l'ensenyament com a eina adequada per crear esperits lliures capaços de decidir per ells mateixos, sense el gregarisme de consignes col·lectives que uniformaven els ciutadans en una sola idea indiscutible. Josep era una bona persona, treballador irreprotxable; també ho havia sigut son pare, però tots dos estaven dominats per la indestructible quimera de canviar el món sota el convenciment de la veritat absoluta, sense replantejar-se com defensar la llibertat de les masses si no tenien assumida la llibertat personal de decidir.

—Li ho diré a ma mare. Vostè té raó. No té cap sentit mantindre-la en una esperança inútil.

—Dis-li que he sigut jo qui ho ha esbrinat. Per a ella no serà estrany que tinga algun contacte. Si ho has fet tu, potser pensarà que estàs ficat en ambients polítics clandestins i li afegiràs una preocupació més. Si vols, t'acompanye.

—No. Quan se'n vaja Robert parlaré amb ella —Josep es va alçar—. Senyor Puig, ¿vostè creu que un partit seria capaç de trair els homes que arrisquen la vida defensant amb les armes els ideals de la seua organització política?

El primer impuls de Rafael Puig fou dir-li que sovint els partits prioritzaven el poder sobre qualsevol altra consideració, explicar-li els rumors que arribaven sobre les porgues estalinistes. ¿Quants lleials a Stalin havia assassinat el dictador? La paranoia de mantindre el poder absolut no tenia límits. ¿Com definir-li que el comunisme, el principi de la dictadura del proletariat —dictadura al cap i a la fi—, l'ideal que el pare transmeté al fill, s'havia transformat en un absurd que s'infiltrava sense aturador per tots els racons de la Unió Soviètica? ¿De debò volia saber la seua opinió? Puig atresorava l'experiència que quan algú està tenaçment convençut d'una idea, no hi ha res que el faça desistir, abocats al servilisme d'una doctrina ideològica, infectats pel refús malaltís contra l'autocrítica. De la pregunta s'inferia un dubte, però Puig tenia el dubte de l'oportunitat d'expressar-li allò que, sense saber-ho amb certesa, s'imaginava. L'inquietava que un desacord fonamental els separara.

—És difícil saber què passa en un partit en situacions extremes.

—¿Per què no ha volgut contestar-me?

Perquè preferia que fóra el temps, i no ell, qui li atorgara l'aprenentatge necessari per discernir entre una raó col·lectiva, sempre arbitrària, i la llibertat individual. Aquella mena de dissidència Josep no l'entendria.

—No puc respondre sobre un assumpte que desconec. Mai no he militat en cap organització. Com tothom tinc els meus dubtes, però m'estime més resoldre'ls des del sentit comú que des de les consignes piramidals.

—Si tots pensaren com vostè no existirien els partits.

—No hi estic en contra, sinó d'eixa fèrria disciplina imposada que no tolera la discrepància.

—La disciplina és necessària.

—L'educació i la intel·ligència encara ho són més. Però deixem-ho córrer. Ara tens una qüestió important per resoldre. ¿Et quedaràs a casa esta vesprada?

—No. A les cinc he d'estar a València.

—Llavors li farem companyia a ta mare. L'animarem a passejar, estarem amb ella fins que tornes.

—Gràcies, senyor Puig.

Sebastián Piñol, cap de la Brigada d'Investigació Criminal, feia els possibles per mantindre una bona relació amb el seu fill Joan, estudiant de Medicina. No tenia amics, era de procedència gallega i els seus germans residien a Pontevedra. L'única família que tenia a prop era el seu fill. Els diumenges al matí assistia a la missa que se celebrava a l'església del Bulevard dels Francesos. Hi anava perquè estava al costat d'on vivia, però també per l'amistat amb el capellà, que va reconfortar espiritualment la seua dona al llarg de la malaltia que li causà la mort. Sebastián Piñol era catòlic practicant. Joan no. Només l'acompanyava als funerals que cada any recordaven la mare. Si haguera viscut ella, les coses serien diferents. Però potser es tractava d'una il·lusió. De vegades pensava que no havia sabut educar-lo. Feia esforços per entendre'l, si més no ser tolerant amb les idees contràries al règim del fill, que sovint, quan discutien, li retreia el fet de ser un policia al servici d'un govern dictatorial.

Sebastián Piñol va lluitar al bàndol franquista per conviccions ideològiques. Va ingressar al cos policial per servir els ciutadans. Es prenia el seu treball com una dedicació a la societat, home moralment recte com era. ¿Per què el seu fill no ho entenia? Tots dos havien estat units fins que Joan va iniciar els estudis universitaris. Son pare a penes podia contar-li res del seu treball. Per a Joan, qualsevol acció policial estava relacionada amb la política. Un lladre, posem per cas, robava per circumstàncies socials adverses malgrat totes les excepcions que Sebastián Piñol hi aportava.

Amb els anys, el ventall possible de diàleg s'havia reduït a temes banals, que tampoc no n'eren gaires, ja que al comissari no li agradava el futbol, ni anava al cinema o al teatre. De lectures preferia no parlar-ne per no assabentar-se de les inclinacions literàries del fill. S'estimava més no saber res fora de la marxa dels estudis. Joan cursava quart de carrera. L'any vinent faria cinquè i després l'especialitat.

Piñol desitjava aferrissadament que el fill fóra un bon metge. Una professió vocacional, de servici a la societat. Frisava perquè arribara el moment que exercira. Amb allò potser arribaria la placidesa, l'obligació del treball i formar una família. A la universitat, al marge d'estudiar, hi havia altres temptacions de caire ideològic que el distraurien de l'objectiu d'especialitzar-se i ser una persona respectada. Al comissari, els estudis del fill li suposaven un sacrifici econòmic. Gairebé estalviava bona part del salari per si Joan allargava la carrera més del previst. Ell necessitava poca cosa per viure. Era un home sense vicis. No feia cap tipus de vida social. Tampoc no ho lamentava. Des de la mort de la seua esposa havia optat per la solitud, per conservar vius els records amb la dona. La malaltia i la mort d'ella el van afectar durant uns anys i es culpava per haver descuidat l'educació del fill, la que el comissari entenia d'acord amb els seus paràmetres morals. ¿Era moral el règim al qual servia?, li demanava sovint Joan. La pregunta, tantes vegades expressada, que ell responia des de l'angle personal, en el sentit que actuava sempre de manera ètica, no estava exempta de dubtes, atès que coneixia els mètodes de Rodrigo, el cap de la Brigada Politicosocial.

—No hi ha governs perfectes, Joan.

—Però sí governs elegits per un sistema democràtic; Parlaments triats per ciutadans que tenen veu i vot en les decisions dels països. Les nacions importants d'Europa són democràtiques. ¿Per què nosaltres no podem ser-ho?

—La República no va resoldre els problemes socials. Fins i tot va permetre que se saquejaren i incendiaren esglésies.

—Esglésies riques que toleraven la pobresa de la majoria de la gent. Les cremaven per desesperació.

—No ho vas conèixer. Hi havia caos i desordre pertot arreu.

—Mentre hi haja injustícies hi haurà desordre.

—Inverteixes les prioritats. Primer és l'ordre, després la justícia. Els teus avis foren assassinats pels anarquistes pel fet de ser catòlics.

—No parle d'anarquia, sinó de democràcia. En ple segle XX encara vivim sota l'autarquia.

A Sebastián Piñol l'esgotaven les discussions polítiques amb Joan. Va començar a desparar la taula, un senyal que no desitjava polemitzar més i que el fill acceptava la seua decisió; ho trobava inútil i, a més, no volia personalitzar la discrepància. Certament son pare era un home equivocat però honest, influenciat pels fets viscuts. Pertanyia a una altra època, determinada per una educació estrictament religiosa, i era des d'aquest prisma que observava el món. A ell, a més, li agraïa l'esforç perquè poguera ser metge, una vocació que va adquirir durant la malaltia de sa mare. Però els ciutadans, segons Joan, també tenien obligacions col·lectives.

Joan va entrar a la cuina a fregar els plats. Tanmateix son pare se'n féu càrrec. Preferia que invertira el temps preparant els exàmens que encara restaven de final de curs. El fill es va retirar a la seua habitació a estudiar. Entre els apunts tenia una nota d'Alfons convocant-lo a una pròxima reunió, sense data, en una classe de la Facultat de Filosofia i Lletres. La va esmicolar. Com Alfons, Joan era valencianista i d'idees moderadament socialistes. Son pare, castellanoparlant, es relacionava en valencià amb el fill per tal de convergir si més no en una qüestió que per a un sector de joves i alguns professors universitaris començava a ser un debat important.

Després d'acomiadar-se de Joan, Sebastián Piñol es decidí per un passeig per la ciutat. Féu una ullada d'esma a la cartellera d'espectacles del diari. Res no l'atreia. Quan vivia la dona, gairebé tots els diumenges anaven al cine. Ara no; ara el fet de seure sol a la butaca l'entristia. Sovint reflexionava que un dia o un altre hauria de fer-se l'ànim d'oblidar. Un company de la Brigada, també vidu, havia conegut una dona i havia recobrat la felicitat. No és bo que un home estiga sol. Quan Joan acabara la carrera ni tan sols el tindria per discutir. Però no es veia amb cor de tornar a casar-se. Li semblaria una traïció als seus records, que mantenia fins al punt que, de vegades, assegut en un dels bancs del Bulevard, mirava, tenint cura que ningú l'observava, una fotografia d'ell i la seua dona, tots dos endiumenjats, vora un monument faller. Com a home que no havia nascut a València adorava les falles, les mascletaes, l'ofrena a la Mare de Déu dels Desemparats, les revetlles al carrer... Gaudia de la festa local totes les hores que podia amb la seua dona. Anaven junts a tots els llocs i ara cada lloc li recordava la seua absència. Era per allò que amb freqüència les parelles agafades de les mans o de la cintura se li enduien la mirada. Era per allò que ara, deu minuts abans de les cinc de la vesprada, observava amb discreció Josep Baixauli, assegut al darrer banc del Bulevard, a sota de l'arbre frondós de moreres, probablement esperant la nòvia. Era policia però no un bon fisonomista. Malgrat que alguns diumenges, després de la missa, l'havia tingut prop, no l'identificava com la mateixa persona. La relació displicent que mantenia amb el món distava molt de la disciplina i observança que imprimia al seu treball. En canvi sí que reconegué Adelaida, que venia a trobar-se amb Josep. Com ell, Adelaida seia al darrer banquet de l'església. Sebastián Piñol va marxar pel passadís que separava dos jardins caminant pel Carrer Guillem de Castro cap al centre de la ciutat.

Josep i Adelaida es van fondre en una abraçada. Sempre es citaven al mateix banc del Bulevard, al lloc on s'havien conegut també un diumenge que Josep, després d'una cercavila, es va detindre a fumar-se un parell de cigarrets en uns jardins per on passava amb la Vespa sovint sense haver-se aturat mai a observar-los. Allà hi havia Adelaida, asseguda prop dels dos xiquets. En veure-li el clarinet li va preguntar en quina banda tocava, circumstància que Josep va aprofitar per iniciar una conversa sobre música festiva i clàssica que

Adelaida va escoltar amb interès pel seu desconeixement del tema. Contemplant els jardins, Josep va comentar que era un lloc preciós, ideal per relaxar-se i xarrar. Adelaida hi anava tots els diumenges al matí, amb els seus senyorets i els fills (en dir els «senyorets» cregué que s'havia delatat massa prompte davant d'un jove que semblava culte, però ell no en féu cap comentari), i des de llavors Josep acudia a veure-la.

—¿Estàs preocupat? —li preguntà tot comprovant l'abraçada feble d'ell.

—Sí.

Van iniciar un passeig lent pel caminet de terra del Bulevard. Adelaida el va agafar de la mà.

—Conta-m'ho. ¿És el treball?

—No, és la salut de ma mare.

—Pobra dona. M'agradaria cuidar-la.

Josep va meditar sobre la possibilitat de dur-la a casa, presentar-la a sa mare. També al senyor Puig i la dona, però en temia les conseqüències. Sa mare potser se n'alegraria. No obstant això, amb el temps, a la confiança entre totes dues se succeirien les confessions. Josep ajornava aquell moment. Necessitava que Adelaida el coneguera millor, que entenguera, o almenys tolerara sense que s'alçara un mur infranquejable entre ells, el perquè de la seua activitat política clandestina, la causa que la motivava. Ella era una de tantes bones dones però ingènues que anhelaven una vida senzilla amb problemes quotidians. Encara no disposaven de llocs comuns al marge de l'estima que es professaven; d'epicentres de perspectives polítiques i socials. Una dona que trobava normal la feina de servir dificultava l'encontre de posicions. Amb tot, era conscient que un dia hauria d'abordar la qüestió d'explicar-li, almenys, la tragèdia familiar. Es tractava d'un fet inevitable i dubtava si havia arribat el moment de fer-ho. Si ho feia, ¿havia d'obviar la militància comunista de son pare? Per a les persones com Adelaida, l'ideal comunista estava associat al mal, a la revolució, a l'ateisme. Eren tantes les qüestions en què l'havia de convèncer, que el més prudent era fer-ho de manera gradual. Tota la seua radicalitat política, la vehemència ideològica que el posseïa, es tornava pacient i docent en la relació amb Adelaida. Es reconeixia com un altre home; com un altre jo que el passat i el present sepultaven.

—Vindrà el moment que la conegues. El senyor Puig i la dona, el meu germà Robert i jo ens ocupem d'ella. De qualsevol manera, no és cap malaltia irreversible. Va a dies i avui estava una mica pitjor.

—T'hauries d'haver quedat a casa.

—Ha sigut ma mare qui m'ha animat a eixir. Li he parlat de tu, de les poques hores que tenim per veure'ns.

—¿Creus que li agradaré?

—No en tinc el menor dubte, però estic segur que prefereix trobar-se millor per conèixer-te.

Havien eixit del Bulevard i passejaven en direcció a les Torres de Quart, per després arribar fins al Túria i, resseguint la barana del llit del riu, fer una volta que es completava amb el Carrer de les Barques, la Plaça del Caudillo, i Sant Vicent. A causa dels horaris d'Adelaida no podien anar al cine (ara que alguns anunciaven a bombo i platerets locals climatitzats) tret que la senyora on servia li concedira una hora més de lleure. Les sessions s'iniciaven a les quatre i mitja i a les set. A la primera no hi arribaven, a la segona sobrepassaven l'hora del retorn laboral. Al cap i a la fi era una manera d'estalviar. Havien parlat d'obrir-se una llibreta d'estalvi comuna per a les despeses que haurien d'afrontar en el futur. Adelaida estalviava gairebé tot el que guanyava. No havia d'enviar diners als pares, que vivien aïllats al camp i a penes tenien necessitats materials. De roba, el fet que la senyora li donara de tant en tant una peça gastada li evitava comprar-se'n (la senyora, comentava Adelaida a Josep, era una persona caritativa. Llàstima que sovintege les discussions amb el seu marit). S'alimentava bé, sola a la cuina, abans o després de parar els plats a la família, que ella mateixa elaborava amb una llista de la compra a les millors botigues de queviures de la ciutat. Per a Adelaida, escapar dels treballs del camp o la ramaderia i exercir de minyona en una bona família de València havia suposat una gran sort. Els seus senyors, a més, eren catòlics practicants.

Els diumenges de vesprada Josep i Adelaida passejaven pel centre de la ciutat. Ella xalava d'allò més davant les botigues de roba amb preus prohibitius. No ho envejava, però li cridaven l'atenció les peces de luxe que s'exposaven als aparadors amb maniquins que giraven lentament. De vegades eixien amb la Vespa de Josep fins als afores, on començava l'horta, on tenien la intimitat d'abraçar-se i besar-se només amb la sensualitat que Adelaida permetia, dona amb la convicció d'arribar verge a l'altar que consagraria el matrimoni. Josep era el seu primer home, al qual s'entregaria quan es casaren. A diferència d'altres joves, de vida social activa, que els dies festius es reunien a casa d'algú d'ells bo i organitzant un berenar amb el lloguer d'un picú que reproduïa cançons melòdiques que s'aprofitaven per a declaracions abrandades, Josep i Adelaida gaudien de la intimitat o bé a les darreres files d'un cinema o en llocs escassament concorreguts. Aquell diumenge, gairebé s'haurien pogut encreuar amb Felo, que a les set de la vesprada eixia del pis de Carol, o amb Teresa i el seu acompanyant Alfons, que també passejaven pel centre. Mai s'havia produït eixa circumstància, que a Josep l'hauria incomodat, sobretot si es trobava amb Teresa, en qui intuïa un interès sentimental per ell, i a la qui ell no gosava contar-li la relació formal que mantenia, per si aquest fet poguera tindre una incidència en l'amistat i la solidaritat mútuament declarades.

Per a la gent sense recursos econòmics, els diumenges

eren antics i rutinaris. Amb tot, les quatre hores seguides que passaven junts suposaven els millors moments per a Adelaida. Des que havia arribat a València albergava l'esperança de trobar un bon xicot, un jove treballador i honest que no s'avergonyira de la seua procedència social, amb pares analfabets, del seu treball de minyona. Ben al contrari, Josep li havia donat mostres d'estimar-la més encara just per eixa situació social, servint-se en ocasions de les hores que disposaven per ensenyar-li a escriure correctament, tal com havia après del senyor Puig quan l'escola pública del poble, els dos primers anys d'escolarització, el va refusar per ser fill d'un pròfug polític de la justícia (donya Margarita, a petició del seu excol·lega Rafael Puig, aconseguí que l'admeteren). Tots dos s'avenien molt bé, s'estimaven, es compenetraven com si el destí els haguera escollit, afirmava Josep; com si Déu, deia Adelaida, amb la seua saviesa infinita, l'haguera recompensada amb el futur que somiava. Déu estava en el destí de totes les persones. ¿Per què, sinó, un diumenge al matí Josep va anar a seure al banc d'un bulevard on, a pesar que hi havia passat moltes vegades, mai no s'havia aturat? No ho féu un dilluns, o un dimarts o qualsevol altre dia, sinó un diumenge al matí, just a l'hora que Adelaida estava allà. Quan deia allò, Josep l'observava amb la tendresa amb què es mira als desprotegits. Sobre Déu sospitava que havia estat inventat pels rics perquè els pobres suportaren amb paciència les penalitats terrenals amb la promesa d'un paradís intangible. Certament la religió era un opi poderós. Sens dubte, amb Teresa tindria una relació diferent. Però Adelaida posseïa la virtut sincera de la noblesa, la lleialtat perenne, la dignitat de la pobresa. Josep no n'era conscient que fins i tot en els afers sentimentals s'assemblava a son pare, que va apreciar en la senyora Inés, una dona tan distinta d'ell, les mateixes qualitats que el fill admirava en Adelaida.

Estem al bar. Ignore com es diu. L'hem trobat de camí al següent encàrrec. Salif i jo ens prenem un parell de cerveses ben fresques. M'alliçona sobre els efectes saludables de la cervesa si no se n'abusa. Encara no he dit que Salif és molt xarraire. Potser és la pròpia eufòria d'haver trobat una nova vida. El primer dia que el vaig veure no li vaig notar un caràcter alegre. Ben pensat, un negre carregat de catifes que ningú no compra no irradia felicitat. En dos anys ha progressat molt. Jo també. Gràcies a ell la meua esquena no pateix tant els estralls de l'ofici. Mentre xamem de la botella (segons en quins llocs refusem amablement els gots), em conta un incident sentimental.

En una de les curses on concursa va conèixer una atleta esvelta, guapa, molt bona (gestualitza a l'alçada dels pits mitja circumferència un pèl emfàtica). S'embolica amb ella. Tot correcte. Tot normal. Sopen, ballen, follen, corren. En fi, coses de gent sana. Mesos després en coneix una altra mentre li arregla la palanca i la boia d'un vàter (li indica, per cortesia, que el porta-rotlles està despenjat. Li'l canvia). La dona paga la reparació i se li insinua. Pocs minuts més tard —Salif dubtava— tots dos s'alliten (un acte sexual ràpid, s'excusa per la deixadesa laboral). Content, Salif explica a l'atleta que té una sorpresa per a ella. Llavors la du al pis de la clienta per presentar-li-la. Enorme esbroncada per part de les dues dones davant l'estranyesa de Salif, i també del marit de la clienta, que primer no comprèn res, però de seguida es fa càrrec de la situació: un negre malparit se li ha tirat la dona i ara tornava per provar de fer un trio. Com que és un especialista en el fúting, i a més té la virtut de captar els costums occidentals de seguida, doncs això: de seguida enfila escales avall, agafa la drecera més recta al poble i no para fins arribar a casa. Es pren un respir per recuperar-se i meditar per què les blanques no admeten la poligàmia per bé que entén la reacció del marit, de qui no en tenia notícia. Només pretenia que es conegueren, que saberen que un home les protegia. Li pregunte si li ho ha contat a Cèlia. Per sort no ho ha fet. Li va ocórrer ara fa un any, però ha tardat un any a explicar-m'ho. Potser temia que m'emprenyara. No ho faig, però l'advertisc del perniciós hàbit d'embolicar-se amb les clientes. Algunes s'afanyen a canviar-te el favor sexual per la reparació, sobretot si és costosa (i sovint un fet i l'altre no se situen al mateix nivell). Comprendràs, estimat Salif, que tu folles i jo pague. No és just. No seria just, admet. M'assegura, i m'ho crec, que no ho ha tornat a fer. Ara ja sap com funcionen els afers sentimentals en les societats civilitzades, o millor capitalistes, on tota mena d'objectes, fins i tot les parelles, es privatitzen mitjançant un contracte al jutjat o a l'església. Per raons òbvies li oculte els meus afers amb clientes. L'amoneste: Folla el que pugues, però vestit de paisà.

Es queixa que passa gana sexual. Tindria més possibilitats amb les negres, però li agraden les blanques. De negres n'ha tingut moltes des de l'adolescència. I jo, que no sóc un especialista sexual en dones negres, li pregunte: ¿Quines ho fan millor? Totes bones (passa gana, realment). Aleshores,

¿per què t'encabotes amb les blanques? L'atrau l'olor de la pell. No és que siga millor, sinó diferent. Salif és curiós. Li agrada conèixer, experimentar sensacions noves (declaradament xovinista, això sí, en la cosa de la poligàmia). En el fons, li explique, sempre volem el que no tenim. És un vell principi assolir un desig que en realitat no desitjàvem. Apurem les cerveses. Pague. Em sona el mòbil, però el personal, no el de la feina. Mire la pantalla, veig el nom i talle la comunicació. Un minut després m'envien un missatge. El guarde al correu d'entrada.

Indique a Salif la següent adreça, però em rectifica assenyalant-me la posterior, que queda lleugerament més prop amb el consegüent estalvi de gasolina. No m'hi havia fixat, perquè desconec les noves avingudes transversals, on sembla que ha participat en alguna cursa urbana. Allargue la mà per engegar la ràdio, però l'ature: Salif té una cosa important per contar-me. Sempre en té, de coses importants. No tinc cap dubte que és més interessant que les notícies radiofòniques. Això de garlar tant barrine que es tracta d'una tradició del seu poble, reunits al voltant d'una foguera escoltant els savis de la tribu. Cèlia està malalta, em diu, i em sobta amb la fermesa amb què ho expressa. Li demane que m'ho explique i la seua conclusió rau en l'aspecte de la cara. Segons ell, tot es reflecteix a la cara: l'alegria, la tristesa, la malaltia. Em pregunta com es diu *hechicero*. En un diccionari normal, «bruixot», però vés a saber què en diu el visual.

El bruixot del seu poble diagnosticava les malalties observant primer la cara, i si no n'estava segur llavors la palpava suaument. Cèlia no fa bona cara. Fa anys que no en fa, que jo li responc. Tampoc Miquel no la té excepcional. Miquel perdut, afirma amb convicció. Al seu parer, l'aspecte de Cèlia apunta que algun òrgan del cos no li funciona bé, ja que li recorda, salvant les diferències dels colors de la pell, malalts del seu poble. S'imposa un aclariment: Salif, la malaltia de Cèlia es diu decepció, o frustració, o desengany. Segons la ciència, la psicologia té una relació amb les malalties. Bé que m'ho conec. Però en el cas de Cèlia el problema encara es manté al cap.

No sembla convençut, però poca cosa puc fer contra les tradicions ancestrals. Amb tot, per tranquil·litzar-lo, per l'afecte que sent per Cèlia, pel sentiment de família que té amb nosaltres, li aconsellaré que es faça una analítica. Em mira tres vegades el rostre, alternant la vista amb la conducció. Deixa-ho córrer, li dic. No tinc cap intenció de visitar el metge (la darrera vegada que ho vaig fer, per un simple refredat, em receptà unes minúscules pastilles que em llevaren la tos però em notava el cos despenjat, amb sensació de nàusea. Si ho haguera sabut, m'hauria estimat estossegar uns dies). No em fa mal res. Així i tot fa el diagnòstic: dolor espiritual. Impossible, sóc tot matèria. Insisteix: m'observa indiferent, pose poc entusiasme en tot el que faig. Em tombe cap l'esquerra: A veure: ¿ton pare té el mateix entusiasme que tu? Mon pare té vuit dones. Tu no en tens cap, em retrau. Tu no ho saps, m'emprenye tot excusant la discapacitat sexual blanca. De viure al teu poble potser tindria un color de cara magnífic, cardant de cabana en cabana mentre la nombrosa prole tira endavant l'economia multifamiliar. Reprenc el fil, però: ¿què creus que hauria de fer? Viure amb més alegria, considera Salif. Tens molta vida per davant. Contrapose: Me la vaig deixar gairebé tota per darrere. Al principi és dur saber que ets un home acabat, sense moltes il·lusions, però t'hi acostumes. T'ensenyaré una frase (para atenció, amb la seua actitud positiva d'aprendre): Avui no toca.

Fa el gest del qui no ho ha entès, però sé que ho ha capit perquè calla i li ha canviat el semblant. Em sap greu l'equívoc que li he creat. Pensa que desconfie d'ell perquè a penes sap res dels meus assumptes privats. Segurament, en la seua cultura tothom parla dels seus problemes. Potser hauria d'explicar-li que en la meua estem enverinats per la perfídia dels records, que de vegades no discerneixes bé si pertanyen a la memòria o a la imaginació. Salif. Què. Estic content d'haver-te conegut; encara que no t'ho cregues, em trobe satisfet de dirigir una empresa multiracial. Somriu. Jo calle i repasse la nòmina: un alcohòlic amb un afecte insondable per les gallines, una exlluitadora visceral que duia camí de convertir-se en prostituta de carretera secundària, un negre i un jefe amb esclerosi vital. ¿Enyores la teua gent? Sí, contesta amb rapidesa. ¿Voldries tornar? No. Doncs quan passen els anys també faràs cara de malalt.

No acaba d'entendre la malaltia de l'enyor. Afegeix, a més, que si torna amb els seus enyorarà els seus que deixaria ací. Igualment cauria malalt. Això que ha dit em fa reflexionar. Tant Miquel, Cèlia i jo li doblem l'edat, de manera que fotrem a l'altre barri molt abans que ell. Segons els meus plans, en un futur l'arrelament familiar de Salif amb nosaltres encara serà més ferm. No tinc fet el testament, però no em fa res nomenar-lo hereu. Amb tot no li ho dic. No li ho diré si no cal. És un jove desprès i generós, i preferisc no inculcar-li la cobdícia per la propietat. Al fil de la qüestió em ve la imatge d'un notari mirant-me perplex mentre li recite les dades d'un negre amb bona planta de Mali, amb la certesa que està tractant amb un maricon agraït. Agraït, sí; maricon, no. De moment (ja no dispose de creences absolutes, només de dubtes sistemàtics). Salif aparca al Carrer Jesús. Baixem. Fins i tot amb la granota de treball, una mica baldera, se li percep la planta atlètica. Potser tot es redueix a un malentès d'educació, de manca d'avanç mental. Un home així hauria de ser patrimoni sexual de les dones.

8

El camarada Ambrosio fou enviat des de París a València per reorganitzar el Partit Comunista. No era un dirigent, però sí un militant significat per a la Brigada Politicosocial. Fins ara no havia estat detectat pels canvis en la seua fisonomia. De naturalesa grassa, en l'actualitat pesava quinze quilos menys, duia un bigoti retalladet a la moda franquista i unes ulleres sense graduació que el diferenciaven de la fitxa policial. Durant quatre anys d'estada a la ciutat, amb una nova identitat proveïda pels especialistes del Partit, va aconseguir dinamitzar les cèl·lules disseminades i escassament conjuntades, ja que la direcció prioritzava l'organització del Partit a Madrid i Barcelona. La universitat, però, encara no funcionava com calia. A la universitat emergien amb una certa força els grups nacionalistes. El camarada Ambrosio va citar Teresa en una cafeteria cèntrica, en un racó del local, de cara a la porta principal, en una tauleta el més lluny possible d'altres. Era un dimecres, les dotze del migdia, i hi havia sis persones a la barra i deu més en un espai on ben bé en cabien una cinquantena. Teresa es va presentar amb uns llibres sota el braç. Tots dos feien la impressió d'un pare que es reunia amb una filla o bé la d'un professor amb una alumna.

—Arribes tard —féu Ambrosio mirant el rellotge.

Deu minuts tard, en efecte; cinc minuts més i Ambrosio se n'hauria anat, tal i com indicaven les normes de seguretat.

—Disculpa'm, he...

—Disculpada, però la puntualitat és imprescindible.

—Ho sé.

Teresa volia excusar-se pel retard, però Ambrosio, que per donar normalitat a l'activitat clandestina treballava de comptable en una petita empresa de mobles, l'amo de la qual simpatitzava via familiar amb el Partit, li va retraure que ell també tenia responsabilitats laborals. Amb tot, ho va deixar així.

—Assumires la tasca de reviscolar l'organització a la universitat. Des de l'última caiguda, ara fa tres anys, encara no tenim cap cèl·lula.

—Deus saber que no és fàcil. Per captar militants he d'anar amb compte. Necessite temps. En les revistes orals que tenen lloc...

—¿Què són les revistes orals?

—Una activitat cultural al marge de les oficials on es fa de tot: una lectura de poemes, passatges de filosofia, es llegeixen articles de revistes, teatre, cineclubs... D'acord amb el que reciten et pots fer una idea de la ideologia de la persona.

—¿Quina estratègia fas servir?

—Doncs felicite l'estudiant i aprofite, amb l'excusa d'interessar-me per la seua lectura, per fer-me un cafè amb ell a fi d'intuir com és ideològicament. Alguns tenen idees semblants a les nostres, però d'això al fet de militar, de comprometre's, hi ha una distància que requereix un procés. Per la meua seguretat i la del Partit, ha de ser així. Estem estigmatitzats pel règim, som els més perseguits. Per al risc, la gent té un límit, d'altra banda comprensible, perquè pel fet de la militància els expulsarien de la universitat. Insistisc, necessite temps. Potser algú interessant per al Partit, que, a més, pertany a una altra Facultat, tarda a presentar-se de nou a una revista oral i la coneixença, la confiança que has de tindre amb ell, es retarda. Crec que l'estratègia ideal seria l'entrisme —estratègia que Teresa no practicava, però que considerava, comprovat que li demanarien un esforç, l'alternativa més adient—. De totes maneres, si he de ser sincera preferisc el treball amb els obrers que no amb els estudiants.

—A la universitat hem tingut militants molt valuosos. De fet, a Madrid i Barcelona estan funcionant molt bé.

—Estic sola.

—Ho estàs perquè no has dedicat a la tasca tot el temps que et calia.

—T'ho explicaré: en primer lloc, he de traure bones notes per no despertar sospites entre la meua família i el professorat. Durant el batxillerat, vaig assolir notes brillants. Si ara no aprovara els cursos la meua família no ho entendria i potser voldria esbrinar-ho. Mentre vaja bé, no em vigilen la vida. En segon lloc, en el moment que em done a conèixer com a militant del Partit la policia em seguirà. En les revistes orals, i sobretot en les assemblees, sempre hi ha estudiants delators o membres de la Politicosocial camuflats.

—Has d'evitar com siga una caiguda.

—És obvi i et diré el perquè: les meues conviccions són fermes, però no estic segura d'aguantar una tortura. ¿Algú ho està? És una pregunta que em faig sovint.

—Me'n faig càrrec.

—Espere que ho entengues no perquè siga una dona, sinó per la brutalitat de les tortures. A la vaga d'Astúries (m'imagine que ho saps), torturaven els detinguts a la nit i l'endemà els soltaven perquè la gent comprovara a què s'arriscaven si continuava la vaga. Ací, a més, tenim la mala bèstia de Rodrigo, potser el pitjor torturador. Els estudiants ho saben. És lògic que siguen cauts. No és el mateix organitzar-se en un grup cultural nacionalista que en el Partit. A nosaltres volen aniquilar-nos. Rodrigo ho ha escampat entre estudiants detinguts.

—Potser la via de l'entrisme és la més apropiada. ¿Tens amics o coneguts en les organitzacions nacionalistes o culturals?

—Sí, però saben que sóc més radical.

—¿Saben...?

—No sospiten que sóc del Partit.

—Aleshores rebaixa la intensitat ideològica i entra en l'organització més forta. Supose que participaran en la vaga de suport als miners.

—Estan preparant una assemblea.

—Doncs tens una ocasió immillorable per dirigir-te als teus companys motivant-los a la vaga, però de manera moderada.

—¿Creus que paga la pena fer-me visible?

—Si no et presentes com a comunista, la policia no et controlarà.

—Controla tots els que pot. Alguns estudiants han estat torturats sense ser del Partit.

—Necessitem líders a la universitat. Hem d'estar presents en tots els sectors.

—¿És una consigna?

—Sí. Amb prudència i habilitat, però ho has de fer. Si el Partit va canviar d'estratègia ho féu per convertir-se en l'avantguarda de l'oposició al règim. A la llarga, la resta d'organitzacions no tindran més remei que estar amb nosaltres. Si et converteixes en una líder, i en tens fusta, la gent creurà en tu i no els importarà, si fa el cas, que sàpiguen on milites.

—Tinc els meus dubtes, però si és una consigna l'accepte.

Al fil de la qüestió dels «dubtes», Ambrosio va recordar el tema Josep Baixauli.

—El militant que dissabte passat va prendre la paraula quan va acabar el camarada Antonio milita en la teua cèl·lula.

—En efecte.

—¿Tens amistat amb ell?

—Només el conec de les reunions.

—Ens preocupa.

—¿Per què?

El camarada Ambrosio va preguntar a Teresa si volia prendre un cafè. Ella declinà la invitació i ell va apurar el que restava a la tasseta. Tot seguit féu una llambregada al local, una mica més concorregut però encara amb tauletes buides al seu voltant.

—Et faré una confidència —li digué—. Te la faig perquè entengues el problema. El militant en qüestió és fill d'un maqui desaparegut. Vull dir que fins ara no se sap res d'ell. Era un combatent valerós, un magnífic resistent, però molt radical. Tant que ell i d'altres de l'Agrupación Guerrillera de Levante contravingueren les ordres del Partit de retirada. Es van revoltar contra la decisió. Fins i tot van executar militants que estaven d'acord amb la consigna del Partit amb l'excusa que eren delators. Excepte son pare, de la resta sabem que van morir. Amb el teu camarada de cèl·lula tenim un problema: ignorem si milita en el Partit per conviccions ideològiques o bé vol esbrinar què va passar amb son pare. Un militant així fa preguntes a tort i a dret i acaba sent un imprudent que posa en perill els altres. Damunt, és igual de radical que son pare. Ho vas comprovar a l'assemblea, demanant més contundència. Quan es demana això, és perquè es vol tornar a estratègies que no contemplen l'actual canvi de context social. Este xicot és un problema i l'hem de tindre congelat. No ha de participar en les accions importants del Partit.

—¿Per què no l'expulseu?

—Podria tindre una reacció imprevisible; podria fins i tot pensar que ho fem perquè som responsables de la desaparició de son pare. De moment, és preferible mantindre'l al marge.

—Si no el convoquem també sospitarà.

—El cap de la cèl·lula té l'argument que no cal utilitzar tots els militants per prudència, per evitar caigudes massives.

—Observe una contradicció en el fet que d'una banda el Partit haja d'estar present en tots els sectors i d'altra no utilitzar tots els militants.

—Si pregunta per què es prescindeix d'ell, li direu que en altres cèl·lules s'ha fet el mateix. Que intervinga en accions secundàries per no donar-li la sensació que l'hem apartat. Ja pensarem en la manera de desfer-nos-en per qüestions ideològiques. Alguns marxen per no estar d'acord amb la línia del Partit. Trobarem la fórmula perquè se senta incòmode. Mentrestant, ha d'estar controlat.

Era una altra consigna.

El mestre de la banda de música, el senyor Botet, era un home escrupolós i perfeccionista, per bé que tolerant. El seu caràcter era similar al del senyor Puig. Com aquest, també es va posicionar a favor de la República, però el fet de viure a la ciutat i ser un home poc estrident, que passava desapercebut, el va salvar de les represàlies posteriors. Tant era així que ni el consistori que l'havia contractat per dirigir la banda no en sabia res, del seu passat. Més encara ateses les seues creences religioses, que practicava amb sinceritat, tot i que en els cercles íntims es manifestava més aviat cristià que catòlic.

Dilluns, dimarts i dimecres, a les cinc de la vesprada, havia programat assajos parcials per cordes d'instruments. Dimecres convocà la corda de clarinets. Josep Baixauli va demanar permís al senyor Puig per assistir-hi. Acabat l'assaig parcial, i després d'un descans de mitja hora, per tal que els clarinetistes berenaren, tingué lloc l'assaig general en un sequer als afores del poble, ja que el certamen se celebraria a la Plaça de Bous de València i els músics havien d'acostumar l'oïda i el volum sonor a l'aire lliure, per la diferència d'escoltar-se en un lloc tancat.

L'assaig general va començar a les set, amb *Caprici italià*, la peça obligada al concurs que els organitzadors del certamen donaven a conèixer amb un parell de mesos d'antelació. Molta gent del poble seguia l'assaig amb un interès silenciós. D'alguna manera guardava un paral·lelisme amb els entrenaments dels jugadors de futbol. Sovint el senyor Botet ordenava parar si alguna corda instrumental no seguia correctament les indicacions del mestre. Durant les interrupcions, Josep Baixauli mirava una vegada i una altra el rellotge, calculant si tindria temps d'arribar cap a les nou al jardí de València per trobar-se amb Adelaida. A causa de la fatiga, el senyor Botet va posar fi a l'assaig, però en va convocar un de parcial per dijous i un altre general per divendres. Va pregar que hi assistiren tots.

Josep va donar l'estoig amb el clarinet a un company de la banda per tal que el portara a sa casa. Tot seguit va marxar amb la Vespa per la carretera de Silla, situada prop del sequer, fins al barri de l'Eixample. Encara va esperar cinc minuts a Adelaida, que a les nou en punt baixava a passejar el gos de la família Pujalte, un pastor alemany obedient i tranquil. Quan Josep podia visitar-la, Adelaida allargava cinc o deu minuts més el passeig, cosa que desagradava a la senyora ja que no volia sopar més enllà de les deu. La minyona s'excusava amb el gos, content pel plus d'estona d'oci. I és que al matrimoni Pujalte els feia nosa l'animal, però a les criatures els encantava. Com que gairebé la nit ja despuntava, Josep i Adelaida es feren un bes i una abraçada efímera, a l'aguait que cap veí els observara. Caminaven a l'alçada del gos, flairejant i fent les necessitats al jardí.

—Avui han tingut una altra discussió —informà Adelaida.

No entenia que un matrimoni polemitzara sovint, ni la manca d'afecte per evitar-ho.

—Total, per no res —prosseguí—. La senyora creu que els xiquets no estudien prou i es queixa que el marit no faça res. Ve cansat de la feina, s'asseu al sofà, s'encén la pipa i llegeix el diari. Segons ella, si jo li porte cada matí el diari no comprèn perquè a la nit encara continua llegint-lo.

—¿I ell què diu?

—Res. Aparta el diari i posa la tele sense fer-li cas. Això encara l'emprenya més fins que el senyor, fart, li respon i els crits pugen de to. Les discussions m'incomoden. De vegades em sorprenen al mig i no sé què fer. Frisava perquè vinguera l'hora de baixar al gos. Bé —hi afegí—, i també per saber si podies vindre.

—M'ha vingut just. Hem fet assaig parcial i general, però com que el senyor Botet es cansa ha sigut més curt.

—Explica'm com és un assaig.

Josep va fer una mirada al seu voltant. Estaven sols al jardí tot i que per les voreres transitava gent. Li va agafar la mà.

—Josep...

—Només un moment —li féu un bes furtiu als llavis i li va soltar la mà—. Tinc ganes que vinga el dia que visquem junts.

—Jo també, però tenim molta vida per davant. Vull ferte una pregunta: ¿en tens ganes perquè m'estimes o perquè vols que anem al llit?

—Adelaida, de vegades tens unes coses...!

—És que vull estar segura que m'estimes.

—¿Com pots dubtar-ho?

—Tens raó, Josep. Perdona'm —ara ella li va agafar la mà un moment—. Estic molt orgullosa que sigues músic. Fins i tot podries guanyar-te la vida amb això.

—¿Tocant en un cabaret?

—¿Què dius, ara!? Pensava en la música clàssica, en l'òpera...

—Hauria de poder pagar-me les classes al conservatori. Sempre seré un músic de banda local. L'altra possibilitat és per als rics.

—Tens massa fixació amb els rics.

—Perquè hi haja rics cal que hi haja pobres.

—Sempre ha sigut així, Josep. És normal, uns tenen més sort que altres. I a més ser ric no garanteix la felicitat.

—Jo no vull ser ric, senzillament desitge que tot estiga més ben repartit. ¿Trobes just, que músics com nosaltres no puguem anar al conservatori, malgrat la nostra vocació, i eixes places les ocupen estudiants a alguns dels quals no els interessa la música?

—El que és just o injust no et correspon dir-ho a tu.

—¿Ah, no?

—Per l'amor de Déu, Josep, acabarem nosaltres també discutint. T'he preguntat per un assaig i te'n vas a un altre tema.

—Molt bé —de nou li agafà la mà, un instant, un senyal de reconciliació. De vegades oblidava el nivell elemental d'Adelaida, que sovint plorava escoltant els consultoris sentimentals radiofònics, les emissions de més audiència entre les dones—. Primer, el mestre espera que els músics facen sonar i arpegiar els instruments. És per suavitzar-los. Alguns en diuen «calfar», però el senyor Botet no ho troba correcte. Després ordena afinar. El primer oboè dóna el si bemoll i a continuació tots els instrumentalistes de la banda donem la nostra nota d'afinar buscant el to que ha donat l'oboè. Una vegada ho hem aconseguit, al cap d'uns deu minuts, comencem l'assaig.

—És molt bonic. M'agradaria tant aprendre música.

—No hi ha cap dona a la banda.

—Sincerament, això sí que no ho entenc.

—Vaja, m'alegre que aprecies una injustícia.

—No ho he dit com una injustícia, simplement m'estranya.

—Segur que hi ha més coses que t'estranyen, però algun dia te les explicaré.

—¿Saps què em disgusta?

—Què.

—Que no puga veure't actuar al certamen de la Plaça de Bous.

—¿No podries convèncer el matrimoni per anar-hi?

—Hi anirien ells. Jo m'hauria de quedar cuidant els xiquets. Si puc, escoltaré el concert per la ràdio.

—No és el mateix.

—M'ho imagine, però quan sonen els clarinets pensaré en tu. ¿Tindràs una actuació destacada? Vull dir... ¿Com es diu?

—¿Un solo? No. En *Caprici italià* el solo, d'un gran compromís, el farà Maties, un trompetista.

—Estarà emocionat.

—Més aviat està acollonit.

—Eixa paraula és malsonant. Pots dir que estarà preocupat.

—Doncs això, preocupat. ¿Ton pare no diu mai paraules malsonants?

—M'acabes de recordar que he rebut una carta dels pares que volia comentar-te. Bé, ja saps que no saben escriure. Ho fa el senyor Pere, el metge.

De la butxaca de l'uniforme de minyona (a Josep li desagradava veure-la amb aquell vestit, però no li ho deia) va traure un sobre i va desplegar dos fulls. Va llegir el més interessant: tots dos estaven bé de salut (imagina't, ho diu el metge); la dona del seu germà Joaquim estava embarassada (el segon fill que tindrien i esperaven que fóra un xiquet per completar la parelleta). I ara una altra notícia que suposava un problema per a Josep i Adelaida: el senyor per al qual treballava son pare, cuidant el ramat d'ovelles, li proposava vendre-li la casa on feien de masovers, pagant-la a poc a poc. És una persona molt considerada, hi afegí ella davant l'escepticisme de Josep. Als pares els feia il·lusió ser propietaris, almenys, de la casa on tots els fills havien nascut, però ni tan sols a poc a poc podien pagar-la i demanaven als tres germans que, en la mesura de les possibilitats econòmiques, que sabien dificultoses, aportaren uns diners mensuals. En cas que no fóra possible, ho comprendrien. Però era l'única forma de comprar-la. Al capdavall, un dia seria d'ells amb totes les reformes que el pare, a estones, hi havia introduït. Adelaida va plegar la carta i la va guardar a la butxaca. Tots dos es van mirar.

—No sé què dir-te —féu Josep—. D'una banda em faig càrrec de la il·lusió que els fa, després d'una vida treballant en condicions dures, però...

—A mi també em fa pena. El problema és que tu i jo no podrem estalviar pensant en el nostre futur. Potser els hauré de parlar de la nostra relació, dels projectes que tenim.

—Em sembla bé. I els teus germans, ¿poden ajudar-los?

—Ho ignore. Una mica, és possible. Puc parlar amb ells i renunciar a la meua part de la casa.

—Ho trobe just.

—Em posaré en contacte amb ells i miraré de solucionar-ho. Els meus pares sempre han tingut el somni de quedar-se la casa.

Del portal de la finca va eixir el senyor Pujalte, mirant cap al jardí, buscant Adelaida. La minyona se'n va adonar i tots dos es van acomiadar de pressa. Ella enganxà la corretja al collar del gos. Josep es va adreçar a la Vespa i va seure al selló, observant l'escena, preocupat per si l'esbroncaven per la tardança.

—Adelaida —féu el senyor Pujalte uns metres abans de trobar-se amb ella.

—Diga'm, senyor.

—D'avui en avant passejaré jo el gos a les nits.

El senyor Pujalte va agafar la corretja tirant de l'animal en direcció al portal. Abans de creuar el carrer, Adelaida féu un senyal a Josep perquè marxara. Josep va engegar la Vespa. El senyor i Adelaida arribaren al portal.

—Dis-li a la senyora que tardaré quinze o vint minuts.

Se'l notava nerviós mentre caminava per la vorera. En tot cas, Adelaida pensava que quan els senyors es reconciliaren ella tornaria a baixar el gos. Al senyor Pujalte no li agradava l'animal, deixava pèls al sofà i això suposava un dels motius, entre d'altres, de disputa entre ells.

Carrer amunt, en direcció a la pista de Silla, a l'alçada de l'Avinguda de José Antonio Primo de Rivera, Josep va parar en un semàfor. A la seua esquerra, assegut en un banquet de fusta mirant l'altra banda del carrer, vigilant un edifici antic i senyorial, un individu ben vestit es fumava un cigarret. Era alt, prim, d'uns quaranta anys i escaig, àgil en aparença. El semàfor es va posar en verd i Josep va continuar. L'individu ben vestit, que duia una bossa d'esports elegant, va llançar el cigarret. Es deia Antonio Mayans, nascut en un poble de la Ribera Baixa però resident a València. Mayans, conegut com el Messié, era el lladre de coll blanc més hàbil.

Segons el codi dels bons lladres professionals és millor no treballar a la ciutat on resideixes, més encara si no és gaire gran. Però com totes les normes aquesta té també la seua excepció: un bon colp. L'excepció, no obstant això, té una altra norma de seguretat: oferir la informació amb tots els detalls imprescindibles, que el robatori el porte a terme un altre i tu et quedes amb la part proporcional relacionada amb la importància del botí. El Messié no tenia companys ni en volia. A València proliferaven els carteristes. Bons alguns, sens dubte, però limitats als afers multitudinaris, tramvies i autobusos. Mayans havia après de l'escola francesa, del seu amic Paul, un dels millors del país. Res d'armes, cap violència, la destresa com a regla general i estricta. I la discreció. Amb tot, per molt professional que siga un lladre, la policia en té almenys notícia de la seua existència. El Messié havia complit tres anys de condemna a França. Com que estava «cremat» va tornar a València i passava llargues temporades, per qüestions de treball, en altres ciutats. Pocs colps, curosament planificats i d'un rendiment excel·lent. Cada vegada, però, li feien més mandra els desplaçaments. De manera que va decidir espaiar-los i provar sort a València.

Amb visites intermitents al Club de Tennis de València, amb bigoti postís, ulleres de vista sense graduar i unes quantes canes repartides entre les patilles i els cabells arran del coll amb un excel·lent producte de París (es va presentar com a corredor de taronges al cambrer que l'atenia), Mayans va triar, després d'uns mesos a l'aguait, la víctima. Es tractava de la senyoreta Virgínia Lafont, ociosa de la professió de pintura, hereva única de la fàbrica de Metal·lúrgia Lafont, de producció bàsica el ferro, que servia de material per a la indústria de metall mecànica. Virgínia rebia classes particulars de tennis. Hi feia molta vida al club, circumstància que permeté a Mayans fixar-se en la varietat i la qualitat de joies que exhibia, sobretot en les festes socials que s'hi celebraven. Durant uns mesos li féu un seguiment meticulós però moderat. Sabia que estava promesa (també que semblava tindre un afer sentimental amb el seu professor de tennis, per bé que no n'estava segur i el detall tampoc no li incumbia), on tenia l'estudi, els horaris de treball, els horaris de la dona de la neteja, els restaurants que sovintejava, la freqüència amb què el seu pare, home poderós, li organitzava una exposició els quadres de la qual compraven clients i amics per congraciar-se amb el patriarca familiar (era una artista que copiava Sorolla amb un mimetisme mediocre), quan la visitava el promès, l'edifici on vivia (només vuit veïns), que coneixia d'haver entrat, als matins o al migdia, en diverses ocasions sense encreuar-se amb cap resident. Sabia que podia despenjar-se pel desllunat i entrar per la finestra, a la primavera sempre oberta, del lavabo del pis de Virgínia.

Arribat el moment, féu vindre de Madrid un *ratero* perquè li aconseguira les claus del portal de la finca d'una senyora d'edat avançada, que sobre les nou i mitja del vespre marxava a casa del fill, resident al mateix carrer, a sopar i passar la nit. El *ratero* li va furtar les claus (i també la cartera) una setmana abans, quan comprava al *mercadillo* dels dimecres. Mayans li va pagar el treball. Li preguntà, però, si també li havia pispat la cartera. El *ratero* ho va negar rotundament. Per precaució, Mayans va deixar transcórrer una setmana per si la senyora denunciava el robatori de la cartera. No es refiava d'aquella mena de lladres. El dia que es van citar Mayans duia un bigoti postís, ulleres fosques i un barret d'estiu. Es trobaren en una cafeteria, i durant els deu minuts de l'encontre el Messié no es va alçar. Era massa alt i prim, i com menys detalls mostrara millor. Així que el *ratero* va marxar, Mayans va llançar el bigoti a la paperera del lavabo i va introduir les ulleres i el barret en una bossa. Després se n'isqué per una altra porta que si no coneixies la cafeteria la ignoraves. Tota precaució era poca, per bé que l'intermediari que contactà amb el *ratero* li havia assegurat que no era un confident.

Mayans va mirar l'hora: les nou i mitja del vespre en

punt. Cinc minuts més tard va eixir la senyora d'edat avançada. La va observar mentre caminava capcota, ranquejant a causa de l'artrosi. Va encendre un cigarret (tot i la seua experiència, el neguit el feia fumar més del compte abans d'un treball). Es va alçar del banquet per resseguir-la amb la mirada fins que arribara a l'edifici del fill. De seguida s'adreçà cap al portal. Va encaixar la clau al pany amb naturalitat, sense mirar a una banda ni a l'altra (ho havia fet un poc abans). Al vestíbul es va canviar les sabates per unes sabatilles amb la sola de goma. Va pujar els esglaons de dos en dos fins al primer pis, obrí la finestra del desllunat, va mirar uns instants cap amunt bo i comprovant la resta de finestres dels veïns, es va penjar la bossa del coll, es va posar uns guants i només amb una braçada s'agafà al marc de la finestra del lavabo. Si haguera caigut no hauria tingut cap accident greu, però s'hauria quedat al terra del desllunat. S'esforçà, per tant, amb la màxima eficàcia de passar d'un lloc a l'altre. Travessà el lavabo i va anar al menjador. Paul li aconsellava que un bon lladre sempre ha d'anar directe a l'objectiu, encara que pel camí es trobe un gerro xinès o un Picasso. Si veus un bon objecte, però no et cap a la bossa, deixa'l. No perdes el temps lamentant-te. Sovint, a les cases riques, les temptacions són múltiples: si hi ha joies és ben segur que hi ha més coses de valor similar. Has de treballar ràpid i net. Li ho reiterava perquè un dia, assolit un colp magnífic, es va permetre el luxe de relaxar-se de la tensió servint-se, assegut al sofà de la casa, un gintònic. Al segon glop, l'imprevist: una minyona que creia celebrant el diumenge va eixir cridant com una boja afortunadament escales amunt, buscant l'ajuda dels veïns, i Paul, cames ajudeu-me, escales avall. Mai més, li va dir.

Però amb la qüestió del temps el Messié tenia un problema. ¿I si les joies estaven en una caixa forta? Aleshores necessitaria una bona estona amb l'estetoscopi a les orelles, auscultant el soroll que indicava que havia encertat la combinació. Sabia, doncs, la data de naixement de Virgínia, l'any que es va graduar i un seguit de resultats de partits de tennis importants que tingueren lloc al club. Per norma, la data de naixement era la més fiable (fins i tot provant, en alguns casos, la data a l'inrevés). De manera que va apartar una mica tots els quadres de la casa. Eren tots de la propietària. Mentre ho feia, tenint cura que restaren simètrics, va pensar en el narcisisme de la senyoreta. Una dona que podia tindre obres excel·lents poblava el pis de mediocritats, segurament perquè els convidats, amb cortesia obligada, l'admiraren. Merda de rics!, exclamà interiorment el Messié, que robava per ser-ho. És curiós constatar com els grans lladres que acumularen riquesa no se sentien integrants de la classe alta, sinó que la refusaven. Vivien apartats, sense barrejar-s'hi, malgrat que els devien la bona vida. Últim quadre, no hi havia caixa forta. Un lleu respir de Mayans i tot seguit una mirada al menjador: una taula, l'aparador, unes cadires, tot estil isabelí de caoba, també un sofà roig granat. El seu instint l'advertia que allí no trobaria res. Tampoc al rebedor, amb una consola i un espill de pa d'or. Directe a l'habitació principal. Ullada ràpida: llit, tocador, dues tauletes de nit, dos sofàs, un centret i un armari rober. Tot modernista. Primer, les dues tauletes de nit. Res. El Messié no es desesperava. Tothom volia trobar els objectes d'una ullada. Ell no; ell era conscient de les males jugades que et provocaven els nervis. Sabia que en un lloc o en un altre hi havia les joies. Depenia de la paranoia del client. Dels hàbits de confiança. Dels antecedents de robatoris a la zona. En fi. Va mirar baix del llit. Va alçar el matalàs d'una banda i de l'altra. El personal és capaç de qualsevol treta. Tampoc res al tocador. Es va quedar mirant l'armari rober. El va obrir. No va perdre ni un segon amb els vestits que penjaven. No tenia esperances amb les capses de cartró; en efecte, negatiu. Molt bé, ara els calaixos. Minuciosament els va regirar tots excepte els dos darrers, un paral·lel a l'altre.Va traure la roba de tots i va col·locar-la tal com l'havia treta. Llavors va traure un dels darrers calaixos. Després el segon. Va notar unes pessigolles d'inquietud. A mesura que el treia s'adonava que eixia amb més facilitat. Quan va restar fora abocà el cap a l'interior. Al contrari de l'altre tenia un tauler de xapa fina que no s'adeia amb l'estructura i el color de l'armari, com si s'haguera posat molts anys després. De la bossa va agafar dues pinces, les va encaixar en dos extrems de la xapa, la va posar dreta i la va mantenir amb una mà i allí estaven les joies. Moltes, de tota mena, bones. Va acariciar un parell de collars i un fermall amb diamants incrustats. Ho va ficar a la bossa i a continuació ho va deixar tot en ordre. Es va alçar. Va sentir el soroll d'una clau al pany de la porta del pis. La primera reacció que tingué fou pensar si havia apagat el llum del menjador. No. Després buscà un amagatall. ¿L'armari o sota el llit? El llit, sens dubte. Una elecció problemàtica, però l'única alternativa.

Virgínia i el seu promès van entrar discutint al pis. El to de veu era alt, però Mayans no en discernia el contingut. Arribaren al menjador. Cap dels dos mostrà estranyesa pel fet de trobar-se el llum encès. Discutien acaloradament. Podien fer-ho. Eren pisos amb bons murs, un per planta. Amb tot, el promès va tancar la finestra del lavabo. Mayans va mirar l'hora enfocant el rellotge amb una llanterna. Probablement, la discussió havia interromput o anul·lat el sopar. Si es reconciliaven, però, anirien al llit. No era una mala solució: després de cardar amb la pipa de la pau com a bandera es quedarien com dos socs. Va comprovar que els sotracs no el tocarien. Continuaven discutint cada vegada més. Ara els escoltava, la porta del dormitori estava oberta. El promès, molt excitat, li retreia el coqueteig amb el professor de tennis. Ricardo, es deia. Ella contestava que només era simpatia;

es tractava d'un bon xicot, humil i servicial. Mayans recordà que era un tipus atractiu, més, de llarg, que el seu promès, que feia la impressió de no haver practicat mai cap esport. Un individu d'aquells que s'abandonen i amb vint-i-quatre o vint-i-cinc anys semblen més grans, massa gras. També pertanyia a una bona família, propietària d'una fàbrica de mobles. Vinga, doneu-vos el morro, foteu un bon polvo i dormiu, sobretot clapeu. A sota del llit, el Messié esbufegava. Pensava en Paul, en la seua esbroncada per treballar a la ciutat on residia. Però el colp era immillorable. La discussió, no obstant això, empitjorava.

Els crits pujaren de to. Ella no cedia, ell demanava explicacions. Virgínia se n'anava per les branques: li agradava el tennis. El seu treball artístic, creatiu, era dur i l'esport l'ajudava a desencarcarar-se. De sobte, el promès es va traure un as de la màniga: la va culpar de citar-se amb el professor de tennis en un restaurant. Un silenci breu i tot seguit l'explosió d'enuig de Virgínia, acusant-lo que l'havia seguida. Pitjor, féu ell, m'ho han dit. L'estava avergonyint davant les seues amistats. Aviat tot València ho sabria (però era mentida: l'havia seguida ell). Li ho deia per reblanir-la, perquè prenguera consciència del problema d'honor que li suposava. La reacció de Virgínia fou virulenta. El va insultar no sols per fer-la seguir, sinó per la seua incapacitat masculina (ja ha eixit el tema estel·lar, el problema sexual, pensà el Messié), li va retraure la manca de personalitat, li blasmà que estava amb ella per una qüestió de prestigi social, pels diners. Tot seguit, Mayans va escoltar una bufetada. ¿Qui havia agredit a qui? Probablement ella, tenia més caràcter. Un altre silenci, molt breu, i tot seguit un colp sec. El cap de Virgínia es va estavellar contra la vora de la taula, empentada pel promès. El Messié no sabia què passava, però intuïa un fet greu. Hauria volgut eixir de sota el llit i apallissar l'imbècil del nòvio, que ara, de genolls a terra, intentava reanimar-la. Virgínia,Virgínia!, exclamava. La puta que el va parir!, exclamà alhora, amb la veu baixa, Mayans. Virgínia no deia res i el Messié no sabia què fer. Va esperar esdeveniments, que eren els següents: un individu plorant a llàgrima viva davant la mort accidental de la nòvia. Plorava i plorava. Pren aviat una decisió, malparit, es queixava Mayans. Li va costar, si fa no fa, cinc minuts interminables. Eixugant-se les llàgrimes i els mocs va entrar a l'habitació i va anar directament on hi havia les joies. El Messié endevinà de seguida el que pretenia: endur-se-les per simular un robatori amb assassinat. El promès es va quedar de pedra, no hi havia res. Després del primer atordiment, mirant a tort i a dret, va deixar els calaixos oberts i la roba escampada pel sòl encatifat. Mentre marxava repetia: Déu meu, l'he morta! El Messié tenia un problema.

Felo, en canvi, se'ls buscava. Dilluns, Vicente Rodrigo no va anar al Maracaibo, però sí que ho féu un dels seus guardaespatlles, que es va recrear llarga estona amb Mari Santos en un dels reservats. Allò li va donar una idea al cambrer, que abismat en les seues cavil·lacions, el mateix dilluns, a les quatre de la matinada, va esperar l'eixida de la vedet davant de la desaprovació de Fermín, el porter, que des del seu cotxe s'imaginà l'encontre. Des que havia ocorregut el desagradable incident amb Rodrigo, Felo i Carol acordaren no adreçar-se la paraula al club, per evitar-se tots dos més problemes. El cambrer va seguir Carol fins al seu apartament. Ho va fer bé, a una distància prudencial, com si marxara en direcció a la parada d'autobús. Quan la vedet va arribar a l'edifici on vivia va deixar la porta oberta. Felo va tombar pel carrer i va entrar al vestíbul.

—Hola, amor —li donà la benvinguda abraçant-lo.

El cambrer la va besar, va retindre l'abraçada sentint-la

intensament. Ella se'n va separar amb l'excusa de tancar la porta de l'edifici.

—M'has deixat una nota dient que tenies un assumpte important per contar-me.

—Tinc una idea —Felo.

—¿És bona?

—És magnífica. M'ha vingut al cap avui. Els dies que Rodrigo no ve, Federico, un dels guardaespatlles, no falla mai. Recordant-ho, des de fa temps sempre ha sigut així. Sempre, a més, entra al reservat amb Mari Santos.

—És veritat, li agrada Mari Santos.

—Doncs bé, parlaré amb ella perquè la pròxima vegada l'entretinga d'esquena a l'entrada del reservat. Fa unes setmanes els vaig servir el xampany i tenia la jaqueta i la funda amb l'arma en un extrem del sofà.

—¿Penses robar-li-la?

—És clar.

—Sabran que has sigut tu.

—No. Els servirà un company meu. Jo entraré després. Amb el soroll de la música i l'excitació del moment no se n'adonarà. Només he d'apartar la cortina i allargar la mà.

—¿Confies en Mari Santos?

—Completament.

—És un afer perillós per a ella.

—No la culparan. ¿Com pot sospitar de Mari Santos si estava amb ell? El policia li preguntarà al cambrer que l'ha servit, que tampoc serà sospitós. El xampany se serveix així que entren al reservat.

—Anirà directament a per tu.

—Ho tinc pensat. Posaré l'arma en una capsa amb dos botelles de xampany i li demanaré a Fermín que les deixe al seu cotxe. Alguna vegada me'n vaig amb ell.

—¿I Fermín no s'estranyarà que abans que acabes vulgues dur la capsa al cotxe?

—També ho tinc pensat —amb cada idea, Felo es creixia davant d'ella—: Li diré que no vull oblidar-me'n.

—Però sospitarà quan Federico comence a preguntar a tothom on està l'arma.

—No preguntarà molt. Perdre l'arma és un fet greu. Li costaria el lloc si Rodrigo se n'assabentara. Potser no dirà res a ningú perquè no s'escampe la notícia. En traurà una altra de la comissaria i punt.

—Ets un geni.

Carol li féu un bes humit i llarg. No tant, però, com Felo hauria desitjat.

—Em tens boig. Pugem a l'apartament.

—Impossible, amor —va mirar l'hora—. Demà he d'alçar-me a les vuit. ¿Quan tens planejat...?

Carol no gosà acabar la frase, com si el fet de completar-la ja la implicara.

—Anem a pams: primer l'arma. Després ordiré una estratègia infal·lible, un pla que ens deixe als dos fora del cercle de sospitosos.

—Amb tot, em preocupa l'actitud de Mari Santos. No hi desconfie, però quan sàpiga de la mort de Rodrigo s'espantarà.

—Ella també l'odia.

—Molta gent l'odia, però això no vol dir que estiguen disposats a matar-lo o ser còmplices d'assassinat.

—Matar un assassí és una execució exemplar. Se n'alegraran molts. Mari Santos potser s'espantarà, però mai em delataria.

Carol no ho tenia clar. En una comissaria, més encara de la Brigada Politicosocial, Mari Santos perdria els nervis. En canvi, confiava cegament en la lleialtat de Felo.

—¿I Fermín? És amic de Rodrigo.

—En absolut, el menysprea. Però s'estima més ser cortès amb ell. Si calguera, em tiraria una mà.

—¿Per matar-lo?

—Per encobrir-me. Encara que posteriorment sospitara que duia l'arma a la capsa no en diria res.

—És increïble, tanta gent que l'odia i ningú no fa res.

—¿Ningú?

Ara sí que Felo es va guanyar un bes com calia, agafant-la de les natges, refregant-se fins al punt d'envermellir-se la cara.

—Pugem a l'apartament, per favor —entretallat, abrandat—. Serà poca estona...

—No puc, no puc... —repetia Carol simulant una excitació versemblant, de professional.

Amb la mà li abaixà la cremallera de la bragueta buscant-li el penis, li'l va traure, va començar a masturbar-lo mentre el cambrer li magrejava els pits, però es va fondre en mig minut, escampant-li el semen per la falda de tub negra. Féu un sospir llarguíssim, mirant-la. Ella s'espolsava l'escorreguda.

—Perdona'm, no he pogut aguantar-me.

Aleshores, amb un mocador, es va agenollar i va escopir al lloc de la taca per netejar-li-la amb fruïció, maldant per no deixar-li cap senyal. Carol li acaronava el cap. Somreia satisfeta. Sens dubte era el seu home.

—Has de marxar, Felo.

—Sí, carinyo.

Carol obrí la porta de l'ascensor. Des del darrere dels vidres va alçar la mà i amb els seus ditets delicats li va dir adéu quan el cambrer, retornant-li el comiat, encara romania de genolls, amb un afecte merament caní.

Dimarts i dimecres Rodrigo va acudir al Maracaibo. Felo evitava encreuar-se amb ell, per bé que les dimensions del club ho dificultaven. Va cedir la barra a un company mentre ell servia les taules, lluny del policia, entretenint-se tant com podia fins que el comissari entrara al despatx a jugar la partida. De sobte observà com Rodrigo s'adreçava on estava. Llavors va encetar un conversa sobre futbol amb un client conegut, ignorant-lo. Rodrigo li estrenyé el lòbul de l'orella.

—Ahir t'oblidares de servir-me.

—Disculpe'm, senyor Rodrigo, no em tocava la barra.

—Et toque o no m'has de servir.

—¿El de sempre?

—Sí, idiota. Porta-m'ho al despatx.

—De seguida, senyor Rodrigo.

El client mirava embadalit el comissari.

—¿Tens algun problema?

—No... no... cap.

—Doncs mira l'espectacle.

Rodrigo va marxar cap al despatx.

—Xuloputes! —féu el client.

Felo es va apressar a recollir els gots buits. Va deixar la safata al taulell, i va aprofitar que el comissari anava al lavabo per dur la consumició al despatx. Després va tornar a l'altra punta del cabaret, allargant la tasca d'atendre altres demandes fins que Rodrigo inicià la partida. El cambrer es va servir un gintònic assegut en un tamboret de la barra. Un descans, un interval per canviar d'idea respecte a Mari Santos. Cregué oportú no comentar-li res, malgrat la confiança que es professaven. Gairebé tots els clients que usaven els reservats es posaven d'esquena a l'entrada. Havia sorprès més d'un impacient damunt la xica (vestits. L'acte sexual no estava permès, però es toleraven altres variants). La posició del sofà, una mica circular, amb la tauleta al fons, d'alguna manera obligava el client a estar d'esquena. A més, una vegada servit el xampany, cap cambrer hi entrava fins que el reservat no estiguera lliure. Fins i tot era molt possible que ni Mari Santos s'adonara del robatori de l'arma. El reservat era bastant fosc, els dos estarien embolicats, només havia d'allargar la mà. ¿Per què implicar-la? ¿I si l'acusaven? ¿I si s'espantava tant que garlava? Ben mirat hi havia poquíssimes possibilitats que cap dels dos el vera. Massa soroll, la confiança del guardaespatlles, la seua incredulitat respecte que algú fóra capaç de robar-li l'arma a un membre de la temuda Brigada Politicosocial. Felo bevia i cada vegada estava més convençut del canvi d'estratègia. Li ho comunicaria a Carol. O no. Millor no veure's a partir d'ara. Mostrar-li a Rodrigo respecte i temor. Produir-se com un covard, com algú contra el qui ningú sospitaria d'una acció tan agosarada en el cas, improbable, que el guardaespatlles denunciara la desaparició de l'arma al seu superior. Fet, es digué. El cambrer, però, era susceptible de canviar d'opinió d'un dia a un altre.

A les quatre en punt de la matinada el Maracaibo va tancar les portes, però la partida continuava. Passava sovint. Aleshores Carol havia d'esperar al camerino fins que Rodrigo, o bé un guardaespatlles, li donara una ordre. Felo va eixir al carrer. Des del seu cotxe, Fermín el va cridar:

—¿Et porte?

—Sí, gràcies.

Va pujar, es van encendre dos cigarrets. Abaixaren les finestretes perquè s'escampara el fum, per rebre una brisa fresca, agraïda sobretot pel cambrer, després de tantes hores tancat al local.

—Dilluns vaig observar com seguies Carol.

—¿Jo? Em dirigia a l'autobús.

—Vas entrar a la seua finca.

—¿Ho vas veure?

—Sí. Et demane disculpes per la meua intromissió en la teua vida, però ets un bon tio i em sabria greu que et deixares enredar per ella.

—¿Què tens contra Carol?

—Res personal, però m'estranya que t'òbriga la porta del seu apartament.

—Només ens fumàrem uns cigarrets al vestíbul, parlant de les nostres coses.

—¿Amagats?

—Ja saps que a Rodrigo no li agrada.

—L'únic que sé és que no et convé embolicar-te amb ella.

—Som amics.

—Una amistat perillosa. ¿T'arrisques que Rodrigo t'enxampe només per fumar-te uns cigarrets amb Carol? ¿No te n'adones que fins i tot seria capaç de matar-te? ¿No en tingueres prou l'altre dia? ¿No t'ha servit d'avís?

—Sí, els dos últims dies ni tan sols l'he saludada.

—Perquè estava Rodrigo.

—No, he comprès que no paga la pena arriscar-se. De fet, el dilluns li ho vaig dir.

—¿I la seua resposta?

—Ho ha entès.

—Me n'alegre.

Fermín va engegar el cotxe. Havia arreglat el soroll del motor, sonava millor. El porter no es creia res del que li havia dit el cambrer, però no es veia amb cor de mostrar-li desconfiança. Si es presentara el cas, hi insistiria. No gaire. Tampoc creia tindre el dret d'atabalar-lo. Era un home adult, una persona que havia de fer servir la racionalitat amb dones com Carol. Tots dos coneixien aquella mena de dones. Cap dels dos ignorava els casos d'homes que perdien el cap per vedets de físics espectaculars. Com menys possibilitats de posseir-les, més s'hi entossudien. Fermín ho sabia, Felo no volia ni pensar-ho. I això el porter no ho ignorava.

Del naufragi generacional salvàrem el dinar. L'àpat del migdia és sagrat. Fins i tot Miquel menja, l'únic aliment correcte que s'endrapa. Cèlia, que abans d'abocar-se a ideals utòpics fou una dona educada segons els tòpics domèstics, no havia perdut els dots de bona cuinera i, això sí, quan estava inspirada i ho desitjava ens regalava un arròs amb fesols i naps, o amb bledes o una olla substanciosa, ço és, els arrossos que temps era temps ens empassàvem els pobres i ara són tan reclamats als bons restaurants. Sempre dinem tard, sobre les tres. Aproximadament mitja hora abans arribe amb Salif, i mentre endreça el magatzem (també li fa el llit a Miquel) jo recomponc la comptabilitat anotant i separant les factures amb IVA i els rebuts simples, que a final del mes, una vegada tot sumat, per comprovar els guanys, llance a la paperera com un lladre que no deixa empremtes per si de cas un inspector d'hisenda ociós vol fer-los una ullada. Just faltaven vint minuts per a les tres quan es va presentar el regidor d'urbanisme amb un senyor vestit amb elegància (anava tan empolainat que no li calia un rètol advertint a què es dedicava). Miquel, assegut a la banqueta, observava el quefer gastronòmic de

Cèlia, que cuinava l'arròs al pati en un perol alimentat pel foc de llenya. Els dos visitants van saludar-los cordialment. Ella retornà la salutació amb displicència; Miquel va moure una mica el cap. Entraren al magatzem. Es van produir molt amables, fins i tot amb Salif, que, no cal recordar-ho, és negre. Sempre recele de la gent excessivament educada. O en realitat són educats o oculten algun tret sospitós de la seua personalitat. Aquests, però, no ocultaven res. Una pregunta d'hàbit sobre el treball i la salut i anaren al gra: El senyor Benavites és un dels promotors del PAI. Per dir-ho d'una manera mecànica és el motor de la urbanització, féu el regidor d'urbanisme, presumpte sospitós per ser regidor d'urbanisme.

Em vaig alçar. Em vaig disculpar per no donar-li la mà. Encara no m'havia rentat (tots els papers de la taula porten la petjada de l'ofici). Parla el senyor Benavites: Supose que deu haver rebut ofertes per la seua propietat. La seua empresa me n'ha fet unes quantes. Hum... ensuma el senyor Benavites girant la vista cap al perol. Fa una olor exquisida. Llagoteja per regalar-me les orelles, però davant de la meua displicència continua: És cert, sí. La meua empresa ja li ha fet proposicions de compra. Però he vingut personalment per millorar-li les anteriors. Si no ho recorde malament, l'última fou de cinquanta milions de pessetes per fanecada. Ho recorda bé, però l'oferta fou al del solar del costat. El senyor Benavites fa cara d'estranyat. Té sort, jo en faig d'estrenyit. Pensava que també havien parlat amb vostè. Intervé el regidor: Sabien que no era suficient. Així és, el complemente. ¿Té intenció de vendre? (Benavites, amb refinada insistència). Depèn. Cèlia planta les orelles. Avui l'arròs potser estarà massa cuit. ¿Què li semblen seixanta milions? Em sembla una bona oferta, però com que iniciaren la subhasta amb tres milions encara no fa quatre anys, i a més queda gairebé la meitat dels terrenys per comprar, confie a traure'n un preu millor. És vostè molt directe i clar, sí, senyor. Benavites es frega les mans. ¿Quina quantitat consideraria correcta? Necessite pensar-ho, li dic per no dir-li que m'estime més esperar-me fins al final del procés. Li parlaré amb sinceritat, diu, i no sap la meua suspicàcia amb els individus que utilitzen el pròleg «li parlaré amb sinceritat»: els diferents promotors implicats al PAI, per tal de no establir una competència perjudicial entre nosaltres, volem arribar a un acord de no passar d'un determinat preu. Deu segons de silenci. Conteste: Podem parlar quan ho determinen, però observe un problema. ¿Quin? Si tots paguen el mateix preu, ¿què més té que li ho venga a vostè o a un altre?

Gest contrariat del senyor Benavites. Acord deconstruït. Ell sap que jo sé que els meus terrenys són dels més valorats. Estan prop de la carretera. I a més, els que no venguem podem constituir-nos en empresa promotora, cosa que no desitge però que insinuaria si fóra convenient. El promotor: ¿No s'ha parat a pensar que el preu que li oferisc li resol la vida? Tinc una família nombrosa. El senyor Benavites observa Salif, despreocupat de la conversa; Miquel, absent gràcies a l'absenta. Cèlia s'apressa a remoure l'arròs, com si el tema no li interessara. Confie que es faça càrrec que som una família disfuncional. ¿Quant de temps necessita per meditar-s'ho? Done'm el telèfon i el cridaré. Me'l dóna el regidor amb un gest d'entesa transversal amb l'empresari. Ens acomiadem amablement. El senyor Benavites felicita Cèlia després de fer una ullada a l'interior del perol: fa molt bona pinta, li diu. Ella li ho agraeix amb una mirada explosiva, potser retrospectiva. Tots dos se'n van seguits pel gos, que els acompanya fins la porta d'eixida al caminet. Mamons!, els insulta Cèlia quan ja no la poden sentir. Encara recorde el regidor pregonant el socialisme soviètic. Tots hem pregonat insensateses, li dic i me'n torne a la comptabilitat. Si has de vendre, trau-los fins el fetge. La veu de Cèlia m'arriba al despatx: una taula amb potes vacil·lants, tres bolígrafs de Bancam, una màquina d'escriure i un desori pertot on no hi ha manera de trobar un paper. A ella l'ecopreocupa el capitalisme especulador, a mi l'arròs.

Cèlia crida Salif perquè l'ajude a parar taula. Fan una bona societat. Ell para, despara i fins i tot, per fer tertúlia, col·labora escurant els plats. Ella coopera amb l'alimentació adequada per fer-lo un *recordman* d'atletisme. Isc al pati, m'empipen els números. Al capdavall, l'únic paper important són els bitllets d'euros. Ja s'ho faran en la gestoria. Miquel trau una cadira, la d'ell. Vaig a la cuina i porte el vi i una Coca-Cola per a Salif. Miquel i Cèlia es mengen mig plat. Jo un. Salif la resta. Cèlia esperava que tocàrem el tema del PAI, però em faig l'orni aprofitant que Salif conta les incidències laborals del matí. Li encanta parlar de la feina. Cèlia l'escolta i Miquel, en un detall inusual, ens pregunta si volem cafè. No espera la resposta, se'n va lentament cap la cuina. D'una banda, la incontinència verbal de Salif el torba, de l'altra, amb l'avinentesa de la solitud, es fa un raig de conyac directament de la botella. Per a mi s'acaba un dia i, de vesprada, en comença un altre. Faig una migdiada, em dutxe i passe pel casinet per fer-me el segon cafè i practicar una mica de vida social. Si vols saber què ha succeït al poble has de passar, si fa no fa, un parell de vegades per setmana pel casinet. A la barra, atesa per un colombià, un veí em diu que ahir enterraren Roc. Evoque el Roc alcohòlic amb gratitud. Era divertit, xarraire. Sempre rematava la frase amb un «dic jo». Com que era un bevedor amb pocs mitjans econòmics, se li va quedar el malnom de «DYC jo». Li pregunte de què ha mort. Mort sobtada, m'explica, però a mi no em sobta que haja mort. Anys enrere, el senyor Puig em va relatar que Marc Tul·li Ciceró, abans que l'assassinaren, digué: «Sempre he sabut que sóc mortal». En un moment així és normal que no tinguera cap frase més memorable, encara que d'altra banda, segons el senyor Puig —que fou l'únic mestre que vaig tindre—, les paraules de Ciceró tenien el seu fonament en allò que sovint els repetien (diguem-ne els assessors) als emperadors, a cau d'orella, quan el poble els aclamava: «Recorda que ets mortal». Jo ho recorde sovint, sobretot dijous de vesprada.

9

Sebastián Piñol va arribar al pis de la víctima. Adrián Soler, cap de la secció d'espectacles, ja estava allí. Eren les nou i mitja del matí. El cadàver se'l va trobar la dona de la neteja, que estava blanca, presa d'un estat de nervis. Li havien donat una til·la i un calmant, però la dona, d'uns cinquanta anys, tot i els morts que havia vist en la Guerra Civil, no es recuperava de la impressió, potser perquè la píndola encara no havia fet efecte i molt possiblement perquè no esperava, en aquests anys de pau i ordre, trobar-se'n un altre.

La comissaria del barri va avisar la Prefectura Central. Llavors el funcionari de guàrdia va passar el cas al grup de la Brigada Criminal que aquell dia assumia els delictes. Un assassinat tenia preferència, de manera que el cap del grup es va posar de seguida en contacte amb el senyor Piñol. La Brigada Criminal només disposava d'un cotxe, un Ford Taunus. Així doncs, el cap del grup ordenà que dos policies es traslladaren al pis mentre ell recollia Sebastián Piñol.

El comissari es va interessar per la salut de la dona de la neteja. Va intentar tranquil·litzar-la bo i dient-li que esperaria fins que es trobara millor. Després de fer una ullada al cadàver es va adreçar al periodista, un vell conegut:

—Pensava que t'ocupaves d'Espectacles.

—La mort de Virgínia Lafont és un espectacle social. Si vols saber per què he vingut abans que tu...

—No cal. Em faig càrrec del baix jornal dels funcionaris. ¿Qui és la víctima?

—¿No coneixes la família Lafont?

—Tinc una vida social magra. Fes-me'n cinc cèntims.

—Per començar, et diré que és una de les famílies més riques i influents de la societat.

—Amb això n'hi ha prou per saber que tinc un problema.

Adrián Soler va mirar el rellotge.

—Apostaria el que duc a la butxaca que no passarà ni una hora que rebràs una telefonada del governador.

Acompanyat pel periodista i pel seu company de confiança, Manuel Leire, el senyor Piñol es va dirigir, per indicacions d'un dels policies de la Brigada, a l'habitació de Virgínia.

—No hauries d'estar ací —li digué sense acritud a Adrián Soler.

—Diuen que la veterania és un grau. Supose que me l'he guanyat, encara que només siga pels vells temps.

Durant uns anys, Soler havia estat cap de la secció de successos i sempre havia respectat les informacions *off the record* de Piñol.

—Si ve un altre periodista te n'ixes.

—Acaben tard, dormen fins al migdia. D'alguna cosa m'havia de servir el meu secular insomni.

—¿Per què tarden tant els del Gabinet d'Identificació? —preguntà el comissari.

—Vénen amb tramvia —respongué el company.

—¿I el jutge i el forense?

—Amb autobús.

El periodista hi ficà cullerada:

—Els de la Social són més ràpids.

El comissari va obviar la broma. Feia un parell d'anys que, per conducte oficial (la lentíssima burocràcia), havia pregat més efectius d'automoció, que invariablement anaven a parar a la Brigada Politicosocial. Va mirar uns minuts la roba escampada, l'armari rober i els calaixos. Tot seguit féu una volta pel dormitori.

—Sembla clar —féu el periodista—. Un lladre sorprès que mata la víctima sense intenció de fer-ho. L'he examinada i té la traça d'haver rebut una empenta amb la desgràcia d'haver-se colpit el cap contra la vora de la taula. Però ja sé que mai et refies de les aparences.

—Mai.

—Diria que són evidents.

—Ho semblen.

Soler sabia que traure-li conclusions definitives a Piñol era una tasca àrdua. Policia metòdic, no donava mai res per fet fins que les proves li ho demostraren.

—Un lladre d'escàs pedigrí intenta un colp important i no se'n sap avenir davant d'un problema important.

—Ja tens el titular —digué Piñol sense deixar d'observar l'entorn—. ¿Se sap què s'ha endut?

—No —respongué Leire.

—Joies —féu Soler.

—¿Com ho saps?

—Li agradava lluir-les a les festes socials. Segurament hauria robat més objectes de valor si no s'haguera produït l'incident.

—¿Han avisat la família?

—Sí —Leire.

—No crec que es desplacen amb autobús.

—El pare està a Madrid —informà el company Leire—. La mare està en mans dels metges.

—Tenia un promès —informà el periodista.

—Que l'avisen, vull parlar amb ell.

—Et puc donar el telèfon del seu despatx —s'oferí Soler.

—Ets d'una gran ajuda.

—Només un periodista agraït.

Sebastián Piñol va anotar el número, el noms i els cognoms, i va dir a Leire que li telefonara. Tots dos es van quedar sols.

—No et veig convençut —li digué Soler.

—Encara és aviat. Em falten dades.

—Em sembla que no és això. Piñol, sempre t'he respectat els pactes. ¿Ja no confies en mi?

—A pesar del teu cinisme, professionalment confie en tu.

—No sé si prendre-m'ho com un elogi.

Piñol s'acaricià la barbeta i, després d'esbufegar, digué:

—Per a un robatori d'esta mena cal un seguiment de la víctima; cal saber com entrar a l'edifici, on hi ha les joies o tindre l'habilitat de trobar-les... Cal un seguit de coses que un simple *ratero* ni sap ni vol perdre el temps a fer. Per a ells, són més rendibles les carteres, una condemna menor, que arriscar-se a un colp per al qual no estan preparats i de conseqüències penals més greus.

—Però un bon professional ni mataria ni deixaria escampada la roba.

—Això és el que no m'encaixa. Bé, l'homicidi sembla involuntari. Però la resta...

—En eixe cas, el promès és sospitós.

—Tothom és sospitós fins que no demostre la innocència.

—Una declaració radical, en la línia del règim, impròpia d'un moderat com tu.

—És, senzillament, un procés d'eliminació de presumptes culpables.

—¿Quin és el primer?

—Encara no he interrogat ni la dona de la neteja i ja estàs impacient.

—Voldria avançar-me a publicar-ho.

—Gairebé sempre has sigut el primer.

—T'agrairia que em mantingueres al pòdium. Parlaré amb el director per fer-me càrrec del cas. Per la meua banda, t'ajudaré en els quefers de l'alta societat.

—És un bon pacte.

Un dels dos policies de paisà es va presentar a l'habitació:

—Senyor comissari, el secretari del governador demana per vostè.

—¿Ha vingut?

—No, senyor. Està al telèfon.

—Ara vaig.

—Et desitge molta sort, Piñol. Com deus saber, a València fins i tot els morts estan dividits per classes socials.

Quan el comissari va eixir al menjador arribaven els funcionaris del Gabinet d'Identificació, el jutge i el forense. Potser havien viatjat tots amb el mateix tramvia.

Si el Messié tenia un problema era per haver infringit el seu propi codi. El del bon lladre. El del lladre professional. Davant del que havia passat, el mític Paul hauria deixat les joies. Però Paul vivia en un retir tranquil i sense maldecaps econòmics. No era ric; no obstant això, tenia la intel·ligència adequada per tal que la cobdícia no malmetera la placidesa que a una certa edat pertocava. El Messié, més jove, anhelava eixe estatus. Per això va trencar la norma enduent-se el botí. Si no ho haguera fet, el problema seria d'un altre, potser de l'assassí involuntari, en qualsevol cas ell no el tindria. Així doncs, a les vuit del matí, després d'una nit en vetlla, va decidir desfer-se'n sense abandonar-les.

Va agafar el cotxe en direcció als pobles de l'interior, sense un rumb determinat. Davant la primera muntanya que es va topar aparcà. Del maleter va traure un lligó, va caminar uns trenta metres muntanya amunt (no gaire vertical) i va escollir un pi al qual, amb l'eina, féu un senyal. Va excavar mig metre de fondària si fa no fa. Baixà al cotxe i va tornar amb les joies embolicades amb dues bosses de plàstic i encara amb una altra de tela de sac. Les va introduir i va tapar el clot. Va arrancar unes mates de romer i les va trasplantar damunt del clot, bo i allisant la terra perquè no cridara l'atenció per la humitat de la superfície. Es va cerciorar que ningú no l'havia vist. De fet cap cotxe, cap carro o tractor havia passat per la carretera. Des de la seua posició divisava una petita vall amb tres llauradors treballant els camps. Molt lluny, diminuts.

De tornada a València, en un revolt, va llançar el lligó a un camp de tarongers. Era usual que un llaurador s'oblidara d'una de les eines de treball, o bé, a causa del revolt, caiguera d'un carro, d'una bicicleta o d'una moto. No tenia res de particular que entre els camps es trobara un lligó, que s'utilitzava per fer les cassoles al voltant dels arbres. Home nascut a la Ribera Baixa, coneixia els costums agrícoles.

Amb tot, de camí a la ciutat, va repassar si havia comès negligències. ¿Algun veí de la finca havia sentit la discussió entre Virgínia i el seu promès? Tant de bo. Això l'afavoriria. D'altra banda, estava segur que no l'havien vist entrar a l'edifici; tampoc eixir-ne. Certament circulaven cotxes pel carrer, no molts, però cap conductor es va fixar en ell. De vianants, no en va veure. Empremtes digitals, cap. Tot correcte. ¿Tot? Llavors va pensar en el *ratero* de Madrid. La notícia de la mort de Virgínia no es reproduiria a la premsa madrilenya. I de reproduir-s'hi, el *ratero* no la llegiria. Els lladres d'aquella mena només s'interessaven pels seus colps, que a tot estirar, en cas de publicar-se, ocupaven un breu dels diaris. Aleshores, ¿per què se'n preocupava tant? La mala consciència d'haver trencat el codi.

El factor humà, de vegades tan decisiu en l'avenir de les persones, l'havia traït. No estava necessitat de diners, però desitjava mantindre el nivell de vida, que, si bé no era frenètic ni alt, tampoc no garantia molt de temps sense treballar. El cas, però, és que havia comès dos errors: robar a la ciutat on residia i endur-se un botí en una situació summament arriscada. Ara hauria de deixar passar un temps prudencial per recuperar les joies. Virgínia no era un cadàver qualsevol. El nòvio, en canvi, en escampar la roba i desordenar-ho tot l'havia ajudat. Un bon professional mai hauria fet aquell desori. De tant en tant, però, hauria d'acostar-se a la muntanya, un diumenge, amb la motxilla d'excursionista, per fer una ullada al clot. Potser amb sis mesos les desenterraria i les vendria. ¿A qui? Un altre problema. Entre els compradors d'aquesta mercaderia les notícies volen. Tant fa que siguen d'una ciutat o d'una altra. Per raons de negocis, la majoria estan interconnectats.

Hauria de desplaçar-se a l'estranger, a Perpinyà; Michel Collignon, amic de Paul, les compraria. Un altre problema, però. Hauria de creuar clandestinament la frontera. ¿L'ajudaria Paul? De ben segur que, al marge que no en voldria saber res, s'emprenyaria cosa de no dir. De cap de les maneres podia ocultar-li l'origen del problema. En darrera instància li restava la solució d'oblidar-se del botí i marxar, o bé fer una vida corrent, buscar un treball normal... Però, ¿com sospitarien d'un professional com ell? Era del tot impossible. Estava convençut que la policia creuria que es tractava d'un *ratero* amb el desig de pujar un esglaó. Sabien com treballava un professional. Definitivament, ell en restaria al marge.

Per bé que a l'avantsala del despatx del governador hi havia una delegació de falangistes amb hora d'audiència, el secretari féu passar Sebastián Piñol. Mentre esperava els va observar un moment i l'envaí una sensació desagradable, amb els uniformes i els corretjams, com si la guerra encara no haguera acabat. ¿Calia tota aquella parafernàlia? En fi, una foto de camaraderia, un record que els falangistes de cada poble guardarien amb afecte, potser un costum rutinari, com un premi per la fidelitat ideològica.

Vestit de falangista, el governador va despatxar un ajudant que li col·locava la jaqueta. Amb cara de pomes agres indicà al comissari que s'asseguera davant d'ell, a l'altre costat d'una gran taula d'estil clàssic, moble noble castellà. El secretari també se n'isqué. De sobte, el governador, amb aquell uniforme, li semblava patètic. Es va estranyar de rebre aquella impressió, també de sentir-se'n distant, com si es trobara en una dimensió desconeguda i, tanmateix, hi participara disciplinadament.

—Senyor Piñol, de vostè me n'han parlat bé com a policia. Va lluitar en la guerra al nostre bàndol i ho va fer amb valor, però ara ens trobem davant d'un cas important i delicat. La família Lafont va contribuir econòmicament, com altres famílies, a la victòria. Tant és així que després que parlem informaré personalment el Ministre de la Governació. M'exigirà diligència a resoldre-ho, com ara jo ho faig amb vostè. Ras i curt: tot el que tinga entre mans quedarà ajornat fins que no atrape l'assassí. Diga'm què necessita.

—No necessite res, senyor governador. Sense ajuda hem resolt altres casos d'assassinat.

—Este és prioritari.

—Per a mi tots ho són.

—¿És que potser no ha entès en quin sentit li ho dic?

—Perfectament. Em dedicaré en exclusiva al cas.

—Com més homes dispose, més prompte ho resoldrà.

—Si estan preparats...

—¿No té una bona opinió de Vicente Rodrigo?

—És especialista en temes polítics. M'estimaria més ocupar-me'n jo. Sé què he de fer.

—¿I si passen les setmanes i no troba l'assassí?

Doncs que jo tindré un problema, però vostè també, pensà Piñol. Va respondre, no obstant això:

—No és un tema de més efectius, sinó que estarem davant d'un cas difícil.

—Rodrigo ha demostrat una eficàcia extraordinària. Gràcies a ell, els subversius polítics, els comunistes, a penes tenen infraestructura a València. Ha desmantellat tots els intents de reorganització.

—Senyor governador, amb el respecte que em mereix el seu treball, parlem de mètodes diferents.

—¿A què es refereix?

—Mètodes deductius, intuïcions que proporciona l'experiència... si vostè m'encarregara la tasca de la Brigada Politicosocial, jo, amb respecte i responsabilitat, li diria que no sóc la persona adequada. No en sé ni un borrall, de com actuen les organitzacions clandestines. Els diferents departaments han estat creats per desenvolupar la feina que els pertoca.

—Ja veig que s'obstina a no treballar conjuntament amb Rodrigo.

—En absolut, però potser seria contraproduent. D'una banda descuidaria la important tasca de la subversió política; i de l'altra, el fet de no entendre els mètodes d'investigació criminal provocaria errors que retardarien encara més la resolució del cas —el tema Rodrigo s'enrocava. Piñol canvià d'estratègia—. Ben mirat, i ja que m'ofereix efectius, necessitaria més policies per a treballs de seguiment i vigilància. Uns quants homes de diverses comissaries, no cal que siguen especialistes, per complir una funció senzilla. Un parell d'automòbils també m'anirien bé.

—Un parell de cotxes! Creu que me'ls demana i me'ls trac de la màniga! Per l'amor de Déu, senyor Piñol!

—Els de la Social en tenen quatre. Si temporalment

me'n cediren dos... Este matí els meus homes han hagut de traslladar-se amb tramvia fins al pis de la víctima. Pense en el temps que perdem per no disposar de més cotxes. Jo mateix he vingut amb taxi.

—Mire, desgraciadament no tinc temps. Tampoc per als camarades que estan esperant-me i han arribat de molt lluny. He de visitar la família Lafont, donar-los garanties que es farà justícia. Li concediré una setmana per resoldre el cas. Si no ho fa, prendré unes altres mesures.

—¿I els cotxes?

—Telefonaré a Rodrigo perquè li'ls cedisca sense recórrer al conducte oficial. No vull excuses. Trie els homes que necessite parlant amb el cap de la prefectura. ¿Entesos?

—Gràcies, senyor governador.

—No perda el temps.

El comissari Piñol hauria volgut acomiadar-se encaixant la mà amb la màxima autoritat política provincial, però el governador buscava uns papers alhora que telefonava per demanar la presència d'un fotògraf.

Quan va eixir del despatx va observar de passada els falangistes, en un rogle, rient-se dels assumptes que parlaven, satisfets per l'honor de l'audiència, que duraria un tres i no res, però en quedaria la foto particular que emmarcarien a la paret més vistosa de la casa, i la foto als dos diaris, amb la frase de rutina. Ell havia lluitat en el mateix bàndol, però el seu valor el va esmerçar en unes creences que albergaven més religiositat que ideologia. Políticament, no era contrari al règim; però ara tenia la sensació que la seua ètica de policia al servei dels ciutadans s'allunyava de la moral oficial. ¿Per què el cas de Virgínia Lafont havia de tindre preferència sobre un altre cas semblant? Davant de Déu totes les persones són iguals. ¿No era això el que predicava l'església? Aquesta era la seua convicció, que no podia complir. Havia de mantindre un fill, costejar-li una carrera, sentir-se un dia orgullós de tot el que hagué de sacrificar-se perquè Joan fóra un bon metge que guarira malalties, en benefici de la societat, sense distincions entre pobres i rics. L'uniforme, els corretjams... Les contradiccions suraven. Tant, que fins i tot li va saber greu no poder evitar el fàstic.

Manuel Leire, el company de confiança, l'esperava a la porta de Governació. Féu sonar el clàxon de l'automòbil perquè s'adonara que estava allí.

—Gràcies per recollir-me, Manolo.

—¿Ho has passat malament?

—No, però m'envaeix una mena de decepció. Ha hagut d'ocórrer este cas, conèixer en persona un governador, per descobrir coses que ben bé me les podia haver imaginat. No debades tenim al pis de baix la Social. Coneixem els seus mètodes. Sabem com actuen en els interrogatoris. Fins i tot hem escoltat els crits dels torturats. ¿És necessària la violència per mantindre l'ordre? ¿Que els comunistes la feren servir justifica que ho fem nosaltres? Fa més de vint anys que va acabar la guerra i sembla que encara dure. ¿Què és això?, ¿odi, venjança? Un bon cristià ha de rebutjar eixes actituds.

Leire coneixia molt bé el caràcter i les idees de Piñol, però tot el que va expressar el comissari el va sorprendre.

—No podem fer-hi res, Sebastián. Fins i tot a la Brigada tenim gent com ells. Si no fóra per tu, farien servir el mateix sistema. Hem de ser cauts.

—Em pregunte si som còmplices.

—És una pregunta equivocada. Si explicitàrem una mínima protesta ens considerarien de seguida enemics del règim. Ens expulsarien del cos. ¿On vols que anem amb la nostra edat? Només sabem ser policies. A més, si no estiguérem nosaltres les coses encara serien pitjors. Fins i tot els donaríem una satisfacció a alguns dels nostres companys. Si encara ets el cap de la Brigada és per la teua eficàcia, pels teus mèrits. Complir amb el nostre deure és l'única eixida.

—Tenim una setmana. Si no resolem el cas, Rodrigo entrarà en acció.

—Una setmana és poc de temps.

—Ordres inqüestionables. ¿Has parlat amb la dona de la neteja?

—No te rés a contar, només com ha trobat el cadàver. A penes veia Virgínia, quan s'alçava del llit ni tan sols desdejunava a casa.

—¿Has citat el promès?

—Sí, a la prefectura. Ha rebut una impressió molt forta i ens ha demanat una mica de temps. Vindrà a la vesprada. S'estima més no veure el cadàver de la nòvia.

—¿Els del Gabinet d'Identificació?

—Estan treballant.

—¿Què diu el forense?

—Mort accidental.

—No crec que haja relliscat.

—És clar, però no té cap senyal de violència llevat del colp contra la taula.

—És curiós —reflexionà Piñol—. Si no hi haguera indicis d'un robatori hauria pogut passar per un accident. ¿Com no se li va ocórrer al lladre?

—Els nervis, la precipitació... Estic d'acord amb Soler: un *ratero*.

—O bé un professional que ens intenta empomar fentnos creure que ha estat un debutant. Siga com siga, disposem d'una sola setmana.

Al replà del pis de Virgínia Lafont s'havien congregat alguns veïns de la finca. Un parell plorava desconsoladament. Sebastián Piñol va entrar-hi a preguntar als del Gabinet d'Identificació. Havien trobat empremtes digitals a l'habitació, però potser pertanyien a la víctima. Ara es disposaven a examinar la taula del menjador, algun objecte de pell, un vidre... usaven una polseta que anomenaven *humo negro*, que, amb l'ajuda d'una llanterna, permetia detectar empremtes sobre una superfície blanca. Amb cinta adhesiva transparent la recollien i la ficaven sobre un cristall, la fotografiaven per després acudir als arxius a comparar. Per la característica de l'empremta estimaven si era de la mà esquerra o de la dreta i, d'una forma aproximada, de quin dit.

Piñol isqué al replà amb els veïns, més d'un delerós de veure el cadàver. Ningú no havia sentit res, deien entre sanglots. Estaven consternats no se sabia ben bé si per la difunta o pel perill que els representava un edifici vulnerable. Una senyora d'edat avançada, que baixava a poc a poc l'escala, agafant-se amb cura de la barana, va cridar Piñol:

—Escolte, ¿vostè és policia?

—Sí, senyora.

—N'hem de parlar —va dir tot just arribant al replà.

—Diga'm.

—En la intimitat —féu enèrgica sense estalviar-se una mirada reprovatòria als veïns.

—Si ens permeten... —féu Piñol, i el personal desaparegué amb desgrat.

—¿Vostè mana?

—Sóc el comissari en cap de la Brigada Criminal.

—Perfecte. La setmana passada em robaren la cartera i les claus del portal i el pis.

—¿N'està segura?

—¿Creu que tinc edat per gastar bromes de mal gust?

—Perdone, volia cerciorar-me'n. Ho hauria d'haver denunciat.

—¿Per a què?, no troben mai res. A mi el que em preocupa és que algú té les meues claus i em pot matar.

—Els assassins no tornen al lloc del crim.

—Collonades. A partir d'avui me'n vaig a viure a casa del meu fill. Però ja que han vingut, els ho dic. Escolte, la senyoreta Virgínia era una miqueta lleugera de cascos. ¿Creu correcte que el nòvio passara la nit amb ella? De tant en tant ho feia. Me'l trobava als matins.

—No és cosa meua.

—¿I si fóra la seua filla?

—No em semblaria bé. Però ara, senyora, prendré nota del seu nom, l'adreça del seu fill i si té un telèfon també.

—No vull embolics. He vingut a denunciar que m'han robat.

—Per això li ho demane. Si ho recuperem, estarà més tranquil·la.

—Prenga'n nota.

En va prendre.

—Li agraïsc la col·laboració, senyora.

—Total, per a res —féu la dona.

Piñol va pitjar el botó de l'ascensor.

—No... no... —li agafà el braç la senyora—. El metge m'ha dit que faça una miqueta d'exercici. Els metges... Mai no curen res!

Va pujar a poc a poc fins al seu pis. Piñol va pensar en el fill de la dona. Devia ser un home de santa paciència. Va cridar Manuel Leire.

—Els *rateros* són prioritaris.

—Ara mateix telefone a la Brigada.

10

Des que Josep comunicà a sa mare la mort del seu marit, i la vesprada d'aquell mateix dia, el senyor Puig i la dona li ho ratificaren, la senyora Inés havia decaigut encara més en el desànim. Persona creient, per bé que feia anys que no complia amb el precepte públic de la missa dominical, a fi d'evitar mirades insidioses, s'aferrava a l'oració de l'esperança en la intimitat. Josep tenia paraules de consol per a ella. També Robert, amb la seua innocència d'adolescent. La senyora Inés, però, preguntava per què no podien recuperar el cadàver, per tindre'l prop, perquè no li faltaren flors. Josep i Rafael Puig es van reunir amb ella. Li explicaren que les famílies de molts guerrillers es trobaven en la mateixa situació; que, a més, en cas de recuperar-lo, les autoritats polítiques i eclesiàstiques no haurien permès que descansara al cementeri del poble, reservat als catòlics. El maqui Josep Baixauli era ateu i comunista. L'haurien soterrat en un petit annex del cementeri, abandonat i descuidat, on reposaven les restes d'alguns protestants d'abans de la guerra i els acusats d'atemptar contra la jerarquia catòlica.

Amb la capacitat de persuasió que el singularitzava, Rafael Puig hi afegí que, probablement, el desig del seu marit hauria sigut descansar al lloc on havia lluitat pels seus ideals. De cap de les maneres hauria volgut reposar ni tan sols a la vora d'un recinte catòlic. Sovint, les persones que tenien els familiars soterrats a l'annex patien les humiliacions dels partidaris del règim, al marge que les autoritats no permetien làpides amb els noms dels finats. Estaven sota terra, sense cap indicació. A la senyora Inés li costava entendre tant d'odi vers un mort. No comprenia per què ella i els seus fills també havien de pagar la culpa. El senyor Puig no en tenia, de resposta. Només solidaritat. Ell i la seua dona gairebé l'obligaren a passejar. Llavors Rafael li va parlar de Josep, treballador, bon xicot. De la gran afició a la literatura de Robert. Tindrien un futur esplèndid. Un dia no gaire llunyà Josep es casaria, vindrien els néts. La senyora Inés deixava entreveure una certa il·lusió. No volia encomanar el seu dolor; pretenia que els fills visqueren la felicitat a la qual ella no tenia accés. Però el seu caràcter humil i resignat podia més que la voluntat d'aparentar que la vida continuava. El passeig fou curt, la senyora Inés s'excusà que estava fatigada i se'n va anar a l'habitació. Robert volia acompanyar-la, però Josep li ho impedí.

—Deixa-la. Encara tot està recent. És una qüestió de temps que recupere l'orgull, la satisfacció d'haver compartit uns anys de la seua vida amb un home com el nostre pare. Si vols anar-te'n a la plaça pots fer-ho.

Robert acollí el suggeriment amb alegria. Els seus amics es reunien allí, jugant. A punt d'eixir es va trobar amb Maties, el trompetista.

—¿On està el teu germà?

—Al menjador.

Maties va cridar Josep.

—¿Què hi ha?

—T'han telefonat al casinet. Ací tens el número i el nom de la senyoreta.

—Nano, queda't fins que vinga el senyor Puig. No tardarà.

Els dos músics van caminar cap la plaça. Josep va observar el nom que havia escrit el trompetista: Empar, però sabia que era Teresa. Maties li féu un colpet al muscle.

—¿Què, la nòvia?

—¿Empar? No, és una amiga... de moment. La vaig conèixer en una cercavila.

—¿Està bona?

—És simpàtica.

—Ja... però perds el cul quan acabem els assajos marxant amb la Vespa a tota virolla. Disfruta, que encara ets fadrí. Fes-me cas, tarda a casar-te. Una vegada ho faces s'ha acabat la bona vida. València està plena de dones!

Així era Maties; així eren gairebé tots: dones, futbol, bous... Josep es desesperava amb actituds dels homes com Maties, fill d'un represaliat que ara fins i tot sovintejava l'església, per bé que no era creient, per guanyar-se la confiança de les forces vives del poble, com un acte de penitència per haver-se significat, verbalment, com a socialista. Potser s'oblida amb més facilitat quan la família es conserva intacta.

Van entrar al casinet. Maties se'n va anar a la taula de billar, on l'esperaven tres més. Josep s'adreçà al telèfon i va marcar el número, que se sabia de memòria. Despenjà l'auricular la minyona de la família.

—¿La senyoreta Teresa?

—¿De part de qui?

—Alfredo Navarro.

S'encengué un cigarret amb un misto mentre mantenia l'aparell entre el coll i el muscle.

—Hola, Alfredo. Voldria que em passares uns apunts que em calen. ¿Podríem quedar a les set i mitja?

—Sí. ¿A on?

—Al bar de sempre.

—Molt bé, a les set i mitja.

Va penjar. Tenia temps de sobra. S'arrambà a la taula de billar com un gest de normalitat. Fins i tot féu unes carambolas substituint un dels jugadors, que va pujar als lavabos del primer pis. Davant dels amics del poble, Josep es mostrava una mica jovial, sense excessos. Tothom coneixia la tragèdia familiar i tampoc no hauria sigut normal exterioritzar-se com un home alegre i despreocupat, si bé es revelava dissident amb alguns comentaris no gaire radicals contra el règim. Sabia com i on dir-ho, entre persones de confiança que trobaven que ell, fill de Josep Baixauli, del qui no se'n sabia res des de feia tretze anys, estiguera condicionat per la desgràcia. Si ho dissimulara, si mai no en parlara, potser seria més sospitós per a les autoritats municipals, que a penes prestaven atenció a la seua actitud. El fet, a més, que treballara per al senyor Puig, un home malgrat tot respectat, ajudava a l'objectiu de comportar-se com un jove poc perillós.

Va anar a casa, es va encreuar amb Robert, que li anuncià que el matrimoni Puig ja hi havia arribat. Sa mare estava amb ells. Josep digué a Rafael que tornava al magatzem per tal de rematar una feina. També s'inventà un assaig parcial. Així doncs, arribaria tard a sopar. Va agafar l'estoig amb el clarinet (ho hauria pogut fer després de treballar). El matrimoni s'intercanvià una mirada, però no digueren res. Amb la Vespa es dirigí a València pels camins de l'horta fins al barri de La Torre. Va passar per la Creu Coberta, on vivia Leandro, el delator, va alentir la velocitat. De lluny, el va observar caminant pels camps, fumant, sol. Respecte a aquell home albergava impulsos antinòmics. D'una banda li feia pena (potser perquè havia intentat salvar son pare), de l'altra, la solitud i el menyspreu que sofria eren el peatge obligat del traïdor. Tot allò el dugué a una reflexió que l'enutjava: a pesar del desdeny, la gent no movia ni un dit per lluitar contra allò que odiava; contra la dictadura que havia provocat l'existència d'homes com Leandro. Ciutadans vençuts o descoratjats, com els boxadors noquejats que esperen la tovallola que llança l'entrenador acceptant la derrota.

La Brigada d'Investigació Criminal havia interrogat deu *rateros*, els que fins ara havien localitzat. Dels deu, Sebastián Piñol i Manuel Leire en descartaren set. Dels tres restants, un n'era confident. Tret d'aquest els deixaren marxar tots. No obstant això, Leire ordenà el seguiment dels dos sospitosos a dos policies del cos armat vestits de paisà cedits per altres comissaries. Si es tractava d'un cas d'assassinat els interrogatoris els duien a terme Piñol i Leire. Tots dos conjuntament o bé alternant-se. No hi intervenia cap altre per evitar que el sospitós s'aprofitara de la manca d'informació del nou interrogador, cosa que l'interrogat captava de seguida. Al confident, de malnom Bola, l'havien fet eixir per una porta de la prefectura i de nou, quan els altres marxaren, el menaren fins al despatx del cap de la Brigada.

—Senyor Piñol, li done la meua paraula que no tinc res més a dir.

—Ja ho sabem, però necessitem informació i ens la pots proporcionar.

—Mira, Bola —intervingué Leire—, és un cas molt greu. L'hem de resoldre perquè ens juguem fins i tot el càrrec. Ens has fet favors, però també nosaltres t'hem correspost. ¿És així?

—I tant.

—Ara has de plantar les orelles.

—¿Com?

Resultava increïble com un individu que pesava cent vint quilos era un dels millors carteristes.

—Veuràs —va parlar Piñol—, la setmana passada van

robar unes claus i una cartera a una senyora d'edat, prop de la Gran Via. És del tot imprescindible que atrapem el *ratero*.

—No conec ningú capaç d'un assassinat.

—Potser ha estat un accident. Segur que algú està nerviós. No es deixa veure per por. Ací tens una pista. Tu ets dels pocs que ens poden ajudar. Ets una institució a l'ambient.

—Fins el dia que s'assabenten que sóc un confident.

—Només ho sabem Leire i jo, per això ningú no ho sap ni ho sabrà. T'ho recompensarem. Ens oblidarem del robatori al port.

—No vaig ser jo.

—Bola... no ens prengues per idiotes. T'han delatat —d'una mentida Leire va traure'n una veritat—. Vaig convèncer el senyor Piñol perquè ho deixara córrer. Li vaig dir: «Bola ens ha ajudat sempre que el necessitem». Això sí, que no se te'n torne a anar la mà.

—Estic pràcticament retirat.

—Pràcticament.

—Coses d'anar per casa.

—Ho sabem —Piñol—, però fem l'orni. Per exemple, sabem que cobres formant nous carteristes. On ho fas i com. ¿T'explique allò del maniquí amb campanetes? ¿T'explique la fórmula que ensenyes perquè no en sone cap mentres sostraus la cartera?

—Només són uns cursets.

—I una merda! —Leire. Calia una mica de coacció—. Et quedes un percentatge quan comencen a actuar —una altra mentida.

—Li jure que no.

—Tots els mestres cobren comissions.

—Tant fa... tant fa... ens oblidarem si ens ajudes —digué el comissari adoptant el paper del policia bo.

—Ho faré, però que conste que només faig un curset l'any.

—Procura no infectar-nos la ciutat de carteristes.

—Més del noranta per cent no serveixen.

—Bé, tens el telèfon de la Brigada. Pregunta per Leire. Et dius Ricardo Gómez Leire, policia d'Albacete, cosí de Leire. Vint-i-quatre hores de guàrdia, Bola.

—També et donaré el telèfon de ma casa —féu Leire—. Anota'l.

—Coneixes l'ambient, tens els mitjans. Fes-ho.

—No m'agrada que maten ningú.

—Ets una gran persona —l'acomiadà Leire—. Ix pel Carrer Maria Llàcer.

Bola se'n va anar. Leire tancà la porta del despatx. Es va asseure a la cadira de la tauleta de la màquina d'escriure, una Underwood.

—¿Què opines del promès? —li preguntà el comissari.

—Està fora de sospita. ¿Quin sentit tindria matar-la si era guapa i rica? La seua tristesa m'ha semblat real. I el fet que vinguera acompanyat d'un advocat, malgrat que no hi pintava res, ho trobe normal. Una Brigada com la nostra imposa respecte. Ha respost amb sinceritat. No he trobat res anòmal. ¿I tu?

—En principi tampoc. Però, ¿no trobes estrany que no sabera on guardava les joies Virgínia?

Leire dubtava a respondre.

—Després de tres anys de festeig haurien d'haver tingut més confiança —hi afegí el comissari.

—Sí, però potser no hi estava interessat.

—De vegades passaven la nit junts. Arriben a casa, es lleva la roba i les joies. En algun lloc les deixaria davant d'ell.

—O no. Tant és, Piñol. ¿És lògic que un home de bona posició social, que festeja amb una senyoreta rica, tinga interès per les seues joies?

—No ho és. Si atrapem al *ratero* avançarem. El Bola ens

podria ajudar a dir-nos en quin lloc del pis ocultava les joies Virgínia.

—Doncs anem al gra. Seria tan fàcil que fóra un idiota que, amb els nervis del moment, ha comès una estupidesa...

Leire no va poder acabar de parlar. S'escoltaren dos tocs a la porta. El comissari va donar el permís. Hi va entrar el periodista Adrián Soler. Pel seu aspecte, semblava que l'endemà publicaria un bon reportatge. No va poder asseure's perquè al despatx només hi havia dues cadires. Leire féu l'intent de dur-li'n una, però Soler el va aturar. Havia passat molt de temps assegut a la redacció. Es va encendre un cigarret. El comissari obrí la finestra.

—Et veig content.

—Sí, Piñol, sí. He convençut el meu director perquè m'adjudicara el seguiment del cas. Això sí, ha rellegit la informació tres voltes. La influència de la família Lafont ens obliga a no ferir susceptibilitats. Una llàstima.

—¿Per què?

—Virgínia Lafont tenia un amant.

Els dos policies es van mirar. Van pensar en el promès.

—¿Què tal la declaració del nòvio?

—Escolta —Piñol es va alçar—, ¿n'estàs segur?

—Si volgueres saber alguna cosa de l'alta societat valenciana, ¿a qui preguntaries?

—A tu.

—Doncs jo et reitere que tenia un amant.

—¿Qui?

—Un humil professor de tennis, fill d'un empleat de la fàbrica Macosa.

—¿Com ho has sabut?

—Preguntant, però no et diré l'informador. No té res a veure amb el cas. Si li ho haguera contat a l'idiota del meu director s'hauria desmaiat. T'ho dic a tu. De fet he vingut a dir-t'ho, però jo no t'he dit res. Supose que m'he guanyat el dret a una informació de primera mà; que faré servir, per descomptat, quan calga. ¿Pactem?

—Em sembla just. I ara parla'm del promès i de l'amant.

—Leire, ¿series tan amable de dur-me una cadira?

Teresa i Josep es trobaren en un bar d'un carreronet del centre que de vesprada sempre estava ple. Els locals sorollosos eren un bon lloc d'encontre. Sent-ne dos, semblaven una parella de nòvios. Ella amb dues carpetes i dos llibres, ell amb l'estoig del clarinet, com si vinguera o anara al conservatori. Josep va demanar dues cerveses i va advertir que aquesta vegada pagaria les consumicions. Teresa assentí amb un somriure. Van esperar que el cambrer els servira. A les taules del voltant homes i dones joves reien o parlaven en un to alt. Teresa va contar fil per randa la conversa amb Ambrosio. La demanda de reconstruir el Partit Comunista a la universitat, la infiltració en altres organitzacions.

—No vaig a fer-ho. Els darrers anys hi ha hagut dos caigudes. La universitat és el lloc menys clandestí per al Partit. No tindria sentit refer-lo. Em fitxarien de seguida. La idea de la infiltració tampoc no és aconsellable per ineficaç. Ell creu que, si em convertisc en una líder, als meus companys no els importaria la meua militància. S'equivoca. La gent desconfia de nosaltres, per la insensibilitat que mostrem en el tema de les nacionalitats. Si he d'arriscar-me preferisc fer-ho en accions que siguen productives.

—Hi estic d'acord.

—D'altra banda tenies raó: volen prescindir de tu.

—¿M'expulsaran?

—No. S'estimen més que te'n vages per desacord amb la línia ideològica o estratègica. No et convocaran per a les pròximes accions. Només per a coses menors.

—D'esta manera provocaran que m'emprenye i me'n vaja.

—Exacte.

—¿Què penses fer?

—Acudiré a les reunions. És la millor forma de no alçar sospites. Tenim la vaga de solidaritat amb els represaliats d'Astúries.

—Una altra inutilitat, la gent no se n'assabentarà. Per moltes vagues que convoquen la premsa no ho publicarà. En canvi... —Josep va mirar la tauleta que tenien més a prop—. En canvi, una acció contundent no podrien evitar que es popularitzara.

—¿Quina?

—La voladura d'una instal·lació elèctrica deixaria sense llum una part de València. Ho he meditat. És eficaç i no és complicat. No estan custodiades.

—¿I els explosius?

—Ens n'ocuparíem Felo i jo. Conec una pedrera. Només tenen un vigilant que dorm a la caseta tota la nit. Mai no ha passat res, per això estan confiats.

—¿Saps manejar-los?

—Són cartutxos amb metxa. No posarem en perill la nostra integritat física i tindrem temps d'allunyar-nos abans de l'explosió. No cal que vingues.

—¿Potser és una acció exclusivament d'homes?

—No és això, Teresa. En una Vespa en caben dos. Pot córrer per qualsevol caminet. Amb un cotxe tindríem més problemes.

Josep va traure un Celta curt del seu paquet. A Teresa li venia de gust un Chesterfield, però li'n va demanar un altre. En empassar-se el fum va notar una agror forta a la gola. No s'hi acostumava.

—Felo treballa fins la matinada —féu ella amb una veu afectada per la pipada.

—Tret dels diumenges.

—¿Estarà disposat?

—Encara no he parlat amb ell, perquè pensava que si tu estaves conforme entre tots dos el convenceríem. Però no tinc cap dubte que ho acceptarà.

—¿Ho reivindicareu en nom del Partit?

—No, però de totes maneres no caldrà. Al règim li interessa encolomar-ho tot als comunistes.

—¿I la gent que es quedarà sense subministrament elèctric?

—Hi ha una altra acció: el repetidor de Televisió Espanyola.

—Afectarà més població.

—Teresa, no tots tenim televisor. És gairebé un aparell de luxe. És com si atemptàrem contra els rics.

—¿I per què el tens com a segona opció?

—Perquè el repararan més prompte. Amb el subministrament elèctric tardaran més i triarem el que afecte els barris del centre, inclòs l'Ajuntament.

—¿Saps quina instal·lació és?

—No, però és fàcil saber-ho.

—¿I si està dins la ciutat?

—A l'hora que ho farem no passa gent. Esta acció no la podran ocultar. Si diuen que es tracta d'una avaria perdran prestigi, descontentaran la gent. La policia ens tirarà les culpes, i llavors el poble humil se n'alegrarà, sabran que la resistència continua.

—Vas demanar contundència a la reunió del Marítim i en el Partit sospitaran de tu.

—Sí, hauria d'haver callat. Però ja no puc fer res. M'empipa que es mostren tebis.

—Ho fan perquè la resta d'organitzacions deixen de tindre prejudicis respecte del Partit. Si portem a terme esta acció...

—¿Em denunciaran? ¿Creus que arribarien a eixe extrem?

—Depèn, Josep. Depèn del mal polític que els faces. No debades fa uns anys canviaren d'estratègia.

—A mi tant em fa el Partit, m'interessa la gent, la insurrecció general. Els treballadors han de saber que es lluita contra el règim amb fermesa. Amb les vagues, només ho saben els treballadors de les grans empreses. N'hi ha milers i milers que no en tenen ni una idea aproximada. O els encoratgem o no n'hi haurà canvi de règim en un segle. Cada vegada estan més anestesiats per la propaganda oficial. És el moment oportú de fer un bon colp de puny. Si tenim èxit, fins i tot provocarem una rebel·lió dels militants. Encara que no intervingues, necessite que ho aproves. Per a mi, la teua opinió és important. Ets una militant honesta. La teua posició social no t'ha fet insensible als problemes dels vençuts. Té molt de mèrit, el que fas. A més, confie plenament en tu.

—No hi estic en contra, però estes coses s'han de discutir més d'una vegada —li va semblar que Josep es decebia—. Agafem-nos uns dies, reunim-nos. Quan ens tornem a veure ho tindrem més clar. L'acció em sembla bé, però hem de fer-ho amb sensatesa. Sobretot per la vostra seguretat. No és un dubte teòric, sinó pràctic.

Josep restà convençut:

—Ho planificarem bé.

¿Vida normal? Al Messié el desassossec l'encalçava. Posats a pensar, hi havia algunes coses irreversibles, en què no tolerava cedir. A hores d'ara la policia ja n'estaria assabentada, del robatori de les joies. ¿Era lògic —reflexionant en termes policials— que el nòvio sabera on les guardava? Sí, ho era. Li va passar pel cap recuperar-les, entrar a la casa d'algun lladre de pa sucat amb oli i amagar-les en qualsevol racó que sens dubte la policia trobaria. Allò, però, li plantejava dos dilemes: un de caire moral —li encolomarien l'assassinat a un pobre desgraciat—, l'altre personal: havia fet el treball, hi havia esmerçat temps i risc; era un botí grandiós que passats uns mesos potser col·locaria més fàcilment. La Brigada seguiria la pista de les joies. Del promès no en sospitarien; de l'amant és possible. Tanmateix, aquest darrer presentaria coartades. De ben segur que interrogarien *rateros*. El fet d'haver-ne contractat un de fora havia estat una bona idea. Però el Messié no tenia coartada. No tenia ningú que certificara que la nit del robatori estava al seu costat. De vegades treballar sol comportava aquestes dificultats (va recordar, però, que a França l'havien atrapat per culpa d'un soci inútil, cosa que Paul li va retraure. Un imbècil que es va dedicar a gastar-se els diners a tort i a dret).

Abans de marxar a França, el Messié havia estat un vulgar *ratero*, ineficaç en el robatori de carteres, però hàbil d'ajudant. Feia d'esquer, sobretot als tramvies, per una quarta part del botí; una suma per anar tirant (malament). Si més no treballava per als millors amb l'ànsia d'aprendre, però no reeixia (cada vegada que assajava amb el maniquí li sonaven les campanetes). Degut a l'escassesa de bons professionals a València, lladres capaços de deixar net un pis sense pistes, o bé pispar els objectes de més valor, decidí emigrar a París amb una carta de recomanació de Willy, un americà retirat, contra el qual féu d'esquer a l'eixida del camp de Mestalla, un diumenge. La treta, desconeguda per al gran públic, consistia a pujar en un tramvia de gom a gom davant la víctima. El Messié s'aturava amb qualsevol excusa a l'esglaó del vehicle; llavors, l'usuari que anava darrere l'acuitava, i amb els nervis, l'aglomeració i la confusió, el *ratero* que duia apegat a l'esquena li buidava amb rapidesa les butxaques. La mala sort és que toparen amb l'experimentat Willy, que no pogué atrapar el *ratero* però enxampà del coll el Messié. La bona sort fou que, mentre Mayans pensava que el menava a una comissaria, Willy, somrient, l'introduí en un bar i el convidà a un cafè. L'americà li va contar el seu historial delictiu (després de lluitar en la Segona Guerra Mundial s'havia quedat a París) i li aconsellà que marxara d'Espanya, un país amb massa misèria. Espanya, li digué, era un bon lloc per a la jubilació, barata i amb una policia mediocre. Tanmateix, França, concretament París, oferia bones possibilitats de colps importants. Willy observà que el Messié tenia un físic apropiat per saltar d'una finestra a una altra, al marge de la seua joventut. Aquell dia, l'americà li va donar diners (al cap i a la fi havia treballat). Es feren amics (amb tot, Willy li ocultava on vivia i quins llocs freqüentava; no per desconfiança, sinó per prevenció de lladre retirat). En una de les trobades el Messié intentà convèncer-lo perquè tornara a l'activitat. Willy somrigué. Has de saber quan en tens prou, li digué. Tot i els consells que ja li havia donat, encara li'n va donar uns quants més. A continuació redactà una carta en francès i li va donar diners perquè arribara a París. A partir d'ara, jo desaparec de la teua vida. Passe el que passe oblida't de mi, féu Willy amb fermesa. Així conegué el Messié a Paul, que, d'altra banda, ja iniciava el declivi i potser necessitava un ajudant per compensar les facultats perdudes.

Necessitava una coartada, el Messié. Entre les dones que freqüentava va triar la Dori. Era la més ingènua, la que més estava per ell. Feia un mes llarg que no es veien. ¿Què li diria, que havia estat a França? El passaport no tenia el segell de la frontera. Un falsificador li resoldria el problema, però tots els que havia tractat eren francesos. També algun espanyol resident a França, però treballaven per al Partit Comunista i no en volien saber res dels lladres. ¿I si telefonava a Paul per demanar-li un passaport, amb segells d'entrada i eixida del país? La qüestió portaria un temps. Li hauria d'enviar les fotos, buscar el falsificador, esperar que ho feren i rebre-ho. Vint o vint-i-cinc dies, si fa no fa, pregant-li urgència. La resta de la coartada era cosa d'ell. Visitar Dori, probablement enutjada per l'absència injustificada, persuadir-la que havia viatjat a París a veure un amic. Ho faria demà. També a partir de demà seguiria el cas en la premsa. Potser en deduiria algun detall important. A veure, es digué escarxofant-se al sofà, repassem l'estratègia, vejam si queda algun cap per lligar. Era un professional amb criteri. La contrarietat raïa a no haver-se vist mai en un embolic d'aquelles dimensions. Per això reflexionava ara i adés sobre els fets maldant per trobar-hi una clivella, conscient que calia taponar un error per imperceptible que semblara fins que tinguera el passaport fals, la coartada. Havia de començar a construir-se-la.

No esperaria l'endemà. D'una revolada es va alçar del sofà, es va llevar la camisa i la llançà tot passant per la porta del dormitori fins al llit, va entrar al lavabo i es va afaitar amb polidesa, es va dutxar, es va flitar les aixelles dues vegades i després s'aplicà loció a la cara i una mica de bona colònia a sota de les orelles i dels canells, com feien les dones parisenques a fi de no empastifar el cos més del compte. Els millors pantalons, la camisa apropiada i una jaqueta que s'esqueia al conjunt de la vestimenta. Tot molt francès. Quan s'ho proposava podia ser un home elegant. No debades el seu aspecte no desdeia en les visites al Club de Tennis. Per cert, havia de tornar-hi unes quantes vegades més, per no fer coincidir la seua absència amb el robatori. Vet ací una clivella que havia descuidat.

Va engegar el cotxe i es va adreçar a casa la Dori, en una finca que donava al jaç del riu Túria. Va aparcar, s'allisà la jaqueta, va mirar el pis de la dona. Hi havia llum a les finestres. Va pitjar el timbre alhora que alçava la vista cap amunt. La Dori s'abocà una mica per la finestra. Un tercer pis. Encara que el vespre despuntava li va observar un gest de pomes agres. Li obrí el portal, no obstant això. Va pujar els esglaons amb grans gambades. Dori l'esperava al replà, un senyal que d'allà no passaria. Però el Messié, amb les dones com ella, sabia com produir-se. Dori tenia uns cinquanta anys, vídua, un passat de bellesa resplendent, encara sensual, com una vampiressa que envellia.

—¿Què se t'ha perdut?

El Messié va agafar aire.

—Tenia tantes ganes de veure't que he pujat les escales com un coet.

—Tenies tantes ganes que fa segles que no m'has dit ni pruna.

—Dori, ara fa un mes que vaig haver d'anar-me'n corrents a París per visitar un amic molt malalt. He tornat avui i el primer que he fet, després de deixar les maletes, ha sigut vindre a ta casa. Si tingueres telèfon t'hauria avisat de l'imprevist. I si no t'he enviat una carta, és perquè ignorava el nom del carrer. De fet, encara no sé ni com es diu.

—Falangista Sanleón, vint-i-tres, tercer pis. Per si has de tornar a salvar el teu amic.

—Gràcies a Déu està millor. Però és major i és possible que recaiga.

—¿Has pensat en mi?

—Prou que ho he fet.

—Tant, que m'has dut un regal de París.

—Ho lamente, però les circumstàncies... —un error, pensà el Messié—. Per compensar-te et convide al restaurant que tries.

—Gràcies a tu no en conec molts.

—La negligència es pot esmenar.

—Es podria.... si no fóra perquè tinc el sopar a taula.

—Si ho haguera sabut hauria portat una botella de xampany —un altre error que s'acuità a solucionar—. De fet, m'he vestit per dur-te a sopar.

—París et senta bé.

El Messié li va agafar una mà, va vinclar una mica l'esquena i li la va besar amb respecte.

—Madame, li demane disculpes per haver-la deixat desemparada durant un segle. El seu cavaller ha pensat molt en vostè —li apartà els cabells que li queien sobre les galtes i li féu un bes suau—. Hum... trobava a faltar esta delicadíssima pell.

—Cada dia hauràs estat amb una gavatxa diferent —el to de la veu de Dori era més amable.

—Encara que ho haguera fet, que no és el cas, cap d'elles resistiria la comparació amb una senyora com tu.

—Amb este batí, sense maquillar i els cabells desordenats.

—Així és com m'agrades.

La llum del replà es va apagar i només es projectava la claror d'una petita llàntia damunt del moble del rebedor de la casa. El Messié l'abraçà amb delicadesa. Primer ella el deixà fer, després va portar les mans a les seues espatlles. Es besaren apassionadament. L'escena va durar uns minuts fins que el Messié, prement-la de la mà, va anar directament a l'habitació. Dori va mirar la truita de creïlles que es refredava al banquet de la cuina. Però entre el sopar i ell no hi havia cap possibilitat d'elecció. Als cinquanta anys bregava contra una bellesa que s'extingia. A la tauleta de nit Dori tenia la foto emmarcada del difunt espòs amb uniforme de la División Azul, amb una cinteta creuada de la bandera espanyola en un angle. El Messié li va donar la volta. Ho feia sempre, com si temera la presència d'un espectre bel·licós.

Amb l'avinentesa de trobar-se a València, Josep va aparcar la Vespa a l'altra banda del carrer de l'edifici on servia Adelaida. Esperaria fins que baixara amb el gos. Va iniciar un passeig per la vorera, una reflexió sobre les opinions de Teresa, sempre mesurades. Hi havia una conclusió clara: es desvincularien del Partit. Ella, perquè no desitjava arriscar-se inútilment fent-se visible a la universitat; ell temia la reacció dels dirigents quant a l'estratègia planificada. Va pensar en el delator Leandro, en els seus dubtes pel que feia a la responsabilitat del Partit en l'afer dels maquis. Potser s'havia equivocat qualificant-lo de ressentit. Ara, després de l'encontre amb Teresa, no li semblaven disbarats, sinó més aviat deduccions que responien a la línia tàctica dissenyada pels dirigents. Amb les distàncies que marcava el context es veia en la mateixa situació que son pare: seguir allò que li dictava la consciència o claudicar a ulls clucs i obeir les consignes. Era obvi que s'havia convertit en un militant hostil, com també ho foren son pare i altres guerrillers. Com ell, Josep també havia de tindre criteri propi, aferrar-se a les seues regles, al marge si convenia o no al Partit, a la recerca d'objectius que projectaren sobre el poble la convicció que la lluita contra la dictadura existia, ferma i decidida. No obstant això necessitava el beneplàcit de Teresa, persona dotada intel·lectualment, però també, s'objectà, filla de la classe alta. ¿Fins a quin punt aquest fet la podia condicionar? No desconfiava d'ella, però així com son pare, les seues circumstàncies tràgiques, determinaren de manera inflexible la seua militància expeditiva, potser Teresa estava influenciada pel seu origen social. L'entorn, les conseqüències, provocaven sovint la voluntat de seguir un camí o un altre. Ben mirat, fins ara Teresa mai no s'havia vist en la disjuntiva d'un pla com el que Josep li havia exposat. Havia arribat l'hora de conèixer el compromís polític. Ell estava irrevocablement resolt a recollir la torxa de son pare, qui no hauria dubtat ni un segon a passar a l'acció, menys encara tractant-se d'un fet tan insignificant com la voladura d'una instal·lació elèctrica, després del que ell i d'altres hagueren de sacrificar. Ni més ni menys que la vida.

A les nou es va allargar al jardí on es trobaria amb Adelaida, però en comptes d'ella hi havia el senyor Pujalte, assegut en un banquet, llegint el diari mentre el gos anava al seu aire. Va creuar el carrer i va sentir que Adelaida el cridava. Li va fer un senyal perquè esperara. La minyona va girar-se cap a l'interior del pis, potser assegurant-se que no l'observaven. Tot seguit li va llançar una bola de paper. Josep la recollí, va adreçar la mirada a la finestra i ja no estava. Va llegir-ne el contingut. Li deia que el senyor Pujalte havia decidit passejar el gos, però que això no duraria gaire. A tot estirar fins que el matrimoni recuperara la normalitat. Signava amb un «t'estime». El missatge tenia un parell de faltes ortogràfiques. En comptes d'amoïnar-lo l'envaí un sentiment de tendresa, de protecció. Algun dia, pensà Josep dirigint-se a la Vespa, esmerçaria més temps a ensenyar-li a escriure, tal i com el senyor Puig havia fet amb ell. Li ensenyaria a ser una persona lliure, i no com aquelles dones formades exclusivament per educar els fills i el marit, ocupar-se'n dels pares vells, i després dels néts. Va engegar en direcció a la pista de Silla, passant per l'edifici del pis de Virgínia. Al portal, el comissari Sebastián Piñol, acompanyat de Manuel Leire i el Bola, ajustava la clau al pany.

—Bola —digué Leire al vestíbul—, imagina't que véns a robar unes joies.

—Primer miraria darrere dels quadres.

—No cal. No hi ha caixa forta —respongué Leire ja al pis.

—Passem a l'habitació —indicà Piñol.

La roba continuava escampada. El Bola es va plantar a la porta tot escrutant l'estança. S'acostà a l'armari rober.

—Pots tocar el que vulgues —concedí Leire.

—¿Li importa si ho faig amb un mocador?

—No.

—Doncs deixe-me'n un.

Leire li'l va donar. Amb el mocador entre les mans va comprovar els calaixos, traient-los un per un lentament, amb cura, diverses vegades. A la fi, va repetir l'acció sis voltes amb el darrer calaix de l'esquerra. El va traure del tot. Va reclamar l'atenció dels dos policies.

—Les joies haurien d'estar baix d'este tauler.

Manuel Leire el va alçar. No hi havia res.

—És un amagatall usual —féu el Bola.

—Serà usual, però nosaltres no l'hem trobat.

—És que vostès no són lladres. No he robat en cap pis... des de fa cinc anys.

—¿Vols dir que qualsevol carterista ho sabria? —Piñol.

—Home... no. Però si tens una mica de pràctica, i no hi ha caixa forta, els dobles fons dels calaixos de qualsevol moble són els llocs més habituals —li va costar Déu i ajuda alçar-se—. Un calaix que s'obri amb més facilitat...

—...És perquè es gasta contínuament —completà Leire.

—Equilicuà —esbufegà el Bola—. A més, la xapa de la base del calaix és d'un color diferent.

—Així doncs, estem davant d'un carterista...

—No, senyor Piñol. Si em permet que l'aconselle no conec cap *ratero* capaç d'atrevir-se amb un robatori així. I en cas de fer-ho, després de l'accident, deixaria el botí. Si ho fa, evita l'atenció policial al cercle de sospitosos. Tindríem un assassinat, però no tindríem robatori.

—Però un carterista intel·ligent s'endú el botí just per despistar la lògica policial —el comissari.

—Vale... però un homicidi és una cosa molt seriosa per a arriscar-se innecessàriament. El robatori sembla fet per un aficionat. Però només ho sembla. És de bojos deixar la roba escampada. Si ho haguera ordenat tot potser vostès ara no sabrien res de la desaparició de les joies. Haurien tardat un temps a descobrir-ho. Un temps valuós per al lladre. És clar que els nervis influeixen. Davant l'incident inesperat perd el senderi i escampa el poll deixant una evidència. És una mica estrany, tot plegat.

—El que no és estrany és que una setmana abans a una senyora d'este edifici li roben les claus i la cartera —féu Piñol—. ¿Què n'opines, Bola?

Per uns moments, Bola se sentí davant d'un tribunal d'oposicions a policia. Estava cofoi de servir la llei.

—Doncs que el lladre perseguia les claus... i també es va trobar amb una cartera. Com més sucre més dolç. Potser estaven dins la cartera.

—Llavors obri el portal i per la finestra del replà grimpa fins la finestra del quarto de bany —Leire.

—A la primavera i a l'estiu, les finestres dels lavabos solen estar obertes. Cal agilitat.

—Cosa que tu no tens —bromejà Leire.

—Per descomptat.

—Siga com siga, un *ratero* ha participat en això —continuà Leire mirant Piñol, abstret, amb el cap cot, com si buscara algun indici a terra—. D'acord, Bola. Ens ha vingut bé la teua col·laboració. Però la més important és la que hem parlat esta vesprada. Ajuda'ns a trobar-lo.

—Tenen altres confidents. ¿Per què jo?

—Perquè ets el més veterà i coneixes l'ambient. Tria la coartada que anirem a per vosaltres si no entregueu el causant de l'assassinat.

—És una bona idea. ¿Me'n puc anar? M'agrada sopar a casa amb la dona.

—I tant, esperem notícies teues.

—Bona nit, cavallers.

Bola va marxar. Aleshores el senyor Piñol, així que va sentir el soroll de la porta del pis tancant-se, va mirar Leire somrient.

—De lladres, en sabem poc.

—Menys encara de carteristes. No és la nostra especialitat.

—És una mica estrany, tot plegat, ha dit el Bola. Això m'ha fet pensar que potser un lladre d'una altra ciutat contacta amb un carterista perquè li aconseguisca les claus del portal. De lladres de coll blanc en sabem un poc més.

—No gaire.

—Suficient per constatar que habitualment no operen on viuen. Ens hem de posar en contacte amb les prefectures de les grans ciutats.

—¿Què els demanem?

—Un lladre de coll blanc àgil. ¿T'has fixat en la distància entre la finestra del replà i la del lavabo? O és molt àgil, o és alt i molt àgil. La llista de professionals alts i àgils no deu ser llarga. Amb tot, el carterista també és important.

—Si realment és un professional no li haurà deixat pistes. Fins i tot és possible que utilitzara un intermediari, que, desconegut per al carterista, vull dir que no sap d'on és, li indica un lloc on deixar les claus que recull el professional i trobar-se la paga.

—Som policies. La nostra missió es trobar el desllorigador. No descartem un estranger. Contacta amb la secció d'Interpol a Madrid.

Sebastián Piñol va arribar a casa fatigat, gairebé exhaust. En veure'l entrar, el seu fill Joan va començar a parar la taula de la cuina. El comissari el va saludar i amb el deix de la veu i el gest s'adonà que havia tingut un dia dur.

—Asseu-te a la taula —féu Joan.

—T'ho agraïsc. ¿Què tal ha anat el dia?

—Preparant exàmens.

Piñol s'assegué en una cadira. Joan va cuinar quatre talls de llom.

—No he recordat comprar una mica de guarnició.

—Tant és, no tinc gana.

—¿Problemes?

—Sí, molts. ¿No has llegit els diaris?

—¿Per què? No paga la pena.

—Han mort una xicona jove —Piñol va mirar Joan, d'esquena a ell—. Virgínia Lafont.

El fill es va girar:

—¿Lafont? ¿De la firma Lafont?

—La mateixa.

—Doncs sí que tens un problema. És una de les famílies influents. ¿Has rebut pressions?

Piñol va tardar uns segons a respondre-li. Temia desfermar una acalorada discussió si li ho contava. L'amoïnava mentir, excusar-se per no donar-li una raó, que ell, a Governació, havia comprovat.

—M'ha cridat el governador, perquè prenga consciència de la necessitat de resoldre el cas.

—¿I trobes normal que el cadàver d'una rica tinga preferència?

—No, no ho trobe. Però passaria en qualsevol país.

—Amb el detall que la premsa d'un país democràtic es queixaria de la diferència de tracte.

—Continuaria tenint preferència. Joan, estic terriblement cansat. M'esperen dies feixucs de treball. Ací és l'únic lloc on em puc relaxar.

—No et culpe. Em pose al teu lloc i ho entenc. Però un policia a sou d'una dictadura, per molt íntegre que pretenga ser, està condicionat pel règim per al qual treballa.

—¿Creus que sóc còmplice?

Ara fou Joan el qui va retardar la resposta. Va servir els dos plats a la taula. També dos gots d'aigua. Es va asseure.

—Sí. Indirectament, però ho ets. Actues contra els teus principis de servir la societat.

—Si no ho resolc en una setmana, un individu, de nom

Vicente Rodrigo, cap de la Brigada Politicosocial, treballarà en el cas.

—Tothom coneix el sadisme de Rodrigo.

—¿De què el coneixes?

—Dels estudiants que ha torturat. A la universitat estes notícies corren.

—Si no ho faig jo, ell ho resoldria amb els seus mètodes. Si dimitira, si abandonara el cas, hauria de tornar a Galícia, buscar-me una feina si és que algú me n'oferira. ¿Quina eixida creus que tinc?

—Poques, però almenys sigues conscient de la injustícia social d'este règim, tu que ets una persona de creences religioses.

Començava a ser-ne conscient, però no li ho diria. S'estimava més parlar en confessió amb el rector de l'església del Bulevard dels Francesos. L'amistat amb el capellà li atorgava un marge, si més no, per compartir les contradiccions morals que burxaven el seu esperit d'home just.

Els dijous de vesprada, invariablement, faig dues visites. Abans, però, compre a la floristeria del poble dos ramells de roses o clavells i una orquídia en un estoig plastificat. Un dels ramells el deixe sobre un suport de metall amb un pitxer ple d'aigua, després d'haver-ne tret l'anterior, a la làpida del senyor Puig i la seua dona, la senyora Matilde. Em quede allà uns minuts. Cada setmana, amb la meua presència, no sols els agraïsc allò que feren per ma mare, pel meu germà Josep i per mi —que fou molt més del que jo podria fer per ells encara que visquera un segle—, sinó que també ret homenatge a unes persones que donaren sentit a l'acte humanitari. Amb ells, probablement, se n'anaren les maneres, les paraules, imbuïdes de noblesa. Van morir amb pocs mesos de diferència, l'any 1984. Quan el decés de la senyora Matilde, el senyor Puig es va tornar taciturn. Aleshores ja era un home trist. Acollí el retorn de la democràcia amb satisfacció continguda, com esqueia a un home de caràcter equitatiu, però alhora amb l'emotivitat del qui, a la fi, es veu recompensat per uns ideals als quals no va renunciar mai. Tal vegada es va crear massa expectatives; potser no se n'adonava, que vivia en un món que ja no era el d'ell. El seu es reduïa a la convicció ferma d'entendre les coses des del sentit comú. La lluita amb qualsevol mètode pel poder polític, els primers casos de corrupció, el descoratjaren. Que l'esquerra inaugurara la corrupció política en democràcia fou un colp duríssim, com si li ensorraren un edifici bastit de sacrifici i honestedat; com si tant de temps de decència personal no haguera servit de res. Aleshores jo tenia trenta-tres anys i carregava amb una motxilla plena d'odi. Gairebé des dels desset anys m'havia convertit en una persona que menyspreava el món, malgrat els esforços del senyor Puig, que maldava perquè em comportara com un home just. Tot i la consideració que li reconeixia, l'odi superava el seu mestratge de caire humà. No hi havia res, per brutal que fóra, que li esmicolara l'esperança d'un món millor. Tants sacrificis, tragèdies i dolor no es malmetrien. Estava escrit; estava imprès en alguns dels milers de llibres que el senyor Puig guardava a l'habitació secreta, aquella que ocultava fins que regnara la llibertat; la mateixa habitació que ha sigut el meu tresor.

Quan la tristesa l'envaí de forma irremeiable vaig restar al seu costat; vaig intentar que visitara un especialista, però la seua malaltia —la deriva d'una societat que iniciava el declivi, amb la decència convertida en una virtut anacrònica— no tenia cap fàrmac. Fèiem llargues passejades immersos en un silenci que jo no sabia com trencar. Assumint la responsabilitat fins el darrer moment, el senyor Puig no desitjava mostrar-me el profund desengany que patia, per bé que jo n'era conscient. Amb tot mai no li ho vaig evidenciar per tal de no afegir-li més aflicció, per no fer-li explícita la derrota d'uns ideals que creia inexpugnables.

L'última vesprada del darrer dia de la seua vida, la senyora que el cuidava va entrar al magatzem. El senyor Puig vol parlar amb vostè. Seia en un sofà que li vaig comprar, d'aquells que pots triar la posició més còmoda. A la tauleta del costat tenia el quart volum de la Història de la Guerra del Peloponès. Vaig dir a la senyora que podia anar-se'n. Vaig agafar una cadira i vaig seure davant d'ell. Es va llevar les ulleres. Dels ulls, fatigats, unes llàgrimes es mantenien sense vessar-li. Quan l'imaginava disposat a una confessió, em va posar les mans a les galtes sense deixar de mirar-me fit a fit. Sempre he dut al pensament tot el que aquella carícia desitjava transmetre'm: desesperança, dolor, frustració... però també un enorme agraïment, com si fóra jo, i no ell, qui s'havia donat de manera altruista. El vaig abraçar bo i intentant encomanar-li tota l'estima de què era capaç, fins que una llàgrima del senyor Puig relliscà per la meua cara. Me'n vaig separar a poc a poc. Li vaig dir que cridaria el metge. Va moure el cap, negant-s'hi; fins i tot esbossà un xicotet somriure. Volia alçar-se del sofà. El vaig ajudar. Ell mateix em va conduir a la seua habitació. El vaig desvestir, el vaig estirar, el vaig tapar. Li vaig dur un got de llet, unes galetes i el quart volum de Tucídides. Perquè poguera llegir, el vaig mig incorporar col·locant-li dos coixins a l'esquena. Em trobe bé, va dir, insinuant-me que tornara a la feina del magatzem. Me'n vaig anar però vaig regressar al cap de dues hores. El llibre li havia caigut sobre les cames. Dormia. Havia menjat un parell de galetes i begut un poc de llet. El vaig posar en posició horitzontal. Amb el moviment es va despertar. Li venia de gust dormir. De la biblioteca vaig agafar una novel·la de Philip Roth. Vaig seure prop del llit. De tant en tant el guaitava. Cap a les dotze em vaig quedar clapat a la cadira. Em vaig despertar prop de les tres de la matinada. Em vaig arrambar al cos del senyor Puig i vaig comprovar que no respirava.

Al soterrar acudí molta gent, fins i tot persones que mai no hauria imaginat que el respectaven. Una autèntica manifestació de dol. Havent-lo enterrat, quan eixíem del cementeri, l'alcalde em va comunicar el desig del consistori de retre-li un homenatge popular. Afegí, a més, que convocaria un ple extraordinari amb un únic punt: dedicar-li un carrer. Estava convençut que tots els partits sense excepció ho aprovarien. Jo no, li vaig replicar. No tens cap dret a negar-li a un home com el senyor Puig el reconeixement que es mereix. Vaig evitar explicar-li que ell hauria refusat la proposta. Era el meu homenatge particular: ocultar la seua decepció. Com que jo havia sigut un radical menyspreable vaig arrogar-me la culpa. Així i tot, l'alcalde m'advertí que, volguera o no, Rafael Puig tindria el seu carrer. Posa-li'l prop de l'abocador, el vaig aconsellar. Es va indignar moltíssim, també el regidor de cultura —que escoltava la conversació a uns metres de distància—, que m'insultà bo i dient-me que era un home indigne. A continuació em va recordar tot el que el senyor Puig havia fet per mi i per la meua família. Vaig callar, vaig marxar. Vint-i-tres anys després encara tenia el carrer però ningú d'ells recordava dur-li ni tan sols uns matolls a la làpida. Estaven massa ocupats amb els plans urbanitzadors.

L'altre ram és per al meu germà Josep. No li dedicaren cap carrer, cap homenatge. Les circumstàncies que envoltaren la seua mort no ho aconsellaven. Si hi ha alguna injustícia emblemàtica, de ben segur, sense cap dubte, seria la que patí el meu germà. Fou aquesta iniquitat, la crueltat que va sofrir, la que em va infiltrar un odi pregon durant molts anys. Amb la vinguda de la democràcia vaig esmerçar temps per restituir-li la dignitat, però les institucions, tot i les bones paraules, no mogueren ni un dit. La transició política, qualificada de modèlica per l'absència de violència en el canvi de règim, no rehabilitava un comunista expeditiu, fill, a més, d'un maqui que dugué la lluita armada fins les darreres conseqüències. Mai he volgut valorar si estaven o no equivocats. Probablement eren dues utopies fetes a mida; dos obstinats que no s'avenien a martingales teòriques. Així vaig ser jo també per despit. Pense en la distància de criteris ideològics entre el senyor Puig amb mon pare i el meu germà; reflexione sobre l'efecte inútil que tots tres aconseguiren, i només et resta la rancúnia. Però amb el temps ho he transformat en indiferència, com si res no haguera succeït, per bé que, per moments, tot encara està molt viu. Els dijous, també visite ma mare.

Ma mare va entrar en estat catatònic l'any 1964. Els successius i diversos medicaments que li subministraren no feren efecte davant l'estranyesa dels diferents neuròlegs que la van tractar. Ho entén tot, però no respon a res. És com un titella. Si li alces un braç, li l'has d'abaixar. L'única explicació, o deducció, científica rau en el fet que el pacient es resisteix a guarir-se o si més no millorar. Els metges m'aconsellaren triar una residència on des d'una finestra o el jardí reconeguera el paisatge. Així doncs, quan inauguraren una residència al poble la hi vaig traslladar. El paisatge canvia cada any sense que això provoque cap pregunta interessant-se per la novetat, que era un dels efectes que esperaven els metges.

És una residència normal, sense luxes. Vaig parlar amb el director perquè una infermera estiguera amb ella des del matí fins a la nit, pagant el servici suplementari. Si realment comprèn alguna cosa, almenys no se sent sola. Els dijous, quan hi arribe, la infermera se'n va una estona i tots dos ens quedem sols. Li deixe l'orquídia a la falda. Li agafe les mans, li parle: Mare, sóc Robert. Li dic que està esplèndida, amb una cara radiant. Mai li pregunte res. Sempre la informe que les làpides del matrimoni Puig i la de Josep estan netes, amb les flors fresques. És així com ella ho voldria. Després li relate un seguit de bones notícies; l'empresa va molt bé, tinc molta feina. He hagut de contractar dos treballadors més, de manera que ja en són deu. Probablement hauré de buscar una altra ubicació, ja que el magatzem, malgrat que el vaig ampliar, es queda xicotet. Ja tinc vista una nau no gaire lluny de l'alqueria, d'uns cinc-cents metres quadrats. Encara no he decidit si la llogaré o la compraré. Potser és millor comprar-la, per augmentar el patrimoni. La veritat, no em pensava que em convertiria en un empresari. Estic content, l'esforç m'ha condit. Cèlia i Miquel estan molt bé. Ah, i Lluna. L'hauries de veure. Ja és una dona dreta i feta. Viu sola, es guanya bé la vida. Llàstima que no arribares a conèixer-la de menuda. Guapíssima, com sa mare. Ja sé que t'hauria agradat que em casara i formara una família. Però la feina m'absorbeix tant que no he tingut temps, tot i que uns néts t'haurien alegrat la vida. En fi, vaig haver de triar. Fora, les coses s'han tornat molt dures. Abans, amb pocs diners la gent s'apanyava. Ara, en canvi, tot és massa car. A més, vull que estigues ben cuidada. Faré el que calga perquè sigues la dona més privilegiada de la residència.

T'ho he dit manta vegades, però no em cansaré de repetir-t'ho: Josep és un heroi, un referent per a la joventut. És una pena que els metges t'hagen prohibit les emocions. No és bo per a la teua salut, i potser no t'hauria d'haver explicat que a Josep li dedicaren un carrer. Però em sentia tan orgullós que volia compartir-ho amb tu. Amb tot, procuraré no parlar-te d'ell ni del pare. Si ara t'ho recorde és perquè et sentes la mare més satisfeta del món. És curiós com la història acaba fent justícia, posant a cadascú al seu lloc. Ells, per fi, tingueren el lloc que es mereixien al món. Però bé, ara el més important és que et recuperes. Només has de fer un xicotet esforç i la resta ho farà la ciència. El dia que em digues alguna cosa serà el més gran de la meua vida (llavors li lleve l'estoig de plàstic a l'orquídia i li la pose entre les mans). És bonica, ¿oi? Ella em mira i em desespera ignorar què vol transmetre'm. És una mirada d'absència. Dubte sí es creu el que li conte. Em fa temor acariciar-la. Quan acaricies algú també estàs consolant-lo. M'estime més agafar-li les mans. Acote el cap. Calle. Em costa mantindre-li la mirada. No ho suporte. M'avergonyeix. És aleshores que em pregunte si el relat imaginari li sosté la vida, si paga la pena viure amb una falsa esperança, sense respostes, sense cap moviment o senyal que m'indique la necessitat de continuar la farsa.

11

A les vuit del matí, Sebastián Piñol i Manuel Leire es reuniren al despatx del comissari. Van decidir retirar la vigilància als dos carteristes sospitosos i encarregar als efectius cedits —quatre policies de paisà— que s'ocuparen de l'Estació del Nord, a fi de controlar el viatge imprevist d'algun *ratero*. Amb allò i la col·laboració inestimable del Bola tindrien a l'aguait el gremi. També encomanaren a un policia de la Brigada el seguiment del promès, alternantse amb un altre cada vuit hores. A les nou Piñol va rebre una telefonada del governador, exaltat pel desplegament informatiu dels dos diaris —portada i dues pàgines—, demanantli pel curs de la investigació. El comissari li explicà fil per randa tot el que havia fet i ordenat. Li afegí que esperava resultats, per bé que encara era prompte. El governador, que semblava no escoltar-lo, l'acuità a resoldre el cas, ja que des de Madrid li ho exigien, al marge que havia compromès la paraula amb el pare de Virgínia que atraparien l'assassí en un temps rècord. No admeté cap rèplica de Piñol i va penjar.

—És difícil treballar amb tanta pressió —comentà el cap de la Criminal—. Has d'insistir a les comissaries i a la Interpol que el tema és urgent.

—Ja ho he fet, però ho tornaré a demanar.

Leire se'n va anar al seu despatx. Piñol es dirigí al Gabinet d'Identificació. Cap de les empremtes dactilars trobades al pis corresponien a sospitosos. Es van queixar que no els pagaven les hores extres. A mi tampoc, féu el comissari. A més, els tres membres del gabinet lamentaren que la família de la víctima s'haguera oposat a l'autòpsia. En un cas corrent s'hauria dut a terme. El senyor Piñol els digué que degut a la influència de la firma Lafont no hi podia fer res. Va tornar al seu despatx.

A les nou i mitja estava citat el professor de tennis. Un quart d'hora abans, no obstant això, s'hi va presentar Vicente Rodrigo, un horari inusual per a ell. O havia passat una mala nit o havia dormit poc. En qualsevol cas, el de la Social exhibia una actitud molesta. Va saludar d'esma Piñol i va seure a la cadira de la tauleta de la màquina d'escriure després d'arrossegar-la enfront del comissari. Piñol sempre dissimulava la repulsió que li causava el personatge, procurant no trobar-se mai amb ell a la prefectura. Treballaven en pisos i horaris diferents. Els encontres casuals, el comissari de la Criminal els resolia o bé mirant a un altre costat o amb una salutació gairebé imperceptible. L'admiració que Rodrigo rebia de quasi tots els policies o col·legues ensopegava amb la indiferència de Piñol i Leire —també d'algunes dones que treballaven en l'administració—, circumstància que no li passava desapercebuda.

—T'han adjudicat dos cotxes meus.

«Meus», pensà Piñol, com si la prefectura, el personal administratiu, els policies, tot li pertanyera.

—Els necessite. Tinc un cas de màxima prioritat.

—El meu treball és sempre de màxima prioritat. ¿Amb un no en tenies prou?

—No —sec.

—Escolta, Piñol, sé que no em tens simpatia. M'importa una merda. No hem de sopar junts. Però al pàrquing tens un dels meus cotxes sense usar.

—Ja t'he dit que necessite els dos.

—Jo també. S'està preparant una vaga convocada pels comunistes. Hi haurà manifestacions. És una magnífica oportunitat per tornar-los a enfonsar. Gràcies a la meua Brigada, a mi, els comunistes a penes trauen el cap. No toleraré que per culpa teua fracasse l'operació.

—¿Per dos cotxes vas a fracassar?

—Els cotxes em permeten anar amb rapidesa d'una punta a l'altra de la ciutat. Com que no en tens ni idea, desconeixes que organitzen diversos salts de manifestació. En cadascun hi ha líders que m'interessa empomar. Capturant-los puc arribar a la cúpula de l'organització i desmantellar-la. ¿Ho entens?

—Perfectament. Parla amb el governador.

—Ja ho he fet. M'ha dit que li has pregat els vehicles.

—No sóc culpable que em pressionen per una víctima important.

Manuel Leire va irrompre al despatx.

—¿No saps demanar permís abans d'entrar? —el renyà Rodrigo.

Piñol es va alçar tot d'una amb energia, catapultant-se amb les mans sobre la taula.

—Els meus ajudants entren i ixen del meu despatx com els dóna la gana.

Fins i tot Leire es va estranyar de la reacció del comissari Piñol. Rodrigo es va quedar mirant-se'l, sense dir res, una mica atabalat. També es va alçar de la cadira. Hi hagué un moment de silenci tens, com si el de la Social buscara una resposta. Per fi la va expressar a la seua manera:

—Eixe to, eixa forma de dirigir-te a mi, és una declaració d'hostilitat.

—¿Quina hostilitat? —el comissari es va adonar que

potser havia estat imprudent—. No m'agrada que ningú esbronque els meus ajudants. Estem treballant a marxes forçades i és normal que entre sense demanar permís.

—Senyor Rodrigo —intervingué Leire—, no sabia que estava ací. Disculpe'm.

Rodrigo no li va respondre. Se'n va anar amb un gest irat.

Leire tancà la porta i esbufegà.

—Piñol, hem d'anar amb compte amb este individu.

—Ja ho sé —el comissari va tornar a seure—. No he pogut contindre'm. Em trau de polleguera que es crega l'amo de la prefectura.

—Ho és.

—Mentre jo siga el cap d'esta Brigada no li permetré segons quines coses. En la seua, que faça el que vulga. Ha vingut a queixar-se dels dos cotxes que ens han transferit. Ho ha ordenat el governador. ¿Què més vol?

—Fotre't. Si fracassem s'erigirà en salvador de la situació i et deixarà en evidència. Tothom li és submís i sap que no el tragues. M'he estimat més demanar-li disculpes per compensar-lo. No despertem la bèstia. L'odie tant com tu.

—Jo no odie ningú, senzillament em desagrada. ¿Ha vingut el professor de tennis?

—Sí. El tinc al despatx.

—Dis-li que passe.

Leire se n'isqué. Piñol féu unes inspiracions profundes. Havia de calmar-se. ¿Per què un home habitualment tranquil com ell havia perdut els nervis amb tanta facilitat? ¿Potser odiava Rodrigo? No. En el seu esperit, en les seues creences, no hi cabia l'odi. Ho atribuí a la pressió del cas. Es digué que el més adient fóra oblidar l'incident. En la tasca que duia entre mans les hores s'escolaven amb rapidesa. Així doncs calia aplicar-se. Leire obrí la porta al professor de tennis. Tenia vint-i-set anys, alt, amb un físic més fibrós que musculat.

—Bon dia —el saludà Piñol. El jove va respondre amb educació i un cert nerviosisme—. Per favor, Leire, porta-li una cadira.

Del passadís en va entrar una. El monitor es va asseure.

—Començarem per les formalitats de rigor. Diga'm el nom, els cognoms, l'adreça, si té un telèfon de contacte i l'edat.

Leire va escriure en una fitxa totes les dades. El seu nom era Ricardo Barber Pons.

—Senyor Barber, la seua presència, tot el que em diga, serà confidencial.

—Gràcies, senyor comissari.

—¿A quina hora ha d'estar al club?

—A les deu i mitja.

—Ens sobrarà temps. Anirem al gra. Vostè era el professor de la senyoreta Virgínia.

—Sí, senyor.

—¿Era amant d'ella?

La pregunta el va sobtar. Potser no hi havia tanta discreció. La policia havia preguntat a socis del club.

—Mire —prosseguí el comissari—, una persona, no li diré qui, ens ha informat que tenien bones relacions. Que de vegades, quan acabaven les classes, es prenien unes cerveses i semblava que hi havia alguna cosa més que simpatia.

—No... no era el seu amant.

—¿Per què ha dubtat?

—Perquè podria haver-ho estat, però vaig sospesar la situació i me'n vaig abstindre.

—¿A vostè li agradava? Vull dir físicament.

—Jo crec que n'estava enamorat, però sabia que era un amor impossible. Tenia dubtes.

—¿Ella també n'estava, d'enamorada?

—No ho sé... crec que sí... però no m'atrevisc a afirmarho. No volia ni pensar-ho. Era rica, tenia nòvio... Com li he dit, albergava dubtes.

—Vull que siga absolutament sincer. Pel seu bé, això l'ajudarà. ¿Va anar al llit amb Virgínia?

—No —resposta ferma—. No fa molts dies, acabada la classe, que tingué lloc a les set de la vesprada, em va convidar a sopar. No volia acceptar, no em semblava bé que Virgínia em pagara el restaurant, però ella va insistir. Hi anàrem. Durant el sopar em va contar coses del nòvio.

—¿Quines?

—Estava convençuda que l'estimava per la seua posició social. A més, era molt gelós i ella no ho suportava. Havent sopat em va convidar a una copa a sa casa. Com que em sabia greu refusar-li-la, li vaig explicar que mentre estiguera compromesa no era convenient. No era correcte, a més que em jugava el lloc de treball. Ella se'n va riure. De llocs de treball, em proporcionaria els que jo desitjara. En realitat, jo evitava aprofundir en la relació. No estava segur si només era un caprici per a Virgínia, una manera de desfer-se del nòvio utilitzant-me. Tenia un garbuix al cap. D'una banda m'agradava molt, de l'altra tot eren dubtes. Així que pujàrem al seu cotxe li vaig demanar que em deixara prop de ma casa. De sobte se'm tirà damunt...

—¿Què va passar?

—Ens besàrem...

—¿Res més?

—Sí, vaig fer el ridícul. Estava nerviós, no sabia què fer. Li vaig demanar disculpes, vaig dir que havia d'anar-me'n.

—¿Quina fou la seua reacció?

—Per sort, bona. Ho va entendre. Em digué que era una qüestió de temps. Li vaig respondre que, en efecte, necessitava temps.

—¿Quan va ocórrer això?

—Ara fa dos setmanes. Em vaig plantejar anar-me'n del

club. Li ho vaig comentar a mon pare. Em digué que anara amb compte. Segons ell, eren coses de senyoretes riques. No li vaig confessar que jo sentia una certa estima, per això volia deixar el club. De fet he enviat cartes a col·legues d'altres clubs, en altres ciutats, oferint-me com a monitor. En tinc experiència a pesar de la meua edat.

—¿Com és que un jove com vostè, fill de treballadors, és professor de tennis?

—Des que era un xiquet m'ha agradat. Vaig treballar al club fent tota mena de feines. Entrenava amb bons tennistes, fins i tot amb els campions que venien a disputar partits. Els servia d'espàrring.

—¿I per què no s'ha fet professional?

—No sóc prou bo per competir, però sí per ensenyar a gent que comença.

—¿Coneix el nòvio?

—Només he parlat amb ell el dia que en una festa social me'l va presentar Virgínia.

—¿Quina fou la seua reacció?

—Bé... senyor comissari, li seré franc. Justament fou la seua reacció, entre altres coses de caire social, allò que em convencé que no m'havia d'involucrar. La seua mirada... el seu gest... No sé, vaig notar que estava molest, com si creguera que estàvem embolicats o que jo anava darrere d'ella.

—¿I Virgínia?

—Semblava divertida amb l'escena.

—Li faré una pregunta que no està obligat a respondre: ¿creu que el malestar o l'odi que va percebre del promès l'impulsaria a cometre un fet greu?

—Jo no acusaria ningú sense proves. A més, segons els diaris hi ha hagut un robatori. No m'imagine un ric robant a la seua nòvia rica.

—D'això no en faça cas. Pistes falses. ¿Sabia on vivia Virgínia?

—Sí, per la fitxa del club.

—Però no estigué mai al seu pis.

—Mai. Si sabia que tenia moltes joies era perquè les lluïa.

—¿Sospita d'algú? ¿Tenia enemics?

—Al club no ho crec. Era molt alegre i comunicativa.

—¿Frívola?

Ricardo s'ho va rumiar.

—És difícil analitzar amb objectivitat una persona que veus amb ulls diferents.

—Hi estic d'acord. Però intente situar-se fora, com si només la coneguera de monitor.

S'ho va tornar a rumiar.

—Potser sí que ho era una mica. Però jo en diria despreocupada, aliena als problemes generals... El fet de tindre la vida solucionada, poder pagar-se tots els luxes...

—En canvi, no sabia si jugava sentimentalment amb vostè.

—Tenia i tinc encara eixe dubte.

—Bé, senyor Ricardo, això és tot de moment. Li agraïm la seua col·laboració.

—Comissari...

—Diga'm.

—Si vostès no ignoren que teníem una amistat més enllà dels entrenaments, potser al club...

—Estiga tranquil. Pense que interrogarem gent de la directiva, socis, empleats. És un fet habitual.

El monitor de tennis va encaixar amb Piñol i Leire. Encara els digué que si el necessitaven estava a disposició d'ells. Se'l veia trist i preocupat. Leire li obrí la porta.

—O és un gran actor, o es tracta d'un bon xicot... i una mica ingenu —féu Leire—. Pensar que la gent que freqüenta el club no en sabia res, de la seua relació amb Virgínia...

—Jo crec que és un home assenyat. Un altre hauria sucumbit als encants de la senyoreta. M'ha deixat la sensació d'un jove reflexiu —el comissari va marcar un número de telèfon—. Adrián, sóc Piñol.

—¿Què tal el professor?

—En principi no és sospitós.

—¿Alguna revelació important?

—El promès el tenia al punt de mira. Gelós.

—No m'estranya. Des de fora semblava ser l'amant. ¿Ho era?

—Segons ell no, malgrat que Virgínia ho buscava.

—Eixa informació no la puc revelar. Em vindria bé alguna cosa més, per no publicar pràcticament el mateix que l'altre diari.

—M'ho pensaré.

—Fes un esforç i aboca'm alguna cosa.

El comissari va penjar.

—Adrián voldria algun detall de la investigació i em pregunte quina pista podríem publicar per posar nerviós l'assassí.

—Si l'assassí és un, i el lladre un altre, potser es donaria el fet que el lladre presenciara l'assassinat.

—Supose que estàs pensant en el nòvio i un lladre casualment atrapat en l'incident.

—A això em referia.

—Llavors, si Adrián publica que la policia prioritza la recerca del lladre, l'assassí, si és una altra persona, es neguitejarà i cometrà errors.

—I el lladre també.

El comissari va marcar de nou el número de telèfon del periodista.

En la reunió de cèl·lula convocada per perfilar les vagues i manifestacions en solidaritat amb els miners represaliats, Teresa va comunicar a Felo que el pròxim diumenge es reunirien amb Josep. Li va recalcar que l'assumpte era important. Davant la insistència del cambrer, encuriosit i alhora estranyat per l'absència de Josep, Teresa, com que tenien un grup de militants a prop, el va emplaçar mitja hora després, en una cantonada del barri.

—Josep està exclòs del Partit. No es refien d'ell.

—¿Pel que digué sobre mètodes més contundents?

—Entre altres coses.

—Doncs també m'hauran d'excloure. Estic amb ell.

—Perfecte, però no ho expresses. No ens interessa. Nosaltres dos continuarem com si no em sabérem res. A més, en la reunió tractarem el tema.

—¿A quina hora?

—A les nou i mitja de la nit. Josep no pot vindre abans. Al bar del Marítim. No cal que en parlem més.

Tampoc tenien temps per fer-ho. Al cambrer li venia just arribar d'hora al Maracaibo. A l'amo, la impuntualitat l'emprenyava. Els clients acudien al voltant de les onze, l'hora en què l'orquestra iniciava l'actuació. Abans s'havien de preparar i netejar les taules, les cadires, els reservats i el camerino de la vedet. Fermín li va cridar l'atenció amistosament pels deu minuts de retard. Per fortuna, l'amo encara no estava tot i que era dels primers a arribar-hi. Felo es va canviar de roba de seguida. Va eixir al passadís i es va trobar amb Carol.

—Felo, hem de parlar.

—Jo també tinc notícies.

—¿Bones?

—Excel·lents.

—Entra al camerino.

—No puc, carinyo. He arribat uns minuts tard.

—T'espere al meu apartament.

—¿I Rodrigo?

—M'ha dit que no l'espere.

El cambrer se'n va anar ràpid a la sala. Els dies que el comissari de la Politicosocial no hi acudia li canviava el semblant. Va dir als dos companys que s'encarregava dels reservats. Mentre raspallava els sofàs semicirculars encara dubtava sobre la conveniència de parlar amb Mari Santos a propòsit del robatori de l'arma al guardaespatlles de Rodrigo. ¿Seria menys arriscat amb el seu ajut? No obstant això, pensava que si Mari Santos observava l'acció sense l'avís previ no en diria res. Una cosa era fer-la còmplice, amb el que suposava, i una altra, ben diferent, és que dissimulara o bé que s'aplicara amb el policia per no veure's implicada. No li ho diria. Possiblement, el guardaespatlles no tardaria a vindre. Aprofitava l'absència de Rodrigo per recloure's al reservat. ¿Era el dia indicat per robar-li l'arma? No. Passarien massa dies fins que duguera a terme l'execució (perquè no era un assassinat, sinó l'execució justa d'un criminal). Al seu cap ja tenia la idea de convèncer Josep i Teresa per matar Rodrigo. Era un home temut i odiat, un membre destacat de la repressió franquista. Quedaven dos dies per a la reunió de diumenge. Si el guardaespatlles iniciava una investigació, ell seria interrogat. Els dilluns, el guardaespatlles hi acudia gairebé sempre; Rodrigo gairebé mai. A més, la família del seu germà i sa mare marxaven a Alemanya dilluns al matí. Si l'acció no rutllava (cosa que no contemplava) no patirien cap mena de represàlia. Rodrigo era capaç de tot; ell, per socórrer Carol, pel seu afecte i agraïment, també. Matar l'home que la vedet odiava elevaria l'estima d'ella. Havia d'afrontar la situació amb valor, sense dubtes; més encara quan hi havia pel mig l'admiració d'una dona a la qual s'allibera d'una mala bèstia, d'un malson. Va pensar en les paraules de Carol: «Hem de parlar». ¿Se n'havia penedit? Potser estava preocupat per ell, per les conseqüències posteriors. Li diria que estava decidit a assumir la responsabilitat. Es trobava fort. Josep no es faria enrere i això el reconfortava. ¿I Teresa? Era una dona, sí, però el fet de convocar una reunió representava un bon indici. Ara calia planejar l'execució de manera exhaustiva. Dur-ho tot detallat minuciosament, com si fera mesos que ho portara al cap, per tal que Teresa i Josep, dels qui notava de vegades una certa reticència vers ell, s'adonaren del perquè del seu suposat seguidisme. No res més que això: una acció valerosa i ben calculada val més que mil teories.

Va observar els moviments sensuals de Carol mentre cantava un mambo. Tenia un talent especial per bellugar el cos. De sobte la imaginà al llit amb Rodrigo i s'enfurismà. Féu una pausa per llevar-s'ho del pensament, però era una idea que l'assaltava sovint. Cap a les dotze entrà al local el guardaespatlles del comissari. A la barra, s'encengué un cigarret. Felo, amb respecte i temor (temor que va exagerar per aparentar que ell, un simple cambrer acovardit, seria incapaç de robar una pistola), li va preguntar si desitjava una copa. Sense mirar-lo, el policia respongué que duguera Mari Santos a un reservat. Ho podia haver fet un company, però Felo s'estimà més rescatar-la d'una taula amb un parell de clients amb l'excusa que demanaven per ella. La va conduir al reservat. Després, ell mateix els va servir una botella de xampany, dues copes i una glaçonera que situà al costat de la taula més allunyada de l'entrada. Carol cantava, l'observava. Va deixar passar mitja hora. Llavors s'adreçà a una de les taules que hi havia prop del reservat. Va preguntar als quatre parroquians si volien més gintònics. Ho acceptaren. Els va servir. A continuació, com que tothom tenia la mirada fixa a l'escenari, va recular uns passos, es va cerciorar que ningú el veia i apartà una mica la cortina: el guardaespatlles estava damunt de Mari Santos, amb els pantalons i els calçotets abaixats, amb la jaqueta a l'extrem del sofà, a tocar de l'entrada. Cap dels dos percebé la seua discreta presència. La funda amb l'arma albirava una mica per baix de la jaqueta. Va dubtar uns segons. Era fàcil, molt fàcil, allargar la mà i robar-la. Ho va deixar córrer, però. Massa temps emprat en els instants del dubte. No obstant això, comprovà que la tasca no tenia cap dificultat, per bé que algun client o cambrer podia haver-lo descobert tafanejant, i ell, enrojolat, confessaria el seu voyeurisme.

Un poc abans de les quatre de la matinada Felo va eixir del Maracaibo. S'avançà a dir-li a Fermín que l'esperava un amic. Tenien organitzada una festa privada amb dues xicones d'un altre club (no li va dir quin). Per despistar el porter se'n va anar en direcció contrària a l'habitual, amb pressa, com si arribara tard a la cita. Va girar la cantonada i va córrer fins ocultar-se al buit del bancalet de l'edifici que precedia el de la vedet. Es va fumar dos cigarrets amb pipades continuades per calmar-se el neguit. Va esperar trenta-cinc minuts interminables. Quan Carol arribà al portal, Felo n'isqué i hi va entrar amb ella. A l'apartament, la vedet l'abraçà amb força. Es besaren, es palparen delerosos mentre Carol el conduïa a l'habitació. L'empentà contra el llit. El cambrer restà estirat, embadalit, amb les cames eixarrancades, sense decisió d'iniciativa, mirant com ella es llevava la falda ajustada i la camisa, quedant-se amb els sostenidors i les bragues i les mitges unides pels lligacames, tot conjuntat de color negre, un luxe de roba interior. Amb rapidesa però amb destresa li descordà el cinturó, li desbotonà la bragueta, li va traure el penis. El cambrer no tingué temps d'incorporar-se. Amb una mà al seu pit Carol el retornà a la posició i li va xuclar el membre malgrat la resistència de Felo, que volia fer l'amor. ¿L'amor? Aquell babau d'ejaculació precoç la deixaria embarassada. Amb tot, ell li ho pregava. Llavors Carol li llepà els testicles i el masturbà amb tanta vehemència que del penis brollà una quantitat apreciable de semen. El cambrer se sentí derrotat, amb un sospir llarg i profund.

—No et mogues, carinyo.

La vedet va tornar amb una tovallola amb una punta mullada, per netejar-li el semen escampat sobre la panxa i eixugar-li'l. Després, es va gitar al seu costat.

—M'hauria agradat fer l'amor.

—Tindrem molt de temps, Felo. Estava ansiosa per demostrar-te que ets el meu home, l'únic.

—No calia.

—Ja ho crec, que calia. Sóc teua. Faràs de mi el que vulgues. Seré obedient i servicial com una gossa amb el seu amo.

El cambrer va seure damunt del llit, mirant-la.

—¿De veritat sóc el teu home?

—Estic totalment entregada, com una princesa rescatada pel seu heroi. Els homes valents i decidits em fan perdre l'enteniment. Molts em desitgen, però cap d'ells arriscaria la vida per mi. Eixe amor mereix una recompensa absoluta. La fidelitat en cos i ànima. Per molt que faça, mai en serà prou.

—No et demanaré tant. Només vull que marxem a una altra ciutat, que deixes els locals nocturns, que siguem una parella normal. Treballaré per a tu...

—Felo —Carol li tapà la boca amb suavitat—, Rodrigo encara s'interposa entre nosaltres. Mentre ell visca no ho permetrà. Em buscaria pertot arreu.

—Parlava de després...

—Hem de parlar de l'abans. He reflexionat sobre l'assumpte. M'has de contar com ho faràs. Estic embolicada amb ell. A la força, però ho estic. La gent del club ho sap. He de tindre la meua coartada.

—Jo també.

—La meua és senzilla: el mataràs ací, davant de mi.

—¿De tu?

—Si ho fem així —féu servir el plural— donaré a la policia descripcions físiques equivocades. Mai sabran que eres tu. Els diré que tot ha succeït molt ràpid, que l'assassí duia la cara tapada. I a més, m'agrediràs.

—No m'imagine agredint-te.

—Doncs ho hauràs de fer i ha de ser real, violent. Tots dos ens juguem la vida.

—Culparan el Partit Comunista.

—¿El Partit Comunista? —va dir, tombant-se cap a ell—. ¿Per què?

Felo es va alçar del llit. Va encendre's un cigarret. Expulsà el fum mentre contemplava el conjunt de roba interior, que la feia encara més bella, més eròtica. El cambrer tingué un rampell de lucidesa: Déu meu, que terrible és ser esclau d'una passió. S'adonava de la força incontrolada que Carol posseïa sobre ell, sobre la seua voluntat. La feblesa el subjugava fins al punt d'arriscar la vida, de matar. Però tot rodava amb una inèrcia imparable.

—Carol, potser no t'agradarà el que vaig a confessar-te, però ho has de saber tot de mi.

—Sí, vull saber-ho. Entre nosaltres no poden existir secrets.

—Sóc comunista.

La vedet es va sorprendre, restà en silenci. Semblava rumiar la declaració. El cambrer temia haver ficat la pota, però ella es va posar dreta i el va abraçar.

—Carinyo, ara et valore més. Ara sé que no sols arrisques la vida per mi, sinó que també ets un home agosarat, amb ideals, entregat als altres. Una de les coses que més odie de Rodrigo és la seua faceta de policia torturador. ¿Saps per què? Mon pare també fou un home amb ideals —el va estrènyer contra el seu cos—. ¿Ho faràs amb més gent?

Felo mantingué l'abraçada. Estava emocionat per les paraules d'ella, però pensava en Josep i Teresa.

—Perdona, carinyo, comprenc que això no cal que m'ho digues —Carol, comprensiva.

—Som un grup que no estem amb la línia del Partit, massa tova. Però ho faré sol. No els implicaré. Per a mi, també és una qüestió personal.

—Ho entenc, amor, però si tingueres ajuda estaria més tranquil·la.

Davant del silenci de Felo la vedet no hi va insistir. Va obrir un calaix de la tauleta de nit i li va lliurar un joc de claus, del portal i del pis.

—¿Quan ho faràs?

—La setmana que ve, però encara no sé quin dia. El dilluns robaré l'arma.

—Jo et diré quin és el millor dia.

—Necessitaré un poc de temps.

—¿Amb un dia d'antelació?

—Suficient.

—Sé com portar Rodrigo ací.

—Per favor, no esmentes la teua relació amb Rodrigo. La tinc clavada al pensament com una paparra.

SoloZumo. Diguem-ne una cafeteria per a gent saludable. Tres vesprades per setmana em trobe en aquest local amb el meu amic el Colorao (el germà major de què no vaig poder gaudir), que no és justament un home sa. Seré breu: trasplantament de ronyó. Relataré, en canvi, com ens vam conèixer, l'origen de la nostra amistat.

Any 1972, jo en tinc vint-i-dos, amb la mili feta com a voluntari perquè no m'enviaren fora de València (no m'estendré amb totes les putades amb què m'obsequiaren els militars per ser fill i germà de comunistes). L'estiu del setanta-dos acudia a totes les festes populars que tenien lloc als pobles de l'Horta. No m'agradaven les corregudes de bous, però m'entusiasmaven els «retallaors», personatges celebrats que arriscaven la vida per no res; o potser sí: l'orgull de ser reconeguts per l'atreviment que exhibien.

Quan un retallaor eixia a la plaça de bous portàtil —muntada per a la festa—, la resta de joves ens apartàvem. El retallaor cita l'animal des d'una punta, va a poc a poc acostant-se-li fins que el bou arranca a per ell, i ell, uns metres abans de la topada, l'esquiva o el salta. Gran espectacle, grans aplaudiments mentre l'heroi saluda els espectadors.

L'estiu del setanta-dos vaig a anar a la població de Paiporta. Era dissabte. Els rumors pregonaven la presència de retallaors. En efecte, a penes començat l'espectacle n'isqueren dos. Al primer, l'animal el voltejà i hagueren d'auxiliar-lo vint o vint-i-cinc tios desviant l'atenció del bou. Se l'endugueren a l'hospital amb una ferida profunda a la cuixa dreta. El segon ho féu molt bé. Durant mitja hora no en va aparèixer cap més. La bèstia tenia unes banyes llargues amb les puntes afilades. Era grossa, enorme. Tothom pensava que cap altre retallaor la reptaria. De sobte, un paio amb els cabells rojos i de pell blanca demanà a crits que el deixaren sol. Murmuris i aplaudiments tímids d'expectació. La gent gaudia, més encara després del primer accident. Aprofitant que el bou estava a l'altra banda, el nou retallaor es gira de cara a la llotja d'autoritats i, assenyalant un guàrdia civil, li diu: *Va por usted, mi sargento. Gracias, chaval*, s'alçà i va tornar a seure el sergent, agraït.

El Colorao du l'uniforme habitual: vaquers, camisa o samarreta i vambes. Amb xuleria ordena als espectadors que callen. Silenci absolut. Aleshores s'agenolla i cita el bou amb una energia que el miura més sord hauria sentit. L'animal el mira, però no li fa gaire cas. El Colorao blasfema: Mecaguen la puta que et va parir! Caminant de genolls es dirigeix al bou, gesticulant amb els braços, escridassant-lo. El Colorao s'atura. La impressió general és que està com una cabra. Fins i tot l'alcalde fa l'intent de prohibir la bogeria, però el sergent li diu que no, que «*ese tío tiene un par de cojones*». Ja ho crec, que els tenia. Estic ací, estic ací!, el Colorao es colpeja el pit quatre voltes. Quinze metres de distància entre tots dos. Poquíssima, potser no tindrà temps d'alçar-se i retallar. La sorpresa és que no ho fa. Així que gairebé té el bou damunt fa un moviment de cintura cap a l'esquerra i tot seguit a la dreta. L'ha esquivat, per bé que una de les potes de darrere del bou ensopega amb el seu maluc. No res, un blau.

No ho havia vist mai. Mai ningú ho havia vist. Tot el públic es posa dret, frenètic, victorejant-lo. El Colorao com si res. Amb pas tranquil s'adreça a la llotja d'autoritats (també fervorosos). Cinc metres abans s'atura, es desbotona la camisa, trau un drap, el desplega i el mostra, primer a la llotja i a continuació al públic: «Amnistia». Confusió general: uns aplaudeixen, altres callen, sobretot quan el sergent ordena atrapar-lo. Observe el Colorao corrent en direcció al bou i el torna a retallar. De pressa me'n vaig fora de la plaça a buscar la Vespa. L'engegue. Com que sé per quina porta eixirà el retallaor m'hi adrece. El veig. El cride. El tio dubta, però quan veu dos guàrdies civils corre cap a mi, puja i marxem.

¿Què esperaves?, li retrec. No em refie ni de Déu. Doncs has vingut. No tenia cap alternativa millor. ¿Retalles una bèstia de quatre-cents quilos i tens por de dos guàrdies civils amb la llengua fora? Duen pistola. Disparen a l'aire i cau un desgraciat. Cert. Aleshores la punteria de les forces de l'ordre era horrorosa. No vaig parar fins l'entrada a Benetússer. En un lateral del cementeri ens fumàrem uns cigarrets. Tio, li vaig dir, quin retall. ¿Quantes vegades l'has fet? Era la primera vegada i l'última, es va fregar el maluc. Que els toreros cobren barbaritats, i tu, en canvi... El disgust que li he donat al sergent no té preu. ¿Ets d'esquerres? Si m'ho preguntes perquè t'he ajudat no. Me n'alegre. I afegeix: Odie l'esquerra, els comunistes, l'oposició al règim, a la dictadura i a sa puta mare. Molt de gust, em dic Robert. Li vaig donar la mà: Em sembla que ens entendrem.

També em cague en les pàtries, em va deixar clar, en la teua i en la meua. I lamente no tindre suficient merda per cagar-me en les de tots. Tingué sort de no dir-me que era un ciutadà del món. Aleshores hauria sigut jo qui s'hauria cagat en sa puta mare. ¿Ciutadà del món? ¿De quin? ¿Del primer, del tercer? Escolta, només intentava ajudar-te. Somrigué reconegut: No és res personal. Ben al contrari, t'ho agraïsc. Però volia aclarir-te la meua postura. Els individus que m'aplaudien es pensen que ho faig per ells. Sembles anarquista, l'assenyale. ¿Anarquista? Ni me'n parles. Són una colla de carcamals que es quedaren en la Setmana Tràgica. ¿Estàs a favor d'algú?, pregunte. ¿Encara no ho has notat? ¿El Partit del Colorao? Deixem-ho en Comando. ¿Quants en sou? Amb tu ja en som dos.

Desconeixia on em duria aquella aventura, però tant em feia. Era com si la Providència, amb la seua infinita oportunitat, m'haguera enviat un clon, emocionalment similars, potser amb vides paral·leles, però m'equivocava. El bagatge del Colorao no presentava anomalies extraordinàries per prendre aquella actitud autodestructiva. Jo sí que tenia motius. Tanmateix, això d'ell era una rebel·lia indefinible, com impulsada per un ressort instal·lat al cervell (de la grandària d'un pèsol, cal dir) que no controlava. ¿Per què exhibeixes un lema de l'oposició al règim? Només pretenia emprenyar el sergent, ridiculitzar-lo. De tota manera, ningú hauria d'estar tancat per les seues idees. ¿No creus? Vaja, una idea política. Una idea pragmàtica, em respongué. Quan manen els de l'oposició em voldran engarjolar. ¿Quina edat tens?, volgué saber. Vint-i-dos. Jo trenta. Et conserves bé. Gràcies a la guàrdia civil faig exercici. Doncs bé, va prosseguir, no tenim una diferència gran d'edat, però he viatjat pel món. He conegut nacions amb dictadures, amb gent pobra i miseriosa. La democràcia els va atorgar la llibertat, però continuaven sent pobres i pollosos. Vaig entenent-te. No és difícil. ¿Tens alguna intenció d'arreglar-ho? ¿Jo? No té cap solució. Els pobres són malparits. Dóna'ls temps de fer-se rics i ho comprovaràs. Però els pobres són necessaris per a la plèiade de salvadors que els volen arreglar la vida. El sistema democràtic és una fal·làcia. No té alternativa. És la coartada perfecta per a tots els vividors de les ideologies. Escolta, tens massa teoria, l'amoneste. Si vols que rebentem el món, femho. Però no em pegues la tabarra. ¿On tens la pròxima actuació? A Foios. ¿I la consigna del drap? «Mecaguen l'església». És una llàstima, de moment només tenim la catòlica, es va lamentar. Millor, necessitaries un llençol.

Es cagava en les pàtries, la democràcia, les dictadures... No sabia si es tractava de nihilisme, desfici o caguera mental. Però he d'admetre que em queia bé. ¿En què treballes? En res. Un atracador, vaig pensar. En feia la pinta. L'opinió que tenia de la humanitat li esqueia. A més esponsoritzava l'amnistia total. Tranquil, no sóc un delinqüent, digué com si el meu cap fóra de vidre i m'haguera llegit el pensament. Als vint-i-un anys vaig rebre l'herència dels meus pares. ¿Tan prompte? Van morir en un accident de cotxe quan en tenia setze. La meua àvia es féu càrrec de mi. Als vint-i-un va morir i vaig heretar. Pobra, era molt major. Vaig vendre les cases i els camps i em vaig dedicar a viatjar fins l'any passat. Domine quatre idiomes. ¿T'ho polires tot? No. He estalviat alguna coseta. O siga, que ets fill de rics. Classe benestant, esmenà. ¿D'on has tret tanta dedicació a repartir merda? Viatja i sabràs com és el món. Vas pel nord d'Europa i ho trobes tot tan bonic i net, preciós. Si rasques una miqueta et trobaràs un grapat de rates nazis. Odie la hipocresia. Ara et toca a tu.

Malgrat la meua reticència a explicar la meua vida li la vaig contar fil per randa. El relat va consumir gairebé un paquet de cigarrets. La nit estiuenca era magnífica. Les confidències que tots dos ens regalàrem ens avançaren uns anys d'amistat. Em dic Miquel Ortolà, Miki, es presentà formalment.

Així fou com em vaig convertir en apoderat del Colorao, tal com diuen en l'argot taurí. Jo posava la Vespa (que fallava com una escopeta de fira), ell el valor, l'astúcia. Recorreguérem gairebé tots els pobles de la comarca. Es féu tan famós que fins arribà a tindre un club de fans: «Visca el Colorao». Desplegaven la pancarta i els municipals, abans que es presentaren les autoritats, la retiraven per evitar un mal superior que Miki s'encarregava de restituir. De vegades s'anunciava amb rumors la seua actuació i no hi acudíem. Passat un temps (el brindis al sergent de Paiporta fou el primer), la Benemèrita estava a l'aguait per enxampar-lo. En un poble, no recorde quin, isqué a retallar i de seguida dos membres de la guàrdia civil es llançaren a l'arena. Ho tenien difícil per detindre'l, ja que es situava a la vora del bou i des d'allà els feia senyes perquè se li acostaren. La rialla del personal va forçar el caporal de torn a ordenar la retirada. Retallà i va mostrar el drap a la regina de les festes: «El piu salve la Reina».

¿Quan són les festes del teu poble?, em va preguntar una matinada mentre ressopàvem al Cari, un bar de gasolinera obert tota la nit. Pel setembre, però no instal·len plaça. Fan bou embolat. No va dir res. Arribà setembre. M'anuncià la intenció de retallar. El vaig advertir del perill d'esquivar les boles de foc a les banyes del bou. Li suposava un repte, mai no ho havia fet. També va dir que no calia la meua participació. El bou embolat se celebrava pels carrers i tenia més possibilitats d'escapar. Amb tot, li vaig indicar un lloc on l'esperaria per si sorgien dificultats imprevistes (llavors ja tenia una Montesa). Va triar el carrer principal, a gom de gent rere les barricades de fusta. Costà una mica que tothom se n'apartara; els espectadors i els participants no estaven acostumats als retallaors de bous embolats. A poc a poc hi va acudir gent d'altres carrers. Ajudat per voluntaris que es prestaren a córrer davant l'animal per portar-lo a una punta, el Colorao, a mig carrer, va començar a provocar-lo. El bou estava massa distret amb tants espectadors. Aleshores va córrer en direcció a l'animal fins que aquest s'animà a envestir-lo. No el va esquivar, el va saltar i gràcies al gruix d'arena no es va esllomar. Quan el bou es va allunyar i tothom, aplaudint la proesa, va centrar l'atenció entusiasta en ell, va desplegar un drap blanc amb lletres grans i negres: «Recordeu Josep Baixauli».

12

El diumenge, havent acabat la missa a l'església del Bulevard, Josep no va poder trobar-se amb Adelaida. El senyor Botet convocà un assaig general atès que entre setmana, a causa dels horaris laborals —les cobejades hores extres—, fallaven alguns músics. Després de l'acte religiós, Sebastián Piñol va esperar don Francisco, el capellà, assegut al primer banc. Don Francisco va eixir de la sagristia i va seure al seu costat.

—¿Vols confessar-te?

—No, conversar.

—M'olore que estàs preocupat. ¿Problemes amb el teu fill?

Don Francisco era quimerós amb l'actitud de Joan, que de tres anys ençà no acudia a la missa dominical.

—Problemes amb la feina. Com deus saber, fa uns dies assassinaren Virgínia Lafont.

—Ho sé. Ha sigut horrible. Conec la família.

—És a causa de la família que tinc el problema. El governador m'insta perquè resolga prompte el cas...

—Sebastián, és normal. És una família influent i catòlica.

—Tracte de resoldre'l. Per a mi tots els casos són iguals. Succeeix que uns són més complicats que d'altres i no entenc que em pressionen. Em suscita un problema de consciència que uns siguen més prioritaris que els altres.

—En tots els treballs n'hi ha prioritats.

—Francisco, el meu és diferent. Nosaltres estem al servici de tots els ciutadans, però m'han donat una setmana de temps. Si no ho resolc se'n farà càrrec el cap de la Brigada Politicosocial. ¿Coneixes eixa brigada?

—No molt. Sé que es dedica als subversius.

—Una dedicació amb uns mètodes singulars. El cap, Vicente Rodrigo, té fama de torturador.

—Però, home... ¿com un creient com tu és benèvol amb els comunistes, amb els individus que saquejaren i cremaren les esglésies, que assassinaren catòlics? La teua família en fou víctima. No es poden tractar amb guant de seda!

—¿Tu creus que els comunistes són un perill?

—No es veuen però estan entre nosaltres. ¿És que no valores la pau i l'ordre de què ara gaudim?

—La pregunta és si és de cristians torturar o matar per aconseguir la pau i l'ordre. No ignore que hi ha situacions especials, però la guerra ja va acabar.

—T'equivoques. Perquè no tornem al passat cal actuar amb contundència. ¿Ja has oblidat tot el que ens feren?

—Pensava que el perdó formava part de la nostra manera cristiana d'entendre el món. Comprenc que es persegueixca els subversius, però torturar o matar...

—És l'únic llenguatge que entenen. Tu tens un altre problema: portes el teu manual catòlic fins a la ingenuïtat. Si no acabem amb ells, ells ho faran amb nosaltres. Els ho devem als nostres milers de màrtirs, que es deixaren la vida per tal que ara tinguem esta tranquil·litat. ¿És que ja no creus en l'església?

—És clar que sí.

—Doncs l'església fa costat al Generalíssim. És ell qui ens ha salvat; és ell en qui hem confiat perquè conduïsca el país amb mà ferma. Si afluixem tornarem al caos i a l'anarquia. En totes les guerres, i encara estem en guerra contra els comunistes, hi ha injustícies. Però... ¿què és preferible, un grapat de torturats o milers de màrtirs? En tots els països comunistes els catòlics són assassinats. Diuen que som l'opi del poble i per això volen exterminar-nos. Déu meu, Sebastián! ¿Encara t'ho he de recordar? Vinga, home, vinga, ha sigut un moment de debilitat. Et conec, sé que ets un bon cristià. De vegades a tots ens assalta algun dubte. No oblides que guanyàrem una guerra per retornar-li al nostre país la dignitat cristiana.

—No ho oblidaré.

El comissari es va alçar. Don Francisco el va acompanyar agafant-lo amicalment pel muscle fins a la porta mentre es prestava a confessar-lo si de nou li venien els dubtes. Abans d'eixir Piñol li va donar la mà i va forçar un somriure bo i simulant que l'havia convençut; encara el capellà li digué que volia parlar amb Joan. El comissari li respongué que li transmetria la petició.

Fora, Piñol inicià un passeig amb el cap cot barrejant-se amb altres feligresos. Assassinar, torturar, exterminar... aquelles paraules li ballaven pel pensament. ¿Com s'adeien amb la doctrina cristiana? ¿Per què encara surava l'odi després de tants anys d'acabada la guerra? La conversa li va revelar la cara desconeguda de don Francisco. Hi havia acudit per buscar consol, potser un gest d'ànim o comprensió, i el sorprengué la virulència que hi havia emprat. Probablement, molts catòlics pensaven el mateix. El seu dilema moral albergava dubtes, molts, però no els confessaria. ¿Com trobar una certa pau d'esperit en un home que encara estava en guerra?

El comissari va girar el cap en sentir dues voltes el soroll d'un clàxon. Per la finestra d'un cotxe Leire enlairava una mà fentli senyals perquè s'hi acostara. La majoria de feligresos, encara a la porta de l'església, xarrant, el van resseguir amb la mirada. Com que no es relacionava amb cap d'ells, tret de les salutacions de rigor, ningú no sabia a què es dedicava. A la part posterior del vehicle estava el Bola. Piñol va pujar.

—Tenim una novetat important —informà Leire.

—Tinc el *ratero* —s'avançà el Bola cofoi.

—¿On? —el comissari.

—En una casa de l'horta tocant a Rafelbunyol —féu Leire.

—Parlem amb ell —ordenà Piñol.

Una estona després aparcaven vora una alqueria que des de fora semblava abandonada, però una vegada dins resultà ser el centre de cursets del Bola. Tenia un aspecte descuidat, amb els detalls imprescindibles per a l'aprenentatge de carterista, amb un maniquí amb xicotetes campanetes repartides al llarg de la figura, una dotzena de cadires, una taula, una nevera bastant oxidada i un lavabo sense porta. Un homenet d'uns cinquanta anys els esperava assegut en una de les cadires, fumant amb neguit. Es va alçar respectuosament.

—Li presente un amic meu —féu el Bola.

—¿Com es diu?

—¿Li va bé Palillo?

—Em va bé.

—Palillo, conta-li al comissari l'assumpte del Messié.

—¿Qui és el Messié? —preguntà Piñol.

—Un professional de coll blanc —Leire—. Pots parlar.

El Palillo va empalmar un altre cigarret. Tots van seure. El Bola va traure de la nevera unes cerveses. Al comissari no li venia de gust, però va acceptar en benefici d'una tertúlia amical.

—Senyor comissari, jo sóc el que li va robar la cartera i

les claus a la senyora de l'edifici on vivia la víctima. Si ho haguera sabut...

—¿Com contactares amb el Messié?

—Va contractar un company meu de Madrid perquè li fera el treball. El meu amic tenia en eixos moments un assumpte entre mans important i em va oferir fer-ho a canvi de compartir els guanys... i l'extorsió.

—¿Extorsió?

—Veurà, ideàrem un pla per traure'n un bon rendiment. Jo em faria passar pel carterista de Madrid, que el Messié no coneixia físicament, duria a terme l'encàrrec, li ho entregaria i després el seguiria per saber on vivia i arribar a un acord amb ell a canvi del nostre silenci. Els colps importants es publiquen als diaris. Només havia d'esperar a llegir-ho per presentar-me a sa casa i demanar-li una comissió.

—¿Un professional es deixa empomar tan fàcilment?

—No, ho féu bé. Em vaig trobar amb ell en una cafeteria, a penes cinc minuts. Li vaig donar les claus i em va pagar. Però tinc experiència i sabia que es retocaria la cara perquè no el reconeguera. Per això em vaig fixar en els pantalons i les sabates. La cafeteria té una porteta que si no la freqüentes la desconeixes. Hi vaig anar un parell de vegades i vaig imaginar-me que eixiria per allí. Així doncs, vaig esperar-lo a distància de la porteta. Quan n'isqué no duia el bigoti ni les ulleres, però els pantalons i el calçat eren els mateixos. A més, duia una bossa. El Messié va anar directe a sa casa.

—¿Com saps que li diuen el Messié?

—Ho sé jo —intervingué el Bola—. Palillo, quan llegí que s'havien comès un assassinat i un robatori de joies a l'edifici de la senyora de la cartera, acudí a mi.

—¿Quan ho feres?

—Ahir al migdia. Tenia por, no sabia què fer. Els ajude perquè no vull pagar les conseqüències d'un delicte que no he comès.

—L'has comès indirectament —l'acusà Leire.

—¿Com anava a saber...?

El comissari el va interrompre per preguntar-li al Bola:

—¿De què coneixes el Messié?

—Anys enrere fou *ratero*.

—¿I per què en va necessitar un?

—No era bo. Treballava per a un amic meu. Jo coneixia el Messié de vista. Hi hagué una època que els carteristes ens reuníem en un bar, prop de Mestalla, abans dels partits, per repartir-nos les zones. Este amic el tenia d'ajudant. Per bé que el Messié no entrava al bar, el veia fent d'esquer. Ahir per la vesprada, Palillo i jo vam controlar el seu pis. Quan m'indicà qui era el vaig reconèixer de seguida. Este matí he avisat el senyor Leire.

—Tinc dos policies de paisà vigilant l'edifici —digué Leire.

—Senyor comissari —féu el Palillo compungit—, espere que tinga en compte la meua col·laboració voluntària.

—Encara no has tornat la cartera.

—Perdone, me n'havia oblidat —la va traure d'una butxaca dels pantalons—. La senyora no duia gran cosa.

—¿Està tot? —preguntà Leire agafant-la.

—Home, potser falten cinc duros.

—Per a un aperitiu —hi afegí el Bola.

—No ho tindré en compte —Piñol—. Vosaltres dos vindreu a comissaria. No esteu detinguts, però identificareu el Messié.

Piñol es va alçar. Bola reclamà la seua atenció:

—Senyor comissari, volem un tracte.

—Digues.

—Jo he complit amb la meua paraula d'ajudar-los i ara estem disposats a identificar-lo, però fora d'això, que és suficient, no en volem saber res més.

—Tracte fet.

Aquell diumenge,Vicente Rodrigo, en contra del que en ell era habitual, es va quedar a la ciutat. El cap de la Brigada Politicosocial convocà una reunió a la prefectura amb els seus subordinats per planificar l'estratègia davant la imminent assemblea universitària —dimarts a les onze del matí— i els diferents salts de manifestació que tindrien lloc, segons les confidències d'un infiltrat universitari. Quan el comissari Piñol va entrar amb el Palillo i el Bola per la porta del pàrquing observà un moviment inusual en un dia festiu. Leire havia anat a detindre el Messié.

Piñol acomodà els dos carteristes en un despatx al costat del seu. Després va repassar els informes sobre lladres professionals que havia rebut de la secció d'Interpol a Madrid. A la llista no figurava el malnom del Messié, tot i que en una segona ullada va subratllar el d'Antonio Mayans, condemnat a tres anys de presó a França. S'allargà a l'arxiu de delinqüents fitxats i no el va trobar.Va meditar la possibilitat de telefonar al periodista Adrián Soler, però s'ho repensà i ho va deixar córrer. Si hi havia més implicats no resultava oportú publicar-ho. Així que interrogara el sospitós li passaria la informació amb un pacte *off the record.*

El Messié va arribar amb Leire i dos policies de paisà, als quals el comissari va ordenar que esperaren al passadís. Abans de fer-lo asseure's, Piñol va repassar les dades físiques d'Antonio Mayans: u vuitanta d'alçada, prim... el va mirar. En tenia prou.

—¿El seu nom?

—Antonio Mayans Calvé.

—¿El Messié?

No digué res.

—¿El coneixen com a «Messié»? —el comissari s'allisà el bigoti.

—Sí.

—¿Complí tres anys de condemna a França?

—Sí —tranquil, el Messié.

—¿Reconeix haver mort Virgínia Lafont?

—No.

—¿Reconeix haver robat al pis de la víctima?

—No. Des que vaig vindre de França no m'hi dedique. Conec el cas pels diaris.

—Aleshores, ¿per què va contactar amb un *ratero* de Madrid perquè li aconseguira les claus del portal de l'edifici?

—No conec cap *ratero*, ni d'ací ni de Madrid.

—Escolte, és possible que no siga l'assassí de Virgínia, però sens dubte li va robar les joies.

—Poden escorcollar el meu pis.

—Tindrem temps de fer-ho.

El comissari es va alçar i amb el cap féu un senyal a Leire, que se'n va eixir i poc després va tornar amb els dos carteristes. El Messié els va observar amb indiferència. Piñol preguntà a Palillo:

—¿És esta la persona que el va contractar?

—Sí. Em va pagar per robar les claus a la senyora de l'edifici de la víctima.

—No conec de res este individu —el Messié, encara tranquil.

Llavors Palillo va relatar fil per randa com havia dut a terme el robatori, el dia, l'hora, la cafeteria on es trobaren, la quantitat pagada pel treball i el seguiment posterior fins al pis del Messié.

—¿Tampoc no coneix el Bola?

—No.

El comissari va mirar el Bola.

—Doncs jo sí que et conec. Treballares d'esquer per a Matxo.

—Supose que tampoc coneix el Matxo —preguntà Piñol.

—¿Quin Matxo? —el Messié, displicent.

—Podeu anar-vos-en.

El comissari va donar permís a Palillo i el Bola perquè marxaren. Leire tancà la porta.

—Antonio Mayans Calvé, l'acuse d'haver robat i matat Virgínia Lafont.

El Messié féu un sospir profund.

—¿Em poden donar un cigarret?

Leire li n'oferí un. Se'l va encendre. Féu tres pipades amb parsimònia, resseguint amb la mirada el fum.

—No he mort Virgínia Lafont, però vaig intentar robar al seu pis just la nit que l'assassinaren. És cert que vaig contractar el *ratero*, també que vaig entrar al pis saltant des de la finestra del replà a la del lavabo. Ho vaig regirar tot de dalt a baix, però quan estava al seu dormitori vaig escoltar com entraven i em vaig amagar baix del llit.

El Messié féu una pausa i un parell de pipades.

—¿Què va passar? —preguntà Leire.

—Ella i el seu nòvio discutien acaloradament.

—¿Per què creu que era el seu promès?

—Perquè li retreia el seu coqueteig amb el monitor de tennis. Durant una estona discutiren fins que vaig escoltar un soroll sec. Cinc minuts després, el nòvio entrà a l'habitació desesperat, plorant, va escampar la roba i s'endugué les joies.

—¿On les guardava?

—A l'últim calaix de l'esquerra de l'armari rober, en un doble fons. Vaig imaginar que pretenia simular un robatori.

—¿Així que vostè reconeixeria el promès?

—No. Des de la meua posició només el veia de cintura per avall. Duia uns mocassins marrons, calcetins negres, els pantalons... —va dubtar—. Els pantalons potser també eren marrons, però una mica més clars. Un quart d'hora més tard d'anar-se'n ho vaig fer jo.

—¿Per què va triar Virgínia Lafont?

—Li vaig fer un seguiment al Club de Tennis i sabia que era rica.

—¿I mai no va veure el nòvio?

—No —mentí.

—És estrany —replicà Leire—. Les joies s'exhibeixen a les festes socials i per força el promès havia d'acompanyar-la.

—No en vaig assistir a cap. No em calia. Virgínia les lluïa cada dia. Sent la filla d'un empresari ric no cal ser un cap d'ala per saber que tindria objectes de valor al pis.

—No ens està contant la veritat —s'encarà amb ell el comissari.

—Escolte, si tinguera les joies les entregaria. És preferible una condemna per lladre que per assassí. Si disposa de la meua fitxa s'adonarà que mai he atemptat contra la integritat física de ningú. No he emprat mai la violència.

—Potser ella el va sorprendre i vostè, nerviós, l'empentà amb la mala fortuna que es colpejà el cap contra la taula.

—La va matar el nòvio, involuntàriament, però ho féu.

—¿Per què no ho ha confessat des del principi?

—Perquè seria la paraula d'un lladre contra la d'un ric.

—Em resulta estrany que, trobant-se amb un problema greu, no se n'haja anat de València.

—Reconec que ha sigut un error. Ho hauria d'haver fet, però pensava que si vostès no localitzaven el *ratero* no tindria problemes. No ho comprenc, me l'enviaren de Madrid.

—¿Vostè no va parlar amb ell abans del robatori?

—Sí, per telèfon. Li vaig indicar què havia de fer i on.

—¿No el coneixia?

—No, me'l va recomanar l'amic d'un amic. El vaig conèixer quan li vaig pagar. Era preferible no veure'l massa, que no sabera qui sóc ni el que pretenia. Si haguera estat uns dies a la ciutat hauria tingut la temptació d'extorsionar-me.

—Doncs ha sigut una marrada.

—Em refiava de qui me'l va enviar.

—¿Com és tan ingenu de pensar que al seu món hi ha gent fiable?

—Encara que no s'ho crega, hi ha fraternitat; els *rateros* són els pitjors. Com més desgraciats, més perillosos, per això vaig prendre precaucions. I alguns són confidents —va demanar un altre cigarret—. Em va semblar una bona fórmula no forçar el portal de l'edifici, em duria temps i algú em podia veure. És un pis cèntric. Escolte, senyor comissari, si haguera robat les joies, havent-hi un mort pel mig, ¿no creu que hauria desaparegut?

—No, no ho crec.

—Jo hauria fet el mateix que vostè, quedar-me per controlar els esdeveniments —hi afegí Leire—. Una fugida precipitada hauria estat sospitosa. No oblide que està fitxat per la Interpol.

—¿I ara què? —preguntà el Messié.

—Doncs haurà d'acusar el nòvio de l'assassinat i el robatori. El citarem demà. Mentrestant, segons la llei, quedarà retingut durant setanta-dos hores.

El Messié esbufegà, encaparrat.

—¿Em poden portar un paquet de Marlboro? No m'agrada el tabac negre —digué mirant Leire.

13

Arran de la certesa que el seu marit era definitivament mort, a la senyora Inés li esdevingué una aflicció encara més profunda que es palesava en l'abandó en cada tasca que feia. A penes parlava. Tots els intents de Josep i Robert per consolar-la eren estèrils i ni les passejades a la vesprada amb el matrimoni Puig li alçaven l'ànim. Josep i Rafael acordaren no deixar-la en cap moment sola i organitzar, com un hàbit, un àpat dominical a l'alqueria per donar la sensació que conformaven una família unida i que se sentira arrecerada. Matilde engrescava Inés en la preparació de la paella, mentre, durant el dinar, la conversa fluïa sobre temes intranscendents o anecdòtics amb cura de no parlar de res que, d'alguna manera, li recordara la tragèdia. No era fàcil, perquè els temes s'esgotaven. Llavors el senyor Puig tingué la idea d'encoratjar la senyora Inés per anar a un cinema de la ciutat. Des de l'alqueria només havien de desplaçar-se fins al barri de La Torre i agafar el tramvia fins al centre de València. Era una magnífica oportunitat perquè vera els canvis operats a València (feia tres anys, des del darrer certamen musical a la plaça de bous, que no hi anava). No es trobava amb cor, es disculpà la senyora Inés. Per a ella s'iniciava una mena de dol.

En la família de Felo es vivia un moment d'alegria. Tot el que en un principi foren dubtes pel trasllat a Alemanya, amb la incertesa de la manera com la mare rebria la notícia, ara, un dia abans de marxar, s'havia transformat en il·lusió i neguit per una vida nova. Fou un diumenge esplèndid, amb un dinar i un vi una mica superior per celebrar la partença. Amb les maletes fetes, la mare endreçà la casa perquè el pròxim inquilí la trobara neta. La dona estava contenta, però tenia un punt de tristesa perquè deixava un fill a València. Féu un nou intent de convèncer-lo per tal que en un termini curt es reunira amb ells. El seu germà li trobaria una ocupació. En qualsevol treball guanyaria més diners que ací, al marge que aprendria un idioma important, que sempre obri portes en el cas d'un retorn. Felo respongué que detestava el clima gèlid i que no aprendria alemany ni estudiant-lo cent anys. M'estranya que s'entenguen entre ells, bromejà. A la mare li caigueren unes llàgrimes, però només fou un instant de melancolia avançada. Li féu prometre que els escriuria cada setmana i Felo assentí. A tot el que li demanava assentia. A la fi, després d'un seguit de peticions, la dona li aconsellà, per assolir una estabilitat, que es buscara una nòvia. En això estic, mare.

La família de Teresa dinava al restaurant dels Jardins de Vivers. El tema estrella era la pròxima boda de la seua germana. Els avis s'interessaren pels fills que volien tindre, els cosins pel viatge de noces (encara no hi havien pensat, però els venien de gust un parell o tres de ciutats europees). Els pares ja els havien escollit els mobles, una sorpresa a la qual, amb tot, els nòvios haurien de donar la conformitat. Com sempre, Teresa s'avorria; per simular un interès, per no desmarcar-se en excés de la tertúlia, preguntà a la germana si ja havia triat el vestit de boda. És clar, respongué la germana.

De fet havia contactat amb el millor sastre de València. Alesshores es va alçar i li féu una escolteta a Teresa. Teresa somrigué envermellida. Tothom es delia per saber el secret. La germana el desvelà: el ramell li'l llançaria a ella. Teresa no sabia on mirar ni què dir. Pronuncià un «gràcies» gairebé inaudible. A les postres, va mirar el seu rellotge i es va excusar, tal com ho feia darrerament, amb la preparació dels exàmens. L'àvia protestà, però l'avi donà el beneplàcit a la responsabilitat de la néta amb els estudis. Els va besar a tots, va marxar. De camí a les Torres de Serrans es va fumar dos Chesters. Es va trobar amb el seu amic Alfons, content de veure-la, satisfet de comunicar-li que l'assemblea tindria lloc el dimarts, a les onze del matí, al Paranimf de la Universitat. L'havien convocat boca-orella. No obstant això, el dilluns penjarien cartells a totes les Facultats. En sentir-ho, Teresa també simulà entusiasme i Alfons restà ben cofoi. Tenia la sensació que, a poc a poc, se la guanyava sentimentalment.

A les cinc en punt Josep estava assegut al banquet de l'arbre de les moreres del Bulevard. Adelaida acudí amb tres minuts de retard. Caminava de pressa, entresuada, esperonada per trobar-se amb Josep. Els darrers dies l'única comunicació havia estat mitjançant els paperets en forma de pilota que ella li llançava des del pis del matrimoni Pujalte; poca cosa per a una dona que, amb les hores lentíssimes transcorregudes sense agafar-li la mà, encara estava més enamorada. Es van fondre en una abraçada sense importar-los les persones que els observaven descaradament. Es van besar als llavis, a les galtes, amb una emoció inusual, com si tres dies de separació els hagueren conscienciat que es necessitaven. Caminaren agafats per la cintura amb una força renovada.

—Josep, em sembla que el senyor Pujalte baixarà el gos tots els dies.

—No ho crec, es cansarà. Si no li agraden els animals acabarà desistint. ¿Encara està barallat amb la dona?

—Es parlen, però es mantenen distants.

—Serà cosa d'uns dies. Potser la dona cedirà, el deixarà tranquil i ens tornarem a veure.

—Esperem-ho. Sense tu els dies són llargs.

—¿Vols que anem al cine?

—He de tornar a les nou.

—¿I què?

—Doncs que no veurem la pel·lícula sencera.

—És igual. No m'importa la pel·lícula. Només vull estar amb tu una estona en la intimitat. Tinc tantes ganes d'abraçar-te.

—Jo també.

—Entrarem al primer que ens trobem.

Adelaida estava feliç. La seua satisfacció era tanta que no soltava la mà de Josep. Tant li feia que alguna persona del Bulevard la reconeguera com la minyona dels Pujalte. Arribat el cas els contaria el festeig. ¿Havia d'avergonyir-se de tindre nòvio? ¿No era natural a la seua edat? Si calia, els presentaria Josep i encararia la situació. També ells havien estat joves i enamorats. ¿Potser ella no tenia el mateix dret? Josep era humil, però treballador. Tal vegada ho hauria d'haver fet abans i demanar-los unes hores més de lleure, encara que haguera de recuperar el temps alçant-se més prompte als matins. Al capdavall, fora del treball la seua vida era cosa d'ella. A més, no feia res que li pogueren retraure moralment. Va pensar en els seus pares, que de segur que estarien satisfets si saberen que festejava amb un xicot honest.

—Ja he escrit als meus germans a propòsit de la compra del mas. Els he dit que renuncie a la meua part, perquè amb els diners que guanye no puc contribuir a pagar-la. ¿Saps? Els hauria d'haver dit que no puc fer-ho perquè tinc nòvio i necessite estalviar per casar-nos.

—Clar, dis-los-ho.

—Demà els enviaré una altra carta. S'alegraran molt. Pateixen per si em trobe sola. Voldran saber coses teues.

—No és difícil. Sóc com ells, un treballador. Però, sobretot, dis-los que t'estime. Que ja fa temps que ens coneixem, però que fins que no hem estat segurs de la nostra relació no has volgut comunicar-ho.

Adelaida es va aturar. El va abraçar en ple carrer.

—Josep, avui em sent molt feliç.

—Jo també. Tres dies sense estar al teu costat m'han semblat un segle.

¿Per què quan estava amb Adelaida trobava que era un home diferent? ¿Podria viure sense ella? L'envaí una sensació d'alarma: seria injust i insolidari si només pensara en ell, en l'egoisme de la seua exclusiva felicitat, mentre altres com son pare havien entregat la vida perquè tothom tinguera el dret de viure-la amb plenitud. De sobte, potser perquè a les nou i mitja tenia una cita important, va recordar Leandro, que havia delatat els seus companys per salvar-se. ¿Què seria ell, sinó un traïdor, si es convertira en un individualista aliè a la memòria dels qui tot ho sacrificaren?

Entrant pel Carrer Maria Llàcer a la prefectura, a mà dreta, enfront del pati, es baixava al soterrani on hi havia els deu calabossos. S'iniciava amb una espècie de dos despatxos, un d'ells anomenat *reseña*, amb un policia de guàrdia que prenia nota dels noms i cognoms dels detinguts. Només hi havia un vàter, que s'utilitzava degudament acompanyat. Els calabossos no disposaven de llum elèctrica. La minsa llum que rebien s'escolava per la finestra a l'alçada del pati. L'ambient era humit i fresc. Dels deu calabossos un n'era el més gran: hi cabien vint o vint-i-cinc persones; la resta tenien una dimensió de dos per tres metres quadrats, amb un o dos detinguts. El Messié estava sol, estirat en una de les dues bancades d'obra, amb espai suficient, si calia, per posar un matalàs.

Al migdia, li van servir un caldo de verdures, un quart de pollastre rostit i una peça de fruita. Els detinguts de la Brigada Criminal rebien un tracte gastronòmic correcte. El Messié, però, a les cinc de la vesprada, tenia ganes de fumar. Va demanar un cigarret al policia, que no li va respondre. Ho féu un pres tres cel·les més enllà de la d'ell: fuma't la verga, li digué amb una veu èbria. A les cinc i quart es va presentar Leire. El vigilant li obrí la porta del Messié. Li va donar un paquet de Marlboro.

Antonio Mayans li ho agraí. Leire li allargà una capsa de mistos.

—Quede-se-la.

El Messié assaborí amb gust les primeres pipades. Leire es va asseure a l'altra bancada, també amb un cigarret. Adoptà una actitud amable, com si visitara un amic i no un sospitós.

—¿Ha menjat bé?

—Massa madura, la fruita. I han oblidat el vi.

—L'alcohol no està permès —Leire es va vinclar posant els colzes damunt dels genolls—. Escolte, Mayans, el senyor Piñol, el cap de la Brigada, és un home just. Procura que els detinguts no tinguen queixa del tracte. A canvi, espera col·laboració.

—Els he contat tot el que sabia.

—Ens resulta estrany que el nòvio s'enduguera les joies. En primer lloc, potser no sabia on les guardava, i d'altra banda, en un estat de nervis i confusió, en el cas que fóra l'assassí, no se li hauria ocorregut.

—Com a policies, vostès haurien de saber que per a ell és una bona coartada. És lògic relacionar el robatori amb l'assassinat. Les haurà amagades o llançades en algun lloc on ningú les pot trobar.

—Podria donar-se el cas que vostè les haguera robat i ell fóra l'assassí.

—Perfectament, però no ha sigut així. Com els he dit, si les tinguera les entregaria.

—¿Si li donàrem garanties que mantindríem l'acusació contra el nòvio ens les entregaria? No cal que em diga que escorcollem el seu pis. Ja ho hem fet.

—No és una qüestió de garantia, simplement no vaig tindre temps de robar-les.

—Quan estava a l'habitació de Virgínia, ¿ja sabia on les guardava?

—No.

—¿S'ho imaginava?

—Tampoc. Just quan les buscava a l'habitació vaig sentir el soroll de la porta del pis.

—¿En quin moment?

—Mentre alçava el matalàs.

—Una dona rica no les ocultaria en eixe lloc.

—Es sorprendria del que fa la gent amb les coses de valor, les oculten als llocs més insospitats. Crega'm, en tinc l'experiència.

—Mire, Mayans, la víctima és filla d'una família influent. Ens pressionen perquè resolguem el cas el més prompte possible. De cap manera tenim intenció de tancar-lo en fals. Li ho reitere: el comissari és un home just. Si creu i demostra el que diu el defensarà per molt ric i influent que siga el nòvio.

—No ho pose en dubte —ho posava absolutament. No es refiava de les garanties jurídiques d'un règim dictatorial.

—Nosaltres no hem fet servir mai la violència en els interrogatoris. Preferim la persuasió, la investigació rigorosa. Quan acusem algú ho fem amb la convicció que és culpable. Acusar el nòvio de robatori i assassinat no té sentit. No té base ni lògica.

—Però assassinar-la involuntàriament i robar per tindre una coartada sí.

—Bé, reflexione sobre el que li he dit. Encara li donaré més elements de reflexió: si no resolem el cas prompte se n'ocuparà la Brigada Politicosocial. ¿N'ha sentit parlar?

—No molt.

—Els seus mètodes són contundents. Ja m'entén —Leire es va alçar—. Si vol dir-nos alguna cosa avise el policia de guàrdia. El comissari o jo estarem tot el dia a la prefectura.

—Escolte, he demanat un matalàs i no me l'han dut.

—Ara mateix ho ordenaré.

—Gràcies.

De nou el Messié es va estirar a la bancada, fumant-se un altre cigarret. Va pensar en el comissari Piñol, en les seues maneres, en el respecte amb què l'havia interrogat. També Leire semblava un tipus diferent dels policies espanyols. Fins i tot a França eren més expeditius, sense contemplacions, sobretot amb els estrangers. Però... ¿no era, al capdavall, una estratègia el fet de comportar-se correctament per tal que es confiara? Potser eren honestos, homes de paraula. No obstant això, després d'ells vindrien els fiscals i els jutges, i aquests eren figues d'un altre paner. Si més no, a França existien les garanties constitucionals (que sovint, si convenia, se les passaven per l'entrecuix, per bé que l'advocat defensor es queixava i el tribunal en prenia nota). A Espanya, ben bé et podia tocar un fiscal o un jutge militar; militars que durant la postguerra havien afusellat milers de persones en judicis sumaríssims. Leire tenia raó: no tenia cap base acusar el nòvio de Virgínia de robar-li i assassinar-la. Però si ell, un lladre fitxat per la Interpol, confessara haver-li robat les joies la mateixa nit que aparegué morta, el cas el tindrien claríssim. Apagà el cigarret. El policia de guàrdia li va dur un matalàs estret que Mayans posà damunt la bancada. Es va llevar les sabates, es va gitar. Durant la becada —a penes mitja hora— va somiar amb el seu amic Paul, una nit d'estiu, al casino de Montecarlo, que guanyaren dos-cents mil francs a la ruleta. Quan va despertar, el primer que veié fou una taca d'humitat al sostre de la cel·la.

Eixint de Nàquera, al mateix terme del poble, tenia el xalet el governador. Fins allà es va desplaçar el comissari Sebastián Piñol, amb el Ford Taunus de la Brigada. Eren a tocar de les sis de la vesprada i va comprovar que, malgrat no trobar-se gaire lluny de la ciutat, la temperatura estava quatre o cinc graus més baixa que a València. L'entorn, voltat de pinades, remetia a un estiu agradable sense aquella calor humida que, tot i ser el mes de maig, hi havia dies que es notava. Pitjà el timbre en un mur de pedra, a la vora d'una gran porta de ferro amb puntes de fletxa rematades d'un color daurat. Un home d'edat avançada que semblava el jardiner s'encaminà lentament cap la porta. L'obrí amb dificultats. Devia pesar una tona.

—Bona vesprada, vinc a veure'm amb el governador.

—¿Té cita?

—Sí, li he telefonat al migdia.

—Passe.

La senda que menava a la casa estava atapeïda de pedres petites. El xalet tenia una dimensió enorme, amb jardins a una banda i a l'altra, arbres frondosos de diferents classes i un riuet que desembocava en un estany amb cinc ànecs. L'home el féu asseure's en una cadira de vímet amb un parell de coixins, al porxo, també enorme. El governador es va presentar amb uns pantalons curts i camisa blanca. Mostrava un semblant més relaxat, potser perquè els uniformes sempre donen un aspecte de tibantor. Piñol es va alçar i va encaixar amb ell. De seguida el governador es va asseure. Un refresc li hauria anat de gust al comissari.

—Té una casa magnífica, senyor governador —Piñol trencà el gel amb l'intent de preparar el terreny de la conversa.

—Herència de família —digué displicent i recuperà el gest de governador—. Deu voler comunicar-me alguna cosa important, per vindre ací un diumenge. M'ho hauria pogut dir per telèfon.

—L'assumpte és delicat. Amb tot, li demane disculpes per interrompre el seu descans.

—Anem al gra.

—Hem detingut un sospitós.

—L'enhorabona.

—El problema és que després de dos interrogatoris ha admès que tenia intenció de robar al pis de Virgínia però no ho féu, perquè, segons ell, quan ho intentava la víctima i el promès entraren i llavors s'ocultà baix del llit.

—¿S'ha entregat voluntàriament?

—No. El denuncià el *ratero* que havia contractat perquè li proporcionara les claus del portal.

—¿I diu que no va robar?

El comissari va agafar una mica d'aire, una mica de temps per explicar-li els fets.

—Senyor governador, este home, conegut com el Messié, fitxat per la Interpol com a lladre de coll blanc, afirma que el nòvio va matar —obvià la paraula «assassinà»— Virgínia.

—¿Vostè s'ha tornat boig o què?

—Senyor governador...

—¿Es pren seriosament la paraula d'un lladre?

—No té antecedents de violència.

—¿I el nòvio sí?

—Segons ell, Virgínia i el seu promès discutien ardorosament per un afer de gelosia. Va escoltar que ell li retreia que es trobava d'amagat amb el seu monitor de tennis.

—¿Ha interrogat el monitor?

—Sí. No era el seu amant per bé que Virgínia, d'acord amb la seua confessió, l'incitava.

—Senyor Piñol! —el governador es va alçar amb energia, gairebé cridant, tant que el jardiner girà el cap vers el porxo—. Primer acusa el nòvio d'assassí i ara de fulana Virgínia. ¿Què collons li passa? ¿Ha perdut el senderi?

—Mire, sóc policia i m'atenc als fets. No he utilitzat les paraules «assassí» i, menys encara, «fulana». Simplement li done els detalls d'última hora de la investigació.

—Detalls proporcionats per un lladre fitxat per la Interpol —el governador va mirar el jardiner, que va marxar a l'altra punta del xalet—. ¿Vostè creu que per una discussió, tan normal entre les parelles, la mataria?

—Potser ho féu involuntàriament. El cadàver només presentava un colp al cap. En un moment de nervis...

—Estem parlant d'una persona amb estudis i educat. ¿Se l'imagina fent servir la violència contra la seua promesa?

—En els anys que duc de policia m'he trobat amb casos d'assassinat comesos per persones que en principi hauries posat la mà al foc per elles. No és agradable per a mi creure'm esta versió.

—Però en canvi no li fa res creure's la del lladre.

—És l'única que tinc. Tornaré a interrogar el nòvio.

—No vull que ho faça a la prefectura. Si és innocent desprestigiarem la seua imatge. ¿Pot suposar el problema que em causarà si el senyor Lafont se n'assabenta? I li afegiré una ordre inqüestionable: si el nòvio ho nega no el torne a molestar.

—Senyor governador, ningú no es reconeix culpable. S'ha de parlar amb els interrogats diverses vegades per comprovar les contradiccions. De fet, el lladre ho ha negat fins que li hem posat davant el *ratero* que va contractar.

—¿I a qui posarà davant del nòvio, a un lladre amagat baix del llit? Per l'amor de Déu, Piñol!

—És creïble que un lladre professional que presencia un assassinat es desentenga de robar i se'n vaja. M'ho ha dit i és lògic.

—Una ment criminal no es guia per la lògica.

—És un professional, no un vulgar carterista.

—Mire, acabem esta conversa. Estic esperant uns amics. Li comunicaré al senyor Lafont que han trobat el lladre i estan esbrinant si també és l'assassí. Necessite donar-li novetats, però no li diré res de l'interrogatori al promès. I encara una cosa important: abans d'acusar-lo m'ho farà saber. ¿Entesos?

—Sí, senyor.

—Bona vesprada.

El comissari s'estalvià d'allargar-li la mà. Les darreres paraules i el fet que per segona vegada que parlava amb ell l'acuitara a anar-se'n per una visita no ho aconsellaven. Va ajudar el jardiner amb la tasca d'obrir la pesada porta. A l'eixida del xalet, fora de la vista del governador, s'acomiadà amablement de l'home. Va engegar el cotxe (el de la Brigada Criminal, ja que Rodrigo havia aconseguit, a causa de les imminents manifestacions, recuperar els cedits). Fins a València tingué temps de reflexionar sobre l'intricat problema. El primer de la seua vida de policia per causes polítiques o socials. Va pensar en el seu fill Joan; en la dissort del Messié. També que estava resolt a arribar fins al final. Ell era un policia al marge d'altres connotacions. Només un policia. Però el capellà, don Francisco, i ara el governador, intentaven persuadir-lo de la prioritat de no trencar normes inalterables, quan l'única norma que contemplava era l'ètica, la moral d'un cristià amb l'autoexigència de la justícia per damunt de qualsevol consideració.

Teresa fumava intranquil·la en un racó del bar del districte Marítim. Tenia el paquet de Chesterfield damunt la tauleta. Va apagar el cigarret, però se n'encengué un altre i introduí el paquet a la bossa de mà. Va fumar de pressa, abans que es trobara amb Felo i Josep, que es presentaren dos minuts després de l'hora convinguda, un darrere de l'altre. Demanaren unes cerveses, un plateret d'anxoves i una cistelleta amb llesques de pa. Tot seguit de contar-se com havien passat el diumenge (Felo s'esplaià relatant la marxa de la seua família a Alemanya), Josep, una vegada els havien servit, s'adreçà a Felo:

—Fa uns dies, Teresa i jo parlàrem d'una acció contundent.

Felo deixà que Josep li ho explicara. Havent acabat, Teresa digué que havia reflexionat sobre l'assumpte: li semblava un bon complement a les accions que es preparaven per dimarts.

—¿Què et sembla? —preguntà Josep a Felo.

—Tinc una idea millor.

—¿Quina? —inquirí Teresa.

Felo gairebé es va beure el quinto.

—És contundent. Molt. I d'una incidència notable —agafà un Celta curt del paquet de Josep. El va encendre neguitós—. Matar Vicente Rodrigo.

Hi havia poca gent. Un parell de taules ocupades i tres parroquians a la barra.

—¿El cap de la Politicosocial? —s'espantà amb la veu baixa Teresa.

—No cregues que se m'ha acudit venint. Fa mesos que hi pense. Rodrigo ve quasi tots els dies al Maracaibo. Tothom l'odia amb independència de les idees polítiques. Té segrestada la vedet del club, obligant-la a tota mena de vexacions sexuals.

—¿La coneixes? —preguntà Josep.

—Només de tractar-la al club.

—¿I com ho saps?

—Tots ho sabem. Ens ho ha contat, està desesperada. Però al marge d'això, digueu-me: ¿hi ha alguna acció que engrescaria més la gent que carregar-se a un assassí com ell? Vos repetisc que ho tinc ben planificat.

—Caldria una arma —féu Josep.

—La tindré demà a la nit.

—¿Com l'aconseguiràs? —Teresa.

—Un dels guardaespatlles, els dilluns, que generalment Rodrigo no ve, passa l'estona amb una de les xicones d'alterne al reservat. Els he servit diverses vegades i deixa la jaqueta i la funda amb l'arma en una punta del sofà, molt prop de l'entrada. És molt fàcil, aparte una mica la cortina i allargue la mà. Si haguera volgut ja ho hauria fet. El guardaespatlles no denunciarà la desaparició de l'arma. Es juga el treball.

—¿I després? —Josep.

Felo mostrà un joc de claus.

—Són del portal i del pis de la vedet. Fa una setmana, mentre actuava, vaig entrar al seu camerino i les vaig agafar.

—Deu haver canviat el pany —Josep, interessat.

—No, en tenia unes altres a la barra del club. És molt despistada, sempre guarda un joc. Ara en torna a tindre un altre. Me les va donar perquè les guardara —va demanar un altre quinto, un altre cigarret—. Tots els dimarts, a partir de les quatre de la matinada, Rodrigo se'n va amb la vedet al seu apartament. Llevat dels dilluns i els diumenges, gairebé hi va tots els dies.

—¿I què passarà amb la vedet quan el mateu davant d'ella? —Teresa, descartant-se.

—Doncs que primer se'n sorprendrà i després se n'alegrarà. Si tu tingueres un tio depravat humiliant-te constantment, que t'amenaça amb regirar cel i terra si te'n vas a una altra ciutat, ¿no voldries que desapareguera? Encara vos diré més: fins i tot l'amo del club se n'alegrarà. Rodrigo li cobra un impost mensual a canvi de no tancar-li el Maracaibo. I no és una quantitat modesta. Faria ara mateix una llista llarga de gent que treballa o freqüenta el club que beurà xampany quan ho sàpiga.

—Però a ella la implicaran. L'obligaran a confessar i et coneix. La torturaran —Teresa.

—Portaré un passamuntanyes. I per fer-ho més creïble l'agrediré. És una forma d'evitar-li problemes.

—És arriscat.

—En absolut. A l'apartament no va amb els guardaespatlles. Lligaré la vedet, trencaré el fil del telèfon. Tindré moltes hores per davant per no deixar cap pista.

—¿Ho faràs sol? —Teresa, de nou espantada.

—No ho faràs sol —féu aleshores Josep—. Teresa, estic d'acord amb el pla de Felo. Jo també intervindré.

—Tinc objeccions de caire moral —oposà Teresa.

—¿De caire moral? —Josep—. Es tracta d'un criminal. ¿Quantes vegades hem parlat d'una acció que arribe a tots aquells anestesiats per la propaganda del règim? ¿Si hagueres viscut l'any 1917 hauries tingut objeccions morals quan els bolxevics assaltaren el Palau d'Hivern?

—Era una revolució.

—La mort de Rodrigo suposarà l'inici de la revolta. És un representant significatiu dels mètodes del règim. ¿Quina diferència hi ha entre executar un criminal rus o un espanyol assassí?

—La implicació d'un poble. Fou el poble rus en massa qui ho va fer. ¿Creieu que es donen les mateixes condicions socials i polítiques?

—Si no es donen, és perquè no ha existit el detonant. Rodrigo és l'espoleta, un toc d'atenció al règim, un avís perfecte per a tots aquells que, encara que contraris al feixisme, estan resignats perquè pensen que no hi ha res a fer.

El cambrer, xarrant a la barra, s'havia oblidat del quinto de Felo. Josep li'n va demanar tres, un altre plat d'anxoves i més pa. Restaren en silenci fins que el cambrer els ho va servir. Josep observà el semblant preocupat de Teresa. Al final, va pensar, som els que patim en pròpia carn els règims feixistes els qui hem de prendre les decisions arriscades. Pertànyer a una classe social o una altra marca les diferències de tarannà. Una cosa és la teoria revolucionària, una altra ben diferent és passar a l'acció. ¿Que no es donen les condicions socials i polítiques? A Josep, l'argument de Teresa li recordava el problema dels maquis. Ara es veia en la mateixa situació que son pare. I com ell, estava per l'acció. Les estratègies intel·lectuals que prescindien de la lluita armada havien dut el poble a la desídia i el conformisme. Li ho va explicar alhora que de sobte es va fixar en les dues burilles de Chester esclafades al cendrer.

—¿És un problema moral, és de classe o és por, Teresa?

—És temor i és moral. Ens posarem a l'alçada d'un assassí.

—Nosaltres matem perquè ell no continue torturant i assassinant. Nosaltres matem per un ideal. ¿Com pots posar-nos a la mateixa alçada? El món no canvia amb paraules. Si a Cuba hi ha hagut una revolució és perquè un grapat d'homes, només uns pocs, iniciaren la lluita armada. Si no ho hagueren fet, encara manaria el dictador i la màfia. Felo i jo farem el primer pas. Algú ho ha de fer.

—Heu de reflexionar, esteu en un error. Potser la gent que lluita en la clandestinitat s'alegre de la mort de Rodrigo, però el poble no. El poble té por que retorne l'enfrontament civil. Molts encara ho tenen recent. El que val per a una nació no és extrapolable a una altra. Cada situació necessita una anàlisi diferent. ¿És que no ho enteneu?

Parla igual com els dirigents del Partit, pensà Josep, però no li ho digué. Al cap i a la fi ella estava d'acord amb un altre tipus d'acció que el Partit no hauria permès.

—Teresa, entenem les teues raons —féu Josep—. Però també et demanem que ens comprengues. La família de Felo ha de marxar a Alemanya per guanyar-se la vida. De la meua ja ho saps tot. Cada dia que passa el poble s'aboca a l'oblit. Hi ha hagut massa morts, massa sacrifici, massa tragèdia, per perdre el temps en teories i anàlisis de contextos que no han fet sinó reforçar el règim. Estem decidits a fer-ho.

—¿No puc fer res perquè reflexioneu uns dies?

—No —contestaren tots dos.

—Confiem en tu —digué Josep.

—No en tingues cap dubte.

—Ho sé.

—No puc evitar preocupar-me per vosaltres, per les conseqüències polítiques. No hi estic d'acord, però tant de bo no vos passe res. La nit del dimarts la passaré en vetla.

—La matinada del dimecres t'informaré.

Josep li agafà una mà entre les d'ell.

Comparada amb nosaltres, la fauna habitual de SoloZumo guarda la mateixa similitud que una cadira isabelina amb un catret. És un personal aficionat a l'esport i l'aliment natural. Naturalment, el Colorao i jo ens trobem allí a causa dels seus ronyons. Abans ens vèiem en cafeteries normals, però el rom, la ginebra o el whisky estaven massa prop i no podia evitar la temptació del vaqueret, que per bé que només era un ditet d'alcohol, ditet a ditet l'ajudaren a conèixer les sales de diàlisi. Gairebé ja fa deu anys d'això. No res, ara la cosa funciona a pams: un pam de suc de poma per a ell i un altre de pinya per a mi. Jo me'n faig dos, un mentre l'espere. En el Colorao tot és llegendari, fins i tot la impuntualitat.

Anys enrere, el portava a la sessió de diàlisi. N'eixia fet un inútil, destrossat, enrabiat, com és lògic en tots aquells que han tingut una empenta extraordinària, un valor fora de mida, i de sobte es troben reduïts a una vida limitada. Que lluny queden els dies quan sabíem contra qui o què estàvem, però no a favor de qui o de què. Érem ideològicament homogenis: detestàvem totes les organitzacions polítiques. Amb el temps, el Colorao arribà a ser primer una figura admirada i després molesta. Coses dels contextos polítics. Al Colorao el detingueren per primera vegada l'any 1979 (atenció a l'època). La guàrdia civil, que el tenia al punt de mira pel seguit de mofes i humiliacions públiques que havia rebut del cèlebre «retallaor», el va estovar tant i amb tanta eficàcia (duien quaranta anys entrenant-se), que els ronyons començaren a passar-li factura una dècada després. Va necessitar un parell de mesos de recuperació. Isqué de la caserna sense (llum de focus per a la dada) cap denúncia. És a dir, el Colorao no hagué de pagar cap multa, ni complir cap pena tret de la pena que a mig termini li costaria un ronyó. Abans de deixar-lo tirat als afores d'un poble, la parella de civils, ara al servei del sistema democràtic, l'advertí que si li quedaven ganes de continuar «retallant» dedicara el *quite* a sa puta mare. El va recollir una senyora que vivia en una caseta de l'horta. L'endemà, la senyora em va avisar. El vaig dur a sa casa, vaig cridar un metge. Tot seguit de veure'l redactà una sol·licitud per ingressar-lo en un hospital perquè l'examinaren de dalt a baix. ¿Amb qui s'ha barallat?, preguntà el metge. Amb la guàrdia civil, vaig contestar. Quan ingresse pose una denúncia. Ni pensar-ho, féu el Colorao. El que li han fet és una salvatjada. Jefe, no tinc el costum de denunciar res. Però... No el va deixar acabar: Gràcies, doctor. Aniré a l'hospital.

Havent-se rehabilitat, el Colorao tornà a ser el mateix. Comprovà que els reflexos físics no li responien igual, però els mentals romanien intactes. Em va preguntar si encara estava pel comando que tots dos formàvem. Encara ho estava més. Aleshores, durant una temporada, visitàvem de matinada gairebé totes les casernes de la guàrdia civil de la comarca. Arrancàvem els taps dels dipòsits dels cotxes que aparcaven al carrer i els abocàvem un quart de quilo de sucre. El motor s'agripava i el vehicle anava directe al magatzem de desballestament. Quan la cosa del Tejero cessàrem en l'activitat i ens regalàrem un descans merescut. Llavors el Colorao ja mostrava signes de fatiga. Se li feia visible un abans i un després de l'atonyinament benemèrit.

Amb tot li vaig proposar una acció l'origen de la qual li vaig explicar. Temps enrere, una senyora de nom Teresa, que fou amiga de Josep, que pel seu aspecte semblava de bona posició social, i que havia estat molts anys estudiant i treballant a Itàlia, em va visitar. La vaig convidar a un cafè i vam estar una estona parlant. Entre altres coses, li vaig revelar un aspecte posterior a la mort del meu germà que ignorava (jo ho vaig saber pel senyor Puig). Del seu relat (parlava de Josep amb un afecte especial, com si l'haguera estimat) se'm va quedar el desig del meu germà (que per desgràcia no dugué a terme, ja que les conseqüències no haurien sigut tan dissortades) de volar una instal·lació elèctrica o un repetidor de televisió. M'ho digué amb una certa nostàlgia, com si per a ella hi haguera hagut un temps millor. Mai més no em vaig trobar amb aquella dona, que s'acomiadà dient-me que retornava a Itàlia, ja que la situació política espanyola, a la qual contribuí, l'havia decebuda. Però em restà gravada la idea de dur a terme l'acció prevista per Josep. Al Colorao li semblà bé l'homenatge. Quan li vaig preguntar què preferia, si el repetidor o la instal·lació elèctrica, em va respondre que no eren incompatibles. Vam riure molt, no quan ho férem sinó quan els diaris i les autoritats en parlaren, entre grans frases referents al naixement d'un grup terrorista de caire feixistoide. Ignore d'on s'ho van traure perquè no ho reivindicàrem. Aleshores els entusiastes de la democràcia (alçaves una merda i apareixia un demòcrata secular) acusaven de feixista qualsevol dissidència o desordre que atemptava contra la voluntat del poble expressada a les urnes. Siga com siga, el comando del Colorao es dissolgué en una assemblea que convocàrem en una marisqueria cèntrica de València. A partir d'aleshores restàrem com a dos vells coneguts, dos amics per sempre.

Un dia, però, el Colorao em va sorprendre amb una proposta. Dinant a casa seua, a les postres, em va explicar a què es dedicava quan jo estava convençut que vivia de vendre les propietats familiars. Tragué una bosseta de cocaïna, substància que mai no li vaig veure esnifar, i m'oferí participar en el negoci. Em va sobtar i no li vaig respondre; tampoc no em donà molt de temps per fer-ho. No la venia a tort i a dret, sinó a una llista de clients, tots ells adinerats, que servia a domicili. Era una llista tancada, de *numerus clausus*, farlopa de qualitat suprema amb un preu alt, molt superior a la que corria pels pubs, les discoteques o les cantonades. Farlopa com cal, no calç triturada per a esnifadors més pelats que una mona. El negoci era discret, amb clients a qui no els importava pagar el doble o potser més, perquè, al marge de l'excel·lència del producte, la prudència del repartidor estava inclosa en el pagament. El Colorao guanyava molts diners, que repartia amb el proveïdor, i volia fer-me partícip dels beneficis. Ell en tenia massa i jo era un llanterner que, a tot estirar, em treia un salari i punt. La tasca no presentava cap dificultat (tret del fet presumptament immoral, que se'ns va oblidar de tractar): repartir unes bossetes numerades d'acord amb les peticions setmanals (uns habituals, altres esporàdics). Amb el temps vaig canviar els números per personatges literaris que no tenien res a veure amb l'aspecte o l'actitud del client. Em semblaven massa impersonals, els números. Al cap i a la fi, amb la meua fórmula donàvem una categoria intel·lectual al consumidor, sempre tan correcte i al corrent dels pagaments. Fou així com buscàrem residència a València a Peter Pan, Humbert-Humbert, Settembrini, Maigret, Smiley, Zuckerman, Justine...

14

Dilluns a mitjan matí Leire i el comissari Piñol es dirigien a entrevistar-se amb el promès de Virgínia, Roberto Escamilla, hereu de la firma de mobles clàssics Roberes S.L. Anant al seu pis, situat al passeig de l'Albereda de la ciutat, Piñol informà Leire de la conversa al xalet del governador. De manera que cap dels dos imaginava amb quina delicadesa haurien d'interrogar-lo per traure'n l'aigua clara. No obstant això el comissari pretenia anar al dret, ja que d'una banda li exigien diligència a resoldre el cas, mentre que de l'altra li entrebancaven la tasca.

Roberto els va rebre amablement bo i dient-los que col·laboraria en allò que li fóra possible, però que entengueren el seu estat d'ànim. La mort de Virgínia havia estat un colp duríssim.

—Ens en fem càrrec —digué el comissari seguint el promès fins al menjador.

Leire i el comissari s'assegueren enfront d'ell.

—Senyor Escamilla —inicià les preguntes Piñol—, per a nosaltres és delicat entrevistar-lo.

—No passe ànsia, li reitere que estic disposat a col·laborar. Sóc el primer interessat a descobrir l'assassí.

—¿Com era la seua relació amb Virgínia?

—Excel·lent, tret d'alguna discussió normal entre parelles.

—¿Sabia de l'amistat de Virgínia amb el seu monitor de tennis?

—Sí.

—¿No li causava cap problema?

—¿Per si hi havia alguna cosa més? —Roberto somrigué—. En absolut. Ho dic amb respecte, però el monitor no era l'home adequat per a ella.

—En canvi, ell ens ha assegurat que vostè no el veia amb bons ulls.

—Potser tenia eixa sensació, però m'estranya que ho afirme perquè a penes ens coneixíem. Si mal no ho recorde, ens hem vist dos voltes. Mire, senyor comissari, Virgínia i jo teníem previst casar-nos l'any que ve. Volíem anunciar-ho a les famílies passat l'estiu. Si haguera desconfiat d'ella és obvi que no m'hauria plantejat demanar-li-ho.

—¿Ella hi estava d'acord?

—Tant, que desitjava que ens casàrem a finals d'enguany.

—I a vostè no li semblava oportú.

—No, per qüestions de treball. En l'empresa estem en plena expansió, obrint mercats en altres zones d'Espanya, i enguany he de viatjar molt. En les primeres visites als clients potencials és important que el representant de la firma acompanye el viatjant. És una deferència per al nou client. Una boda com la nostra comporta maldecaps d'organització i no tenia el temps necessari.

—No en la tria dels mobles —féu Leire.

—Doncs sí. Virgínia els preferia moderns.

—El seu pis, en canvi, està decorat amb mobles clàssics —intervingué Piñol.

—També el de Virgínia, però just per això volia canviar.

Personalment, m'estime més els clàssics. Mai no passen de moda i són d'una qualitat superior. Però en estes coses les dones són les que manen.

Leire i el comissari, que havien dut la conversa a un terreny perifèric al cas, observaven la tranquil·litat i l'estat d'ànim, bastant normal, de Roberto Escamilla. No semblava passar per cap tràngol. Piñol decidí canviar l'entrevista, la conversa, per un interrogatori.

—Adés li he dit que, per a nosaltres, este encontre era delicat. Li ho explicaré: hem detingut un lladre, que el dia de l'assassinat de Virgínia estava al pis. Segons ell, no s'endugué res perquè el va sorprendre la irrupció de vostè i la seua promesa. Afirma que discutien acaloradament sobre l'afer del monitor, que va escoltar un soroll, com un colp sec, i cinc minuts després vostè va entrar a l'habitació, s'endugué les joies i escampà la roba per simular un robatori.

—En primer lloc, ignore on guardava les joies Virgínia...

—Permeta'm... ¿vostè mantenia relacions sexuals amb ella?

—¿He de contestar?

—Si com diu està disposat a col·laborar...

—Sí, en manteníem.

—Llavors, quan estaven a l'habitació, ella es llevaria la roba i les joies davant de vostè.

—No. Virgínia volia que em dutxara abans de fer l'amor. Per bé que em dutxe cada dia al matí, li agradava la sensació de notar-me el cos fresc i perfumat. Quan tornava la trobava al llit. Com li deia ignorava on les guardava i, a més, el dia que l'assassinaren la vaig acompanyar fins al portal. Difícilment podíem fer l'amor, perquè, a causa d'una discussió, no arribàrem a sopar i la vaig acompanyar a casa.

—¿Discutien pel monitor?

—No. Es queixava que viatjava massa.

—¿I per això no soparen?

—Virgínia tenia un caràcter vehement i vaig preferir estalviar-me un numeret en un restaurant on tothom ens coneixia.

—¿Entraren al restaurant?

—No.

—¿Recorda com vestia eixe dia?

—¿Virgínia?

—Vostè.

—Francament, no.

—¿Ni aproximadament? Tots tenim una roba que ens agrada posar-nos en ocasions especials.

—Fa lleig de dir, però gairebé tota la meua roba és especial. Entenga'm, necessite bons vestits per qüestions d'imatge en el treball.

—¿Tindria inconvenient a ensenyar-nos el seu vestuari?

Escamilla es va alçar amb un gest de no comprendre la petició. Els va acompanyar fins l'armari rober del dormitori principal. Obrí les portes i els calaixos i va recular uns metres permetent a Piñol i Leire que hi feren una ullada. De calcetins negres i pantalons marrons clars n'hi havia uns quants. Era un armari ben assortit. Tanmateix, només tenia uns mocassins marrons.

Amb un posat greu, el comissari es va girar:

—Senyor Escamilla, lamente comunicar-li-ho, però haurem de fer un cara a cara entre vostè i el lladre detingut.

A Roberto Escamilla li canvià el color del rostre.

—¿El lladre em va veure?

—No li puc respondre.

—¿És necessari el cara a cara?

—És imprescindible.

—¿S'adona del mal que pot fer-me si es sabera que sóc sospitós?

—Li garantisc discreció total.

Escamilla s'acaricià la barbeta, pensarós.

A contracor, però seguint les ordres, Piñol havia d'informar el governador de l'entrevista amb el promès i del reconeixement que el Messié hauria de fer d'ell, sobretot per identificar-ne la veu. Com que els pressentiments eren negatius, es va estimar trobar-se primer amb el periodista Adrián Soler, que va recollir a la cantonada de l'edifici de Correus, a la Plaça del Caudillo. Així que va pujar al vehicle de la Brigada, Soler li comunicà que havia rebut ordres de no publicar res sobre el cas Virgínia Lafont. També es queixà que el comissari no li donava cap novetat des de feia uns dies, malgrat que havia telefonat diverses vegades a la prefectura.

—Eixe no és el tracte —li recriminà Soler.

Piñol conduïa en direcció als afores de la ciutat.

—T'he cridat perquè sigues testimoni silenciós.

—Ja ho sóc, a la força, de silenciós. Supose que tens alguna cosa important.

—Sí.

—Que per descomptat no podré publicar.

—En efecte. Però potser en seràs testimoni d'una injustícia.

—¿I de què em servirà, amic Piñol?

—De saber com funciona la llei quan només està al servici d'alguns.

—¿Has tardat vint anys a saber-ho?

—Potser he sigut un idiota. No ho sé. Però si he tardat tant a adonar-me'n és perquè mai no m'havia trobat en esta situació. D'ací a una estona m'entrevistaré per tercera vegada amb el governador. Estic convençut, o, per ser just, gairebé convençut, que l'assassí és el promès.

—¿I què t'impedeix acusar-lo?

Piñol aturà el cotxe als afores, en la direcció nord de la ciutat, on s'iniciava la carretera general a Barcelona.

—Hem detingut un lladre que intentava robar al pis de Virgínia el mateix dia que la mataren. No ho va poder fer, perquè entraren ella i el seu nòvio de sobte. Probablement sabia que estaven sopant. S'ocultà baix del llit, escoltà la discussió, el soroll del colp que li causà la mort, veié el nòvio enduent-se les joies i escampant la roba. Però té dos problemes.

—El primer és que és un lladre fitxat.

—El segon que li veié els pantalons, els calcetins i els mocassins, però no la cara.

—Però té la veu.

—Un indici no gaire taxatiu, però el nòvio només té uns mocassins del color que ens indicà el lladre, conegut com el Messié. He organitzat un cara a cara entre el promès i ell. El Messié encara té un altre problema: el governador s'escandalitza que la paraula d'un lladre tinga el mateix valor que la del promès.

—¿L'has fet seguir?

—Sí.

—¿I?

—Res. Tot normal.

—Piñol, ni el governador ni menys encara la família de Virgínia consentiran que Escamilla siga acusat. Seria una commoció social brutal. ¿Què penses fer?

—Acusar-lo si les proves ho demostren. No tinc les joies, però sí la veu, el contingut de la discussió (a causa del monitor de tennis) i les sabates. Quan el Messié el va acusar, Leire estava present.

—Vés pensant en una altra feina.

—No acusaré un innocent.

—Tens una alternativa. Desconvoca el cara a cara i solta el lladre per manca de proves.

—M'acusarien de negligència per soltar-lo abans de

complir les setanta-dos hores. A més, el governador vol un culpable per calmar la família i els jerarques de Madrid. Sap que tinc al lladre. Si ho haguera sabut, no li ho hauria dit. Però necessitava comunicar-li novetats per evitar que Rodrigo es faça càrrec del cas.

—Qualsevol decisió et crearà un problema.

—Preferisc un problema laboral que de consciència.

Piñol va telefonar a Governació i el secretari li comunicà que el governador no podia rebre'l. El comissari insistí infructuosament, però va topar-se amb un mur de peticions negades per bé que reiterava la importància de l'assumpte. Amb tot, el secretari es tancà en banda i davant la persistència li digué, per calmar-lo, per llevar-se'l de damunt, que el rebrien a la vesprada. Quan el comissari preguntà a quina hora, el secretari va dubtar uns instants i li va contestar que a les cinc. Decebut, el comissari va penjar.

El governador estava reunit amb Vicente Rodrigo, al qual l'havia requerit amb urgència atès que un poc abans Roberto Escamilla li havia transmès les intencions de Piñol. El governador va rebre el cap de la Politicosocial amb els braços oberts, una abraçada de camaraderia.

—Rodrigo, ets un home que sempre ens has servit amb lleialtat i eficàcia. Com a governador, t'estic immensament agraït.

—Complisc amb la meua obligació —Rodrigo, modest.

—És per això, perquè ets un home de la meua confiança, que et vull demanar un favor importantíssim. Supose que estàs al corrent del cas Virgínia Lafont.

—El conec, però no n'estic al corrent.

—Sé que tens feina amb l'assemblea i les manifestacions ordides pels comunistes. Estic segur que ho tens controlat.

—No li càpiga el menor dubte. Fa dos dies que prepare la planificació.

—No ho dubtava, però vull que també et faces càrrec del cas Virgínia. Piñol ha perdut el cap.

—Li seré franc: no em refie de la lleialtat política de Piñol.

—Al marge d'això, tot i que ha detingut un lladre que ha confessat trobar-se al pis de la víctima la nit que la mataren, pretén fer un cara a cara entre el promès i ell. El lladre l'acusa d'haver-la mort. Imagina't quin disbarat! Destruirà la vida de Roberto Escamilla perquè un assassí, per tal d'embolicar la troca, s'inventa una discussió entre Virgínia i ell. ¿Com pot algú matar la nòvia, amb la qual preveia casar-se l'any que ve, segons m'ha fet saber, per una discussió?

—Com vostè ha dit, un disbarat.

—¿Com pot donar valor a les acusacions d'un lladre, que, a més, es trobava al pis i segurament ha robat?

—Una bogeria impròpia d'un investigador a qui se li suposa experiència.

—De cap de les maneres li permetré que els encare. Escamilla, per col·laborar, ha accedit que l'interrogara dos voltes. Però obligar-lo a un acarament no té nom.

—¿La família ho sap?

—Saben que hem detingut un lladre, però no que ha interrogat el promès. ¿Com anava a dir-li-ho al senyor Lafont? Tenen en una gran estima Roberto, que m'ha telefonat preocupadíssim, angoixat. I no és per a menys. Qualsevol filtració de les intencions de Piñol enfonsaria l'empresa. Déu meu, quina irresponsabilitat! ¿És que este home no s'adona del problema que ens causa a tots? Em tiraria damunt la família i de rebot el ministre de la Governació. El senyor Lafont i el ministre són íntims. Em cessarien de forma fulminant! No és que em preocupe perdre el càrrec, m'inquieta perdre'l per una bestiesa.

—L'entenc, senyor governador.

—A partir d'ara, ets l'únic responsable del cas. Ara ja saps quin és el problema. Prioritza els aldarulls de demà i després te n'ocupes. Amb la detenció del lladre, la família està una mica més tranquil·la. Tot i això, no deixes passar molt de temps sense resoldre-ho. Tingues la seguretat que t'ho recompensaré.

—Em sent recompensat amb la confiança que diposita en el meu treball, amb la llibertat que em dóna per dur-lo a terme.

—A Madrid saben de la teua eficàcia. Quan vulgues, podràs ocupar un lloc d'importància a la capital. Només ho has de demanar.

—Gràcies, però m'estime més quedar-me. Amb la modèstia que cal, crec que ací faig un bon servici a l'Estat.

—Doncs ara sóc jo qui t'ho agraeix. Tindre't amb mi és una garantia que, no m'estaré de dir-t'ho, em dóna prestigi, per bé que sempre afegisc que bona part de l'èxit rau en el teu treball.

—No cal que m'agraïsca res. Em va bé amb les facilitats que em dóna. Són fonamentals per mantindre l'ordre social.

—El secretari ha redactat un escrit que et faculta, per ordre irrevocable meua, com a únic responsable del cas Virgínia Lafont.

—Gràcies, senyor governador. No el decebré.

Així que isqué del despatx, Vicente Rodrigo es va trobar amb la delegació habitual de falangistes que cada dia rebia el governador. Va pensar en el paper que feien aquells militants, confidents altruistes, la façana ideològica. Un règim fort necessitava aquells dos pilars: la ideologia, que el revestia de doctrina, i la repressió policial, que mantenia l'ordre. Els va saludar cordialment. Li van respondre amb un gest quasi militar. Devia ser un membre important si s'havia entrevistat amb el governador.

———

Rodrigo entrà al despatx de Sebastián Piñol sense avisar. El comissari i Leire estaven parlant. Callaren. El miraren. Intuïen el motiu de la visita. El cap de la Social ni tan sols els va saludar. Avançà uns metres i va deixar a la taula un comunicat oficial de Governació. Piñol el va llegir. Sis ratlles amb un segell i la signatura del governador.

—A efectes del cas Virgínia Lafont estàs cessat. Dedica't als carteristes. I ara entrega'm tot el que tingues.

El comissari obrí un calaix i va traure una carpeta amb el nom i el malnom del detingut i un extracte de l'interrogatori d'Antonio Mayans, del monitor de tennis i del promès. Per fortuna no havia inclòs la declaració del Palillo i del Bola. Li ho va donar. Rodrigo féu una ullada.

—¿Qui ha delatat el tal Messié?

—El cas és teu. Esbrina-ho.

—¿Et negues a col·laborar? —Rodrigo, amb un gest violent.

—El vaig detindre jo —intervingué amb rapidesa Leire.

—¿Com?

—És l'únic lladre professional que hi ha a València. El tenia controlat des de feia temps. Per casualitat el vaig veure un dia pel carrer. El vaig seguir fins saber on vivia. El vaig detindre com a primer sospitós quan ens assabentàrem del robatori de joies, però afirma...

—Ja... ja... —el va tallar enèrgic Rodrigo. Va mirar Piñol—. No et passe pel cap ficar el nas en este assumpte. ¿T'ha quedat clar?

El comissari no li va respondre. Rodrigo se'n va anar amb una portada que cridà l'atenció dels funcionaris que caminaven pel passadís. Es va adreçar als calabossos, va preguntar al guàrdia de la ressenya:

—¿Quants detinguts n'hi ha?

—Quatre, senyor Rodrigo. Un borratxo que armà un

escàndol al barri xino, dos més que han ingressat per una baralla en un club nocturn i un sospitós de la Brigada.

—Solta'ls tots.

—M'haurà de firmar l'ordre.

—Redacta-la. El sospitós es queda. ¿On està?

—A l'última cel·la, a l'esquerra.

El Messié estava fumant, assegut a la bancada del matalàs. El guàrdia obrí el calabós i va tornar al despatx de la *reseña*.

—¿Què tal, Messié? —el saludà Rodrigo.

—Ja ho veu, passant l'estona.

—Quan un policia et pregunte, alça't.

—No sabia qui era.

—Prompte em coneixeràs.

El Messié es va alçar. Va llançar el cigarret a terra i l'esclafà amb el peu. Li passava més d'un pam. Rodrigo va somriure mentre el contemplava de dalt a baix. Sense cap indici d'advertiment li ventà una forta punyada a la cara. Mayans va caure sobre el matalàs, amb un doll de sang caient-li de la boca.

—Estes són les meues credencials. Vés fes-te'n l'ànim del que t'espera —en efecte, això ja no era una comissaria francesa—. Avui i demà no puc atendre't. De manera que ho pots aprofitar per reflexionar. ¿Oi que seràs un tio molt comunicatiu?

El Messié no va respondre.

—Un paio dur —féu Rodrigo—. Ja veurem de quina fusta estàs fet quan et dedique una mica de temps. T'avance que no serà divertit. I oblida't de les setanta-dos hores legals de detenció. Estaràs detingut tot el temps que em done la gana. És molt fàcil, et porte al carrer i et torne a detindre. Em dic Vicente Rodrigo. Per a tu, el senyor Rodrigo. Voldria comprovar que ho has entès.

—Ho he comprès, senyor Rodrigo.

—Sóc policia, però m'agraden els lladres professionals.

Sou hàbils i la majoria de vosaltres acabeu en un retir daurat. En canvi jo, representant de la llei, visc d'un jornal. El món al revés, el que atempta contra la propietat té possibilitats de millor vida que el que la defensa. Em fa una mica de ràbia pensar-ho. Però potser acabaràs malament. Haverme conegut no et portarà sort. Fins aviat, Messié.

Rodrigo li llançà un mocador perquè s'eixugara la sang. Fins i tot li picà l'ullet. A Mayans l'esperaven hores de reflexió. La situació havia canviat. L'escena era la mateixa, els actors diferents.

Sebastián Piñol va agafar l'ascensor per pujar fins l'últim pis, abstret i amb el cap cot. Les dues dones de l'administració que tenia al costat el miraven estranyades. El coneixien, de vegades fins i tot feien tasques de mecanògrafes per a la Brigada, i el comissari, quan es creuava amb elles en qualsevol dependència, les saludava amb afecte. Entre el personal civil tenia fama d'home correcte i educat. Les dones s'aturaren al quart pis. Es van acomiadar i aleshores Piñol s'excusà per no haver-se'n adonat, de la presència d'elles.

—¿Va tot bé? —li preguntà una.

—Perfectament, gràcies.

L'ascensor es tancà i es tornà a aturar al cinquè pis. Gairebé tots eren administratius. Es va adreçar al despatx del comissari en cap de la prefectura. A l'avantsala, la secretària, que coneixia les bones relacions que mantenia amb el màxim superior de la policia, li obrí la porta del despatx després que Piñol li preguntara si estava sol. En veure'l, el cap de la prefectura no el va rebre amb la satisfacció habitual.

—¿Podem parlar uns minuts?

El comissari superior tancà unes carpetes i va assentir amb un gest d'esma. Amb la mà li indicà que s'asseguera, però Piñol restà dret.

—Efrén, tinc un problema.

—El conec.

—¿Has parlat amb el governador?

—Fa cosa de mitja hora m'ha telefonat. Estic al corrent de la situació.

—¿I què en penses?

—No res.

—¿No res?

—No res, Piñol. Sóc un subordinat. Obeïsc ordres. I tu també ho ets i hauries de fer el mateix.

—¿Et sembla bé que Rodrigo fique el nas al meu departament?

—Sí.

—Sempre he complit amb el meu treball. Tu mateix n'has elaborat bons informes. ¿Per què, sent el cap de la prefectura, permets esta intromissió?

—Perquè no depèn de mi.

—¿I si en depenguera?

—No és el cas. Mira, Piñol, no et compliques la vida i de passada no me la complicaràs. ¿Quina importància té que per una vegada Rodrigo et relleve en una investigació? Ho estàs exagerant per una qüestió personal.

—És veritat que no m'agrada Rodrigo ni els seus sequaços, però és un problema de rigor policial, no personal. Estan a punt de cometre una injustícia de conseqüències gravíssimes.

—T'encabotes a no voler entendre la situació. Se'ns escapa de les mans, a tu i a mi. A més, no tinc clar que es tracte d'una injustícia. Tens un lladre que ha confessat que estava al pis de la víctima la nit de l'assassinat.

—Gairebé tots els indicis apunten al promès.

—Gairebé.

—Amb un acarament entre ells ho podríem aclarir.

—Cap jutge del món donaria valor a la paraula d'un

lladre fitxat per la Interpol, amb tres anys de condemna a França, per damunt de la d'un ciutadà no sols sense cap antecedent delictiu sinó integrant d'una família que amb el seu esforç ha alçat una empresa d'anomenada. Més encara quan Virgínia Lafont i Roberto Escamilla tenia planejada la boda. ¿Pretens que fem el ridícul, al marge d'un escàndol social? No em jugaré el càrrec perquè t'entestes amb la via incorrecta. El governador està molt emprenyat amb tu. Ja he fet prou parant-lo. M'ha demanat que et destituïra. Fes-me cas, dedica't a un altre assumpte.

Sebastián Piñol esbufegà. Va romandre uns instants en silenci, ara duent-se les mans als malucs, ara allisant-se els cabells. A la fi, rendit a les evidències, se'n va anar a poc a poc, amb sensació de desconcert, cap a la porta. Abans d'eixir va mirar el seu superior, que de nou fullejava una carpeta.

—Efrén.

—Digues.

—Gràcies per no destituir-me.

El cap de la prefectura no va contestar. Li ho digué d'una manera que palesava el poc agraïment que expressava. Tancà la porta, va passar per davant la secretària sense dir-li res i va agafar l'ascensor fins la planta baixa. S'adreçà al pati buscant l'escala que menava als calabossos del soterrani. El guàrdia de la *reseña* el va informar que només hi havia el detingut de la Brigada. Li va mostrar l'ordre signada per Rodrigo. Llavors, el comissari li demanà que obrira la cel·la d'Antonio Mayans. El Messié estava assegut al matalàs, recolzat contra la paret amb el mocador als llavis. Piñol digué al guàrdia que duguera la farmaciola d'urgència. Va esperar fora fins tindre-la, entrà al calabós, va obrir-la i li allargà unes gases amb què Mayans va substituir el mocador, tot de taques de sang.

—L'ha visitat Rodrigo.

—Sí, és molt expeditiu.

—Ho és més del que pensa. Vinc a informar-li que m'han rellevat del cas.

—Ja en supose el perquè.

—¿Què li ha dit?

—Quan tinga una mica de temps em dedicarà una estona.

—Mayans, s'ha ficat en un embolic seriós. ¿Va robar les joies?

El Messié va retallar una de les gases amb unes tisoretes, se l'adherí al lloc on encara li eixia un fil de sang amb un esparadrap.

—Senyor comissari, imagine's que haguera robat les joies i les entregue. Em declare culpable del robatori però no de l'assassinat. ¿Creu que canviarien les coses? Al contrari, encara seria més culpable. Si el tal Rodrigo s'entesta no tinc cap eixida, les tinga o no. Ha sigut un homicidi involuntari, però la va matar el promès.

—¿Té diners?

—¿Per què m'ho pregunta?

—Conec alguns bons advocats.

—¿Vostè creu en mi?

—Pel que fa a l'assassinat el crec; respecte a les joies no ho tinc clar. És obvi que al nòvio l'interessava simular un robatori. Però també és lògic que vostè se les enduguera i no vulga confessar-ho per no carregar amb l'altre delicte.

—¿Un bon advocat podria millorar-me la situació?

—Almenys tindria una defensa especialitzada.

—El contractaré, però no tinc gaires esperances. Sóc un lladre, he estat condemnat, he confessat que em trobava al lloc del crim la nit que va ocórrer. Ara reconec que fou un error dir-li-ho. Entre un carterista i un lladre les paraules són similars. A més, si no em trobaren les joies no em podrien acusar del robatori.

—Tal com estan les coses fins i tot la paraula del carterista estaria per damunt de la seua. El cas s'ha convertit en un escàndol social que tothom vol tapar. Algú ha de pagar.

—Aleshores, ¿de què em serviria un bon advocat?

—Pels atenuants que pot adduir en cas que el condemnaren per l'assassinat. Tenen recursos legals. Respecte al Palillo, l'home que el va acusar, no declararà contra vostè. No consta a l'informe sobre l'interrogatori.

—¿Per què ho ha fet?

—Perquè li vaig donar la paraula que fora d'identificar-lo no l'implicaria més. Al dossier diu que el meu ajudant Leire, fa un temps, el va reconèixer pel carrer i el va seguir per saber on vivia, per tal de tindre'l controlat si feia al cas. És una coartada dèbil. Vostè està fitxat per la Interpol, no per nosaltres. Però és probable que Rodrigo no se n'adone. No té experiència en investigació criminal.

—Em resulta estrany que faça tot això per mi.

—Estic convençut que no és l'assassí. Li done un consell per a quan l'interrogue. Faça-li saber que contractarà un bon advocat per al judici.

—Supose que m'hauré de declarar culpable. M'imagine els mètodes que farà servir per persuadir-me. Així doncs, potser serà millor acceptar la culpabilitat d'entrada.

—Cometrà un error. Si el tortura el seu advocat podria demostrar que ha signat la confessió de culpabilitat sota coaccions físiques.

—A costa de passar per una tortura... potser per no res.

—Aferre's al recurs que puga.

—¿Per què l'han rellevat?

—Havia proposat un cara a cara entre vostè i el promès.

—¿Creu que un advocat ho aconseguiria?

—Depèn de l'opinió del jutge. Si creu que vostè presenta massa evidències no ho permetrà per no malmetre la imatge del promès.

—Ho tinc fotut, ¿oi, senyor comissari?

—Sí. Amb tot intentaré investigar pel meu compte, amb discreció.

—Faça'm un darrer favor. A part de ser una mala bèstia, ¿com és el tal Rodrigo?

—És el cap de la Brigada Politicosocial. Diuen que és faldiller, jugador, bevedor, corrupte... Però són rumors. Desconec la seua vida privada.

—¿Com és que un individu així ocupa un càrrec d'importància?

—A vostè li està passant el mateix que a mi. Sempre ens preguntem les coses quan ens afecten.

Arriba el Colorao amb la seua bossa esportiva i amb vint minuts de retard. Observa amb indiscreció una taula de xicones entre vint i vint-i-cinc anys (les mares que ens agradaven, les filles que ens entusiasmen). Saluda les cambreres equatorianes; també l'ama, valenciana, que atén la barra. A SoloZumo tot són dones. És un local gran, espaiós, lluminós, net. En la línia de la gent entusiasta de la salut, joves i de mitjana edat. Sempre escollim el racó del fons. Miki ve on estic amb la traça d'haver estat treballant tot el dia en una mina. Fa un colpet al clatell del germà menut que mai no tingué. ¿Com vas?, li pregunte. Igual, si fa no fa. Però el trobe més ullerós. S'asseu i expulsa l'aire amb fatiga. Encara manté els cabells vermells, abans lluents i ara foscos, amb una goma que li recull la cua, estil artista decadent, sense cap cana, sense cap sensació de joventut perduda o de tragèdia imminent. En canvi té la pell deteriorada i esquitxada de pigues. Entre el canell i el colze dret el braç li fa unes ondulacions molt pronunciades. En l'argot científic dels trasplantats d'un ronyó se'n diu «turbulències». El primer dia que li ho vaig veure em féu posar la mà i hi notava com un corrent elèctric de baixa intensitat. M'explicà que era el pas de la sang per la zona. Deixa el mòbil damunt la taula, amb les hores marcades que l'avisen de les pastilles que ha de prendre. Tot i que hi estic habituat, encara em sorprèn com vesteix. Va fet un cromo. És capaç de combinar-se uns calcetins grocs amb una camisa a quadros. No s'abilla així per un afany de diferenciar-se, és que no diferencia entre la roba discreta i la cridanera. Ve María de la Asunción, la xica que ens serveix. Jo repetisc amb la pinya; ell comença amb la pastanaga. En l'interval li entregue els diners del darrer repartiment. Se'ls introdueix a la butxaca dels pantalons. Li veus la bossa d'esports, li observes la cara, l'aspecte general (com eixit d'una teràpia d'alcohòlics anònims), i tot plegat remet a una paradoxa còmica. Robert, em diu així que ens han servit els sucs, ha arribat el dia. Pense en el pitjor, en una mala notícia sobre la seua salut. No li dic res. Ho deixe, afegeix. Ho deixem: Jo em trobe cansat i tu fas mala cara. No estic pitjor, però intuïsc que puc estar-ho. Faig de mare: ¿Per què no et fas una revisió? Tinc dia per a la setmana que ve. M'acollona tornar a la diàlisi, un nou trasplantament. M'he proposat seguir al peu de la lletra totes les indicacions del metge. Un canvi d'aires m'anirà bé. ¿Un canvi d'aires? La ciutat m'aclapara. Fa que somatitze encara més la malaltia. Potser només es tracta d'un efecte psicològic, però cada dia em trobe més fatigat, com si a poc a poc em fallaren les forces. Dispose de recursos econòmics per viure modestament la resta de la vida, que sospite no serà centenària. Des de fa uns caps de setmana, amb el cotxe, faig una volta pels poblets del Camp de Morvedre. He vist algunes cases que m'agraden. No són gaire cares. Amb la venda del meu pis encara em sobraria per comprar-me'n una. En fi, per a mi ha arribat el moment de dir prou. Però tu podries continuar amb el negoci. Et presentaré el proveïdor. És un tio de confiança, amb una magnífica cobertura... No, el talle, també tinc prou recursos econòmics, en diners negres i amb la venda de les meues propietats. ¿Tens bones ofertes? En puc traure una bona coixinera per fanecada. ¿I la família? Vindran amb mi. Escolta, podríem buscar junts el mateix poble. Necessitaré una casa gran, amb un bon pati en una part del qual construiré un xicotet magatzem. En totes les comarques necessiten llanterners. I Salif és hiperactiu, necessita treballar. Els negres són raros, diu i tot seguit gairebé apura tot d'una el suc de pastanaga. Contesta'm: ¿ho fas per mi, per què estic malalt? Ho faig perquè on visc aviat desapareixerà fins i tot el poc que queda. De qualsevol manera me n'hauria d'anar. Edificaran i vindrà gent estranya. Vendre i comprar al mateix lloc seria una bogeria, al marge que resultaria caríssim. ¿I ta mare? Li buscaré una nova residència. Miki, si comprem una casa junts ens eixirà més barata. La reformaríem perquè cadascú tinguera el seu espai. A més, en la teua situació no pots quedar-te sol. Gràcies, Teresa de Calcuta. De res, cabró. Sabia que ho feies per mi. Pensa el que vulgues, però coincideixen un conjunt de coses. El Colorao: Tots els que no hem tingut una família normal acabem buscant-ne una. Doncs vaja la família convencional que formarem, li responc. Mai no hem sigut normals. Quan pense en tot el que hem fet, sospira. No res, evoque, dos gamberros ansiosos per trobar un lloc que no existia. ¿N'estàs penedit? ¿Penedit? Sembla que et burles. No vam cometre l'estupidesa d'intentar canviar la societat i ara no hem de simular el posat estètic de desencantats. Em trauen de polleguera tots aquests individus que es creuen estafats. Vale, l'intercepte, però no em dónes pel cul amb la teua dialèctica. Quan et pega la vena tinc la sensació que ets un polític frustrat. Només tinc un ronyó frustrat, maricon. ¿Un altre suc de pastanaga?, pacifique. De poma. La pastanaga m'esperona l'intestí. És clar, ens hem passat la vida cagant-nos en tot.

Amb el peu desplaça la bossa esportiva fins als meus.

Dins van les bossetes de cocaïna amb els números corresponents a cada personatge literari. ¿Així doncs és l'últim repartiment? Li ho pregunte perquè sol canviar d'idea amb certa freqüència. Sí, contesta amb fermesa. ¿Els ho dic? Tu mateix. No els ho diré. Haurem de canviar els números dels mòbils perquè no ens peguen la tabarra. De sobte va començar a riure: Té collons, és l'únic que haurem aconseguit canviar. Crida a María de la Asunción: Dos de poma.

Ja me n'he empassat dos de pinya i ara un de poma. Amb gust em beuria un licor, encara que fóra d'aquells que es prenen les viudes mentre juguen al parxís. ¿Trobaràs a faltar els clients?, em pregunta. Home, potser Justine. És una pendona simpàtica. ¿Per què tinc més afinitat amb una prostituta que amb un intel·lectual? Perquè representen millor allò que és el món (em podia haver imaginat la resposta). També trobaré a faltar Oliver Twist. Bon paio, corrobora. Propose que hauríem de tindre un detall amb Oliver. Gràcies a ell férem alguns negociets amb els diners negres. No li cobres la remesa, dis-li que és un regal de la casa, de comiat. ¿I si li regalàrem una estilogràfica amb el nostre nom gravat, de record? De sobte mostra aquell rictus irònic, presagi d'una impertinència: mecaguen Déu, Robert, tens idees d'excompanys de col·legis de *pijos*. S'ha portat bé, insistisc. I nosaltres també: Hem tingut discreció amb un tio tan conegut com ell. Agrairà el detall. Encara li faré un bon regal, parlaré amb el proveïdor perquè li continue subministrant mercaderia. Bona idea, aprove. ¿Et fa cosa que ho deixem? Em fa pena deixar l'alqueria, el pati, el magatzem, l'habitació secreta... Quan me'n vaja no hi tornaré mai més. Tornaràs cada dijous al cementeri. Sí, no faltaré. És curiós que un tipo com jo albergue esta mena de sentiments. No és un defecte detestable. ¿Saps?, no he visitat mai la làpida dels meus pares. Amb el temps gairebé se m'han esborrat els seus rostres. No tinc cap fotografia. ¿Ni teua de xiquet? Ni de xiquet ni d'adult. Vaig vendre la casa i ho vaig llançar tot, perquè el passat no em condicionara el present. Ara que ho pense tu i jo no en tenim cap, li dic. Deixa-ho córrer, hauríem de somriure i semblaríem dos idiotes. En canvi, seria divertit tindre'n una amb Cèlia, Salif, Miquel, tu i jo. Ah, i eixe gos amb reuma crònica que tens. Hòstia, exclame, seria per emmarcar-la.

Vam riure. Me la vaig imaginar: si algú se la trobara pensaria de seguida en un descobriment arqueològic. Miki hi afegí que hauríem de gravar una frase al marc: «De vegades ens assalta la sensació que tothom està tan pertorbat com nosaltres, però no ho sap».

María de la Asunción ens serveix els dos sucs de poma. És una xicona agradable, baixeta, amb la cara bruna, els pits notoris (només en té dos, però són magnífics) i el culet sobreeixit, típic de les equatorianes. Miki li l'observa amb la desídia de la concupiscència perduda. Fa més d'un any que no puc ni cascar-me-la, renega. Me'n faig l'ànim, però no n'hi ha manera. Prova amb l'esquerra, li aconselle. Quina merda és la ciència, es lamenta: Ho trasplanten tot menys la polla. Ni el cervell, matise.

Pense en Salif, en son pare, en la pobresa material, en la riquesa de la tradició promíscua.

15

A les nou de la nit de dilluns, Josep Baixauli repetí l'intent de trobar-se amb Adelaida. Per a ell, era un dia especial; albirava hores difícils i arriscades. Es va descoratjar en observar el senyor Pujalte amb el diari i el gos al jardí, i la nòvia fent-li senyals des de la finestra del pis. Necessitava veure-la més que mai i hagué de conformar-se amb mirades recíproques i gestos d'impotència d'Adelaida, que abandonà la finestra probablement perquè la senyora la va cridar. Engegà la Vespa desanimat de retorn a casa. Li haurien vingut de grat uns besos furtius i el tacte de les mans d'ella. Va marxar enutjat pel canvi de la situació, que vés a saber el temps que duraria. A casa va sopar desganat, i amb l'excusa de la fatiga laboral, se'n va anar al dormitori i va posar l'alarma del despertador a les tres i mitja de la matinada; un fet inútil atès que no dormiria.

A les onze, Felo estava neguitós. Encara no havia aparegut el guardaespatlles de Rodrigo. Minuts abans havia parlat amb Carol, ratificant-li el que li havia dit per telèfon el diumenge: ho faria demà. La vedet s'hi mostrà d'acord. Fou una trobada ràpida, amb cura que les dones d'alterne o algun membre de l'orquestra no el vera a la porta del seu camerino. Després intercanvià el lloc a la barra amb un company. Tots dos se n'ocuparien de les taules. Va preguntar a Fermín si no li importava que deixara una capsa amb dues botelles de xampany al seu cotxe, cap a les dotze. El porter no hi tingué inconvenient, per bé que l'advertí que no sovintejara l'hàbit d'endur-se botelles sense el permís de l'amo. Amb tot, Fermín estava satisfet que Felo s'oblidara de la vedet i organitzara festes amb joves d'altres clubs, el pretext amb què el cambrer justificà la sostracció del xampany.

Va témer que el guardaespatlles no acudira a causa de la tasca de la Politicosocial, organitzant l'estratègia contra l'assemblea i les manifestacions. El cor li féu un salt quan Federico obrí la porta d'accés al club. Carol actuava, el local acollia poc més de la meitat de públic. Mentre servia les consumicions feia ullades al guardaespatlles, que s'encengué un cigarret adossat a la barra. No va demanar res. Llavors Mari Santos, que xarrava animadament amb uns parroquians, es va disculpar, abandonà la taula i s'adreçà als camerinos.

Va tornar deu minuts més tard, maquillada, amb els llavis d'un roig lluent. Federico li féu un senyal perquè escollira un reservat. Mari Santos entrà al del mig. El guardaespatlles apagà el cigarret i s'hi adreçà. Carol observava tots els moviments, els de Felo i Federico. Així que tots dos ja estaven al reservat, el cambrer els va portar una botella de xampany amb una glaçonera. Va demanar permís per accedir-hi, va saludar amb respecte reverencial Federico i va col·locar la comanda al lloc previst, darrere del centret, a la part més allunyada d'una punta de la cortina. Se'n va eixir, va mirar Carol. La vedet li va somriure, com un gest d'ànim. A la barra, el cambrer es va fumar dos cigarrets gairebé seguits, fent temps. Esclafà la burilla al cendrer. Va aprofitar que el seu company duia una safata amb consumicions al despatx per introduir un parell de botelles de xampany en una capsa de cartró. La va tapar. Va vorejar el local per dur-la al seu camerino. De nou a la sala va mirar Carol, alçant-li les celles en direcció als reservats. Era el senyal, el moment. La pròxima cançó hauria de ser sorollosa. El seu company va tornar a l'interior de la barra i ell es va quedar prop del reservat, amb l'actitud del qui vigila si una taula necessita atenció. Des d'allà, a més, abastava una panoràmica completa del club. Va recular uns passets fins situar-se a dos pams escassos del reservat. Es va girar, no hi havia cap escletxa a la junta de la cortina. Es féu enrere una mica més, fins notar a les sabates l'escalonet d'entrada. El company de la barra mirava la vedet, l'altre estava al mig de la sala, també de cara a l'escenari. Carol sabia com atraure l'atenció de tothom. Llavors Felo apartà un poc la cortina. Es notava el batec del cor, les mans li tremolaven lleugerament. L'escena era insòlita: la pistola estava fora de la funda (com a conseqüència, probablement, de llançar-la), damunt de la jaqueta, a l'extrem del sofà. No s'ho va repensar ni un segon. Sense a penes estirar el braç la va agafar i la va ocultar en una butxaca dels pantalons. Restà quiet uns instants. Si hi haguera una llum normal el promontori que li marcava l'arma seria ostensible. Aleshores, a poc a poc, mirant el company de la barra (el que estava més prop d'ell), que romania embadalit observant Carol, va enfilar cap al camerino. Al passadís acuità el pas, hi entrà i va amagar la pistola baix de les dues botelles. Va eixir amb la capsa obviant l'escenari. Com que no hi havia demanda de consumicions, digué al company de la barra que tornaria de seguida. El cambrer féu un somriure còmplice: el costum esporàdic d'afanar un parell de botelles.

—¿On tens el cotxe, Fermín?

—Dóna-m'ho.

—No hi ha feina, puc fer-ho jo.

Fermín li allargà les claus, l'acompanyà al carrer i li indicà on havia aparcat.

———

Unes hores abans, el comissari Sebastián Piñol esperava Ricardo Barber, el monitor de tennis, a la cantonada de l'edifici on vivia. En veure'l vindre, baixà del vehicle i el va abordar just quan passava per la porta del conductor.

—Bona nit, senyor Barber.

La rapidesa amb què obrí la porta Piñol va astorar el monitor, que de seguida va mirar l'interior del cotxe suposant que anava ple de policies, tot pensant el pitjor.

—No es preocupe. He vingut per mantindre una xarrada informal amb vostè.

Barber es va relaxar. Duia una bossa d'esports a l'extrem de la qual sobreeixia el pal d'una raqueta.

—¿Li va bé que fem un passeig?

—És clar. ¿Hi ha algun problema?

—Sí.

Començaren a caminar en direcció contrària al domicili del monitor.

—En primer lloc l'informe que m'han rellevat del cas. De manera que no es prenga l'encontre com un interrogatori. M'estalviaré explicar-li els detalls del perquè del meu defenestrament. En canvi, sí que li confessaré la meua convicció que l'assassí és el promès. Hem atrapat un lladre que ha admès que estigué al pis la nit de l'assassinat i segurament li encolomaran el crim. Senyor Barber, tinc la sensació que vostè no m'ho ha contat tot. Vaja per davant que l'entenc. Un interrogatori amb persones no acostumades no és fàcil i comprenc que mesurarà les paraules pel temor de ser injust. Crec que vostè em pot aclarir algunes coses més del nòvio de Virgínia.

—Senyor comissari, no voldria que m'implicaren en un cas en el qual no tinc res a veure.

—No està incriminat ni ho estarà, però em podria aportar detalls que potser salvarien un innocent.

—Això vol dir que si fóra necessari hauria de testificar en el judici.

—En té l'obligació moral. Al capdavall, quan se celebre, n'hi haurà més testimonis. Vostè era el monitor de la víctima i és normal que el convoquen.

—¿Què vol saber?

—L'opinió de Virgínia sobre el seu nòvio.

—Ja li ho vaig dir.

—En part. Li he dit que crec que en sap més.

El monitor caminava al costat de Piñol, a la seua esquerra. Uns xiquets jugaven a futbol al carrer i els crits i la polseguera s'hi barrejaven. Barber restà en silenci durant unes passes. Es va aturar per tornar la pilota a la munió de criatures.

—Si conte el que sé ben bé un advocat podria replicar-me que pose en boca meua les paraules d'una persona morta.

—Potser algun testimoni coincidirà amb el de vostè.

—En fi... em pose en la pell d'un innocent i no puc desentendre'm de la seua petició.

—Li ho agraïsc sincerament.

—Virgínia, ja li ho vaig dir, no tenia una bona opinió d'Escamilla. Gairebé en totes les converses que manteníem treia el tema.

—¿I per què no trencà la relació?

—Els pares d'ella s'hi oposaven.

—¿Li ho digué?

—Sí. Fins i tot l'amenaçaren amb desheretar-la. Jo crec que l'odiava. Li donaré un detall íntim: en les relacions sexuals, que ella defugia, simulava el plaer —reiniciaren el passeig—. Escolte, em costa explicar estes coses.

—Perda el pudor, és important.

—El defugia tant que l'animava a viatjar per qüestions d'empresa. De fet, Escamilla descuidava este aspecte perquè no es refiava de Virgínia.

—En canvi, ell ens ha confessat que la nòvia s'emprenyava perquè viatjava massa. ¿En alguna ocasió Virgínia esmentà que es casarien l'any que ve?

—No. Més encara: intentava importunar-lo perquè fóra ell qui deixara la relació. D'ací que jo no em prestara a ferli d'amant. No sabia si era perquè m'estimava o pretenia utilitzar-me. Siga com siga, el festeig l'angoixava. Però els fills del senyor Lafont es casen o mantenen relacions amb les persones que ell tria o, almenys, són del seu gust. Segons Virgínia, son pare és molt autoritari. No s'avenien.

—¿I la mare?

—De comparsa. D'alguna manera, Virgínia representava el paper d'ovella negra. Per bé que son pare no s'oposava a la seua activitat de pintora, en absolut aprovava que trencara la relació amb Escamilla. Li ho va comunicar dos vegades; i en la segona, el senyor Lafont, taxatiu, li va prohibir parlar-ne més.

—¿Per què el senyor Lafont li té tanta estima a Escamilla? Comparades les famílies, la del nòvio està prou més per baix socialment.

—La fàbrica dels Escamilla és una empresa emergent. No tenen pedigrí social, però sí molts diners. D'altra banda, el nòvio té dos personalitats ben diferenciades. Aparentment és un home senzill i educat, però en el seu interior nia una personalitat violenta.

—¿Violenta? ¿Va agredir Virgínia?

—No ho sé, no m'ho va contar. Però un dia com avui, que jo venia del Club de Tennis, al mateix lloc que vostè m'ha esperat m'esperava ell. Em va espantar veure'l, per la cara que feia. Prèviament ja tingué un mal gest amb mi en una festa social al club.

—¿Què va succeir?

—En to amenaçador m'advertí que m'allunyara de Virgínia. Li vaig respondre que era el seu monitor. Llavors em contestà que canviara d'alumna. Amb una actitud pacificadora, li vaig dir que era cosa d'ella. Que no podia fer-hi res si Virgínia m'elegia. Són les normes del club. Llavors m'agafà de les solapes de la jaqueta amb violència, amb un rostre que denotava odi. Em digué que anara amb compte, que allò només era el primer avís. ¿Entén, senyor comissari, per què la nit que Virgínia em proposà d'anar al seu pis ho vaig refusar? ¿Entén per què no li ho vaig contar a vostè? ¿Per què no em vaig atrevir, quan m'ho preguntà, a acusar-lo de sospitós? Estic convençut que és un home violent. Jo visc del meu treball. La família de Virgínia, no cal que li ho diga, és molt influent. Si li haguera respost a la pregunta i haguera transcendit, ara estaria al carrer o buscant-me un altre club en una altra ciutat.

—Quan es tracta d'un problema ètic, tots hem d'assumir la nostra responsabilitat.

Continuaven caminant lentament. Ricardo Barber acotà el cap. Se'l notava preocupat. Féu una aspiració profunda. Va alçar la mirada i va observar la rialla dels xiquets, la innocència i el goig amb què ell també havia jugat, alliè a tot el que deparava el futur.

—Si he de declarar, ho faré.

En tornar del cotxe de Fermín, on havia deixat la capsa a sota del seient del copilot, després de baixar les escales i obrir la porta d'accés al Maracaibo, el primer que féu fou mirar l'escenari i enviar-li un somriure còmplice a Carol. Fins l'endemà ni tan sols intercanviarien una paraula. Ara hauria d'estar atent a la reacció del guardaespatlles de Rodrigo. Reflexionà que la millor forma era mostrar-se normal, treballar amb diligència (el degoteig d'homes omplia el local a poc a poc). Va entrar al despatx amb una safata de consumicions per als jugadors. Va preguntar a l'amo del club com li anava la partida. No li va respondre. Perdia. L'objectiu, però, era manifestar-se jovial, sense nervis. Isqué i serví dues taules amb clients nouvinguts. Després, assegut a la barra, va parlar amb desimboltura amb el cambrer sobre l'actuació de Carol (és única, li va dir); també sobre el parell de botelles de xampany (en allò, el cambrer l'advertí que no havien d'abusar. L'amo controlava el celler).

A les dotze tingué lloc el primer descans. Els membres de l'orquestra marxaren a sopar. Carol s'adreçà al seu camerino. Hi havia més llum. Felo inicià un recorregut per les taules, retirant gots, netejant-les, buidant els cendrers. En un dels trajectes a la barra, Mari Santos va eixir del reservat i el cor li féu de nou un salt. Minuts més tard aparegué Federico, amb la jaqueta posada, arreglant-se els cabells, ajustant-se la corbata. Felo es girà d'esquena, neguitós, deixant lentament els gots damunt la barra. El guardaespatlles va passar per davant d'ell, obrí la porta i se'n va anar. Mari Santos s'encengué un cigarret i va seure en un dels tamborets.

—¿Puc retirar la glaçonera? —li preguntà Felo.

—Sí.

—Has acabat prompte.

Felo es dirigí confús al reservat. Dins va fer una llambregada al sofà, al centret, al terra, com si hi buscara un indici, però en realitat no buscava res; senzillament l'estranyava l'actitud del guardaespatlles, que no havia fet cap pregunta, cap gest de preocupació. Va concloure que al guardaespatlles no li interessava esbombar el robatori de l'arma. Així doncs, arribaria a la prefectura i n'agafaria una altra. Sostenia el cambrer que en dies successius intentaria amb discreció esbrinar l'incident, sense caure en el fet que a partir de dimecres, amb l'atemptat contra Rodrigo, entrarien a sac a fi d'investigar l'autor de la sostracció. Les bales corresponien a les pistoles que usaven els de la Social, però Felo va tornar a la barra satisfet per la facilitat de l'operació.

—Felo —Mari Santos féu un apart amb ell—. Promet-me que no diràs res.

—¿Res de què?

—Federico no trobava la pistola.

—Se la deu haver deixat a la comissaria.

—Duia la funda. L'ha buscada pel reservat i no l'ha trobada.

—Li caurà un bon puro.

—Tu ens has servit.

—És clar, ¿i què?

—Doncs que no ha entrat ningú més.

—¿Sospita de mi?

—Almenys no ho ha dit.

—No l'he vist preocupat.

—No vol que ho sàpiga ningú.

—Jo no ho diré. No vull embolics.

—¿Però no entens el problema?

—¿Quin?

—Algú ha hagut de robar-la.

—Potser li ha caigut al cotxe.

—Però si no la troba...

—Aleshores callarà. Si ho sabera Rodrigo l'expulsaria de la Social. Perdre una arma és un fet molt greu. ¿Per què et preocupes?

—Perquè estava amb ell.

—Estaves ocupada... No tens cap problema. I pel compte que li té no en dirà res.

El cambrer li acaricià una galta. Tenien química des de feia un temps, però ara Felo pensava en la vedet, a posseir-la, i Mari Santos li semblava poc. Era una jove agradable, fins i tot guapa, però l'atracció que sentia per Carol li anul·lava l'afany per altres dones. Només tenia ulls per a ella i el desig de protegir-la el transformava en un home agosarat que el sorprenia. Per a ell, Carol havia sigut un repte. Havia superat fins ara cada dificultat que es trobava en el camí d'assolir-la. Mesos abans, la vedet més important de la ciutat el tractava amb bondat maternal, amb aquell tracte que es dóna als pobres homes que intenten inútilment aconseguir el que anhelen. Ara era el seu home, un heroi al qual s'aferrava perquè la salvara. Sempre s'havia sentit una persona poc valorada. Tanmateix, havia copsat el respecte no sols de Carol, sinó també de Josep i Teresa, dues persones exigents. Va mirar el rellotge. Josep l'esperava a les quatre i quart de la matinada.

Un poc abans d'acabar la jornada laboral, Felo pujava les escales en direcció al carrer. Va trobar Fermín. Es preguntà com aguantava tantes hores dret (amb l'alçada i el pes que tenia), fent potser alguna volta, per estirar les cames, sense allunyar-se del club.

—¿No t'avorreixes tanta estona ací?

Li ho va preguntar perquè, sobretot amb Fermín, necessitava produir-se normal, amb l'ànim que es porta quan vas de festa.

—És la meua feina i em paguen per fer-la.

—Poc, segur.

—No me'n queixe. Al camp treballava més i no guanyava tant.

El porter el va acompanyar fins al cotxe, amb rapidesa. Encara quedaven al club clients i alguns, amb l'excés d'alcohol, es ficaven impertinents amb les xicones d'alterne. Així doncs, obrí la porta del quatre-quatre i el mateix Felo va agafar la capsa.

—Bon profit —l'acomiadà Fermín, que retornà al Maracaibo.

El cambrer s'encaminà en la direcció contrària al club. Consultà de nou el rellotge. Arribaria aviat, però no alentí el pas endut per una mena d'eufòria. Amb tot, Josep ja hi estava. Fumava al costat de la Vespa. Felo el va veure. A mesura que s'hi acostava feia llambregades a tort i a dret. No hi circulava cap persona. Es van saludar. Tots dos estaven neguitosos malgrat el somriure del cambrer, que de seguida, mostrant la capsa, informà a Josep de l'èxit.

Convingueren a desfer-se de la capsa i les botelles. Va traure la pistola, comprovà que estava carregada i se la introduí a la butxaca dels pantalons allisant-se-la de manera que no destacara. Va deixar la capsa a la vora del bancalet d'un edifici. Marxaren amb la Vespa. S'aturaren tres cantonades més enllà del mateix carrer.

—Hem de fer una mica de temps, per no trobar-nos amb ningú del club.

La cita s'havia convocat per fer un assaig. En parlaren. Hi hagué un brot de discussió. Josep insistia a participar directament en l'atemptat.

—Escolta, només tenim una arma. Necessite que estigues esperant-me amb la Vespa. No té sentit que pugem els dos al pis. Ha de ser ràpid.

Josep ho va comprendre, però no li agradava el paper de subaltern en una acció tan important.

—Conec l'edifici i el pis.

—¿Coneixes el pis?

—De vegades la vedet ens ha convidat a una copa, a les xicones d'alterne i als cambrers. Tothom es porta molt bé amb ella. És un estudi, un apartament xicotet. Josep, els trets despertaran els veïns. Hauré de marxar sense perdre temps. És per això que et necessite.

—Amb una bala hauria de ser suficient.

—Ni tu ni jo hem disparat mai. Tant de bo li encerte a la primera al porc de Rodrigo.

—¿Recordes tot el que has de fer?

—Sí. El passamuntanyes, agredir la vedet, arrancar el fil del telèfon...

—Lligar-la perquè no demane auxili.

—Ho tinc previst. Tranquil, està tot planificat. Només queda parlar de la teua part, que és fàcil. M'esperaràs a la punta del carrer. No engegues fins que no estiga prop de tu. ¿La tens a punt?

—Demà de vesprada li diré al mecànic que li faça una ullada. No m'ha fallat mai. La revise gairebé cada setmana.

—És igual. Tot ha d'estar controlat —es va encendre un cigarret—. Eixirem a este carrer, el creuarem. Hem de marxar ràpids, però després minorarem la velocitat per no cridar l'atenció. Ens desfarem de l'arma i em portaràs a ma casa. I tu aniràs a la teua.

—Havia pensat fer-me una copa en un dels bars al voltant del Mercat Central, a eixa hora estaran oberts.

—¿No se't notaran els nervis?

—Si no estic tranquil no hi entraré. De tota manera, si cap veí no avisa la policia tardaran a descobrir-ho. Si et desperta un soroll no saps exactament què és.

—Hauries d'anar-te'n a casa. La Social farà moltes preguntes. Estem parlant de Rodrigo, del màxim responsable de la Brigada. Si ningú et veu, ningú et reconeixerà. No ets un parroquià habitual dels bars del mercat. Per força cridaràs l'atenció.

—No et preocupes. Tornaré al poble per sendes rurals.

—Perfecte. Ara et mostraré el carrer on viu la vedet i el lloc on has de situar-te —Felo va traure un paper amb el número de telèfon del club—. Pren. Si tens algun problema, posem per cas que punxes una roda, m'avises. Si no estàs allà, no ho faré. Ho ajornarem. L'escapada és fonamental.

Josep es va guardar el paperet. Memoritzaria el número, per no dur-lo l'endemà. Va reflexionar que a priori l'acció semblava fàcil. Allò que presentava més dificultats, el robatori de l'arma, Felo li explicà que havia sigut molt senzill. ¿Per què no ho havien pensat abans? La mort del criminal de Rodrigo seria una notícia ben rebuda per tothom, estigueren o no a favor d'una acció armada; un colp duríssim contra el règim. El primer que es duria a terme no sols a València sinó arreu de l'Estat, després de la dissortada desaparició dels guerrillers. Pujaren a la Vespa. Es dirigiren al carrer de Carol. Mentre conduïa, Josep recordava son pare; evocava l'última abraçada, les paraules que li va adreçar de comiat: un dia seria ell, el seu fill, qui recolliria la torxa d'una lluita que mai no hauria d'haver cessat.

16

Estudiants d'altres Facultats arriben al vell casalot de la Universitat del Carrer de la Nau. Els del grup d'Alfons, l'amic de Teresa que ha convocat l'assemblea, es freguen les mans davant del que preveuen el major èxit de convocatòria. Un triomf que s'apuntaven els col·lectius valencianistes. Aquesta vegada tothom hi ha acudit, al marge de les afinitats polítiques. El degoteig de joves i alguns professors (el camarada Ambrosio ho semblava; amb vestit i corbata ha optat per l'assemblea, per precaució, abans que els centres industrials) és incessant. A la vora d'Alfons hi ha Joan Piñol, fill del comissari de la Brigada Criminal. Tots dos s'encarreguen de dirigir els estudiants, que es reparteixen pel claustre, al Paranimf, considerat una joia de l'art neoclàssic del segle XVIII —tot i que la construcció original datava del XVII i posteriorment fou remodelada al XIX—, amb un llistat de personalitats conegudes escrit sobre la paret de la presidència (Sant Vicent Ferrer, Gregori Maians, Lluís Vives, Lluís Alcanyís...), a un costat i l'altre de la Mare de Déu de la Sapiència, també de l'època. Sota la imatge de la Mare de Déu hi ha un crucifix i un quadro del dictador. Un jove intenta retirar-lo, però els organitzadors li ho impedeixen a fi d'evitar provocacions innecessàries (les forces de l'ordre públic esperen al carrer).

Els col·lectius valencianistes senten una joia immensa mentre observen com s'ompli de gom a gom un lloc tan solemne, amb tot de quadros a l'oli dels rectors de la institució envoltant l'espaiós recinte. Teresa està al fons del Paranimf. Ambrosio i ella es miren. El camarada desitja que Teresa s'adrece al públic. És una ocasió immillorable. Però és un jove amb pinta d'aguerrit qui puja a l'entaulat quan encara hi entren estudiants; tants, que un bon nombre se'n queda fora. Demana silenci. Aguarda una estoneta que els ànims, excitats, donen pas a l'oratòria. De sobte esclaten aplaudiments. Amb les mans, el jove reclama atenció. S'hi fa un silenci.

Diu que mostren la seua absoluta solidaritat amb els miners represaliats d'Astúries i s'alegra que tants estudiants valencians ho facen. Diu representar uns ciutadans que se senten valencianistes en la mesura que són internacionalistes, i per això practiquen una solidaritat sense escletxes davant les injustícies que estan passant a l'altra part de la península, com així espera que passe en un altre moment, des de qualsevol lloc d'Espanya o del món, amb els problemes dels treballadors valencians (aplaudiments). Afegeix que la lluita per un País Valencià lliure i socialista només s'aconseguirà amb la complicitat de tots i, especialment, d'aquells pobles i aquelles gents que més pateixen els oprobis de la dictadura. Baixa entre aplaudiments alhora que en puja un altre, probablement del mateix col·lectiu, perquè repeteix, si fa no fa, en síntesi el mateix. El següent, pam amunt pam avall, també. El camarada Ambrosio torna a mirar Teresa: ¿Que no t'adones que els valencianistes s'apropien d'una assemblea que hauríem de conduir nosaltres?, entén ella. Llavors Teresa s'adreça des del fons a la presidència. A l'assemblea, com a totes les Facultats, hi ha poques dones. Potser per això rep un fort aplaudiment. Parla amb una veu potent i enèrgica bo i adherint-se a allò que han dit els companys que l'han precedida, però encoratjant a tots —cosa que encara no havien fet la resta d'oradors, per bé que estava previst— a mostrar la solidaritat al carrer, per tal que la protesta no quede reduïda al Paranimf, amb l'afany que aquells ciutadans antifranquistes però escèptics sàpiguen que la lluita contra la dictadura existeix, però també, i sobretot, per solidaritzar-se amb els treballadors valencians dels grans centres industrials que ara mateix, desafiant la repressió, estan manifestant-se. El posat vibrant, la veu que no ha vacil·lat, provoca una gran ovació, amb un Ambrosio satisfet per la fusta de líder que ja li intuïa.

El primer orador torna a dirigir-se als estudiants. Afirma que és conscient que entre la gent hi ha membres camuflats de la Politicosocial, però que tant li fa (xiulets a la Social). Hi afegeix que la manifestació s'ha de fer amb diversos grups i diferents carrers per dificultar l'acció de la policia. Al centre, al centre!, crida un espontani. Efectivament, diu l'orador, als carrers més cèntrics inclosa la Plaça de l'Innombrable, on hi ha més gent. Abans de baixar té un record per a les famílies dels represaliats asturians i, amb vehemència, fa una crida a la jornada de lluita, a la recuperació dels drets nacionals del País Valencià i a la classe obrera.

Fora, a la Plaça del Patriarca, hi ha dues furgonetes i policies en rogles de cinc. Gairebé tots els grups que conformen la Brigada Politicosocial s'han desplaçat a les empreses d'Astilleros, la Unión Naval de Levante i Macosa, les més combatives, les més preuades en líders sindicals, de tendència comunista, per a Rodrigo. Els estudiants van eixint a poc a poc en la direcció oposada d'on hi ha la policia armada. Uns s'adrecen al Carrer Poeta Querol, altres al Carrer de la Pau, al Parterre, al de Les Barques (el més proper a la Plaça del Caudillo). Dels cinc-cents estudiants de l'assemblea, aproximadament, poc més de dos-cents se'n manifestaran (un altre èxit). El camarada Ambrosio parla amb Teresa:

—No et manifestes. Ets massa valuosa i una caiguda ens impediria reviscolar la presència a la universitat. Has estat magnífica.

—Si hi havia confidents de la Social ja m'han vist.

—Però no saben qui ets. Esperem mitja hora i marxem cadascú per llocs diferents.

A Teresa li vingueren al cap Felo i Josep; el perill que corria si els atrapaven. Acceptà les ordres d'Ambrosio a contracor. Havia encoratjat els estudiants a manifestar-se. De nou s'havia de subordinar a l'estratègia del Partit. No era just que dos companys arriscaren la vida; tampoc ho era el fet que alguns joves de l'assemblea acabaren detinguts a la prefectura. Però les consignes del Partit no es qüestionaven. S'encengué un Chester i esperà passejant pel claustre.

El grup d'Alfons i Joan Piñol —uns cinquanta— es reuní al Parterre. Organitzats s'adreçaren al Carrer de la Pau, on es trobaren amb un altre grup menys nombrós. Començaren a caminar i a cridar eslògans a favor dels miners i contra la dictadura en direcció a la Plaça de la Reina. Alguns vianants s'aturaven i els observaven, la majoria apressava el pas allunyant-se de la manifestació. Es va aturar la circulació de vehicles. En la darrera cantonada d'abans de la plaça aparegué una furgoneta. En baixaren deu o dotze policies uniformats. Formaren una barrera ocupant l'ample del carrer. Els manifestants alentiren el pas mirant les possibles escapatòries, carrerons a una banda i a l'altra. Alfons i Joan anaven al capdavant. S'aturaren a uns cent metres de les forces de l'ordre, amb els mateixos eslògans, amb el puny alçat. Un ciutadà els va increpar; un altre li replicà que callara i de seguida desaparegué. Va sonar un xiulet fort i agut, i la policia, al trot, es dirigí cap al grup. Aleshores es dispersaren: enrere, a la dreta, a l'esquerra. Joan ho féu per un carreró de la dreta. Va perdre de vista Alfons, però corria amb altres companys. Tres policies barraren l'eixida i els manifestants feren mitja volta, per tornar al Carrer de la Pau. Un d'ells ensopegà amb una senyora, que caigué a terra; l'estudiant perdé l'equilibri i també caigué. Un home que va eixir de sobte d'un edifici l'atrapà del coll de la camisa. D'esma Joan empentà l'home i un altre, per darrere, l'atrapà pels braços i els retingueren fins que arribaren dos policies. Els dos homes van somriure. Eren de la Social. Els van emmanillar. Se'ls emportaren cap a la furgoneta.

A les deu del matí, els treballadors de Macosa aturaren l'activitat laboral i es reuniren al magatzem. Damunt d'un calaix de fusta, d'aquells que es fan servir per transportar taronges, un operari, a la ratlla dels cinquanta anys, simpatitzant comunista, excombatent, va explicar als reunits els motius de la vaga intermitent. Els treballadors l'escoltaven en silenci, amb atenció. L'orador i altres com ell gaudien del respecte dels companys de l'empresa. Sovint donaven la cara en les millores laborals referides a aspectes no polítics, com ara el preu de l'alimentació de l'economat, els salaris, les hores extres, el vestuari... amb la finalitat de captar-los. Els va demanar un esforç addicional en favor d'altres treballadors, els miners d'Astúries, represaliats per la vaga que dugueren a terme el mes d'abril. No s'estigué d'alertar-los sobre el perill de manifestar-se al carrer. Però recordeu, afegí, que ara són ells i després serem nosaltres els que necessitarem la solidaritat. Els va informar que una lluita similar tenia lloc a Astilleros i la Unión Naval de Levante. No digué res més. Sense cap consigna de caire polític féu una puntellada al calaix amb un gest d'emprenyat i es va adreçar cap a la porta principal de l'empresa seguit d'una quarta part, aproximadament, dels congregats. La resta es va quedar al magatzem. No secundaven la manifestació per temor a les represàlies, però continuaren amb la vaga laboral.

A la porta, a l'altra banda de la carretera, hi havia un bon nombre de policies. A mesura que n'eixien, els treballadors s'escampaven al llarg de la façana de la fàbrica. Un jove encaputxat va col·locar rodes de vehicles amuntegades de tres en tres. Així que pretenia ruixar-les amb gasolina, Rodrigo, en un cotxe camuflat, va donar l'ordre d'envestir-los quan els manifestants encara no s'havien alineat. El jove tingué temps de calar-li foc al primer muntó, que alçà una flama enorme. La resta va agafar les rodes per llançar-les contra la policia, cosa que els va donar temps per córrer a la majoria; uns, els més prop de la porta, a l'interior de l'empresa, altres cap a la dreta o l'esquerra, o bé creuant la carretera entre els cotxes aturats, alguns conductors dels quals els abandonaren esporuguits.

Als que caigueren a mans de la policia, els atonyinaren acarnissadament abans de detindre'ls. Per als ciutadans l'espectacle era nou, esgarrifador. Rodrigo dirigia l'operació, ordenant als seus homes de paisà que no perderen de vista el primer operari a eixir, ja que el suposava el líder. El simpatitzant comunista aconseguí creuar la carretera i endinsar-se per un carrer més enllà de la policia. Corria tant com podia, però no podia gaire. Dos membres de la Social li anaven al darrere. Ara tombava per un cantó, ara per un altre, però els pulmons i les cames afluixaven. Calia arribar a un bar. Coneixia el barri, el coneixien. Quan va girar la darrera cantonada va entrar panteixant al local Pepita Creus. Va anar al lavabo i se'n va eixir sense la granota de treball. Els pocs clients a penes li prestaren atenció. Sabien de què es tractava. Es va asseure en una taula amb un diari entre les mans. L'ama li serví una cervesa.

—Gràcies —digué amb la veu entretallada.

La dona va tornar a l'interior de la barra i es va situar al finestral, assecant uns gots, controlant el carrer. Va veure els dos membres de la Social mirant a totes bandes, preguntant a la gent. Un d'ells observava els baixos dels vehicles aparcats, l'altre entrava i eixia dels vestíbuls dels edificis. Preguntaren en una botiga de queviures. L'ama del bar va veure que venien cap al seu local i va marxar al lavabo per no dir-los res. Hi havia sis parroquians en tres taules: tres, dos i un. I aquest fou l'error. A més, estava d'esquena i el moviment de les espatlles mostrava un home encara amb una mica de panteix. S'hi acostaren. Li posaren una mà ferma al muscle.

—Gira la cara.

Els va mirar. Estava fatigat, trist, però féu un xarrup de cervesa.

—A veure les mans.

Lentament les va ensenyar. Les tenia plenes de taques fosques fins les ungles i amb durícies seques i compactes a la base dels dits. Encara maldà per fer un glop de cervesa. Estava fresca i bona, però un d'ells li ventà una bufetada i la botella s'estavellà contra la cara. L'alçaren i l'emmanillaren. Se l'endugueren a empentes, insultant-lo: comunista, porc, malparit...

—Fills de la gran puta! —mussità l'ama des del fons del bar.

Quatre illes més cap al sud de la ciutat hi havia la carretera que conduïa al cementeri general. A la banda dels camps, assegut en un marge d'una sèquia, Leandro Monrabal, el delator, fumava amb la vista perduda. També estava trist i fatigat (el cansament d'escapar d'un mateix). Cada vegada que els treballadors de Macosa es reivindicaven sentia una culpabilitat pregona, vinguda des de temps immemorials; aleshores notava encara més l'alè del menyspreu, i el desig per fugir a un lloc ignot (com si pel fet d'estar en terra estranya els mòbils morals desaparegueren), per morir tranquil, es constituïa en una acuitada regularitat.

Els primers detinguts que arribaren al soterrani de la prefectura eren treballadors de Macosa, Astilleros o la Unión Naval de Levante. Els llevaven el cinturó i els cordons de les sabates. Per substituir el cinturó, alguns operaris utilitzaven un cordell, que també els arrabassaven tot produint un efecte còmic entre els policies, ja que havien de subjectar-se amb les mans els pantalons. Tot seguit passaven pel «piano», les petjades dactilars dels deu dits; a continuació la foto de front i de perfil, sense esbrinar si el detingut era realment un manifestant o bé un ciutadà que, atemorit, corria barrejant-se amb els perseguits. Al líder de Macosa, els dos membres de la Social el tancaren amb el Messié. Antonio Mayans es va alçar i es va presentar. Es donaren la mà.

—¿Vols seure al matalàs? —li oferí Mayans.

—Tant fa —contestà i va seure a la bancada d'obra.

—¿Què ha passat?

—Ens hem manifestat. ¿I tu?

Mayans tornà a seure. Li oferí un cigarret, però el tabac ros no li agradava. Era car i se li enganxava a la gola.

—Sóc lladre.

El de Macosa no digué res.

—Lladre professional. Vull dir que no sóc cap carterista.

—Vols dir que no robes als pobres.

—No és rendible.

—Almenys expropies als rics —somrigué l'operari.

—¿Ets comunista?

—No —ho negà, perquè el desconeixia.

—De totes maneres ho passaràs malament.

—Ho sé, per això m'han separat de la resta. M'aplicaran un tracte especial. Seré el primer que interrogaran.

—¿Rodrigo?

—Probablement.

—Tinc entès que és un sàdic. També m'interrogarà.

—¿A un lladre?

—També sóc especial. M'ha dit que quan tinga temps s'ocuparà de mi.

—¿A qui has robat?

—Estava en casa de Virgínia Lafont el dia que l'assassinaren.

L'operari es va encendre un cigarret.

—Lafont! —expulsà el fum—. No t'arrende els guanys. Voldrà penjar-se una medalla a costa teua.

—¿Has passat mai per una tortura?

—No. Companys meus que combateren amb mi en la guerra em contaven que els soviètics els ensenyaven a resistir les tortures.

—¿Com?

—Torturant-los.

—¿Torturant-los?

—Amb els mateixos mètodes que utilitzaven els feixistes. Si no suportaven almenys els preliminars no els feien servir d'agents infiltrats. Tenien informació de les xarxes i no volien arriscar-se.

—No crec que ningú puga suportar hores de tortura.

—Però sí guanyar un temps fonamental, que servia per alertar altres camarades.

Se li escapà «camarades» i s'adonà de l'error de l'expressió, però no rectificà. Va acotar el cap fumant.

—Tranquil, no sóc un confident de la Social. Per desgràcia m'espera el mateix que a tu.

—Aleshores et deus imaginar per què ens han posat junts.

—Per atemorir-me després que et torturen.

—Així és.

—¿Tens por?

—En estos moments, no. Però s'entestaran perquè els confesse aspectes del Partit Comunista, del qual sóc simpatitzant però no hi milite. Per molt que em torturen no em trauran res.

—¿I per què ets tan important per a ells?

—Potser perquè algú els ha informat que he sigut un dels instigadors de la vaga i la manifestació. Pertot arreu hi ha confidents.

—Ho he experimentat en carn pròpia. Un carterista em va delatar. Sóc conscient que volen atribuir-me el crim.

—Deixa que et torturen i després signa el que et diguen. Dóna-li un recurs jurídic al teu advocat.

—Això pense fer, però m'acollona el càstig físic.

—Pensa en la teua vida. T'ajudarà.

—¿En què pensaràs tu?

—En la força de les meues conviccions ideològiques; en el que patiran altres camarades; en els meus fills. Lluite per donar-los un futur millor; lluite perquè se senten orgullosos de son pare. El que faig és just.

—No tinc ideals, no lluite per ningú.

—Doncs fes-ho per tu. Només tens una vida.

Es va sentir la remor de passes que baixaven al soterrani. El Messié s'arrimà a la reixa per veure què passava.

—Deu ser la remesa d'estudiants —digué el de Macosa.

—No. És Rodrigo acompanyat de policies de paisà.

El treballador també s'acostà a la reixa.

—Bona pesca! —exclamà el cap de la Social mirant els primers calabossos—. I encara queda el peix menut.

—El tauró ensuma la sang —féu l'operari alhora que agafava del braç Mayans.

Van seure un davant de l'altre. Rodrigo va arribar a la cel·la.

—¿Com estàs, Messié? No cregues que m'he oblidat de tu.

Cap dels dos el va mirar, evitant provocar-lo amb qualsevol gest.

—Estàs ben acompanyat. ¿Com et dius, camarada?

—Paco.

—I què més.

—Ruiz Sabater.

—Francisco Ruiz Sabater —un membre de la Social en prengué nota—. Ara comprovarem l'arxiu. Espere que sigues una figura. Has eixit el primer. Ets molt valent, però cagaràs els calçotets. Segur que tens molta informació per contar-me. Descansa, t'espera un interrogatori intens. I tu també, Messié. Per cert, demà farà setanta-dos hores que estàs detingut. Et trauré a passejar. Tens mal color de cara.

Se'n va anar. Tots dos s'encengueren un altre cigarret.

—¿Per què et diuen el Messié?

—Vaig estar una temporada a França. Després de tres anys de condemna me'n vaig tornar.

—A França tindries més drets.

—També més obligacions. Estava fitxat. ¿Tu ho estàs?

—Sí. Vaig caure en el cinquanta-set.

—Llavors deus tindre una certa experiència en els interrogatoris.

—No gaire. El fet era lleu i em van fotre unes quantes hòsties. Però sentia els crits dels companys. Eren militants del Partit Comunista.

—¿Què els feien?

—No t'ajudarà saber-ho. Al revés, patiràs doblement pensant en el que t'espera i en la tortura posterior. Procura distraure't, tindre la ment en altres coses.

—No sé com fer-ho.

—Relata'm anècdotes divertides dels robatoris.

Abans que el Messié començara a parlar es va sentir el soroll de gent que baixava als calabossos. S'escoltaven els crits dels policies ordenant-los que es llevaren els cinturons i els cordons de les sabates. Quinze estudiants detinguts, entre ells Joan Piñol.

—El peix menut —digué Paco Ruiz.

—Aviat començaran els interrogatoris.

—No. Esperaran que es buide la prefectura de personal administratiu. Encara tenim unes hores per davant. Tot el temps que passem ací juga a favor d'ells. Els detinguts no paren de donar-li voltes al cap. El factor psicològic.

—Així estic jo des de fa dos dies.

—Parla, Messié... disculpa'm la confiança.

—Sóc el Messié, alumne de Paul, un dels millors lladres de França.

Com si de sobte haguera recuperat l'orgull d'haver estat un bon professional, Antonio Mayans va iniciar el relat de la seua carrera delictiva. Paco Ruiz simulava escoltar-lo amb atenció, però pensava en el sofriment de la seua dona, en els dos fills, en tot el que l'esperava. Al seu cap encara retenia l'eco dels crits dels companys coneguts en la caiguda de l'any cinquanta-set, especialment Manuel. Després de la tortura, la seua alçada minvà quatre centímetres.

Per impedir les sospites de Rodrigo, Leire i Piñol deixaren al pàrquing de la prefectura el cotxe de la Brigada Criminal i utilitzaren el particular de l'ajudant de confiança del comissari, per fer un seguiment estricte d'Escamilla, el promès de Virgínia. A les vuit del matí del dimarts estaven prop del portal de l'edifici de l'empresari de mobles. Vint minuts més tard Escamilla, amb el seu vehicle, es va desplaçar a la fàbrica, situada a Patraix. Piñol i Leire esperaren. Comentaren el fet paradoxal de la tasca de subordinats que duien a terme, però Piñol s'entestava a reunir tots els detalls sobre el sospitós, que si bé no li servirien per esgrimir-los davant del governador, els proporcionaria a l'advocat d'Antonio Mayans. Escamilla calçava els mocassins que el Messié confessà haver observat des de sota el llit. A les nou i mitja, un home jove abandonà la fàbrica. Duia vestit i corbata. Leire el va seguir fins al seu cotxe.

—Bon dia —el saludà.

—Bon dia.

—¿Sap si el senyor Escamilla està al seu despatx?

—¿El pare o el fill?

—El fill.

—Sí.

—M'havien informat que potser estaria fora.

—No, el que viatge sóc jo. Justament me'n vaig ara a Múrcia. ¿El puc ajudar?

—Tinc una botiga a València i volia provar alguns mobles de l'empresa.

—Pregunte per Vicent Albiach. És el representant de la zona. El senyor Escamilla està molt ocupat.

—Gràcies.

L'empleat engegà el cotxe. Així que es va allunyar, Leire va tornar amb Piñol.

—Este tio no viatja ni amb el tramvia.

A les deu, Escamilla va pujar al seu vehicle. Va travessar la ciutat fins al barri de Natzaret. Aparcà a la vora de la fàbrica Metal·lúrgia Lafont. A uns cent metres de l'empresa hi havia quatre policies fumant en actitud relaxada. Piñol i Leire s'hi adreçaren. El comissari es va identificar mostrant-los la placa. Els policies apagaren els cigarrets, gairebé es quadraren.

—Continuen fumant. M'ha cridat l'atenció la presència de vostès.

—Hi ha convocada una jornada de vagues i manifestacions —contestà un, avançant-se uns metres a la resta.

—¿I com és què en són tan pocs?

—No es preveuen aldarulls en esta empresa. ¿Necessita de nosaltres, senyor comissari?

—No, no. Passàvem per ací i he sentit curiositat. Bon dia.

Pujaren al cotxe de Leire i es van situar en un lloc d'on vigilaven la porta principal de l'empresa i no els observaven els policies, que de nou es relaxaren, formant un cercle. Mitja hora després, el senyor Lafont, amb la mà al muscle d'Escamilla, isqué de la fàbrica. L'acompanyava al seu cotxe, lentament, parlant-li com si li donara consells.

—Li deu haver contat el mal tracte que ha rebut de nosaltres —féu Leire.

—Tant em fa. Més que m'ha dit el governador... A més, ens ha apartat del cas.

Escamilla va tornar a la seua empresa. Travessant pel centre de la ciutat, Piñol i Leire s'adonaren de la presència massiva de furgonetes policials.

—Amb tanta feina Rodrigo deu estar cofoi.

—Millor per al Messié. Guanya temps.

Decidiren estirar les cames.

—Demà o despús-demà parlaré amb un parell d'advocats i ell que trie.

—Lamentable l'actitud d'Efrén, ¿no ho creus?

—D'alguna manera el comprenc.

—Almenys podia haver-te defensat davant del governador.

—Segons ell, m'ha evitat un mal major. En fi, supose que el cas l'ha desbordat. Tot i que és el cap de la prefectura, amb este assumpte ja sap que Rodrigo té poders plenipotenciaris. Potser ja s'ho imaginava, però ara ho ha comprovat. No té una situació fàcil. Si avui Rodrigo assoleix un èxit, Efrén, en el fons, acabarà sent un subordinat d'ell, cosa que amb nosaltres no aconseguirà.

—Piñol, ens ha apartat del cas...

—Oficialment, Leire. S'endurà una sorpresa quan comprove la informació que tindrà l'advocat.

—Em sembla que t'ho agafes com una qüestió personal.

—Doncs sí, també és personal. ¿No és una vergonya tindre un tipo com ell d'emblema policial?

—¿I això no et fa reflexionar?

—Sí. Hi ha un estat de coses que no controlem. De vegades el meu fill em retrau que treballe per a un règim dictatorial.

—De vegades jo també m'ho plantege.

Leire va mirar Piñol, buscant una resposta, però el comissari s'estimà més canviar de conversa. Tenien de què parlar: fins a la una del migdia Escamilla no va eixir de l'empresa. El van seguir de més prop, la circulació era un poc més densa. L'empresari va entrar en un restaurant cèntric de la ciutat.

—No podem saber amb qui es reuneix —es lamentà Piñol—. Ens coneix a tots dos.

—Però sabem que dinarà i nosaltres també en tenim dret. Portaré dos entrepans. ¿Alguna preferència?

—Tu mateix.

Va dur dos entrepans de truita amb creïlles i un parell de refrescos de llima.

Se'ls cruspiren, conversaren. Durant l'hora llarga que esperaren, Leire li va preguntar per la possibilitat de tornar-se a casar. Com ell, Leire també era vidu, però havia trobat una dona amb la qual era feliç. El va encoratjar a relacionar-se més. Al comissari, però, la vida social li feia nosa; no es trobava amb cor de reemplaçar la seua dona. Estava convençut que no en trobaria cap altra amb qui poguera conviure com amb ella.

—Jo pensava de la mateixa manera, però el temps ho cicatritza tot. Piñol, vas fent-te major. Algun dia el teu fill marxarà de casa i et trobaràs sol.

—La meua preocupació actual és que el meu fill acabe la carrera i l'especialització. Leire, jo no sé relacionar-me amb les dones. Sóc un home avorrit.

—Per a un home, sempre hi ha una dona. Cal trobar-la.

—Doncs com no la trobe a l'església o passejant...

—¿I les administratives de la prefectura? T'assegure que n'hi ha més d'una que li vindria de gust prendre una copa amb tu.

—Vols dir un refresc. Ja veus, no sóc capaç ni de fer-me una copa.

—El que siga, però ets un home apreciat.

—Ni tan sols em fixe en cap d'elles.

—Eixe és el problema. N'hi ha viudes i fadrines. ¿No has observat amb quina disposició treballen per a tu quan les necessites?

—No. Estic observant Escamilla.

Va eixir del restaurant sol.

—¿Amb qui deu haver dinat?

—Pel temps que ha durat el dinar, amb ningú.

Leire engegà el motor.

—Espera't. Ha passat per davant del seu cotxe. Baixem.

El van seguir a peu. La distància i la circulació de gent que caminava per la vorera els afavoria. Es va aturar en un semàfor. Va creuar i va continuar pel Carrer de Russafa. Leire va observar Escamilla mirant cap a dalt d'un edifici. Una dona, jove i atractiva, li féu un senyal i desaparegué del balcó. Era una finca de quatre plantes. L'empresari hi entrà.

—Si tinguera una amant seria per matar-lo —digué el comissari, que hi afegí—: metafòricament parlant.

—Sense necessitat de metàfores, normalment la gent que és per matar-la mata abans.

—Esbrinarem qui és la dona. ¿T'has fixat en ella?

—Sí. És per això que em vaig tornar a casar.

Em sap greu no acomiadar-me de Justine. No sap que no ens tornarem a veure, que no vindré més. La casa de cites de Justine és la més prestigiosa de València. És una dona d'uns quaranta anys (no li ho pregunteu, aquesta mena de dones no tenen edat), alta, morena, amable i elegant; ideal per relacionar-se amb el bo i millor de la ciutat. Com la meua, la seua clientela exigeix discreció. Per això l'èxit de la casa; per això l'èxit meu. Sempre hi arribe puntual, a l'hora acordada. Sempre amb el rom amb Coca-Cola que em serveix, sense presses, al seu despatx, amb un ordinador que el supose amb un llistat d'alçada social. O potser no. En qualsevol cas no sabria dir-vos si conec cap assidu. Això és el que fa diferent la casa de Justine. Li agrada el nom que li vaig posar, el troba poètic. Ignore quin és l'autèntic. Tampoc no m'importa. Si ens vérem pel carrer no ens saludaríem. Es comporta amb mi de forma exquisida. Paga amb bitllets de vint i cinquanta euros, conscient de la dificultat dels sospitosos bitllets en negre de cent, doscents i cinc-cents. Té una comptabilitat i una tapadora perfecta. M'ho ha dit en les múltiples converses que hem mantingut al llarg d'anys de relació laboral, cada setmana, però ignore com s'ho fa, per bé que imagine la intervenció d'un bon assessor fiscal. Acabe de beure —una compensació al tip de SoloZumo— i li arregle les ratlles en una safata. Ella no en pren, no fuma, no beu, però té de tot per a tots els clients. Una farmaciola completa, que no sols inclou la Viagra i els indispensables preservatius, sinó també un mínim de medicaments per a la ressaca, ben assortida com està la casa de tota mena de begudes, especialment de caves i xampanys francesos. Fins i tot canapès de gran volada. Me'n fa tastar un. El taste, l'aprove. Cuida els detalls, per insignificants que siguen. M'agradaria passar tota la vesprada amb ella. L'ambient és relaxat. El que té pressa no es diverteix, diu sovint Justine. Cert, però no vinc a divertir-me tot i que de vegades n'he tingut la temptació. Presumiblement, me l'hauria proporcionada. El mostrari de models és variat, amb uns culets que s'aproximen a la perfecció. Però a una bona professional has de respondre amb professionalitat. Les meues alegries no serien un bon indicador. Si ho fera sovint pensaria que sóc un cap de suro. No li faig mai cap pregunta sobre el negoci. Allò que sé és o bé perquè es veu (les models) o perquè m'ho ha contat (models conflictives). Mai sobre cap client. Mira el rellotge, potser arribarà aviat algú important. M'acomiada fins la pròxima setmana. Em fa un bes. M'aprecia. Jo també la respecte. Abans d'anar-me'n dubte si informar-la de la nova situació. No ho faig. He quedat amb Miki que només li ho diríem a Oliver Twist. Fora dels nostres encontres ella no sap qui sóc ni on visc. Només té el número de mòbil per si es presenta un imprevist, una festa d'última hora. Amb tot, previsora, sempre té unes ratlles a punt. Fique a la bossa d'esports el munt de bitllets. Adéu, Justine.

Hola, Settembrini. Un llepassa, un pedant insofrible, un bon client. Sempre faig bona cara, però avui no em cal. Em rep amb un batí de seda. Li reconec el bon gust estètic. Un pis ben moblat amb el que cal (cal tindre diners). Settembrini és un diputat d'un partit d'esquerres (de l'esquerra verbal, vull dir), pertany a una família important d'importadors-exportadors (a València hi ha molts negociants i pocs empresaris). La pregunta és per què no treballa a l'empresa familiar; la resposta és que les famílies notables amb un fill d'una inutilitat excepcional l'envien a fer política. Hauria de ser al contrari, l'empresa pública és de tots. Sovint hem discutit —civilitzadament— sobre aquest aspecte. Els polítics, però, són una casta que entre ells es defensen aferrissadament, per molt que els separen les idees, que no és tant, per no dir res si els cal fer pinya. S'emprenya —amablement. Sóc el proveïdor discret. Diu que un home com jo —un repartidor i no precisament de pizzes— no està preparat per entendre les «estratègies conjunturals». L'imbècil m'explica el significat de les «estratègies conjunturals». Estic a punt de rebatre'l (és el darrer dia), però em diverteix la seua pedagogia vanitosa (pròpia dels tios que no es mamen la polla perquè no hi arriben). Més encara quan parla de literatura. El primer dia, li vaig dir que no havia obert mai un llibre. Es va escandalitzar. Vaig rectificar: de menut llegia *El Capitán Trueno*. A partir d'aleshores sempre em mostrava la lectura que duia entre mans. Calia llegir sobretot assaig. I ací l'enxampava. Una vesprada va manllevar una frase de Chesterton: «El mèrit de l'obra de Dickens —un autor que em recomanava amb la seguretat que en gaudiria— no està en la novel·la, sinó en els seus personatges». Li vaig respondre que era una gran observació. Si m'ho haguera dit ara, l'hauria enviat a la merda. Els pedants em superen la tolerància (que sovint la tenim subordinada a la paciència). Menyspreen la gent que no exhibeix títols acadèmics (em ve al cap el diccionari visual de Salif), sense prendre's la molèstia d'esbrinar què poden aprendre dels altres. Llegeixen per pura ostentació, bo i creient que tot està en els llibres, sense adonar-se que la majoria de llibres es nodreixen de la vida.

Cada vegada que el visite aprofita per alliçonar-me. Sembla de l'Exèrcit de Salvació Cultural, però sospite que em reté perquè l'aguanten pocs. Com a Justine, també li separe les ratlles. N'esnifa mitja, per entrar en matèria. Avui té un sopar d'amics a casa. Tots polítics de diferents partits, tots amb la mateixa afició per la farlopa. Com diu el Colorao, un dia el nomenaran Conseller de Sanitat. Fa mesos que li dec una resposta. Bé, centenars que les mantinc al pap, calladet com pertoca davant d'un bon client. Li cobre. Insistisc que tinc pressa. Li explique que no tinc temps. Però fa mans i mànigues per ensenyar-me un treball que, en les hores d'oci, està redactant. L'ha titulat «La influència de les formigues en l'organització de la societat humana». Reste profundament commogut pel desplegament d'intel·ligència. ¿Vols un gintònic?, m'ofereix provant que pique l'ham i soltar-me el rotllo de les formigues. Si acceptara una copa a cada lloc que vaig tindria el fetge com una pedra. Me'n vaig cap a la porta, m'acompanya amb els fulls de l'assaig enlairats en una mà. Abans de marxar li dic sense vindre al cas però com un afer pendent: El problema de la política no és la immoralitat, sinó la mediocritat d'eixa immoralitat. Primer es queda parat, després fa un intent de protesta. Però tanque la porta i evite l'ascensor per no donar-li temps a la discussió. La frase és de Jean-François Revel.

17

Abans d'un interrogatori, els membres de la Brigada Politicosocial responsables d'aplicar la «medicina» es reunien en un bar que freqüentaven prop de la prefectura. Bevien per animar-se, desinhibir-se. Entre ells es trobava un tipus que anomenaven el Sonat, exboxejador confident, que el cridaven si hi havia un excés de feina. A les vuit del vespre, després d'una llarga migdiada, previ a l'informe que havia enviat al governador relatant-li l'èxit en la jornada de lluita, Rodrigo va acudir al seu despatx. Damunt la taula tenia dues carpetes amb dos llistats: un dels treballadors, l'altre dels estudiants.

Als calabossos, el silenci era total. El Messié i Paco Ruiz estaven estirats. Mayans insistí a cedir-li al seu company de cel·la el matalàs. Tots dos fumaven, miraven el sostre. Es va sentir la veu d'un detingut: «*Llaves*». Era la paraula que deien per servir-se del lavabo, acompanyats, obert de bat a bat davant la mirada impertorbable del policia. Minuts més tard, dos uniformats obriren la cel·la, emmanillaren Ruiz i Mayans i els traslladaren al pis de la Social, amb un passadís llarg amb vuit habitacions les finestres de les quals donaven al pati (per si un detingut, «voluntàriament», decidia llançar-se). Dos membres de la Social els van llevar les manilles i els introduïren al despatx de Vicente Rodrigo.

—Francisco Ruiz Sabater, ¿alguna cosa per declarar?

—Secundava la manifestació i em van agafar.

—¿Només això?

—Només.

Llavors Rodrigo va ordenar que portaren l'operari a la sala tres, i al Messié a la quatre. Caminant pel passadís, a Mayans se'l notava nerviós. Ruiz hauria volgut donar-li ànims, però hauria emprenyat més encara els de la Social. El va mirar i va moure una mica el cap. El Messié serrà els llavis, tornant-li el gest.

A la sala tres hi havia sis homes. Estava buida, amb una sola cadira al mig. Al costat, el Messié es va quedar sol amb un jove que el vigilava. El va fer seure, tancà la porta i s'encengué un cigarret. Mayans també necessitava fumar, però no gosà demanar-li-ho.

Rodrigo va entrar a la sala tres. Paco Ruiz estava assegut, amb les mans lligades darrere de la cadira.

—¿A quina cèl·lula del Partit Comunista pertanys?

—A cap. En sóc simpatitzant, però no militant.

—Fes memòria.

—Vostè sap que els dirigents, per precaució, no participen directament de les jornades.

—Ja sé que no ets un dirigent, però els coneixes.

—Els que conec, estan tots a l'estranger.

—I això d'avui s'ha organitzat espontàniament.

L'operari no digué res. Rodrigo va mirar el Sonat. L'exboxejador es va acostar a Paco Ruiz, li alçà la barbeta i li va etzibar, amb eficàcia i rapidesa, un seguit de colps, amb guants, a la cara. El Messié va escoltar els primers laments. El de la Social que l'acompanyava va somriure. Rodrigo va ordenar al Sonat que parara però l'hagueren d'apartar. Estava excitat, amb ganes de rebentar-li el cap, com una fera assedegada i rabiosa. No era un numeret per atemorir-lo, el tipus era una mala bèstia contrastada. Normalment, en els interrogatoris hi havia un metge que controlava l'estat del detingut. Encara no hi havia arribat.

—¿Qui són els organitzadors?

—A Macosa, jo —balbucejà Paco Ruiz, amb el nas i els llavis brollant-li la sang. Contestava amb el cap cot. Havia de simular un desmai, però no era el moment. També havia de cridar, per tal de fer-los creure que el dolor que li infligien era superior al rebut. Va pensar en el Messié, que just l'havien posat a l'habitació contigua perquè ho escoltara. Tanmateix, Paco se centrava en ell, tenint cura que les seues respostes no perjudicaren altres companys.

—L'any cinquanta-set et van detindre per intent d'agressió a un policia, també en una jornada de lluita. ¿Em vols fer creure, que després de cinc anys, encara no estàs dins del Partit?

—No... no... ho estic —emfatitzava el dolor—. El responsable de la vaga a Macosa sóc jo.

—¿I per què la resta et segueix?

—Perquè estic al capdavant de les reivindicacions laborals.

—Un heroi.

Que no era un peix gran ho sabia de sobres, però estava convençut que tenia contactes importants.

—El *ruedo* —digué enèrgic.

Tothom participava del *ruedo*. Amb intervals d'un segon a penes, el Sonat i la resta el colpejaven de cintura cap amunt. Si a causa d'un colp queia amb la cadira a terra, rebia puntellades a les costelles. El Messié escoltava els crits desesperats de l'operari i els dels policies insultant-lo. Van alçar la cadira. Paco Ruiz tombà el cap a la dreta, com si haguera perdut el coneixement, cosa que havia de fer mantenint en silenci l'enorme dolor que sentia.

—Prou —digué Rodrigo—. Aviseu el doctor.

—No ha vingut.

—¿És que ningú l'ha avisat?

—Ha dit que vindria una mica més tard.

—Baixeu esta escòria.

Va repassar la llista i va ordenar que en pujaren tres més, dos d'Astilleros i un de la Unión Naval de Levante. Isqué de l'habitació i picà dues voltes a la del Messié. Li'l dugueren al seu despatx. Mayans hi va entrar mentre Rodrigo telefonava a l'amo del Maracaibo, fent-li saber que arribaria tard, que Carol l'esperara. Va dir al funcionari que se n'anara i a Mayans que s'asseguera.

—Messié, ¿has sentit el recital?

—Sí.

—Canten com els àngels, però només és el pròleg. La resta és pitjor del que t'imagines. Supose que el company de cel·la t'ho ha explicat.

—Ha preferit no fer-ho.

—Mira si és dolorós que t'ha evitat contar-t'ho. ¿Un cigarret?

—Gràcies.

Rodrigo li va llançar el paquet i la mistera. El Messié féu una aspiració profunda, ansiosa, gratificant.

—¿On tens les joies, tros de cabró? —li ho digué com si foren amics.

Mayans féu una altra aspiració, sense el fum, per encoratjar-se, com un jugador que només té una carta per envidar i opta per apostar-ho al tot o res.

—Senyor Rodrigo, tenen un gran valor.

El comissari se'l va mirar amb un mig somriure. El Messié li mantingué l'esguard mentre reflexionava que haver fet eixir el funcionari potser no havia sigut gratuït. En l'interval de silenci va recordar les paraules de Piñol sobre Rodrigo: bevedor, faldiller, corrupte...

—¿Quin és el valor?

—Tres milions de pessetes mínim —inflà Mayans.

—¿I el tracte?

—Deixar-me lliure.

—Lliure... Fins i tot els lladres parlen de llibertat. És la moda.

El comissari féu tres pipades al cigarret. Meditava. El Messié esperava. Intuïa que Rodrigo barrinava la forma de fer-ho; per bé que no es refiava en absolut que compliria el pacte, no tenia cap altra carta.

—Tres milions —repetí Rodrigo consirós.

—Mínim —insistí Mayans—. No és difícil trobar un comprador.

—¿Què cobren?

—Un vint o un trenta per cent de comissió. Escolte, a Perpinyà tinc un contacte de confiança. Es diu Michel Collignon. Diga-li que va de part de Paul.

—¿Qui és Paul?

—Una contrasenya. Li anotaré l'adreça.

Agafà un paper de la taula i escrigué el nom, la contrasenya i l'adreça. Rodrigo s'ho va guardar.

—Està bé, però haurem d'escenificar l'estratègia. Necessite una bona coartada.

El Messié es va témer el pitjor: matar-lo, quedar-se les joies i donar la versió que intentava escapar. Amb tot, es reiterà que només tenia una carta. Lluitava per la seua vida.

—¿L'escenificació inclou passar per la sala tres?

—No. ¿Les tens amagades lluny?

—Mitja hora amb cotxe.

—Ho tindré en compte —es va alçar.

—¿Em pot donar uns cigarrets?

—És clar, soci. Queda't el paquet. Ha estat un plaer interrogar-te. Ara baixaràs a la cel·la. Tindràs notícies meues. Prompte, a més.

Cridà el funcionari perquè el traslladara al soterrani. Despenjà l'auricular i marcà un número interior. D'un calaix va traure un paquet de tabac. S'encengué un cigarret alhora que meditava la proposta. El Messié no ho sabia, però Rodrigo tenia la solució abans que Mayans li ho plantejara. Ho tenia en ment des de diumenge passat. Hi entrà un membre de la Social.

—¿Com va? —li preguntà Rodrigo.

—El comissari i Leire han seguit Escamilla durant tot el dia.

—Perfecte. No perdes de vista Piñol.

Excepte la cel·la de Paco Ruiz, la resta estaven atapeïdes. La Brigada Politicosocial interrogaria, repartida en tres habitacions, tots els obrers que poguera. L'endemà seria el torn dels estudiants, considerats el peix menut com a conseqüència de les diferents caigudes en els darrers anys del Partit Comunista a la universitat. Joan Piñol n'estava en una amb cinc més, dels quals en coneixia a dos del mateix col·lectiu. Pensava en son pare, en el disgust que li donaria, en els problemes que li causaria, i això l'amoïnava més que la detenció. Al matí, abans de marxar de casa, després que ja ho haguera fet el comissari, li havia escrit una nota advertint-lo que potser passaria la nit estudiant amb un company.

El Messié arribà a la cel·la. Paco Ruiz estava estirat damunt del matalàs. L'arrossegaren a poc a poc a fi que tots els detinguts observaren l'efecte de l'interrogatori. Mayans s'assegué al seu costat. Tenia els ulls inflats, sang per tota la cara. Li va sacsejar lleugerament un braç. Obrí els ulls.

—¿Com et trobes?

—A penes puc respirar —parlava lentament—. Dec tindre algunes costelles trencades, però de moment m'he evitat el pitjor.

El Messié estripà un tros de llençol i va començar a llevar-li la sang. Ruiz es va queixar.

—Vés amb compte, tinc la cara baldada.

—No parles.

—Trau-me un cigarret de la butxaca.

—Però, home, si et costa respirar.

—Només una pipada.

Li'l va traure, l'encengué i tot seguit li'l va posar a la boca. Féu una xamada i l'estossec li va produir un gran dolor a les costelles. Mayans esclafà el cigarret.

—Has de descansar —el va tapar—. Procura dormir.

—No puc —el va mirar—. Véns sencer.

—Més tard s'ocuparà de mi. Només volia acollonir-me escoltant com cridaves.

—No n'hi ha per a tant. Ho exagerava. He simulat un desmai aprofitant que no estava el doctor. Has de fer-me un favor.

—Clar.

—Quan passen unes hores Rodrigo se n'anirà i quedaran els de guàrdia. Llavors crides els policies de la *reseña* i els dius que m'ofegue, que tinc dolors al braç esquerre i al pit.

—Un atac de cor.

—Sí... el doctor ja haurà marxat. Cridaran una ambulància per dur-me a l'Hospital Provincial. Allí tinc coneguts.

—¿Com sabré que Rodrigo ja no hi estarà?

—Quan deixen d'interrogar.

—D'acord. Ho faré. Però ara procura dormir.

Amb la jaqueta doblada li féu una mena de coixí. Després, el Messié, assegut a la bancada, va fumar-se un cigarret mentre pensava en l'estratègia que faria servir a la muntanya, amb l'avantatge que les arbredes eren frondoses. El problema és que no coneixia la zona. Amb tot, pagaria per veure's corrent encara que no sabera en quina direcció. El seu cap era un garbuix d'idees. Primer que res, aploma't, es digué. Rodrigo vindrà sol amb mi. No li interessa que se sàpiga, de cap de les maneres voldrà repartir el botí. Estic segur que em matarà una vegada li les entregue. Si no ho fa, no tindrà acusat. Pensa, Messié. ¿No és això el que et va ensenyar Paul quan es trobava en un atzucac? Sempre hi ha una eixida, només cal trobar-la.

Cap a la una de la matinada, malgrat que encara quedava una cel·la d'obrers sense interrogar, els de la Social no tornaren a baixar. Passada una estona, el Messié comprovà que no hi havia cap moviment. Li ho digué a Paco:

—Fa mitja hora que no se sent soroll.

—Espera un quart d'hora més.

Quinze minuts exactes i va cridar «*llaves*» tres o quatre vegades, traient les mans per les reixes, atraient la curiositat de les cel·les d'estudiants. Acudiren dos policies uniformats.

—¿Què collons et passa?

—Està morint-se.

Obriren i hi entraren, obligant Mayans a posar-se al fons del calabós. S'acostaren a l'operari però no el tocaren.

—És un atac de cor. Primer s'ofegava; tan fort que m'ha despertat i ara s'ha desmaiat.

Un dels policies va eixir corrents fins la *reseña*, l'altre es va quedar fora de la cel·la.

—Ràpid, criden el doctor —l'acuità Mayans.

—Se n'ha anat. Vindrà una ambulància.

—Potser serà tard.

—Doncs que palme a l'hospital.

El policia passejava en un minúscul terreny blasfemant. Un mort era un problema, sobretot si moria al soterrani, responsabilitat dels funcionaris de la *reseña*.

Felo respirà alleujat així que veié Rodrigo entrant al Maracaibo, vora les dues de la matinada. Era la primera vegada que s'alegrava de trobar-se'l. D'ençà de les dotze havia eixit dues voltes del cabaret per si de cas Josep estava pels voltants. Sabia que era previsor i potser vigilava la zona. Les dues voltes Fermín li va preguntar on anava. El cambrer s'excusava amb un maldecap. Necessitava passejar. Temia que Rodrigo no vinguera a causa de la jornada de lluita i no disposava del telèfon de Josep. El porter el notava neguitós. Felo, quan se li desfermaven els nervis, no es controlava. Rodrigo acudí amb els dos guardaespatlles. Carol actuava igual de tranquil·la que ho havia fet tota l'estona. Ella sí que estava assabentada que el comissari vindria, però per precaució, perquè la vedet i el cambrer simulaven un distanciament, no va aprofitar el descans per dir-li-ho.

Rodrigo va saludar tothom. Estava satisfet. Fins i tot s'adreçà a Felo amb naturalitat, demanant-li les consumicions perquè les duguera a la partida de pòquer. El cambrer, que s'havia relaxat amb la seua presència, va començar de sobte a pensar en l'acció. Encara quedaven dues hores, però se li farien interminables. Mari Santos també el trobava estrany. Felo adduí el pretext que la seua família, inclosa sa mare, havien marxat el dia anterior a Alemanya, circumstància que l'entristia. Li ho va explicar atrotinat, com si no tinguera ganes de parlar-ne. Anit estava normal, rondinà Mari Santos quan ja el cambrer estava a la barra preguntant-li de nou al seu company si havia rebut una telefonada. Va anar al seu camerino en tres ocasions, i en les tres comprovà amb un excés d'obsessió que duia l'arma i estava carregada. El desfici li impedia dur a terme el treball amb diligència, equivocant-se de taula o descuidant netejar-les. Tan sols la normalitat de Carol li infonia una mica de sensatesa. De manera que havia de tranquil·litzar-se i ho féu al lavabo, aspirant i inspirant profundament, mentre es mirava a l'espill recordant-se la decisió inajornable que havia assumit. No sabia si tenia dubtes o temor, però encara que haguera volgut desdir-se'n no ho podia fer, no ho havia de fer. ¿Què pensaria Carol, la felicitat de la qual estava a les seues mans? Quin ridícul més espantós faria davant d'ella. ¿I Josep, al qui havia no sols convençut sinó que desitjava participar més activament? Si Josep era un militant resolutiu, ¿per què no ho havia de ser ell? Tenia dues causes, la de Carol i la ideològica. Va pensar en tots els detinguts que ara mateix devien estar als calabossos. En les tortures que patirien; en l'alegria que rebrien ells i centenars d'obrers i estudiants quan s'esbombara la notícia de la mort de Rodrigo. Es va rentar la cara amb fruïció. Tornà a la sala amb l'ànim esperonat. Va somriure a Carol. I va esperar, servint amb trellat, que arribara el moment.

Els nervis l'acuitaren de nou deu minuts abans de les quatre de la matinada. Just ara, que hauria d'estar més serè, Felo no sabia què fer, on mirar, on posar les mans. Tocava retirar les consumicions de les taules i en el seu estat el preocupava que una safata li caiguera a terra i cridara l'atenció. Va parlar amb el company que atenia la sala pregant-li que se n'ocupara, es trobava malament (a l'estómac sentia un dolor lleu). Vés-te'n, li digué, però demà ho faràs per mi. Demà, pensà Felo. Una incògnita. ¿Com es presentaria al treball? La brama sobre la mort de Rodrigo seria un fet, si no encara als diaris sí en forma de *vox populi*. L'endemà li caldria fer-se l'orni, el despreocupat, l'home que s'havia alçat del llit després d'una festa, gairebé a l'hora de vindre al cabaret. ¿Hauria de simular alegria o normalitat, quan li ho contaren? Tot allò ho barrinava al camerino, canviant-se de pressa per eixir abans que els clients. S'introduí la pistola a la butxaca dels pantalons. Havia escollit una jaqueta més llarga, per dissimular el promontori. Comprovà que duia les claus de Carol. Pensà en Federico, el guardaespatlles de Rodrigo. ¿Quina actitud prendria quan s'adonaren que les bales pertanyien a les que usaven els de la Social? Callaria, sens dubte. De cap de les maneres denunciaria la desaparició de l'arma. Va travessar la sala, sense mirar l'escenari. Carol anunciava la darrera cançó. Una part del públic protestà. Pujà les escales assajant què li diria a Fermín. El porter preguntà:

—¿Te'n vas, Felo?

—Em trobe fatal.

—Tanta festa...

—Doncs hauré d'anar-hi, m'esperen. He agafat dos aspirines.

—Primer, la salut.

—Ja tindré temps de cuidar-me quan em jubile.

—A este pas...

A Felo el sobtà el seu propi somriure. S'acomiadà de Fermín. Féu la volta a l'illa d'edificis, va veure Josep prop de la Vespa. El cambrer caminava per la vorera d'enfront. No es miraren. Va entrar en un bar situat tres carrers en paral·lel al del Maracaibo, on sovint els clients es prenien l'última copa. Estava buit, amb l'amo posant les cadires damunt la taula perquè l'endemà agranaren el local. Es begué tot d'una dues copes de conyac. Va pagar. Se'n va eixir. Va consultar el rellotge: les quatre i cinc minuts. Llavors es va situar en un lloc des d'on observava el portal de Carol. Un cigarret, un altre. Es palpava les butxaques: en una duia la pistola, a l'altra les claus. Li tremolava la mà dreta. Tancà el puny amb força intentant dominar-la. Respira, passeja, fes alguna cosa. Passejar no. El podien veure. Alguns clients enfilaren cap al bar. Quatre i deu. A les quatre i vint l'amo tancà el local i tots marxaren. Rodrigo i Carol aparegueren per la cantonada, per davant la Vespa de Josep, que caminava d'esquena a ells, en una altra direcció. Que fàcil hauria sigut matar-lo ara! El comissari duia agafada de la cintura la vedet. Carol obrí el portal; el tremolor de la mà dreta de Felo minvava. Va deixar passar cinc minuts. Va observar el carrer. Ningú. Silenci. S'adreçà a la finca. Hi va entrar. Va pujar per les escales per no fer soroll amb l'ascensor. Així que arribà al cinquè tingué la temptació de fumar-se un cigarret, però una burilla era una prova evident. Així doncs, es va posar el passamuntanyes. Va apegar l'orella a l'apartament de la vedet. S'escoltava música. No volgué pensar en res que no fóra liquidar-lo. Ficà la clau al pany i la va girar lentament. Si estaven a la sala els veuria només obrir-la. Els va veure: Rodrigo i Carol es besaven. Va separar les cames, apuntant-lo amb l'arma amb les dues mans, els braços estirats.

—Vicente Rodrigo, criminal, alça't.

—Em trobe a gust ací —somrigué el comissari.

La resposta desconcertà el cambrer.

—Separa't d'ella —cridà el cambrer.

Carol se'n va anar a l'altra punta del sofà.

—Vinga, desgraciat, dispara'm.

L'apuntava, però no es decidia.

—Fins i tot amb el passamuntanyes se't veu la cara d'idiota. Pobre Felo, enamorat d'una fulana.

Rodrigo s'arrambà a la vedet i li va posar una mà al pit. Ella se la va apartar amb ràbia.

—Dispara-li, Felo —l'encoratjà Carol.

El cambrer no gosava fer-ho. Tots dos estaven massa junts. Va avançar per disparar-li al cap. Carol es va alçar tot d'una i Rodrigo restà sol al sofà.

—Dispara... dispara... —insistia Carol.

Ho féu. Una, dos, tres vegades, mentre el comissari somreia. Felo va mirar l'arma. ¿Què passava? Ara Rodrigo l'apuntava. Es va posar dret.

—Imbècil, són de fogueig.

Felo reculà unes passes fins la paret. Acotà el cap desesperat, vençut. Abaixà els braços. No entenia res.

—Això et passa per confiar en una puta —Rodrigo es

va dirigir a Carol—. Després ajustaré comptes amb tu. ¿Què ha passat, Felo? No t'ho expliques, ¿oi? ¿Recordes com diumenge a la nit telefonares a Carol amb la ferma decisió de matar-me? —el cambrer mantenia l'arma entre les mans caigudes—. De seguida, quan penjares, m'ho va comunicar. Quan i de quina manera ho faries. El que ella no sabia era que les bales serien de fogueig. Un home de la meua posició no deixa res a l'atzar. El dilluns, Federico t'ho va facilitar, amb l'arma fora de la funda i a la punta del sofà. ¿Com no se't va ocórrer que tot resultava tan fàcil? Doncs perquè ets un idiota. Carol, que va de llesta per la vida, em va intercanviar la informació per un treball excel·lent a Madrid, que la deixara lliure, per tal de fer la seua vida —es girà de cara a ella—. Estimada, mai no ha existit eixe treball.

Felo la va mirar:

—¿Per què, Carol?

La vedet es va posar a plorar. El cambrer també.

—Ploreu, desgraciats...

Aleshores, d'una revolada, Felo llançà la pistola contra la finestra bo i cridant «Josep, Josep...!». Rodrigo l'apuntà al cap. El féu agenollar-se de cara a la paret. Carol buscava qualsevol objecte per colpejar el comissari. No hi trobava res. En realitat estava paralitzada pel temor, per la impotència de saber que no serviria de res, que encara empitjoraria més les coses. La pistola de Felo caigué al carrer. De dos vehicles baixaren quatre homes de la Social, que s'adreçaren amb rapidesa cap a l'edifici. De sobte escoltaren el soroll de la Vespa de Josep i dos policies tornaren al cotxe per seguir-lo. Amb celeritat, conduint per carrers en direcció contrària, ullant ara i adés cap enrere, Josep els va despistar. Va arribar a l'eixida sud de la ciutat i es va endinsar per sendes agrícoles que coneixia.

Els dos homes de la Social, als quals Rodrigo els havia donat unes claus de la vedet, van obrir.

—¿Està bé, jefe?

—Perfectament. ¿Heu seguit l'altre?

—Sí.

Va estavellar la culata contra la cara del cambrer.

—A la prefectura.

El van emmanillar. Carol no parava de plorar. Abans que se l'endugueren encara la va mirar, preguntant-se per què l'havia traït, per què havia estat tan cec, si més d'una vegada es reconeixia una passió desmesurada no corresposta amb la mateixa contundència. Els errors se li amuntegaven al cervell barrejats amb el temor a la tortura. Baixant amb l'ascensor, al cotxe que el duia camí de la prefectura, el cambrer pensava en sa mare, el seu germà, els nebots... Una nova vida, un futur diferent. Esclatà en un plor incontenible mentre repetia obsedit: mare, mare, ¿què he fet?

—¿Endevines què passarà amb tu? —Rodrigo a Carol.

—¿Vas a matar-me? —la veu de la vedet suplicava.

—Ben al contrari, escamparé que gràcies a la teua delació he salvat la vida. T'estic agraït i t'ho recompensaré. Continuaràs treballant al Maracaibo, continuaràs sent la meua puta. Has prestat un gran servici policial. El que no he aconseguit amb els detinguts, potser m'ho confessarà Felo. ¿Amb esta classe d'idiotes el Partit Comunista vol fer la revolució? Descansa, carinyo, per a tu demà serà un dia com un altre. Un consell: no t'escapes de mi. On vages et localitzaré. Cursaré una ordre contra tu per complicitat en l'intent d'assassinat. No cal que et diga què et passaria. O sí: et ratllaré la cara amb una navalla.

18

Va aparcar la Vespa al pati i va entrar al taller. Marcà el número de Teresa, que estava al seu dormitori, amb els llibres oberts damunt la taula, sense estudiar, esperant esdeveniments. Va sentir el dring reiterat del telèfon i va eixir corrents cap a la sala-menjador. Amb l'ensurt li caigué la cadira de l'habitació; amb la corredissa i les portes féu soroll.

—¿Teresa?

—Sí.

—Felo ha caigut.

—Felo...

—No t'ho puc explicar, no ho sé, però has d'anar-te'n.

—¿I tu?

—Ho he de pensar.

—¿Què has de pensar?

—Teresa, no tenim temps. Quan pugues, telefona al cap de la cèl·lula.

—Josep...

Darrere d'ella hi havia els pares, la germana i la minyona. Teresa els va veure. No obstant això, marcà un número de telèfon d'un membre de la cèl·lula i només li digué una paraula: caiguda. Va penjar.

—¿Què passa? —li preguntà el pare.

Féu un sospir. ¿Com explicar-ho? Va tirar al dret bo i pensant que cada minut era important.

—Avui hem celebrat una assemblea a la universitat. He parlat.

—¿Què vols dir?

—Després s'han fet manifestacions al carrer i han detingut companys meus. Potser la policia es presentarà ací.

—¿La policia? —sa mare, emprenyada—. Jo ja sabia que esta xiqueta era rara. Ho vinc dient des de fa temps que necessita un psiquiatre —s'adreçà al marit—. ¿Ho veus?

—Teresa, ¿què has fet?

—No res, parlar. No he participat en les manifestacions, però hi ha gent de la meua classe detinguda.

—Déu meu, quin escàndol!

—Per favor, Enedina, calla —el pare es dirigí a la minyona—. Rosa, torna a l'habitació. I no digues res.

—Sí, senyor.

—Déu meu, Déu meu! —a la mare l'envoltava constantment un aire d'estupidesa social.

—No és el moment de lamentar-se. Hem d'actuar. Teresa, agafa el passaport i fes-te una maleta.

—¿Una maleta?

—Enedina, per favor! Ja en tinc prou amb este problema.

—¿Què direm a la família i als amics?

L'home no li féu cas, era un cas perdut. Va ordenar a l'altra filla que ajudara Teresa amb la maleta. Ell va tornar al dormitori a canviar-se de roba. Mentre recollien el més indispensable, la germana li va preguntar si era comunista. La imatge de Felo torturat la va esperonar:

—Sí, ho sóc.

—Però si ho tens tot en la vida... Mira quin disgust ens has donat.

El pare, des de la porta:

—¿Tens el passaport?

—Sí.

—Tanca la maleta i anem-nos-en.

—¿A on? —preguntà la germana.

—On siga. Si ve la policia jo estic de viatge i de Teresa no sabeu res. ¿Ho has entès? Passa la nit amb la mare.

Teresa va besar la germana.

—Vinga, vinga... —l'acuità el pare. Isqueren del pis—. Et portaré a Barcelona. D'allà agafaràs un vol a Roma. Et donaré una adreça.

—D'acord, pare.

—Tindrem temps de parlar-ne. Això que has fet no té nom. Ja m'inventaré alguna cosa per explicar-los als avis i als cosins. Insensata...

Josep Baixauli va penjar l'auricular. No tenia el telèfon de cap membre de la cèl·lula del Partit, però confiava que Teresa ho faria. Estava abatut, penedit d'haver deixat que Felo duguera a terme l'acció. Però tampoc no disposava de gaire temps per salvar els efectes col·laterals de la caiguda del cambrer. Per la porta del taller va entrar a la casa del matrimoni Puig. Es va adreçar a l'habitació. Dormien.

—Senyor Puig —li sacsejà el pit—. Senyor Puig...

La dona es va despertar.

—Josep, ¿què fas ací?

Rafael Puig obrí els ulls.

—Hem de parlar —li digué Josep.

Tot i encara ensopit, Rafael Puig es va témer el pitjor. Es va alçar lentament. Es va asseure a la vora del llit.

—Tinc pressa, senyor Puig. Anem al taller.

—Ara vinc, Matilde.

S'assegueren a les dues cadires que hi havia al costat d'una tauleta amb papers.

—Tens un problema, ¿no?

—Molt greu.

Fil per randa, Josep li ho va explicar. Rafael Puig va moure el cap, amb un gest que connotava la impotència d'evitar més tragèdies, com si la família Baixauli duguera impresa la marca de la desgràcia. No li féu cap retret. Tard o d'hora Josep s'havia de posar en un embolic polític, per bé que no s'imaginava que fóra d'aquella magnitud.

—Escolte'm amb atenció. Vaig a entregar-me. Si no ho faig, vostès i ma mare pagaran les conseqüències. El company detingut em coneix, el deuen haver torturat... en fi, ja ho sap. A mi m'acusaran de còmplice i de militar al Partit Comunista. Em cauran uns anys de presó, no sé quants ni m'importa. El que vull és evitar més desgràcies. Vostè diga que no sabia res de la meua vida. El deixaran tranquil. A més, ja em tindran. Confessaré la meua militància. Supose que és un atenuant el fet d'entregar-me. Però vull demanar-li un favor —de la cartera, que l'havia deixada al calaix de la tauleta, va traure una foto d'Adelaida en què estaven tots dos. Amb unes tisores la va retallar i li va entregar la part d'ella—. És la meua nòvia. Una bona xicona. Treballa de minyona en una casa de la ciutat. Li escriuré unes ratlles perquè li les faça arribar. Quan publiquen la meua detenció diran moltes mentides, ella no està preparada per entendre-les. És catòlica practicant i un comunista és un diable. No sap res de la meua militància, ni tan sols de les meues idees. Necessite que li porte la carta i li ho explique. Sé que patirà una gran decepció, però si parla amb ella serà una altra cosa. A vostè el creurà. Li n'he parlat. No li donaré l'adreça del pis on serveix. Si la família se n'assabenta potser perdrà el treball. ¿Coneix eixe passeig amb jardins, que la gent anomena Bulevard dels Francesos?

—Sí.

—Hi ha una església. Tots els diumenges, a les onze,

Adelaida va a missa. A l'altra banda, enfront, hi ha un arbre de moreres frondós i un banquet. Allà ens trobem habitualment. La reconeixerà per la foto i perquè cuida dos xiquets. ¿Ho farà?

—És clar, Josep.

—Vaja amb Robert. Vull que el conega. Explique-li al meu germà el que mon pare em digué a mi. No som delinqüents...

—No passes ànsia.

—I a ma mare...

A Josep li caigueren les llàgrimes. El senyor Puig el va acariciar, consolant-lo.

—Si sabera com ho lamente per ella...

—Em faré càrrec de tot. Estarem al seu costat nit i dia.

—Ho lamente... ho lamente... sé que per a vostè sóc un desastre...

—En absolut, només ets un jove equivocat. Però tots cometem errors.

—¿El meu error és exigir justícia social?

No ho era. Per a Rafael Puig, l'error raïa en el mètode d'assolir-la, en el poder hipnòtic dels grans ideals. No li va dir res. L'animava. El fet d'entregar-se voluntàriament per evitar les conseqüències que se'n derivaven el redimia des del vessant humà.

A la sala número cinc de la Brigada Politicosocial Felo havia vomitat i s'havia desmaiat dues voltes quan, sobre una taula rectangular de fusta que anomenaven *el quirófano*, amb el cap penjant i les mans lligades a les potes de la taula, amb una manta humida a l'esquena, li colpejaren els ronyons en torns de dos en dos. El doctor no hi estava. Federico va deixar la sala i va anar a informar Rodrigo, al seu despatx.

—¿Què hi ha?

—El còmplice es diu Josep Baixauli. Desconeix l'altre cognom i el domicili, però és de Benicorlí.

—¿Què més?

—S'ha tornat a desmaiar.

—Bé, dis-los que esbrinen en quina cèl·lula militava. Després vés al magatzem i agafa un pic i una aixada o qualsevol ferramenta per excavar. Emmanilla el Messié i dus-lo al pati. No digues res.

—¿Què pretens?

—Una jugada mestra de la qual et beneficiaràs. T'espere al pàrquing.

Federico va transmetre les ordres als homes de la sala cinc. Va anar al magatzem, va deixar les eines al maleter del seu cotxe. Baixà als calabossos. Els dos policies de la *reseña* l'informaren que havien ingressat el detingut Paco Ruiz Sabater, al Provincial. Els va preguntar si hi havia un policia amb ell. Sí. Llavors agafà les claus i obrí la cel·la d'Antonio Mayans.

—El comissari Rodrigo vol parlar amb tu.

En veure les manilles, el Messié va posar les mans darrere. El va conduir fins al pati sense signar l'eixida del detingut, com si el traslladara al pis de la Brigada. Rodrigo esperava fumant. Tots tres pujaren al cotxe, amb el comissari al seient de darrere.

—¿Cap a on? —preguntà Rodrigo.

—Cap a Sagunt.

Federico va engegar el cotxe. Per la porta del Carrer Maria Llàcer es van creuar amb Josep Baixauli, que aparcava la Vespa. Josep va restar uns minuts mirant l'edifici de la prefectura. No dubtava, pensava si seria capaç d'aguantar la tortura; on hi havia els seus límits, si les seues conviccions, Adelaida i l'evocació valerosa de son pare l'ajudarien a resistir sense donar més informació de la que presumiblement hauria confessat Felo. A hores d'ara ja devien conèixer el seu nom i el poble on vivia, potser la cèl·lula, els llocs de reunió, Teresa, el camarada Ambrosio, el camarada Antonio —vingut de l'exterior. A aquest darrer no l'hauria de delatar de cap de les maneres, ja que es tractava d'un dirigent. ¿Hauria telefonat Teresa a un membre de la cèl·lula? ¿Fins on els hauria contat Felo? Va resoldre confessar-los el que ja sabrien sobre l'atemptat, afegint que tots dos s'havien separat de la línia del Partit per massa tova, assumint la responsabilitat personal de l'acció. Transcorreguda ja una hora i mitja, tothom estaria advertit de la caiguda. Abans d'entrar-hi encara va guanyar una mica de temps fumant un cigarret. Tot seguit, travessant el pati, creuant-se amb policies uniformats i de paisà que anaven i venien, va arribar al vestíbul principal sense que cap d'ells s'estranyara de la seua presència. Era sorprenent, paradoxal, que ningú no s'hi fixara. Es dirigí als dos policies de la recepció. Un subratllava amb llapis aquells dibuixos que publicaven els diaris perquè els lectors detectaren les diferències, l'altre l'observava venint.

—Sóc Josep Baixauli.

—¿Què vol?

—Sóc comunista.

Un va deixar el diari damunt del taulell de fusta, l'altre el mirava fit a fit. L'imaginaven un borratxo.

—Vinc a entregar-me.

—¿Estàs de broma?

—No. Sóc un dels qui han secundat la jornada de lluita.

—¿I véns a entregar-te? —els dos policies es miraven.

—Sí.

En els anys que duien al cos policial mai no havien tingut un cas semblant. Un individu que es declarava comunista a la prefectura, que admetia haver-se manifestat, que havia entrat pel carrer del pati, l'havia travessat i sense cap mena de vacil·lació s'entregava perquè els animals de la Social el torturaren. Els policies de més edat —tots dos a prop de la jubilació— odiaven el grup de Rodrigo. Fins i tot, de vegades, deixaven cigarrets a les cel·les dels detinguts mentre la Social els apallissava. Els odiaven per la brutalitat que empraven, per la fatxenderia que exhibien, com si tothom tinguera l'obligació de servir-los, per la impunitat amb què actuaven, pels capricis que els atorgaven i el salari que cobraven, mentre ells, els uniformats, guanyaven amb prou feines per arribar al final del mes.

—Escolta, ¿tu saps el que t'espera?

—Sí.

—¿Per què ho fas?

—Per evitar represàlies contra la meua família.

—¿Ets un dirigent?

—No.

—Porta'l a la *reseña* —digué el de més edat.

—Els de la Social s'emprenyaran.

—Reglament en mà, un detingut ha de passar per la *reseña*.

—És polític.

—No tenim per què saber-ho. Això és feina d'ells.

L'altre va donar la volta al taulell de fusta, va agafar Josep del braç i el va conduir al soterrani.

—Este home ve a entregar-se.

—¿Què ha fet?

—No ho sabem. Que ho explique ell.

El policia del vestíbul se'n va tornar al seu lloc.

—¿Nom?

—Josep Baixauli Aleixandre.

—¿Delicte?

—Comunista.

Dos més que mai no havien presenciat un fet semblant.

Mentre un d'ells cridava els de la Social, l'altre li prenia les empremtes dactilars.

—Tombe a l'esquerra en direcció a Terol.

El Messié aparentava calma, però estava inquiet. Durant el trajecte, al marge de contestar a les preguntes de Rodrigo, interessat en la seua carrera delictiva, reiterant-li l'admiració que sentia pels bons lladres professionals, Mayans reflexionava la manera com podria escapar. Encara era de nit, però aviat el dia despuntaria. Les manilles i la posició li causaven dolor als canells i als omòplats. Va demanar al comissari que li les llevara. Rodrigo li preguntà si quedava molt. Deu minuts, però he d'excavar i tinc molèsties agudes que potser m'impediran la feina. Ho va dir perquè el comissari pensara que no volia excavar, quan en realitat desitjava fer-ho. Definitivament, ets un paio graciós, rigué Rodrigo, que no s'estigué de recordar-li de què eren capaços els detinguts per tal de fugar-se. Mayans es remogué al seient buscant la posició que li alleujara el dolor. Van travessar un poble, que la carretera partia en dos, desert. Arribaren i aparcaren en una vora. Al peu de la muntanya, Federico duia les eines. Pujaren uns metres. Rodrigo enfocava amb una llanterna. El Messié, amb el cap, assenyalà un arbre.

—¿Veu el senyal?

—Sí —enfocant.

—Deixe les ferramentes al costat del matoll.

El comissari li llevà les manilles. Federico l'apuntava amb una arma. Mayans féu uns quants estiraments amb els braços, es va fregar els canells i part de l'esquena. Va agafar el pic. Burxava amb lentitud, mirant de tant en tant cap amunt d'esquena a ells, bo i maldant per controlar els nombrosos pins, la ziga-zaga que hauria de fer per esquivar les bales. Així que arrancà el matoll i havia excavat mig pam va canviar el pic per l'aixada de base ampla. Ara el Messié excavava de cara als policies. El guardaespatlles l'apuntava.

—Pot apagar la llanterna —li digué a Rodrigo.

—Ni ho somies.

—Ens poden veure.

—Som l'autoritat. ¿Estan molt fondes?

—Mig metre, si fa no fa.

La pregunta el va neguitejar. Suposava que quan excavara un poc més el matarien. La resta ho farien ells. Amb l'aixada rascava i va acumular un gruix de terra. Va parar un moment tot passant-se el dors de la mà per la suor del front, panteixant. Evidenciava que es trobava fatigat, fer-los creure que en aquelles condicions cap home podria córrer muntanya amunt. Va sospirar, va clavar l'aixada en la terra solta i d'una revolada, amb una gran rapidesa, així que va carregar la base de l'eina, li llançà la terra a la cara a Federico. Li caigué la pistola i de seguida, d'un salt, el Messié la va agafar.

—Quiet! —amenaçà a Rodrigo, que intentava desenfundar l'arma—. Quiet!

El comissari va alçar les mans. Federico es queixava: tenia els ulls plens de terra, tentinejava.

—Apague la llanterna.

Rodrigo la deixà caure, encara encesa. El cel clarejava. Va ordenar al comissari que li entregara les claus del cotxe, les de les manilles i la cartera de tots dos. El guardaespatlles es fregava els ulls.

—Llance-ho als meus peus.

El Messié ho va recollir. Emmanillar-los al voltant d'un arbre requeria la seua intervenció, una maniobra que potser aprofitarien. Així doncs ordenà al comissari que s'emmanillara amb l'altre.

—Caminen cap amunt.

Rodrigo arrossegava Federico, a poc a poc.

—Mereix que el mate, però no sóc un assassí. I ara tampoc un lladre. Ja sap on hi ha les joies, quan me'n vaja se les pot quedar. Camine, malparit —es va solidaritzar amb Paco Ruiz, ajudant-lo en la malaltia imaginada—. Per culpa de vostè, l'home que estava amb mi al calabós ha patit un atac de cor i potser morirà.

El va apuntar com si pretenguera disparar-li, i aleshores Rodrigo va començar a pujar estirant del guardaespatlles. El pendent de la muntanya es feia més pronunciat. Des de baix, a la vora del cotxe, el Messié els observava. El dia traspuntava. Encara va esperar deu minuts. Va sentir el soroll d'un tractor, que va tombar per una senda. Féu la darrera mirada. Rodrigo i Federico es perdien entre els arbres. Va engegar el cotxe. Va marxar en direcció a Terol. Tot i els esforços, el comissari no aconseguí veure cap a on s'adreçava. Mentre conduïa, Mayans comprovà els diners que duien a la cartera. Suficients per aturar-se a la primera estació de ferrocarrils i agafar un tren cap a Saragossa. Va mirar el rellotge. Va calcular que passaria més d'una hora perquè els policies arribaren al primer poble. Tenia la seguretat que cap llaurador atendria els auxilis que demanarien. ¿Qui s'aturaria davant de dos tipus emmanillats sense cap possibilitat d'identificar-se?

En efecte, camí del primer poble es van trobar amb tres llauradors i tots tres els van observar amb la desconfiança consubstancial al gremi de l'agricultura, sempre a l'aguait dels lladres. De res valgueren els precs de Rodrigo, fins al punt que el darrer llaurador, un home d'edat esquifidet que pedalejava una bicicleta, esprintà amb tanta lleugeresa que recobrà de sobte la joventut. Un poc abans de les vuit arribaren al bar de l'entrada al poble —antigament, a les localitats valencianes dividides per una carretera general, hi havia dos bars: un a l'entrada i l'altre a l'eixida; semblava una estratègia comercial, la base de la qual consistia que si un conductor es descuidava d'aturar-se en el primer encara podia recórrer al segon per calmar la set. Així doncs, el comissari i Federico, mig encegat, obriren la porta del local.

—Molt bon dia —féu Rodrigo amb una cortesia sospitosa.

A la barra, deu clients prenien la primera cassalla, el segon rebentat o un colpet de Soberano. Tots ells es dedicaven a les tasques del camp, joves o grans. L'amo serví una consumició i va agafar una barra de ferro, eina nocturna persuasiva destinada a viatjants d'aspecte dubtós.

—Som policies —s'apressà a aclarir el malentès el comissari.

Dos joves van riure. Els primers de la barra, els més prop de la porta, van recular unes passes. Rodrigo i Federico van seure en unes cadires, fatigats.

—Per favor, avise la guàrdia civil —suplicà el comissari.

L'amo, que ho tenia en ment, va marcar un número de telèfon. Els va explicar que dos individus emmanillats i amb aspecte d'haver perpetrat una «fetxoria» estaven al bar. Li van dir que els retingueren.

—¿Ens pot servir un got d'aigua? —Rodrigo.

—No. I procureu no bellugar-vos de la cadira —l'amo, amb la barra de ferro a les mans.

El Messié viatjava amb un tren que havia d'aturar-se en un poble de la província d'Aragó, per tal d'enllaçar amb un altre en direcció a Saragossa. Com que d'un tren a l'altre tenia mitja hora de temps, telefonaria a Paul perquè l'ajudaren a passar clandestinament la frontera, amb una nova identitat, i enviaria una carta al comissari Sebastián Piñol.

A la caserna de la guàrdia civil, el caporal, davant la insistència de Rodrigo, va telefonar a la prefectura, al número de la Brigada Politicosocial. Els van confirmar, després de parlar amb el comissari, que en efecte es tractava de dos membres de la Social. De seguida, el caporal va fer vindre un manyà perquè els llevara les manilles. Mentre esperaven Rodrigo li explicà que venien de Terol, per un afer particular, i un conductor que semblava tindre un problema al motor els havia demanat ajuda. El vam auxiliar i de sobte n'aparegueren tres més.

—¿Donem l'ordre de detindre'ls?

—Ja deuen estar molt lluny. Hem caminat més de dos hores, però anote la matrícula del nostre cotxe perquè el localitzen. El deuen haver abandonat.

El caporal no entenia per què, si els lladres duien un cotxe, n'havien robat un altre. ¿Però qui era ell per contradir el cap de la Brigada Politicosocial? El manyà els va lliurar de les manilles. Rodrigo va dir al caporal que passara la factura al seu nom, directament a la Brigada. En mitja hora, una furgoneta de la guàrdia civil els traslladaria a València.

—Ací, senyor comissari, només tenim tres bicicletes.

—Són vostès uns abnegats. ¿Podríem dutxar-nos?

—I tant.

Un poc més tard de les nou, Rodrigo i Federico entraven a la prefectura. Abans d'arribar al despatx del comissari, l'altre guardaespatlles, que no sabia res de l'incident de les joies, informà en veu baixa que havia sorgit un problema greu. Passaren al despatx.

—El cambrer ha palmat.

—Mecaguen l'hòstia! ¿És que no sabeu interrogar sense que se'ns vaja la mà? —va deixar anar un altre renec, cansat de tanta incompetència.

—Ha sigut el Sonat, al *quirófano*. Estava sol. Tenia ordres de no tocar-lo fins que jo arribara.

—¿Qui ho sap?

—El Sonat i jo. L'hem traslladat a la sala dos. ¿Cride el doctor perquè certifique un atac de cor?

—No. Controla el Sonat, que no se'n vaja del morro.

—També està a la dos.

—No et separes d'ell.

—Tenim el còmplice de Felo, José Baixauli.

—¿Què ha confessat?

—Gairebé tot el que ens ha dit ja ho sabíem.

—¿En quina sala el tens?

—A la vuit.

—¿Aguanta?

—Sí.

—¿Comunista?

—Ho ha declarat sense necessitat de preguntar-li-ho.

—Necessite noms, però vés amb compte. La resta d'homes a casa a descansar i porta el Sonat a la vuit.

El guardaespatlles se'n va eixir.

—Federico, hem de resoldre com siga el problema que ens han creat la mort de Felo i la fuga del Messié. Si entre els detinguts no hi ha cap peix gros, poseu-los en llibertat a les setanta-dos hores. Excepte Baixauli.

Leire havia telefonat al comissari Piñol. Quan va arribar, l'ajudant el va informar que el Messié no estava a la cel·la.

—Deuen estar interrogant-lo.

—No. Els policies que han fet la guàrdia a la *reseña* m'han dit que Federico se l'ha endut emmanillat. No ha signat el registre d'eixida, però per la finestra han vist com al pati el ficaven en un cotxe particular.

—Potser perquè els diga on hi ha les joies.

—No ha tornat. En canvi sí que ho han fet Federico i Rodrigo.

—Baixem als calabossos.

Ara, els dos policies de la *reseña* eren altres. El comissari els va preguntar si el detingut Antonio Mayans havia eixit. Van mirar uns papers i respongueren afirmativament.

—¿Té l'ordre signada?

—Nosaltres no estàvem.

—Busque-la.

—No hi ha cap ordre. Segons els companys del torn de nit se l'han endut per interrogar-lo.

Piñol sabia que cap d'ells gosaria contradir la versió de la Social. Ho va deixar córrer per no posar-los en dificultats. Tanmateix, Leire i ell van anar a la cel·la del Messié per fer-hi una ullada, per si hi trobaven algun objecte personal del lladre. Fou llavors, mentre s'hi adreçaven, que l'ajudant va veure Joan Piñol assegut a terra amb altres estudiants. Va agafar del braç el comissari i el dugué al fons del soterrani.

—Piñol, acabe de veure el teu fill en una cel·la.

El comissari tingué el rampell de fer mitja volta, però Leire el va aturar.

—Tothom sabrà que és el teu fill. Calma't.

—¿L'han torturat?

—No ho sé. No digues res. Passem com si no l'haguérem vist. Parla-ho amb Rodrigo. Té el llistat de detinguts i sens dubte li deu haver cridat l'atenció el cognom. Sap que tens un fill estudiant de Medicina.

El comissari sospirà bo i allisant-se els cabells.

—¿T'acompanye al seu despatx?

—No. És cosa meua.

De retorn a les escales que menaven al pati, el fill va veure el pare. Es va girar d'esquena. Els seus companys ignoraven la professió de son pare. A més, seria una mostra insolidària que, mentre els altres s'exposaven a les conseqüències dels interrogatoris, a ell, per ser qui era, el posaren en llibertat.

Amb pas enèrgic el comissari s'adreçà al despatx de Rodrigo. Va fer dos tocs a la porta, va rebre el permís del cap de la Social. Piñol s'esforçà a asserenar-se.

—¿Què vols? —li preguntà Rodrigo, agressiu, deduint que venia amb proves sobre el cas Virgínia Lafont.

—Has detingut el meu fill. És estudiant.

Rodrigo captà de seguida l'estratègia. Féu un colpet al genoll de Federico, dret al seu costat, perquè callara. Si mirava el llistat d'estudiants, li evidenciaria que no ho sabia.

—Sé que és el teu fill. El tinc subratllat —aleshores obrí la carpeta amb les tapes ocultant els papers, buscà amb rapidesa per ordre alfabètic i li va llegir el nom, els cognoms, l'edat, les senyes físiques i la Facultat on estudiava—. És un subversiu, la meua obligació és detindre'l.

—¿Què ha fet?

—Participava en una manifestació contra el règim.

—¿L'has interrogat?

—Encara no, però són tots comunistes.

—Això és fals. Potser s'ha manifestat, però si fóra comunista ho sabria.

—Si vos teníeu tanta confiança, ¿com és que has permès que participara en la jornada de lluita organitzada pel Partit Comunista?

—Si ho haguera sabut, li ho hauria impedit.

—Doncs ho lamente, però no rebrà un tracte de favor per ser el teu fill.

—Si el tortures...

—¿Què? —s'alçà Rodrigo amb vehemència—. Digues què em faràs; vinga, dis-m'ho. Aboca'm tot el que des de fa temps portes a l'estómac. Et tinc agafat dels ous. ¿Vols que el tracte amb guant de seda? Abandona la investigació del cas Virgínia Lafont. T'he fet seguir, conec tots els passos que has fet esbrinant la vida del promès. ¿Vols veure al teu fill sa i estalvi? Calla la boca, estàs apartat del cas. El teu fill està fitxat. A partir d'ara el detindré només per anar pel carrer. Per comunista. Li encolomaré tots els delictes de subversió. Faré servir tots els mètodes que calga perquè confesse. Si vols evitar-li-ho, ja saps què has de fer. És l'únic fill que tens.

—Rodrigo, ets un canalla —li ho digué amb resignació—. ¿Què ha passat amb Antonio Mayans?

—¿Potser no has comprès el que t'acabe d'explicar? —el va assenyalar amb la carpeta, directament a la cara—. Tinc moltes hores per ocupar-me del teu fill. Quan en passen setanta-dos, el trauré al carrer i el tornaré a detindre. T'ho repetiré, faré servir tots els interrogatoris —es referia a les diferents sales—. ¿Oi, que m'entens? Si calles i et dediques als teus assumptes tindrà una vida normal. Sospesa què t'interessa més. Respon. Digues que et dedicaràs al teu treball i faràs el sord i el mut en la resta.

No digué res.

—En tinc prou amb el teu silenci. De moment, no li ho comunicaré al governador; de moment, no et destituiran del càrrec. Vés-te'n.

Piñol restà uns segons mirant-lo. Ara la ira gairebé el dominava, però aconseguí controlar-se. Va eixir del despatx i fins i tot va tancar la porta amb suavitat. Rodrigo va somriure.

—¿No et deia adés, quan tan preocupat estaves, que nosaltres tenim solució per a tot? L'atzar ens ha premiat enviant-nos el fill de Piñol. El pla s'arredoneix.

19

El comissari Sebastián Piñol comunicà a Leire que romandria a la prefectura fins que Rodrigo soltara el seu fill. L'ajudant el va convèncer perquè a mitjan vesprada tornara a casa, també li aconsellà abandonar definitivament el cas Virgínia.

—Rodrigo té problemes i si nosaltres li n'afegim és capaç de qualsevol cosa. Has de pensar en el teu fill.

—¿Et fas una idea com em sent?

—És clar que m'ho imagine. Però ell juga al terreny que més mal et pot fer. Compta amb el suport del governador i la inhibició d'Efrén. Comprenc la teua decepció, però estàs sol. No podem fer res.

—¿Què deu haver passat amb el Messié?

—Intuïsc el pitjor.

A migdia, Antonio Mayans dinava un entrepà en un bar de tapes a Saragossa. Ho hauria pogut fer en un restaurant a costa de la cartera de Federico i Rodrigo, però després del que havia passat seguia al peu de la lletra el codi de discreció i l'estratègia marcats severament per Paul, emprenyat per la manca de professionalitat del Messié. Els plans havien canviat. Amb tren, de Saragossa viatjaria fins a Barcelona. Duia anotat el carrer i la pensió on s'instal·laria fins que dos homes de l'amic francès acudiren a auxiliar-lo amb una nova identitat, la foto del carnet i el passaport actualitzats.

A la sala número vuit, Rodrigo, Federico, el Sonat i el segon guardaespatlles contemplaven Josep Baixauli. No s'havia desmaiat a pesar que al *tostadero* li aplicaven corrent elèctric tenint cura que l'indicador del voltatge no marcara la part vermella, la intensitat aproximada que podia provocar-li la mort. Al *tostadero*, la presència del metge era indispensable. El comissari, però, ateses les circumstàncies, que s'havien de mantindre ocultes fins i tot per a la resta dels policies de la Social, s'estimà més dur a terme personalment l'interrogatori. Felo els havia proporcionat el nom de Josep i el poble on vivia; confessat que militava al Partit Comunista, però els vòmits i els desmais, i la brutalitat del Sonat, que en observar que es despertava volgué arrogar-se el mèrit de traure-li noms de dirigents, impediren una confessió més extensa. A Josep el van sotmetre primer al *ruedo*; resistia i dosificava la informació, gairebé ja explicada pel cambrer. Tanmateix, a Rodrigo li faltava el que Felo sens dubte hauria abocat.

—¿Per què t'entestes a patir més si saps que tard o d'hora confessaràs?

Silenci.

—Xicot, tens uns collons com un cavall. Ho reconec i et respecte, però ningú resisteix el *tostadero*. Abans que tu han passat homes guerrejats en la tortura, entrenats en la guerra pels soviètics, que claudicaren —li féu una escolteta—. Fa uns anys a un dels meus homes se li'n va anar la mà amb la potència i cremaren viu un comunista.

Rodrigo li assenyalà l'indicador del voltatge.

—Fins ara, per voluntat nostra, t'hem aplicat una potència elèctrica normal, però si t'encabotes la duré al màxim. Més encara, et banyaré el cos perquè et faça més efecte. Si ho aguantes, cosa que dubte, sentiràs un dolor tan immens que quan et recuperes em suplicaràs no repetir l'experiència. Si mors, et llançarem per la finestra i direm que t'has suïcidat. Un heroi que preferí matar-se abans que delatar. Sigues raonable. Només ets un militant, un còmplice de Felo. Ell ho té més fotut. En canvi a tu et cauran uns anys de presó i després gaudiràs de la vida.

Josep estava exhaust, amb dolor pels colps i els elèctrodes. Resistia per orgull, pel record del seu pare, i no per negar-se a dir en quina cèl·lula militava, alguns noms i els llocs de reunió. Amb el temps que havia transcorregut tothom estaria advertit, però continuà en silenci. Aleshores Rodrigo ordenà que li xoparen el cos. El tenien damunt d'un suport metàl·lic amb quatre potes amb aïllants. Li posaren un pal a la boca perquè no es trencara les dents o es tallara la llengua, també perquè no cridara. Li enganxaren la pinça d'un cable al lòbul de l'orella i l'altre a un mugró. Amb corretges li subjectaren el cap i la panxa, per tal que els espasmes no li rebentaren les vèrtebres cervicals. El mateix Rodrigo va començar a girar la clau, a poc a poc, vigilant l'indicador. Amb el cos humit, els espasmes eren més brutals, de manera que Josep notava la potència elèctrica més elevada. Li ho aplicà tres vegades amb intervals de descans de deu segons. Quan el comissari aturà la clau Josep continuava amb els espasmes, amb la sensació que tenia el mugró cremat. Certament mai havia imaginat un dolor semblant. Tenia la cara blava, els ulls se n'eixien de les conques, vessava bromera per la boca. Rodrigo va esperar que es recuperara. Es va encendre un cigarret. Se'l va fumar. Va simular que se li acabava la paciència i obrí la finestra de bat a bat. Li desconnectaren els cables i li llevaren les corretges. El cap li caigué. Rodrigo li'l va alçar. No s'havia desmaiat. Amb un mocador li netejaren la bromera. Balbucejant digué el número de membres de la cèl·lula, alguns noms —cap dirigent—, els llocs de reunió. Encara tragué forces per declarar-se en contra de la línia d'actuació del Partit. Amb la noció del temps i de l'espai perduda repetia dades confessades anteriorment.

—Ja està bé —féu el comissari.

Ordenà als guardaespatlles que li dugueren beguda i un bon menjar, que el posaren còmode i li guariren les ferides amb una pomada especial, que li portaren cigarrets de la marca que desitjara.

—Descansa i recupera't. T'ho has guanyat.

Al passadís, el Sonat li demanà permís per anar-se'n a casa. Rodrigo el va agafar del muscle amistosament.

—Vés-te'n, però torna a les nou. Et necessitaré. I recorda que no has de parlar amb ningú. Et buscaries un problema.

—Dormiré i vindré a l'hora en punt.

Federico acompanyà el comissari al seu despatx.

—Sé que estàs cansat, però encara tens feina. Excava al lloc de les joies i soterra-les en un lloc discret, però en la direcció contrària d'on estaven.

—Ho havia pensat.

—Quan ho faces descansa una estona i torna cap a les nou. Avisa un home perquè vinga a substituir Manuel a la sala vuit. Ell també vindrà a la mateixa hora que tu.

—Li haurem d'explicar el pla.

—Evident, Federico. Sou els dos homes de confiança. Fes-ho tu. ¿Ja tenim les noves identificacions?

—No tardaran. Les duran al teu despatx. S'han estranyat que tots dos les perdérem el mateix dia.

—A mi no m'ho preguntaran.

—¿Com explicarem la fuga del Messié?

—Si et preocupa el governador, estigues tranquil. S'aferra a la poltrona. Ell només vol resultats.

Des de les vuit del vespre fins l'endemà, a les vuit del matí, els dos policies del vestíbul complien el torn de guàrdia. Era una feina senzilla, una tasca per als funcionaris de més edat que tenia la contrapartida de permetre'ls lliurar els caps de setmana. A les nou, el Sonat i Manuel, a la sala dos, embolicaren amb una manta el cadàver de Felo. Federico ordenà als dos policies del vestíbul que anaren al despatx de Rodrigo, ell es quedaria a la recepció fins que tornaren. Pujaren per l'escala, demanaren permís per accedir-hi i, així que entraren, Manuel i el Sonat aprofitaren per baixar Felo per l'ascensor, travessar el vestíbul amb rapidesa i introduir-lo en una furgoneta policial que Federico havia situat just a l'eixida al pati.

—Bona nit, senyor comissari. Ens han dit que volia parlar amb nosaltres.

—Efectivament. Anit es va entregar voluntari el detingut José Baixauli.

—Sí, senyor.

—Els confessà la seua militància comunista, ¿no?

Els dos policies van callar. Rodrigo els comminà a respondre.

—Sí, senyor.

—¿Per què el dugueren a la *reseña*?

—Així ho diu el reglament.

—Vostès saben que hi ha excepcions. Vostès sabien que havia tingut lloc una jornada de vagues i manifestacions i que qualsevol sospitós que no hem detingut nosaltres ha de ser immediatament traslladat a la Brigada, perquè cada minut que passa és una informació que es perd, atès que dóna temps a les cèl·lules i als seus dirigents per escapar.

—Ens va dir que no era un dirigent.

—I vostès s'ho cregueren. José Baixauli és un subversiu implicat en accions molt greus. Tenia informacions valuoses que sens dubte ens serveixen. Si tot s'haguera fet amb rapidesa ara potser també tindríem altres subversius importants. Han comès una falta disciplinària gravíssima.

—El reglament...

—Mecaguen la puta del reglament! —Rodrigo colpejà la taula—. Són dos policies amb anys d'experiència. S'entrega un comunista perquè sabia que el company l'havia delatat i el porten a la *reseña*. ¿Són idiotes o què?

—Senyor comissari, era la primera vegada que se'ns presentava un cas d'esta mena i per això vam fer el que solem fer. Li promet que no tornarà a passar.

—Els obriré un expedient. ¿Saben que per esta falta poden expulsar-los?

—Si ho haguérem sabut...

—¿On creuen que trobaran feina a la seua edat si redacte els expedients?

—Lamentem haver-li creat este problema, però pense que portem molts anys servint a la prefectura.

—Els anys d'antiguitat, el treball còmode que fan... tot se'n pot anar a la merda. Tot està a les meues mans.

—Li preguem...

—No em preguen res. No tenen excusa. No obstant això, si resolem les coses satisfactòriament, m'ho pensaré.

—Gràcies, senyor comissari.

—Tornen al seu lloc.

Van eixir al passadís. El de menys edat li va dir a l'altre que l'advertí que havien de dur-lo a la Social. Un comunista important no s'entrega voluntàriament, replicà el company. ¿És que pretens empitjorar més la situació? No, no... Doncs calla i resem perquè no ens passe res. Este tio té un poder enorme. Fa i desfà al seu gust. Arribaren a la recepció neguitosos. Federico els esperava.

—Supose que els deu haver servit la lliçó.

—Hem pagat la novatada.

—Bé, el millor és que s'obliden de l'assumpte. Intentaré

persuadir el comissari perquè no els expediente, en atenció a la seua edat.

—Agraïts.

—Bona nit.

Just quan Federico s'adreçava al pati, Rodrigo eixia de l'ascensor. Els policies miraren cap a un altre lloc. El comissari caminava amb pas ferm, com emprenyat. La furgoneta, conduïda per Manuel, va engegar i va esperar al carrer.

—¿On anem? —preguntà Rodrigo a Federico.

—A l'horta d'Alboraia. M'ha semblat el millor lloc.

Pujaren al cotxe del guardaespatlles. Tots davant; darrere, emmanillat, Josep Baixauli observava el Sonat, amb una arma a la mà.

—Guarda't la pistola —li ordenà el comissari—. Se't podria disparar.

La furgoneta va seguir al cotxe per la Gran Via de Ferran el Catòlic. L'aspecte de Josep havia millorat una mica, però tenia tot el cos adolorit i malgrat les pomades encara sentia cremor al mugró. Va suposar que el duien als llocs de reunió del Partit perquè ho ratificara. Ningú li va dir res. De fet, tothom anava en silenci. Quan van eixir de la ciutat Josep es va desconcertar. Ignorava el motiu que l'hagueren tret de la prefectura. Federico tombà en direcció a Alboraia, però abans d'entrar al poble va girar a la dreta agafant una senda agrícola. Era de nit. No es van creuar amb cap vehicle ni cap persona. Seguien la senda allunyant-se de la població fins que arribaren a una caseta d'aquelles que els llauradors fan servir de magatzem d'eines. S'aturaren. El Sonat obrí la porta a Josep. Ara sí que l'apuntava.

—Vigila'l —li digué Federico.

Ell, el comissari i Manuel, que duia un pic i una pala, anaren darrere de la caseta. Apartaren una pedra gran amb un traç negre de brotxa grossa. Excavaren una mica, si fa no fa un pam, i tragueren la bossa de les joies. Manuel va portar el Sonat i Josep, que només arribar al lloc el posaren d'esquena, l'obligaren a caminar uns vint metres i, sense que mitjançara cap paraula, Federico li disparà dos trets. El Sonat es va sorprendre. Va mirar Rodrigo, que li va somriure.

—¿Oi que no en diràs res?

—No...

—Ja ho sabia.

Un tret al cor i el Sonat va caure a terra. Manuel i Federico tragueren el cadàver de Felo i el transportaren a la mateixa alçada del cos de Josep, però separats uns quinze metres. Rodrigo s'acostà a Baixauli.

—Este cabró encara respira.

Respirava amb dificultats i fins i tot intentava arrossegar-se allunyant-se d'aquella sòrdida escena, però féu un sospir i es va quedar quiet. Ara pensava. Pensava en Adelaida, en sa mare, en Robert... Era sorprenent, no tenia consciència que es moria. De sobte el cervell li va reproduir imatges de la infantesa, de cercaviles, de Maties... ¿Per què hi apareixia el trompetista? Potser l'associava amb l'instrument nou de trinca, el desig de tots els membres de la banda municipal. Es veia netejant-se el clarinet. La seua passió per la música es presentava amb nitidesa. No sentia cap dolor, però notava la terra humida a la boca; notava que algú el tocava. Li llevaven les manilles. Escoltava veus, per bé que no discernia el que deien, com si fóra un eco. També escoltà dos sorolls, que tampoc no identificà, perquè ja no tenia gairebé consciència, perquè, moribund, no podia veure com disparaven a l'esquena de Felo. Van esborrar les petjades dactilars de l'arma del Sonat i l'encaixaren a la mà de Josep. Fou el darrer objecte entelat que veié. Aleshores, Josep ja tenia l'esguard inexpressiu.

Rodrigo va agafar el cotxe de Federico i va marxar a la prefectura. Va telefonar a membres de la Social, indicant-los el camí, que es presentaren al lloc del succés. Va cridar al governador. Li féu un resum essencial convincent. El governador li demanà un informe complet per escrit. L'endemà convocaria una roda de premsa. No obstant això, el comissari li anuncià que cridaria els dos diaris perquè feren fotos per si calia publicar-les, tot i que ja tindrien tancades les edicions, de manera que, si ho creia oportú, es reproduïren conjuntament amb la seua compareixença. Tot pensant en l'incident amb el Messié, el bar del poble amb els parroquians i el caporal, que l'haurien reconegut, li afegí que no desitjava estar present en la roda de premsa. L'èxit era de tota la Brigada. A més, havia patit un atemptat i no calia ferse tan visible, ja que el Partit Comunista el tindria a partir d'ara en el punt de mira. El governador s'hi mostrà conforme. El va felicitar efusivament. Va penjar i de seguida va marcar el número particular del senyor Lafont.

Dijous al migdia, el comissari Piñol va rebre una comunicació telefònica notificant-li l'alliberament del seu fill. El cridaven des de la *reseña*, per ordre de Vicente Rodrigo. Joan Piñol esperava son pare a la porta de la prefectura que donava al Carrer Maria Llàcer. El comissari s'apressà a reunir-se amb ell. Es trobaren a la vorera d'enfront.

—¿Estàs bé? —preguntà el pare.

—No.

—¿T'han interrogat?

—Ni tan sols he pujat al pis de la Social. M'han fet una cosa pitjor. Han vingut dos homes de Rodrigo a la cel·la, han preguntat per mi, m'he alçat pensant que em tocava el torn d'interrogar-me i m'han dit que tenia sort de ser el fill del cap de la Brigada Criminal —guardà silenci uns moments—. T'he perjudicat. No sé què dir-te.

—¿Ets comunista?

—No. Vaig participar en la jornada de lluita i em vaig

manifestar. Trobava just solidaritzar-me amb els miners d'Astúries represaliats. No milite en cap partit. Som un col·lectiu cultural, de caire valencianista. Acordàrem acudir a l'assemblea i manifestar-nos. De fet, tenim divergències ideològiques i d'estratègia amb el Partit Comunista. Supose que m'expulsaran de la universitat. Treballaré on siga.

—No caldrà. Rodrigo té en tu un ostatge. I en mi. Sé algunes coses què no podré dir-les. Si ho faig ens buscarem problemes i tampoc no serviria de res.

Joan hauria volgut dir-li que ho lamentava, però les seues creences ideològiques, el fet que obrers i estudiants encara romanien a les cel·les, els qui havien patit tortura, li ho impedien. No gosà recordar-li la mena de règim al qual servia. No era just després de les conseqüències que havia de pagar. Coneixia son pare. Sabia que reflexionaria sobre els fets, que en trauria conclusions. El comissari el va abraçar. Prop d'ells, el periodista Adrián Soler observava l'escena. Va esperar uns moment i s'hi acostà.

—Bon dia, Piñol.

El comissari tenia els ulls humits. El va saludar, li va presentar Joan. Soler desitjava parlar amb ell i Piñol va dir al seu fill que es reunirien a casa a l'hora del dinar. Joan va marxar.

—Et note fotut.

—Ho estic.

—¿Han detingut el teu fill?

—Sí, Rodrigo.

—Vinc de la roda de premsa del governador. Només un imbècil, i en esta ciutat n'hi ha molts, es creuria la versió que ha donat dels fets.

—M'ho puc imaginar.

—Jo també m'imagine què et deu haver dit Rodrigo. ¿Vols prendre una cervesa?

—Gràcies, no em ve de gust. Caminem. Sóc una *persona non grata* i no et convé que et vegen amb mi.

Tombaren pel primer carreronet fins a Guillem de Castro.

—Piñol, et costarà molt habituar-te a la nova situació.

—Potser em buscaré una alternativa.

—¿Quina? No en tens. On vages et perseguirà l'ombra allargada de Rodrigo. Coneixent-te, sé que d'ara endavant vindre a la prefectura serà un suplici. Hauries de fer com jo, acatar les ordres i continuar vivint. Massa cinisme per a tu, ¿oi?

—Et comprenc.

—¿Em contaràs la veritat?

—No.

—¿Vols dir que no pots?

—Vull dir que la ignore.

—Piñol, fa anys que ens coneixem. L'abraçada al teu fill m'ha dit moltes coses. Encara et note emocionat. ¿Saps? Mai, encara que passara un segle, la podria publicar. Es tracta d'una història amb els actors principals morts. Estic desitjant arribar a la redacció i cedir-li les notes a un company de successos. No vaig a signar la informació, el defecte d'idiota encara no el tinc —va obrir un bloc on de forma potinera havia escrit tres fulls—. El lladre que detingueres ha desaparegut del cas, no n'han dit res. Ara la versió és que dos xicots, un de nom José Baixauli Aleixandre i l'altre Rafael Salavert Castillejos, conegut com a Felo, robaren les joies i mataren Virgínia. Tots dos pertanyien al Partit Comunista i les joies (que el governador va mostrar, per bé que va lamentar que no les havien pogut recuperar totes) servirien per rearmar econòmicament el Partit.

—¿Qui delatà els presumptes lladres?

—Un col·laborador de la Social, que ves per on també ha mort.

—¿Com?

—Ahir, els de la Social tragueren els detinguts perquè els indicaren on havien ocultat les joies. Els hi portaren. Llavors un d'ells, amb la pala que excavava, va llançar un grapat de terra a la cara d'un membre de la Social, li agafà la pistola i va disparar contra el col·laborador, i de seguida tots dos van fugir i els homes de Rodrigo no tingueren més remei que obrir foc contra ells. El governador ens ha ensenyat les fotos del col·laborador i els dos presumptes lladres morts (això de presumptes és meu). Li vaig preguntar pel nom del col·laborador i em respongué que, per evitar possibles represàlies contra la família, no ho farien públic. No hi hagué més preguntes, però sí més respostes —va llegir de la llibreta—: «Una vegada més, la Brigada Politicosocial ha fet un gran servici en la lluita contra la subversió comunista, que, com s'ha pogut comprovar, utilitza qualsevol mètode per destruir la pau de què gaudim tots els espanyols. En el meu nom, i el de la institució que represente, expresse públicament el condol més sincer a la família Lafont, i bla, bla, bla...».

—¿Dos homes, després de torturats, són capaços d'una maniobra així?

—Per no emprenyar el governador, ni el meu director, no li he preguntat quants policies hi havia presents, una dada que ha oblidat esmentar. Ha dit el que li interessava i el ramat de periodistes hem pres notes. Algú ha dit que els periodistes som individualment menyspreables, col·lectivament utilitzables. Devia ser del gremi. ¿Per què et fa xantatge Rodrigo?

—Leire i jo vam seguir el promès. Teníem i tenim la convicció que és l'autor del crim. Rodrigo ens va posar vigilància. El dia abans m'havien apartat del cas. Vaig anar a parlar amb Efrén...

—Efrén... —somrigué Soler, burleta—. S'adapta perfectament a totes les situacions. Si fóra periodista dirigiria un diari. ¿Tens proves contra el promès?

—Sí. El lladre, el Messié, que estava sota el llit el dia del crim, al marge d'escoltar la discussió entre ells va veure els mocassins, els pantalons i els calcetins que duia. Entrevistàrem el promès al seu pis. Li vam demanar que ens mostrara el vestuari. Tenia moltes sabates, però només uns mocassins, i coincidien amb el color descrit per Antonio Mayans.

—I és clar, el Messié deu estar criant malves.

—Això crec.

—Quan ha començat la roda de premsa, m'ha cridat l'atenció l'absència de Rodrigo. Després de parlar el governador ho he comprès. Si haguera estat present, potser s'hauria vist obligat a intervindre com ha fet en caigudes anteriors, esplaiant-se amb els detalls.

—És curiós, que el governador no l'haja anomenat.

—No té res de curiós. Tot estava dissenyat com els calia presentar-ho.

—¿No és estrany que no haja caigut cap cèl·lula, si els presumptes lladres han confessat ser comunistes?

—Segons el governador potser donaran notícies al respecte, però, per no entrebancar la tasca policial, s'estimen més no explicar res sobre l'assumpte. M'agradaria saber qui era el col·laborador.

—I a mi, però sobretot voldria saber què ha passat amb el Messié.

—No ho sabràs mai.

—Probablement.

Feia més de mitja hora que el senyor Puig, al barri de La Torre, esperava els diaris. També ho havia fet els dos dies anteriors. Amb bicicleta, a les set quaranta-cinc, es desplaçava fins al barri per no comprar-los al poble. Hi havia gairebé la mateixa distància entre anar al barri o a la plaça. Quan el quiosquer arribà amb els paquets de publicacions lligats amb cordells, al senyor Puig pel contingut de les portades, amb les fotos de Felo i Josep ben visibles, el cor li féu un salt. Amb la mà tremolosa va pagar-los. A penes li eixia un fil de veu, que al quiosquer, un home de mitjana edat, li va provocar compassió tot preguntant-li si es trobava malament. El senyor Puig ho negà amb el cap. Va marxar amb la bicicleta fins l'alqueria, panteixant. Va deixar els dos diaris al calaix de la taula del taller fent-los una ullada, suficient per copsar la irracionalitat de la notícia. Era del tot impossible que Josep estiguera implicat en un afer semblant, però la seua preocupació eren la senyora Inés i Robert. Va parlar amb la seua dona perquè els portara a l'alqueria. Tot i que era conscient que d'una manera o d'una altra acabarien sabent-ho, intentava impedir que foren els veïns —determinats veïns—, els qui els ho comunicaren. Explicaria a la mare de Josep, la qual ja coneixia la detenció del fill per un fet polític (lleu, li afegí per tranquil·litzar-la Rafael Puig), la conversa que tots dos havien mantingut per tal que no es creguera la versió oficial. Per a la mort de Josep, però, no disposava de cap bàlsam per a una dona que encara conservava a la pell la tragèdia inesborrable de la desaparició de l'home.

Un poc abans de les nou del matí, Adelaida baixà al quiosc a comprar el diari per al senyor Pujalte. Feia dies que no tenia notícies de Josep, però els assajos musicals i el fet que no podien veure's al vespre potser havien aconsellat al nòvio que el més adient fóra trobar-se al Bulevard, fins que el senyor Pujalte es cansara de passejar el gos. Amb tot, estava preocupada, estranyada que Josep no haguera almenys intentat, si més no un dia, presentar-se a sota de la finestra. Va comprar el diari. Va travessar el carrer. Va saludar el porter i mentre esperava l'ascensor la portada del diari li va colpir el cos, com una fiblada intensa. Hagué de llegir el titular i observar la foto de Josep tres voltes, immòbil, sense escoltar el porter, que, des de l'aparador del vestíbul de l'edifici, li transmetia un encàrrec per a la senyora. Amb els nervis desfermats, plorant, va pujar les escales tan de pressa que va ensopegar amb el darrer escaló del segon replà. Es féu mal als canells. Va continuar pujant fins al tercer sense el diari, que amb la caiguda s'havia quedat al replà del segon. Va entrar al pis i s'adreçà a la seua habitació. Va traure la maleta d'un armari i va començar a amuntegar amb desordre la seua roba. Plorava a cor què vols amb un punt d'histèria que no li permetia respondre a les demandes del matrimoni Pujalte, que havia acudit al llindar de la porta alertada pels laments de la minyona. Fins i tot el senyor Pujalte la va subjectar pels braços, per calmar-la, i va rebre una manotada furiosa d'Adelaida, davant la impensable sorpresa de l'home. La senyora, excitada, va començar a cridar-la, demanant-li explicacions. A la vista de la bogeria que semblava posseir la minyona, i que fins aquell moment no consideraven gens suspecta de demència, l'home, amb bones paraules, maldava per apaivagar-la. Adelaida va tancar la maleta. La va estirar i va engegar amb tanta força que si el matrimoni no s'haguera apartat els hauria atropellat. No imaginaven que poguera ser tan iracunda; no imaginaven què li havia ocorregut perquè mostrara tal comportament. No responia a res, tan sols al seu instint, que com una inèrcia incontrolable l'empentava a fugir. El porter tingué un ensurt així que passà per davant d'ell, amb la maleta i vestida de minyona. Va caminar una estona esmaperduda, encara irada. Va aturar un taxi. A l'Estació del Nord, li indicà entre plors. El conductor no va rebre cap resposta a l'ajuda amable que li oferia; la mirava pel retrovisor sense gosar preguntar-li. Li va pagar sense esperar el canvi. Va comprar un bitllet per a Castelló. El tren estava a l'andana, encara li quedava un quart d'hora per a l'horari previst d'eixida. Va triar el lloc més solitari del vagó. Atabalada com estava, no havia recordat traure els diners de la llibreta d'estalvis. Es va llevar el davantal i la còfia, que féu servir per eixugar-se les llàgrimes que de nou li vessaven. Llavors va pensar en Josep, en el seu odi contra els rics, en l'ateisme que no s'estava de proclamar, en els motius que li impedien conèixer la seua família... Ara tot tenia una explicació, però també en la seua bondat, en la correcció que mostrava amb ella, i no entenia res. No obstant això, Adelaida no estava preparada per suportar la pressió d'una portada de diari on el titllaven de criminal i comunista. L'havia enganyada. Potser la necessitava de coartada, de tapadora per ocultar les seues activitats. De sobte va començar a resar, a pregar-li a Déu que la perdonara. Se sentia culpable, una còmplice, una incauta que hauria d'haver sigut més severa amb Josep quan expressava les seues opinions extremistes, però estava enamorada i ell s'aprofitava de la innocència d'una jove que provenia d'un mas, que desconeixia el món. No tenia excuses, però. Era culpable, culpable, es repetia, i només pensava en la manera d'expiar-se. Se sentia bruta, tacada per un pecat indeleble. ¿Com explicaria als pares, als germans, als coneguts, tot el que li havia succeït? No veia la forma d'excusar-se. De sobte l'aclaparà un terror absolut per la vida, pels paranys que amagava i la indefensió que l'amerava per fer-ne front. La va alleujar una mica el moviment del tren, com si el fet de distanciar-se de la ciutat l'allunyara de l'angoixa. Però fou una sensació volàtil, que desaparegué tot seguit, sumida com estava en un malson la recança del qual l'acompanyaria per sempre.

La informació li va causar tant de fàstic que no va continuar llegint-la a l'interior. Piñol tingué el rampell de llançar el diari a un extrem de la taula, però tot d'una es va contindre. Es va fixar en la foto de Josep Baixauli (aquella mena de fotos de l'arxiu policial, una mica distorsionades pel gest del detingut). La cara li sonava. No sabia ben bé de què, però li recordava algú. Escrutant-la barrinava on podia haver vist o conegut un militant comunista, justament ell, que anava de l'església a casa, de casa al treball i a tot estirar passejava de tant en tant per la ciutat. Va deixar el diari tot pensant que hi ha multitud de cares similars. Leire hi va entrar. Duia una carta.

—Per res del món imaginaries el remitent.

Expectant, el comissari esperava que li ho diguera.

—El Messié —li la va donar—. Va adreçada a tu.

Piñol llegí el nom d'Antonio Mayans i el mata-segells d'un poble de la província d'Aragó. La va obrir.

«Senyor Piñol:

Quan aquesta carta arribe a les seues mans estaré lluny, molt lluny (disculpe'm que no li diga on). Primer que res vull agrair-li el comportament impecable que tingué amb mi. Li ho agraïsc sincerament, amb la mateixa franquesa amb què li confesse que vaig robar les joies però no vaig matar Virgínia Lafont, cosa que imagine ja sabia. He salvat la vida gràcies a vostè, a la informació que em proporcionà sobre la personalitat de Rodrigo. En efecte, és un corrupte. Així doncs, quan em dugueren al seu despatx per interrogar-me, aprofitant l'avinentesa que tots dos ens trobàvem sols, li vaig oferir el tracte de canviar les joies per la meua llibertat. Tinc la intuïció professional que ell ja ho tenia en ment, perquè ho acceptà de seguida bo i dient-me que necessitava una coartada, que ho havíem d'escenificar bé. L'endemà a la nit, acompanyat per un home d'ell, de nom Federico, em tragueren de la cel·la per tal que els conduïra al lloc de les joies. Tenia la certesa que em matarien amb l'excusa que intentava escapar (amb la meua mort explicarien que els havia enganyat i es quedarien el botí). També era conscient de les escasses possibilitats de fugir amb vida, però encara en tenia menys si no actuava. M'ho vaig jugar a una carta. La manca de professionalitat dels dos individus em va ajudar. ¿Com foren tan idiotes per donar-me un pic i una aixada perquè excavara? Probablement, el fet de pertànyer a la Social, un grup tan temut, els féu caure en l'error de la prepotència. Si l'ajudant haguera excavat i Rodrigo m'haguera mantingut emmanillat, ara estaria mort. De qualsevol manera hauria intentat fugir. Vaig llançar terra a la cara de Federico, li vaig agafar l'arma i ací es resolgué tot. Els vaig robar la cartera i el cotxe (fou el delicte més satisfactori de la meua carrera). Emmanillats, els vaig fer pujar muntanya amunt mentre jo anava cap avall. Vaig desaparèixer amb el cotxe. Sé que aquesta carta, el testimoni d'un lladre, no té cap valor jurídic i a fe que ho lamente. Tot i que no sóc una persona de caràcter violent, no perd l'esperança d'assabentar-me que un tipo com Rodrigo ha saltat pels aires. Sens dubte, és un criminal execrable fins al punt que arribes a sentir simpatia pels comunistes. A propòsit, vaig compartir cel·la amb un d'ells. Un treballador que van torturar. En el poc de temps que va durar la nostra amistat (és curiós com determinades situacions uneixen persones de tarannà tan diferents), em va ensenyar una cosa tan elemental com la solidaritat; això vaig fer, solidaritzar-me amb aquell pobre home ajudant-lo, quan els de la Social havien marxat fatigats de torturar, cridant els policies de la *reseña*, fingint un atac de cor perquè se l'endugueren a un hospital on tenia coneguts. Tant de bo estiga lliure. Li ho conte perquè ho entendrà. No tinc més temps. M'espera la llibertat. El motiu, però, d'adreçar-li la carta no era sinó mostrar-li la meua gratitud per tot el que féu i estava disposat a fer per mi, pel que creia just. Li desitge sort i salut en la vida.

Salutacions.

El Messié.»

Piñol llegí la carta en veu alta. Va doblegar els papers i els va introduir en el sobre.

—És un lladre, però també és un senyor —digué Leire—. No tenia cap necessitat d'enviar-te la carta d'agraïment, d'explicar-te el que va succeir.

Amb el cap recolzat sobre una mà, el comissari mirava la taula, meditant. Recordava les paraules del periodista Adrián Soler: per a ell, vindre a la prefectura seria un suplici. Es creuaria inevitablement amb Rodrigo, home que li evocava allò més detestable dels humans. Pensava en els morts, en les tragèdies familiars. Fins i tot un dia potser Rodrigo ocuparia el lloc d'Efrén; fins i tot, passejant per la ciutat, ensopegaria amb el promès de Virgínia...

—No sols estic decebut, Leire, és encara pitjor. És repugnància, repulsió... és... —la ira l'embarbussava—... és... odi.

—Amb el pas del temps ho oblidaràs.

Era la primera vegada que li sentia la paraula «odi», que perdia els estreps d'aquella manera.

—No hi ha temps que faça oblidar esta ignomínia. Mai no es podrà reparar. Tots els aparells policials i institucionals participen de la farsa. Cap prova, cap document, que rescabale, si més no, la memòria de dos desgraciats que pagaren amb la vida les ambicions d'un criminal patològic.

El senyor Puig i Robert estaven asseguts al banc del Bulevard dels Francesos situat baix de l'arbre frondós de moreres. A les mans, la carta, i la foto d'Adelaida a la butxaca de la jaqueta. És un lloc bonic per als enamorats, comentà Puig al xiquet. Robert estava trist i el senyor Puig feia mans i mànigues per reconfortar-lo. Mentre esperaven, el va encoratjar perquè li resumira *Veinte mil leguas de viaje submarino* amb l'excusa que no la recordava. Però en Robert ja despuntava un adolescent judiciós; no era aquell xiquet que se sorprenia amb la màgia de l'habitació secreta on s'arrengleraven milers de llibres. El senyor Puig l'havia iniciat en la lectura i potser la mateixa literatura l'havia despertat massa aviat al món. Era plenament conscient de la catàstrofe malgrat que li ocultaven la forma com s'havia produït. Trobava a faltar Josep, el germà gran. Per a ell, que no coneixia son pare, era la referència, el model.

—Vindrà un temps que serem feliços —l'acaronà el senyor Puig—. No perdes mai l'esperança; a la llarga, la història és justa amb les persones honestes, amb les que posseeixen valors ètics.

Robert el mirava amb els ulls vidriosos. Desitjava ser un home valent i esmerçava esforços per no plorar. Ara ell era l'home de la casa; l'home que tindria cura de sa mare. Tots dos s'havien endiumenjat per causar-li una bona impressió a Adelaida. Es van alçar del banc en veure eixir la gent de l'església. El senyor Puig observava amb atenció, alternant la mirada entre la foto i les persones, intentant reconèixer una jove amb dues criatures. Els feligresos, però, es quedaven en rogles a la porta o passejaven sense allunyar-se'n gaire. Només un home d'aspecte taciturn va seure prop d'on estaven. Era el comissari Piñol, que, com cada diumenge, feia temps per reunir-se després amb el capellà. Rafael Puig va agafar de la mà Robert. Vivien el moment amb intensitat, amb el desig d'alleugerir el dolor d'una dona de segur tristíssima. Confiaven que la carta manuscrita de Josep i les paraules raonables li suposaren un consol. En ells niava l'anhel, sobretot, de restituir l'honestedat ideològica i personal de Josep. A poc a poc els feligresos desapareixien fins que, des de la posició on estaven, no albiraven cap dona amb dos xiquets. Puig s'acostà a l'home assegut al banc.

—Bon dia, senyor.

—Bon dia.

—Perdone que l'importune, però he vist que eixia de l'església i em preguntava si coneix esta xicona.

Li va donar la foto d'Adelaida retallada pel mig. Sebastián Piñol la va observar un moment.

—Sí. Sol seure als darrers bancs. Ara que ho diu, avui no l'he vista. ¿Els puc ajudar en alguna cosa?

—Gràcies, no és res important.

El senyor Puig va recuperar la foto i amb Robert agafat de la mà va marxar. El comissari s'endinsà en els seus pensaments. Reflexionava si havia de parlar amb el capellà i no trobava cap motiu per fer-ho, tot i que li dolia pels anys de relació que mantenien. Després, però, del que havia passat, succés del qual ell no podia dir-ne res, don Francisco encara s'entestaria més en els seus arguments. La fe catòlica de Piñol continuava intacta, però sentia una incipient desconfiança en alguns dels seus representants. Havia descobert la vehemència política de don Francisco (que considerava poc cristiana), que sens dubte ara s'hauria redoblat sense cap possibilitat de respondre-li. Va prendre la decisió dràstica de canviar d'església per al precepte dominical. A partir d'ara no desitjava intermediaris entre Déu i ell. Abans que el capellà isquera de l'església, el comissari se'n va anar melangiós, dolgut perquè al temple catòlic que abandonava també es quedaven records de la seua dona, amb qui assistia cada diumenge a la missa per posteriorment passejar i conversar amb don Francisco. Eren temps de felicitat que sospitava perduts per sempre.

Els diumenges, el senyor Puig i Robert tornaven al Bulevard i cada diumenge regressaven a casa sense cap indici d'Adelaida. La possibilitat de mostrar la foto a la gent la va refusar, perquè, probablement, la majoria dels feligresos coneixien Josep i llavors burxaria encara més en la ferida de la minyona. El senyor Puig es féu la idea que Adelaida, avergonyida, se'n devia haver anat de la casa on servia, o bé els amos, que també coneixien Josep, la devien haver despatxada. Allò l'amargava profundament, i si diumenge rere diumenge hi acudia era per Robert, per ensenyar-li que la constància amb l'esperança sempre donava fruits. Així era com l'educava i no el volia decebre. Passats sis diumenges fou el mateix Robert el que, amb un gest propi d'un adult, amb fermesa, li va dir que no havien de tornar més. El senyor Puig encara féu un darrer intent de dissuasió, que ensopegà amb la duresa inusual d'un adolescent. Aquell dia, tots dos marxaren i va prémer amb més força la mà de Robert, en silenci, maldant per comunicar-li tot allò que les paraules ja no podien expressar.

He visitat Maigret, Smiley, Zuckerman, Humbert-Humbert i d'altres amb una vivesa que els ha emprenyat. Allà on anava de seguida els anunciava que tenia pressa. Em venia de gust perdre'ls de vista. El fet que els ronyons del Colorao hagen pres la determinació d'abandonar el negoci amb la perspectiva d'una nova vida, potser més avorrida, ho ignore, m'alegra. Dec tindre traça de psicòleg perquè tothom em confessa els seus problemes. A mesura que passa el temps en tenen més, per l'escassa mesura en el consum, de tal manera que em fan sentir culpable, fins l'extrem que pique el timbre de la porta i m'acuiten les ganes de saludar-los amb un «Hola, sóc el teu problema. Paga en bitllets de vint o cinquanta euros». Adéu, personatge; d'ara endavant esnifa't les cendres de la iaia que guardes a l'urna, al repeu de la xemeneia. Al cap i a la fi, gràcies a ella no has fet un brot i portes un segle queixant-te com un nyicris urbà que desconeix les dificultats materials. A tota aquesta colla els convindria una temporada al poble de Salif. L'impresentable d'Humbert estava afligit, perquè ahir un jove desficaciat li havia fet una ratlla al cotxe amb la Vespino. No duia el casc, ha exclamat disparant els braços. I no he aconseguit, per bé que m'he esforçat, establir la simetria entre la vulneració de la norma obligatòria de dur el casc i el dany causat. Potser li hauria agradat que s'haguera esberlat el cap, per brètol. L'he consolat, li he donat la raó, l'he enviat mentalment a la merda.

A la cantonada de la Gran Via amb Jacinto Benavente espere l'únic client, a banda de Justine, que aprecie: Oliver Twist, el Bisnes. El Colorao i jo simpatitzem amb ell. Com nosaltres, a la seua manera, fa el que pot per liquidar el món. Sense mala consciència, sense el cinisme de l'excusa permanent. Arriba puntual amb el Volvo S80 Executive, motor de 3.192 cc., T6 turboalimentat de 258 litres i 6 cilindrades i 238 cavalls. Velocitat màxima 306 quilòmetres l'hora. Canvi automàtic de 6 velocitats. No en tinc idea de cotxes, però el seu xòfer, Enric, un company de la Facultat d'Oliver sense sort laboral, m'ho va explicar mentre el Bisnes donava ordres borsàries per telèfon. Cal dir que Enric era un militant aferrissat d'esquerres; cal afegir-hi que Oliver Twist deu ser l'únic economista multimilionari. Enric s'atura a la cantonada i m'acomode a la part de darrere.

¿Com estàs, camarada?, somriu Oliver. Trist, li conteste. És clar, els pardalets ja no canten, però la borsa puja i els solars es revaloren, diu com si parlara per a un públic d'escèptics. Salude Enric i allargue a Oliver la bosseta amb coca. Regal del Colorao i meu, ho deixem. Reste amb la mà estirada esperant que acabe de teclejar la pantalla tàctil de l'ordinador que penja del sostre. La vestimenta, l'edat, el seu quefer, recorda un personatge de Don DeLillo. ¿Deies?, em reülla. Deia que en nom propi i el del Colorao gràcies per les atencions i ací tens el regal. ¿Vols fotre'm el dia? És Miki el que està fotut. ¿El ronyó? Si necessita un trasplantament, el millor hospital i els metges més competents, demà pose el *jet* a la seua disposició. De moment no cal, però li ho faré saber. Dos coses: et donarem el nou número de telèfon i m'ha dit que el proveïdor és de confiança i no hi haurà problema per servir-te. Li canvia l'expressió. No és això, camarada. M'agrada veure't, saber de vosaltres. Afegeix que una parella com nosaltres som una institució que cal cuidar i es mostra preocupat: ¿Què fareu a partir d'ara? ¿De què viureu? Dels estalvis en negre; a més, Miki vendrà el pis de València i jo tinc una oferta per comprar-me l'alqueria, el pati i les dos fanecades. S'interessa per l'oferta. En podia traure vuitanta milions de pessetes per fanecada (les gran quantitats no les dic en euros, com si tinguera la impressió que és menys). Oliver m'aconsella: Demana'n noranta i n'obtindràs vuitanta-cinc. Vius al costat de la ciutat. A València a penes queden solars. Ho necessiten.

En això no havia caigut.

Et donaré uns detalls, prossegueix, perquè et faces una idea de l'economia. Tres mesos enrere vaig comprar un edifici vell però cèntric per trenta milions d'euros (a ell els euros li sumen). Avui he rebut una oferta per cinquanta. El felicite alhora que es tomba cap a mi i em confessa que està resolt a vendre la meitat del seu patrimoni. Calle, no entenc que un tauró jove i vigorós abandone tan fàcilment la riquesa fàcil. Em trau del dubte: Em fortifique. I l'explicació: Un sistema que tolera aquestes bestieses no va enlloc. Calcula que en dos anys rebentarà la bombolla immobiliària, ja que l'especulació es mou, entre altres coses, per rumors. S'ha escampat que vindran dos milions d'estrangers a les nostres costes; gent rica o jubilats (i ben pagats) que compraran cases. ¿I no és cert?, pregunte. En absolut. Les bones informacions estan a l'abast dels grans inversors. Mira al xòfer. Si m'ho diu Enric, llavors m'entra el pànic. Perdona, Enric, només era un exemple. Estàs disculpat. Em mira a mi: Vull dir, que tal com es posaran les coses, no compres mai res que no pugues vendre l'endemà o que tothom sàpiga que es revalorarà. Gira la vista cap al carrer: ¿Des de quan el populatxo s'assabenta d'informacions valuoses? Homes i dones amb un salari normal fan cua per traure crèdits hipotecaris a fi de comprar un apartament per revendre'l als estrangers pel doble o el triple del cost inicial. Veuen un cartell que anuncia la pròxima construcció de pisos i senyalitzen l'entrada per vendre abans que acaben l'edifici, amb guanys en negre, sense passar pel notari. Camarada, tot això fa pudor. És a dir, que jo li dic, que el 2006, segons tu, hi haurà un crac. Vejam, matisa, el capitalisme sempre té eixides, però s'està popularitzant en excés i l'oferta es desferma. Ven l'alqueria i les fanecades. ¿Saps què deia Rockefeller? No. «Quan el meu xòfer em comunica que ha comprat unes accions, immediatament les pose en venda». Disculpa'm, Enric. Enric esbufega, condueix per l'Avinguda del Port. Oliver escriu un *e-mail*. L'envia. Em torna a atendre.

Quan rebente la bombolla els que tinguen molt de patrimoni no tindran res, però els que tinguem els diners serem els amos. M'arrisque amb l'obvietat: Comprareu barat. Abans haurem de saber la fondària i la duració de la crisi. No comprarem els apartaments dels pobres empomats, sinó les possessions dels intrusos que pretenien ser potentats. Els que de la nit al matí es feren rics i no es plantejaren que la llum del matí acaba amb la foscor de la nit. La gent no aprèn de la història. El que passarà ja ha passat en altres èpoques. Camarada, no compres res que compre tothom. El Colorao i jo volem comprar-nos una casa. Si és per viure, perfecte. Però el més lluny possible d'on s'especula. Un poblet de l'interior, un lloc on encara no ha arribat la bogeria. Em pregunte com està tan segur dels seus diagnòstics. Ahir, continua, vaig estar a Moscou (camarada, els capitalistes som els nous emigrants). Grans possibilitats d'inversió, però massa màfia. El futur està a l'Àfrica. El mire fit a fit, s'està descollonant de mi. Ho intueix: Amb els negocis no faig broma. Ho exposa:

El problema és trobar un país africà on no calga untar més del vint-i-cinc per cent dels beneficis. És un continent amb unes possibilitats immenses dominat per cràpules, que no en tenen mai prou i impedeixen que emergisca, amb el temps, una classe mitjana, que és la que consumeix, compra, s'endeuta, ajuda a inflar la bombolla i tornem a començar. Si en comptes d'Iraq, els americans o l'ONU expulsaren tots els dictadors africans i establiren sistemes democràtics, el món seria una altra cosa. Quan Occident sofrira una crisi, el potencial africà equilibraria el sistema econòmic. Tenen platges fantàstiques, una naturalesa prodigiosa, reserves de petroli i diamants, una agricultura per explotar, un turisme que cuidant-lo el multiplicarien per cent... però en canvi sabem d'ells per la sida, la malària, els xiquets desnodrits... Oliver, ignorava la teua faceta social. Tenia una manera curiosa i inquietant de somriure: Als qui ens dediquem als negocis no ens interessen el malestar social ni els dictadors. Una democràcia suportablement corrupta, si fa no fa com la nostra, ens va bé. Més val un corrupte eficient que un honest inútil. Un Conseller d'Obres Públiques, posem per cas, ¿què cobra? ¿Cinc o sis mil euros al mes? En una empresa privada de similar pressupost al d'ell guanyaria cinc o deu vegades més. A la força, el pobre home es converteix en un xoriço. Si no està incentivat, no es prendrà seriosament el seu treball. Ens fan dependre de la seua integritat moral i no de la seua vàlua professional. Li dic que el seu argument em sembla raonable, em respon que no assistia a les classes de la Facultat. Enric no hi fallava mai, afegeix. Estàs fent-ne un gra massa, es queixa el xòfer ullant-lo pel retrovisor. Només era un exemple gràfic, s'excusa Oliver. Escolta, em diu, m'agradaria que el Colorao i tu vinguéreu a dinar a casa. El Colorao no està per dinars. Tranquil, la cuinera li prepararà unes verduretes. Guanyar diners és una rutina com una altra. En canvi, escoltar-vos les gamberrades que féreu de joves m'encanta. I tot seguit, amb una certa recança: Com m'hauria agradat ser de la vostra generació. En aquells moments hi havia il·lusió; ara, tanmateix, l'única il·lusió que tinc és empomar llestos. Enric, ¿a quina hora vindran els convidats? A les nou i mitja. Oliver envia un altre *e-mail*, probablement a la cuinera.

Tinc un sopar a casa amb cinc holandesos. Cinc tios en una taula discutint-me el preu de set naus industrials de mil metres quadrats cadascuna. Els faré creure que han fet una compra excepcional. Se n'aniran d'allò més satisfets si només els afegisc un trenta per cent més al benefici de partida (el benefici de partida és un cent per cent). El comprador ha de creure que guanya en l'estira-i-arronsa. Bé, camarada, ¿quedarem per dinar? I tant, fins i tot et portarem una mica de farlopa. Ara el seu somriure no és tan inquietant: Com que és l'últim dia que fem negocis, em sinceraré: no en consumisc. Els meus vicis són un puro de tant en tant i els vins del meu celler. Reste bocabadat: Ara sí que no entenc res. Ja t'he dit, diu, que el Colorao i tu sou una institució que cal cuidar. ¿I què fas amb les bossetes? Quan baixaves del cotxe les llançava per la finestra, en qualsevol vorera. Enric ho corrobora.

Així que arribàrem a la senda que menava a l'alqueria, ja amb un aire memorable de camí en extinció, Oliver baixà del Volvo i féu una ullada als camps sense cultivar que es convertirien en un PAI. Els llums de la ciutat es veien amb nitidesa. També va observar l'ampla avinguda que travessava el poble. Acabaran pagant cent quilos per fanecada, digué. Mira que prop estan els primers edificis de València. Ja no poden construir més cap ací. Però evita que t'encegue l'ambició, recorda que el cataclisme no queda gaire lluny: demana'n noranta i accepta els vuitanta-cinc. Vam encaixar les mans. M'agradaria ser el vostre nebot. No em dónes les gràcies, ha sigut un plaer mercadejar amb vosaltres.

Volgué pagar-me, però ho vaig refusar. Va pujar al cotxe i em va dir adéu amb la mà. Abans d'enfilar-se pel pas elevat va llançar la bosseta de coca per la finestra. Va caure prop d'un jubilat que passejava el gos.

Em vaig adreçar a l'alqueria assaborint la brisa nocturna, amb una banda sonora de grills atàvica, caminant entre les sèquies gairebé seques a banda i banda amb abundància de junça descuidada als marges on de xiquet em banyava. Tant de pregonar contra la nostàlgia i no me la trac de damunt. M'alegre d'anar-me'n, d'escapar. Però sé que els records m'acompanyaran. El gos m'espera a la reixa. Malgrat tindre una vista defectuosa em reconeix metres abans d'arribar-hi. Negocie amb ell unes palmelladetes al llom. És fàcil d'acontentar. Entre per la porta del magatzem. Miquel rinxola amb estridència. És quan dorm que és feliç, a punta de dia li esdevé el malson. El tape fins als muscles tot ensopegant amb el tetrabric de Don Simón (marca que s'ha guanyat el seu afecte) que té a la vora del llit. Vaig a la cuina i em prepare un parell d'ous ferrats mentre m'acomiade amb la vista de la casa. Observe una foto ampliada del meu germà duent-me a coll-i-bè, la dels meus pares el dia que es casaren, una altra de Salif mostrant amb orgull una enorme copa assolida en qualsevol de les curses que participa. Si continua en forma hauré de comprar una vitrina de dimensions apreciables a la nova casa. Trac una cervesa de la nevera i sope. Em dic: Robert, evita't la melancolia. Acabe i m'encenc un cigarret. Entre a la biblioteca, a l'habitació secreta del senyor Puig, i vaig col·locant els diners de la venda entre els fulls de diversos llibres. *El roig i el negre* (cinc-cents euros), *El fons de l'ampolla* (quatre-cents), *Guerra i pau* (sis-cents), *Los detectives salvajes* (quatre-cents), *Primera volada* (set-cents), *L'enginyós senyor Ripley* (cinc-cents)... Multituds de relats conserven els estalvis. Em quede al mig de l'habitació contemplant tots els llibres acumulats, alguns adquirits en la Segona República, i imagine el senyor Puig alliçonant-me sobre els tresors de cada volum, insistint-me que algun dia serien valuosos per a mi (quina ironia tan cruel li hauria suposat saber el que ara contenen molts d'ells). Era el seu convenciment, o la seua delusió, que els llibres em transportarien a un altra vida fent-me oblidar en quina vivia o hauria de viure, com si la literatura poguera transformar el món, sense parar esment que és el món allò que ens canvia. El fervor de Josep per la música no el féu més racional. Era d'aquells que una vegada s'han ficat una cosa al cap no ho deixaven córrer fins haver-la aconseguida, imbuït com estava pel propi món que li havia transmès el pare. Totes les vides dels llibres li eren alienes, no era gaire lector, però una novel·la el va fascinar. La rellegia de tant en tant i entre els seus fulls vaig guardar la carta que adreçà a la seua nòvia. No la vaig llegir fins que vaig rebre la visita de la seua amiga Teresa, les confessions de la qual m'estimularen a interessar-me per aspectes de la seua personalitat que desconeixia.

«Estimada Adelaida:

Dispose de poc de temps per escriure't unes ratlles imprescindibles, que el senyor Puig i el meu germà Robert t'entregaran. Perdona'm el dolor que et causaré, però el deure de militant, dictat per la meua consciència de justícia i igualtat, m'exigeix el sacrifici pel que vaig a passar. Llegiràs els diaris i t'astoraràs del que diran de mi. És cert que sóc comunista. Si t'ho vaig amagar no ha sigut per ocultar-t'ho, sinó perquè, a pesar de la teua bondat, no ho hagueres comprès i temia que trencares la nostra relació. Com mon pare, em considere un home honest. Un home que anhela un món millor, on dones com tu no hagen de servir ningú. L'única manera d'assolir-lo és lluitar contra aquesta dictadura criminal que ens relega al paper exclusiu de súbdits. El senyor Puig t'explicarà tot el que vulgues saber de mi. Problablement m'empresonaran uns anys, ignore quants, però cada dia pensaré en tu, en el desig que arribe el moment de fer-te una abraçada. Sé que no tinc cap dret a demanar-te que m'esperes. Si decideixes fer una nova vida, ho entendré. Pel sofriment de ma mare conec la duresa que representa estimar un home com jo. Has sigut el primer i únic amor que he tingut, i continuaràs sent-ho per sempre. No perdes l'esperança. Tornarem a estar junts, recuperarem la felicitat perduda i de ben segur ho farem amb un sistema polític que ens permeta expressar lliurement les nostres idees, en un procés de camí a l'empresa conjunta i justa del socialisme. El teu record m'atenuarà la tortura, et tindré present en els instants que el dolor físic siga més intens. No tinc por, la lluita de milions de persones que m'han precedit en el combat m'assisteix. El temor és perdre't, no veure't més. Amb tot, m'envaeix la sensació que amb el pas del temps formarem una família on els nostres fills se sentiran orgullosos de nosaltres, com jo ho estic del meu pare. Passaràs moments de gran tristesa, però de vegades cal prendre decisions amb el convenciment que tenim unes responsabilitats que hem d'assumir, malgrat les conseqüències gravíssimes que patirem. El senyor Puig i Robert t'esperaran el diumenge al lloc on ens coneguérem; el mateix on s'inicià la nostra felicitat, i on, sens dubte, ens trobarem de nou per no separar-nos mai més.

T'estima,

Josep Baixauli.»

Les nits com aquesta, en què m'assalten els records, rellegisc la seua carta i encara em sorprèn que hi haguera un temps habitat per homes amb l'estrany deliri de construir un món millor.

El lladre i el comissari

A Barcelona, mentre esperava l'ajuda per passar la frontera clandestinament, vaig llegir la notícia del desenllaç del cas Virgínia Lafont, una informació breu però explícita que em va colpir i em va abismar en la recança. El destí, que havia jugat al meu favor, es va tornar en contra de dos innocents. D'alguna manera em sentia culpable i des d'aleshores al meu cap es va instal·lar la imatge de Rodrigo, la idea aferrissada de la venjança. Sabia que el temps em donaria l'oportunitat i vaig planejar-la. A Niça, vaig contar el pla a Paul. S'hi mostrà d'acord. Esperàrem.

Mig any després vaig rebre una telefonada de Michel Collignon, joier de Perpinyà. Eren les dotze del migdia; a les nou de la nit, em vaig presentar a la seua botiga. Durant un temps, Collignon i Paul havien treballat conjuntament. Era discret i eficaç. Al marge del negoci legal de la joieria, s'ocupava amb comptagotes de col·locar mercaderia de professionals, no gaires, per no cridar l'atenció i pels nombrosos fatxendes que poblen l'ambient, tipus que per la seua conducta podien malmetre el bon nom d'una joieria heretada dels pares. Així que ens trobàrem em va descriure els dos espanyols que el visitaren, les senyes físiques dels quals li havia proporcionat mesos enrere. Sens dubte eren Rodrigo i Federico.

Durant uns anys, en la dècada dels cinquanta, el negoci de Michel va patir una crisi i la mercaderia clandestina li va permetre salvar les dificultats econòmiques. Tenia deutes d'agraïment amb Paul i s'avingué al pla establert. Ara era ric, i al marge de saldar els favors, la ignomínia dels fets ocorreguts a València l'encoratjà amb determinació a intervindre en l'ensarronada. Va telefonar als dos policies, allotjats en un hotel de Perpinyà. En el primer encontre que tingué amb ells, els va comunicar l'interès pel gènere. Reunits els diners, els convocaria. Fins i tot, per evitar-los problemes, els ho pagaria en moneda espanyola. Davant meu, els va citar a les vuit del matí en un xicotet taller que tenia als afores de la ciutat. Vam preparar l'escenari.

L'endemà Michel i jo ens trobàrem a les set i quart del matí i repassàrem els preparatius: la posició de la taula; la meua, darrere d'una cortina molt prop d'on estarien tots tres; l'angle i la visió més correcta, sobretot de les joies, que filmaria amb una excel·lent Eumig, una càmera alemanya de vuit mil·límetres. La distància entre ells i jo permetia una bona filmació al detall, divuit imatges de tres minuts de durada. Així doncs, havia de filmar el més essencial: ells, Michel d'esquena i plans específics de les joies.

Collignon els va rebre amb la cordialitat digna de dos bons clients. Els va preguntar si havien tingut temps de conèixer els llocs més emblemàtics de la ciutat, si havien sopat al restaurant que els havia indicat, etc., perquè jo tinguera el temps suficient d'esmenar una posició que potser no havíem previst. Michel els va oferir dos seients davant d'ell, i ells, que semblaven ansiosos per rematar la feina amb rapidesa, van abocar les joies damunt la taula. Vaig reconèixer el fermall amb incrustacions de diamants. Si fa no fa, s'havien apropiat de la meitat del botí. Llavors, Michel les va agrupar a la seua esquerra per tal que ell no em tapara la filmació. Va començar a examinar-les. Rodrigo es va molestar. Ahir, li digué, ja les havia vistes. No s'imagina el plaer que sent un professional davant d'una meravella semblant, respongué tot agafant el fermall. El va portar a l'alçada de la seua cara, ajustant-se a la conca de l'ull dret un monocle de joier per verificar-ne l'autenticitat. Féu el mateix amb un parell de collars i tres anells. Per precaució, per si no ho havia filmat amb precisió, va tornar a escrutar el fermall. Tot seguit sospirà i va somriure. Estava satisfet de la mercaderia, però el fermall, donada l'antiguitat, li costaria de col·locar. Hi afegí que allò reduïa una mica el preu, bo i explicant-los que només ho compraven els col·leccionistes, que juguen amb l'avantatge que només ho poden adquirir ells. De seguida els va oferir una xifra. Els va semblar correcta. Amb paciència, d'un calaix de l'esquerra va traure els diners. Iniciava el recompte quan Rodrigo, d'una revolada, li'ls va arrabassar de les mans. Els va comptar per damunt i es va excusar que tenien pressa.

Deu dies més tard, un dilluns de novembre, vaig arribar a València per fer dues coses. La primera la vaig dur a terme el matí del dimarts. La segona, l'endemà: quan el comissari Piñol va eixir del portal de l'edifici on vivia, vaig esperar una estona i vaig entrar al seu pis. Al sofà del saló li vaig deixar dues capses de cartró. Una contenia la cinta de Perpinyà, l'altra una càmera amb la filmació del matí anterior. I una nota: «Si és aficionat al cinema, espere que li agraden aquestes pel·lícules. El Messié».

A mitjan vesprada, estava amb Leire al meu despatx quan vaig rebre una telefonada del meu fill. Algú havia forçat el pany del meu pis i s'havia trobat dues capses amb una nota signada per un tal «Messié». Immediatament Leire i jo vam anar-hi. Vaig tranquil·litzar Joan, es tractava d'un antic amic nostre un poc bromista. Se'n va anar. Obrírem les capses gairebé amb la certesa que contenien revelacions importants. Leire es va endur la càmera. Al dia següent, al pis, vam visionar la cinta. Ens quedàrem perplexos. Cinc dies més tard vam veure la filmació de la càmera, un seguit d'imatges que mostraven amb claredat el pis d'Escamilla, el promès de Virgínia. La càmera recorria el pis amb la voluntat expressa que es reconeguera. A la fi, s'aturava a l'armari rober del dormitori. En les imatges posteriors es veia una mà traient roba d'un calaix fins que restà buit. Llavors la mà llevava una mena de tapa fosca que la filmació no permetia esbrinar de quin material era, i tot seguit, escampades, les mateixes joies de l'altra cinta. Vam entendre què pretenia el Messié: davant la impossibilitat d'acusar d'homicidi el promès (l'únic testimoni era ell i no compareixeria per desconfiança), fer-lo còmplice de Rodrigo.

Leire i jo vam parlar què fer amb aquell material. Si li'l portàvem a Efrén, cap superior de la policia, es rentaria les mans passant-li-ho al governador. Però, amb la seua actitud passiva i condescendent, el governador tenia responsabilitats. Tot quedaria en un no-res. Ens vam mirar, tots dos vam coincidir en la mateixa idea: el senyor Lafont.

Amb una cita prèviament concertada, Leire i jo vam acudir al despatx del senyor Lafont. Li havíem comunicat que es tractava d'un afer important i privat. La secretària ens obrí la porta i tots tres restàrem sols. Ens vam identificar com els dos policies que en un principi ens havíem ocupat del cas de la seua filla. Li vaig confessar el meu atordiment per allò que li ensenyaríem. Ens va respondre que tenia interès a escoltar-nos. Llavors li vaig explicar els detalls de la investigació: la detenció del lladre, l'interrogatori en el qual admetia que havia intentat robar al pis de Virgínia i l'acusació contra Escamilla. Li vaig allargar la carta que el Messié m'havia adreçat. La va llegir. Em va preguntar per què m'havien substituït per Rodrigo.

—Això, li ho ha de preguntar al senyor governador. Ara vull que veja les cintes.

Mentre jo abaixava les persianes, Leire va plantar la pantalla i va posicionar el projector. Les cintes duraven tres minuts cadascuna. Primer passàrem la del pis d'Escamilla, després la de Rodrigo. Encenguérem els llums. El senyor Lafont va restar en un silenci que no vam gosar trencar. Assegut al sofà, amb la mirada fixa a terra, tenia el rostre compungit. Li vaig notar un lleu tremolor a les mans, com abaltit per un esdeveniment que de cap de les maneres hauria imaginat. Va alçar el cap i em va mirar fit a fit.

—¿Vostè està convençut que Roberto la va matar?

—Sí. Però no el podem acusar, perquè el testimoni no es presentarà.

—¿Ni donant-li garanties jurídiques?

—És un lladre professional, deu estar buscat per la policia i viu a l'estranger. Si s'ha pres la molèstia de fer i enviarnos les filmacions no sols ha sigut per demostrar la seua innocència, sinó també per reparar la injustícia comesa contra dos innocents.

—¿Qui va muntar la farsa?

—Rodrigo.

—¿El governador ha participat?

—No ho sé —vaig dir després d'un silenci—. Probablement va donar per bona la versió de Rodrigo. Ho havia d'haver contrastat amb les meues investigacions.

—Li seré franc —féu el senyor Lafont alçant-se—. No exigiré que es reòbriga el cas. No serviria de res; no puc tornar la vida als morts. Tampoc no ho faré per l'amistat que m'uneix amb el pare de Roberto, que no en té cap culpa. Però adoptaré mesures severes. Els culpables no quedaran impunes.

No ens especificà quines mesures prendria. Tot seguit es va arrambar a mi.

—¿Per què m'ha dut les cintes a mi i no al seu superior?

—Jo també li seré franc: no me'n refiava. A més, vostè, com a pare, tenia el dret de saber què havia passat i vam pensar que era més útil portar-li-les. Ací les té, quede-se-les, faça el que crega més convenient. Per la meua part, em posaré en contacte amb les famílies de les víctimes. Si més no, que tinguen el consol que no eren culpables.

—Per favor, diga'ls que estic disposat a ajudar-los econòmicament.

—Ho faré.

—Gràcies per tot.

En els dies posteriors a l'entrevista amb el senyor Lafont, els rumors van córrer davant la desaparició sobtada de Rodrigo i Federico. Al llarg d'una setmana Leire va telefonar a gairebé totes les comissaries centrals d'Espanya. En cap obtingué notícies de Rodrigo. En la Brigada Politicosocial hi hagué un canvi de personal. Els homes de confiança de Rodrigo van ser traslladats a comissaries d'altres ciutats. El tres de desembre, el governador va deixar el càrrec per motius personals. Pel que fa a Roberto Escamilla, ens n'assabentàrem que abandonà València però ignore el seu destí. No tenia cap interès a saber-ho. En el transcurs de la desaparició de Rodrigo i la dimissió del governador, el matí d'un dilluns, vaig visitar la família de Josep Baixauli. En nom de sa mare, que patia una profunda depressió, em va rebre el senyor Rafael Puig. L'encontre tingué lloc en una alqueria, als afores de Benicorlí. Tot seguit de presentar-me i explicar-li el motiu de la visita, li vaig exposar la impossibilitat de reobrir el cas per la falta d'un testimoni que impedia al senyor Lafont exigir-ne la revisió; també el desig de l'empresari de compensar-los econòmicament, cosa que va refusar argumentant que els diners no repararien els danys morals. Tanmateix, em va demanar ajuda per trobar una jove. Em va mostrar una foto i aleshores vaig recordar que Rafael Puig era l'home que un diumenge, acompanyat per un xiquet, ja m'havia preguntat el mateix.

—Fa uns mesos, vostè em va ensenyar esta foto al Bulevard dels Francesos.

Em va mirar, esforçant-se per reconèixer-me.

—Senyor, no el recorde.

—Jo, sí —vaig agafar la foto—. Recorde perfectament esta xicona. Seia als darrers bancs de l'església. ¿Qui és?

—Era la nòvia de Josep. Servia en una casa de València.

—Done'm la foto. Esbrinaré on viu.

—Li ho agrairia molt. Abans d'entregar-se, Josep li va escriure una carta.

Un dijous, deu dies després, el senyor Puig i jo ens dirigíem a Morella. Feia un dia rúfol de tardor. El trajecte era llarg i convidava a conversar. Era un home al qual li intuïa una gran dignitat. Em vaig interessar per Josep Baixauli. Primer, potser per la meua condició de policia, no semblava disposat a revelar detalls íntims i el seu relat es va circumscriure a les tasques de treball com a llanterner i a la seua gran afició per la música (era capaç de diferenciar molts del vint-i-set estudis de Chopin). Era un bon clarinetista. En altres circumstàncies podria haver estat un professor de música, hi afegí. Parlava d'ell com ho faria un pare.

—Supose que vostè deu jutjar les persones per la seua ideologia.

—No —li vaig respondre—. En realitat, si m'ho haguera preguntat fa un any, li hauria contestat afirmativament —ho vaig aprofitar per sincerar-me, com un gest de confiança vers ell—. El meu fill fou detingut per Rodrigo. El va acusar de comunista —se'n va sorprendre—. Mire, eixe fet, que en un principi em va afeixugar, estigué lluny de ser una desgràcia per a mi. Ben al contrari, arran de la detenció ens entenguérem millor. Parlàrem, ens coneguérem més. Ara ell respecta el meu treball i jo les seues idees. Jo era un catòlic que creia en este règim.

—¿Ja no hi creu?

—Ja no crec en la mesura que ho feia. Ha hagut de succeir una tragèdia, sentir-la en part en carn pròpia, perquè totes les meues creences, que em semblaven inalterables, hagen passat a ser un garbuix de dubtes. Crec en la justícia, per això estic ací amb vostè.

—¿Sap?, jo vaig ser republicà. Encara ho sóc en el sentit que crec en l'educació com a principi bàsic de la llibertat. Mai no he utilitzat més armes que la paraula, però no fou suficient per bandejar de Josep la idea irrenunciable de combat que li va transmetre son pare.

Em va revelar que la seua autèntica professió era la de mestre d'escola, però que, a pesar que les autoritats del poble li demanaren que tornara, s'estimà més fer de llanterner. Comprenga'm, afegí com una disculpa, era una educació que atemptava contra els meus principis d'ensenyant. Li vaig respondre que tenia un gran valor que un home acceptara un treball manual per coherència ètica. El senyor Puig també em va contar fil per randa la història familiar dels Baixauli. Em va commoure la manera com ho contava, malgrat la distància ideològica que el separava tant del pare com del fill. Ara el preocupava Robert; el capficava que la catàstrofe tinguera conseqüències en la seua vida (en aquest punt s'aturà en les peripècies que hagué de passar amb el naixement del xiquet. Vivia la dissort dels Baixauli en primera persona). Se li il·luminaren els ulls explicant-me la cura que esmerçava a educar-lo no sols ensenyant-li l'ofici, sinó sobretot formant-li l'esperit. Vaig somriure quan em va dir que volia contar-me un secret.

—És curiós —féu abans de continuar—, que en estos

temps d'incomprensió i intolerància un policia i un republicà intimen.

Jo entenia un home com ell. Tant m'eren les seues idees, perquè m'importava molt més la seua correcció.

—Tots els dies —prosseguí— passem una estona en allò que denominem «L'habitació secreta», una biblioteca oculta darrere d'un armari. Mirem els llibres, els acariciem, en comentem alguns. Sovint li recorde que quan la vida se li gire en contra, quan les coses vagen malament o la solitud l'aclapare, sempre quedarà un grapat de llibres que li obriran les portes a una altra existència —em va mirar modulant la veu—. He de confessar-li que la majoria d'autors estan prohibits.

—Secret de sumari —li vaig dir.

—Tant de bo tot el que ha hagut de viure no l'afecte, que entenga que el dolor també forma part de la vida.

Tant de bo, vaig dir-me mentre camí de Morella, a mesura que agafàvem altura respecte al nivell del mar, apareixien rodals de neu ací i allà i un vent que intuïa gèlid movia les branques dels arbres. El senyor Puig i jo ho contemplàvem com dos turistes que observen un paisatge desconegut. De tant en tant treia el sobre de la carta i el mirava. Potser pensava en la tragèdia personal d'una jove profundament desenganyada. Em va agrair molt el fet que m'oferira a acompanyar-lo. La presència d'un policia que havia tingut relació amb el cas donava un caire d'oficialitat administrativa a la veritat. Al capdavall tractàvem que la ferida d'Adelaida fóra menys difícil de cicatritzar. Amb tot, evitàrem parlar de l'encontre amb ella. Arribats en un punt del trajecte, tots dos ens contàrem part de la nostra vida. Intimàrem amb tanta desimboltura que també li vaig contar un secret.

—He demanat el trasllat a Pontevedra.

—¿Té problemes a la feina?

—Els tinc amb mi. Tot i que Rodrigo ha marxat, trobe

hostil l'edifici de la prefectura. A més, sóc vidu i tinc massa records en molts racons de València.

—Els records... —sospirà el senyor Puig—. Arribes a una edat en què es converteixen en una càrrega pesada. Fa bé de buscar la felicitat on creu que pot trobar-la.

—Sospite que no busque, sinó que escape. De totes maneres, el meu fill aviat acabarà la carrera. Potser es casarà o s'independitzarà i em trobaré sol. A Galícia tinc família.

—Sens dubte, la família és un bon recer. És per això que la meua dona i jo ens hem abocat amb Robert. Ens obsessiona que se senta protegit. Donar-li tot el que la vida li ha negat, perquè en el futur no siga un ressentit.

Després de més de dues hores de viatge vam albirar Morella. La morfologia palesava un poble bellíssim que no coneixia. Al senyor Puig també el va sobtar la bellesa malgrat que n'havia sentit parlar. Era una llàstima que la missió que ens havia dut ens impedia el temps imprescindible per admirar els magnífics edificis que albergava. Ens vam adreçar a l'ajuntament, aparcàrem just a la vora, baixàrem del cotxe i em vaig identificar davant del primer funcionari que em vaig trobar. En veure'm la placa de comissari va semblar astorar-se i, sense que em donara temps a explicar-li el motiu de la nostra visita, es va acuitar a avisar l'alcalde. El senyor Puig i jo ens posàrem al costat d'una estufa de llenya. Des de fora el fred hivernal s'escolava pertot arreu. L'empleat vingué i ens presentà la primera autoritat. De nou li vaig mostrar la placa. Neguitós, em va preguntar si passava alguna cosa.

El senyor Puig s'avançà per dir-li que buscàvem una jove de nom Adelaida Querol. Vivia en un mas, respongué l'alcalde. L'ús del verb en passat ens va inquietar a tots dos. Ens va preguntar per què la buscàvem. Li hem d'entregar una carta. El senyor Puig la va traure de la butxaca. L'alcalde ens menà a una oficina d'escasses dimensions però d'atmosfera més confortable. Ignore si ho féu per tal que no l'escoltara ningú. Llavors ens va relatar que Adelaida havia tornat al poble i es va tancar al mas. No volia eixir de l'habitació, a penes menjava. Els pares vingueren a demanar-me ajuda. Vaig anar amb el metge, però no aconseguírem traure-li res. Durant uns dies tornàrem sense cap resultat. El doctor li va receptar uns tranquil·litzants com a darrer recurs. L'endemà Adelaida abandonà el mas sense endur-se ni un farcell de roba. Els pares s'alarmaren, férem una batuda pel terme fins que tres dies després van rebre una carta de la mare superiora del convent de Santa Maria de Benifassà anunciant-los que la filla havia ingressat a l'orde. Ni els pares, ni nosaltres, no hem sabut mai per què va prendre aquesta decisió. Sospitem un fracàs amorós. Dit allò ens va interpel·lar: ¿vostès creuen que una decepció així pot conduir una jove a una determinació tan dràstica? Hi hagué un silenci que es va allargar si més no mig minut, fins que el senyor Puig digué que donada la naturalesa humana és difícil tindre resposta per a tot. La resposta estava en la carta i a mi em féu la sensació que l'alcalde, amb la seua pregunta, s'interessava pel contingut, de manera que li vaig preguntar si el convent quedava lluny. Si pretenen veure-la és inútil. És un convent de clausura. No tenen cap contacte amb l'exterior i guarden vot de silenci. De nou es va fixar en la carta. Per remetre-la l'haurien d'enviar a la mare superiora i ella valorarà si cal o no lliurar-la a Adelaida. El senyor Puig i jo ens vam mirar. Ho havia de decidir ell. Durant uns instants mantingué el cap cot i tot seguit es va introduir el sobre a la butxaca de l'abric. Va eixir de l'oficina en direcció al carrer. L'alcalde em va preguntar si era un assumpte important. Com que no sabia què dir-li vaig donar-li les gràcies i vaig marxar. Vaig esperar recolzat al capó del cotxe. El vent que feia abans ara bleixava amb més assossec. El senyor Puig passejava amb la vista displicent en uns xiquets que s'empaitaven els uns als altres.

Potser intentava trobar una fórmula perquè la carta arribara a la destinatària. Es va aturar, va aspirar i féu mitja volta. Mentre el veia vindre buscava les paraules més adequades per consolar-lo, però no tenia cap frase convincent tret dels tòpics a l'ús en aquestes ocasions. Va arribar al meu costat, em va agafar pel braç i em va dir:

—Lamente que haja fet tants quilòmetres per no res.

Em semblava increïble que, en comptes d'expressar tristesa o ràbia, l'amoïnara la molèstia que em causava haver conduït tants quilòmetres. Aquell dia, aquell home, em va donar la lliçó més esplèndida que ningú pot rebre. Arrossegava el flagell dels esdeveniments viscuts i, quan jo esperava que s'ensorraria, la senzillesa i la dignitat del seu esperit van emergir amb la resplendor que tan sols és capaç de mostrar la gent amb una gran càrrega d'humanitat. Que lluny em sentia de la majoria de persones que m'envoltaven i que prop em trobava d'un home que a penes coneixia. De tornada a València, a estones el guaitava de cua d'ull, àvid per impregnar-me amb la grandesa del seu silenci. Ni un bri d'animositat, cap mal gest pel darrer intent fallit per restablir una mínima decència. Vaig reflexionar en com els règims polítics, siguen del signe que siguen, en com les injustícies més denigrants, en com els exèrcits més poderosos, no estaven facultats per derrotar els homes que disposaven de l'arma devastadora de la integritat moral. Enmig d'un infortuni del qual jo n'era testimoni, m'enorgullia el fet d'haver-lo conegut. Li ho vaig dir. Va esbossar un somriure.